KiWi

KiWi 80

Ignazio Silone

Eine Handvoll Brombeeren

Ignazio Silone

Eine Handvoll Brombeeren

Roman

Aus dem Italienischen von
Hanna Dehio

Kiepenheuer & Witsch

Titel der Originalausgabe *Una manciata di more*
Aus dem Italienischen von Hanna Dehio

Umschlag Hannes Jähn, Köln
Gesamtherstellung May & Co., Darmstadt
ISBN 3 462 01697 0

Erster Teil

I

»Mit andern Worten, du glaubst, ich sei ein Lump«, sagte der Mann, der einen Strohhut auf dem Kopf und das rote Band im Knopfloch trug. »Du hast eben kein Zutrauen zu mir.«

Der Ingenieur schloß gelangweilt die Augen.

»Ich weiß, du mißtraust mir wegen meiner Vergangenheit«, fuhr der andere hartnäckig fort. »Weißt du, was ich dir darauf zu sagen habe? Vielleicht hast du recht. Bin ich nicht aufrichtig? Und bist du je einem aufrichtigen Lumpen begegnet, einem, der alles zugibt? Also bin ich doch nicht solch ein schlechter Kerl, wie du glaubst. Aber, bei Gott, so sag mir doch endlich, was du davon hältst.«

»Nichts«, murmelte der Ingenieur, »ich habe heftige Kopfschmerzen.«

»Vielleicht ist deine Verdauung schlecht«, sagte der Mann mit dem Strohhut. »Oder es ist der Unmut über die Enttäuschung. Aber wenn ich in der Vergangenheit auch gefehlt habe, so kannst du doch sicher sein, daß das, was ich dir jetzt sage, wahr ist: Ich habe es aus Liebe zum armen Volk getan! In einem gewissen Sinn bin ich aus Großmut schuldig geworden.«

»Sie haben dich in die Partei aufgenommen, was willst du mehr!« versetzte der Ingenieur. »Wie ich hörte, hat deine Frau immer eine brennende Kerze vor dem Bild des heiligen Antonius stehen.«

»In die Partei wird jetzt jeder Schweinehund aufgenommen«, sagte der Mann mit dem Strohhut. »Was nützt mir die Mitgliedskarte, wenn du mich immer noch wie ein räudiges Schaf behandelst?«

Er schien zu zögern und nach einem Wort zu suchen. Und dann fügte er hastig und mit veränderter Stimme hinzu: »Rocco, ich brauche deine Achtung!«

Vielleicht merkte es der Ingenieur nicht, daß dem andern die Augen voll Tränen standen.
»Was würde dir meine Achtung nützen«, entgegnete Rocco und gähnte. »Ich habe die ganze Nacht kein Auge zugetan.«
Die beiden saßen vor dem Café Mazzini – früher hatte es »Dell' Impero« geheißen – an dem einzigen Tisch, der durch einen großen grünen Schirm vor den Sonnenstrahlen geschützt war. Die Reflexe des Schirms verwandelten die natürliche Blässe des Ingenieurs in ein leidendes Aussehen, während die rötliche Gesichtsfarbe seines Gefährten durch den Strohhut bewahrt blieb. An den andern Tischen saßen Gruppen schweigsamer Bauern. Fast alle waren dunkel gekleidet, hatten den Hut auf dem Kopf und eine Reisetasche oder Pakete auf den Knien. Sie hielten den Blick auf die Gläser gerichtet und kümmerten sich dabei weder um die Sonne noch um die Fliegen. Manche hatten sich ein Büschel Dachshaare gegen den ›bösen Blick‹ an die Hutkrempe gesteckt. Eine junge Frau trug ein so winziges zartes Kindchen auf dem Arm, daß es eben erst ›aus dem Ei gekrochen‹ schien. Alle diese Leute warteten auf das Postauto.
»Wie gesagt...«, hob der Mann mit dem Strohhut wieder an.
Allein Rocco hörte ihm nicht mehr zu. Vor einer Weile war ein verspäteter Reisender vom Bahnhof her gekommen, mit einem großen Koffer auf der Schulter. Er sah aus wie ein Arbeiter, aber es war nicht leicht zu erraten, ob es ein Einheimischer oder ein Fremder war. Sogleich hatte er auf dem Fahrplan nach einer bestimmten Postlinie gesucht, ohne jedoch ein Wort darüber verlauten zu lassen, wohin er reisen wollte; auch hatte er keine Karte für den Bus an der Theke des Cafés gelöst. Plötzlich verlor ihn Rocco aus den Augen; er erhob sich, um zu sehen, wo jener geblieben sei. Aber er konnte nicht feststellen, wohin er verschwunden war.
Mittlerweile hatte Filomena zu trinken gebracht. Auch sie trug eine rote Schleife auf der Brust.

»Ich flehe dich an, sprich nicht in Rätseln«, sagte der Mann mit dem Strohhut und füllte Roccos Glas. »Drück dich, wenn möglich, in verständlichen Worten aus.«
»Nun gut, ich habe den unbestimmten Eindruck, daß alles zu Ende geht«, entfuhr es diesem, »das ist alles.«
»Wenn es nur so *wäre*«, sagte der Mann mit dem Strohhut. »Aber dein angeborener Optimismus täuscht dich wie gewöhnlich. Hier geht, merke es dir, nie etwas zu Ende. Was hältst du von diesem Wein?«
»Verzeiht, Don Rocco, wenn ich zugehört habe«, sagte Filomena erschrocken. »Was geht, Eurer Meinung nach, zu Ende?«
»Alles«, entgegnete Rocco und leerte sein Glas. »Aber, ich wiederhole, das ist nur mein persönlicher Eindruck.«
»Bei einem Erdbeben«, sagte Filomena, »sind es doch schließlich immer wieder die Geschäfte, die den Schaden davontragen. Die Felder, die Gärten, die Wiesen, die bleiben, wie sie waren, das ist klar. Aber Fässer, Korbflaschen, Gestelle, die Gläser und all das andere Geschirr wieder zu kaufen – wißt Ihr, was das kostet?«
»Hast du gehört?« sagte der Mann mit dem Strohhut zu Rocco. »Alles ist schließlich eine Geldfrage. Aber hier geht nie etwas zu Ende, nie. Trink, rate ich dir, es ist ein Weinchen, das alle Zweifel behebt.«
Das Café Mazzini lag an der Ringstraße der kleinen Stadt. Längs der Straße zog sich das breite, steinige Flußbett hin, das zu jener Jahreszeit völlig ausgetrocknet war; auf den höher gelegenen Sandbänken wuchsen spärliche Büsche und Sträucher. Das unendliche schattenlose Geröllfeld flimmerte unter dem grellen, blendenden Sonnenlicht. Es war, als ob die Luft siede. Die Hügel am andern Ufer schienen weit entfernt und ohne Farbe zu sein.
Von da, wo der Ingenieur und der Mann mit dem Strohhut saßen, konnte man nur ein kleines Stück der Straße sehen; denn sie machte etwa hundert Meter weiter vorn, vor dem mächtigen barocken Portal des Klosters von Santa

Chiara, eine Biegung. Wenn man jedoch vom gegenüberliegenden Straßenrand her, den Rücken dem Flußbett zugewandt, Ausschau gehalten hätte, würde man das ganze Stadtviertel erblickt haben, das zwei Jahre vorher bei den Fliegerangriffen zerstört worden war. Und jenseits der Trümmer und einer Anhäufung von Baracken sah man die schwere, dunkle Mauer des Gefängnisses von San Rufino und die anmutige Kuppel des Jesuitenkollegiums, die wie durch ein Wunder unbeschädigt geblieben waren.

Inzwischen waren zwei offensichtlich besonders arme Bauern, ein alter und ein junger, ihrer Ähnlichkeit nach sicherlich Vater und Sohn, vor dem Café stehengeblieben. Unbeweglich und schweigend warteten sie mitten auf der Straße und richteten flehende Blicke auf den Herrn mit dem Strohhut. Dieser tat sein Möglichstes, sie zu übersehen. Auch der jüngere Bauer trug ein rotes Band am Aufschlag seiner Jacke.

»Was wollen die beiden?« murmelte Rocco.

»Sie warten auf eine Antwort«, gab der Mann mit dem Strohhut, ohne sie anzusehen, leise zurück. »Von früh bis spät, im Hause, im Büro, im Café, wo ich auch bin – nie nimmt dieses lästige Nachlaufen ein Ende!«

»Was für eine Antwort? Wollen sie einen Ablaß kaufen?«

»Nein, das müßtest du doch wissen, die Armen haben keinen Ablaß nötig. Die alten Taglöhner suchen noch Arbeit, irgendeine Arbeit, im Bauhandwerk, im Transport, in der Industrie, entweder hier oder in einer andern Provinz oder im Ausland. Aber die Jungen wollen einen Posten als Türsteher, einen ›Posten im Schatten‹, wie sie es nennen, eine Stelle, bei der man sich nicht anstrengen muß. Immerhin muß ich zu ihrer Ehre sagen, daß unter ihnen einige junge verheiratete Leute sind, die bereit wären, den Posten eines Portiers anzunehmen.«

»Weshalb nur die Verheirateten?«

»Die Frau kann die Treppen reinigen. Solche Zustände herrschen anscheinend nach jedem Krieg. Es gibt nichts Schlimmeres als die Nachkriegszeit.«

Dem Alten, der wartend mitten auf der Straße stand, gelang es endlich, für einen Augenblick die Aufmerksamkeit des Herrn mit dem Strohhut auf sich zu lenken. Er wies mit einer zärtlichen Handbewegung auf den neben ihm stehenden Sohn und fragte demütig:

»Für ihn, Don Alfredo, habt Ihr nicht wenigstens etwas für ihn?«

»Leider nein, gar nichts.«

»Aber es bleibt doch noch Hoffnung, nicht wahr?«

»Gewiß, gewiß, die bleibt immer.«

Der Alte schaute den Sohn mit einem beruhigenden Lächeln an. Dann wies er mit der demütigen Gebärde des ›Mea culpa‹ auf sich selbst und fügte noch sanfter und unterwürfiger hinzu:

»Don Alfredo, verzeiht. Und für mich? Gibt es da etwas?«

»Leider nein, nicht einmal für dich.«

»Aber, verzeiht, Don Alfredo, darf ich noch hoffen?«

»Gewiß, gewiß.«

»Danke, Don Alfredo; vielen Dank für Eure gütigen Worte. Erlaubt Ihr, daß wir morgen wieder vorbeikommen?«

Inzwischen hatte sich Schatten, gleich einem mächtigen Baldachin von fahlem Violett, auch über die anderen Tische des Cafés gebreitet. Filomena beeilte sich, den großen grünen Schirm zu schließen und ins Haus zu tragen. In diesem Augenblick kam eine leichte laue Brise auf. Sie schien wie der Atem der Stadt in der Erwartung der Dämmerung. So leicht war dieser Hauch, daß er durch die Mauern und bis in die Küchen und verborgensten Sakristeien fand, von wo er Duftwellen von Peperoni, frisch gebackenem Brot und Weihrauch mit sich trug.

»Wo wohnst du eigentlich jetzt?« fragte Alfredo den Ingenieur. »Die Behörden suchen dich eifrig.«

»Die Behörden?« sagte der Ingenieur. »Soll ich verhaftet werden?«

»Um Gottes willen, was denkst du?« wehrte Alfredo ab. »Sie wollen dir das Diplom und die silberne Medaille für deinen Kampf um die Meierei überreichen.« Rocco machte ein gelangweiltes Gesicht.

»Darauf habe ich keinen Anspruch. Mögen sie sie dem Zaccaria geben. Es war sein Verdienst.«

»Mag es für dich auch keine Bedeutung haben, so ist es doch wichtig für die Partei«, erklärte Alfredo. »Du kannst damit den Gegnern zeigen, daß wir...«

»Daß ihr?« unterbrach ihn brüsk der Ingenieur.

Alfredo verstummte.

Seit einer halben Stunde verkündete Filomena den Gästen des Cafés: »Er muß jeden Augenblick kommen, es kann nicht mehr lange dauern!« Plötzlich hörte man das Geräusch des Wagens. Es war ein riesiger Autobus, viel zu groß für die bescheidene Landstraße. Die Bauern mit ihren Säcken auf den Schultern und unter den Armen sprangen auf; das unvermeidliche Gedränge beim Einsteigen nahmen sie gelassen hin. Tatsächlich war das Auto schon überfüllt und hoch beladen mit Körben, Koffern und Säcken. Eine große, magere, schwarzgekleidete Frau mit einem mächtigen Korb auf dem Kopf redete laut auf den Chauffeur ein und verlangte einen Sitzplatz: »Ich habe einen Sitzplatz bezahlt«, sagte sie, »und ich will einen haben!« – »Wo ist dein Fahrschein?« gab der Chauffeur zur Antwort. »Nun zeig mir, wo da ›Sitzplatz‹ geschrieben steht.« Die Passagiere, die im Innern des Wagens saßen, lachten; das machte die Frau noch böser, und sie ließ ihren Zorn nun an ihnen aus. »Laß gut sein«, sagte eine Alte durchs Fensterchen zu ihr; »wenn du hier säßest, würdest du da vielleicht nicht lachen? Na also!«

Auch Alfredo lachte.

»Weshalb lachst du?« fragte ihn Rocco. »Dieser Wein hier scheint mir das einzig Beachtenswerte zu sein. Filumé, noch ein Flasche!«

»Ich lache, weil auch ich sitze«, sagte Alfredo. »Wenn du nicht lachst, wo du doch ebenfalls sitzt, läßt du dir etwas entgehen. Jedenfalls ist es dein gutes Recht zu lachen. Aber du hast nie richtigen Sinn für Humor gehabt.«

Als der Autobus weggefahren war, stellte es sich heraus, daß sonderbarerweise kein einziger von den Reisenden zurückgeblieben war. Kurz danach erschien jedoch der Mann mit dem großen Koffer wieder unter der Türe des Cafés.
»Haben Sie keinen Platz mehr gefunden?« fragte ihn der Ingenieur. Der Mann gab keine Antwort und lehnte sich mit dem Rücken an den Türpfosten. Er schien vollauf damit beschäftigt, einen kleinen Esel zu beobachten, der unbeweglich und gleichmütig inmitten der Glut des ausgetrockneten Flußbettes stand. Es war nicht leicht zu erraten, worauf dieser Mann wartete.
»Das Postauto nach San Luca, das Ihr vor einer Weile auf dem Fahrplan gesucht habt«, erklärte der Mann mit dem Strohhut dem Unbekannten, »fährt schon seit mindestens fünfzehn Jahren nicht mehr. Früher hatte jedes kleine Dorf seine Postkutsche, aber jetzt genügt der Autobus, der nach Fornace fährt, für das ganze Tal.«
»Setzen Sie sich zu uns«, sagte der Ingenieur lächelnd, »und helfen Sie uns diese Flasche leeren! Der Wein ist der gleiche geblieben.«
Der Mann setzte sich, sagte mit höflicher Geste »Zum Wohl!« und leerte das Glas. Er war ungefähr vierzig Jahre alt und kräftig gebaut. Seine Hände waren stark und sauber, aber voll tiefer Furchen, wie Maurer und Steinmetze sie haben. Was am meisten an ihm verblüffte, war der Blick, der gleichzeitig offen, freimütig und mißtrauisch war. Den Unbekannten schien es nicht im mindesten verlegen zu machen, daß er mit Leuten aus einer ganz andern Schicht zusammensaß.
»Die schöne wollene Jacke, die Ihr anhabt, die habt Ihr sicher nicht in unserer Gegend gekauft«, sagte der Mann mit dem Strohhut. »Diese Art kennt man hier nicht. Auch nicht solch einen Koffer.«
»Trinken Sie!« sagte der Ingenieur. »Wenigstens der Wein ist noch der gleiche.«
»Zum Wohl!« sagte der Neuangekommene. »Ja, der Wein

ist noch der gleiche. Aber vielleicht wird er in der Korbflasche und nicht im Faß aufbewahrt. Hab ich es erraten? Die nächste Flasche bestelle ich. Padrona, noch eine Flasche!«

»Wenn Sie wollen, nehme ich Sie nachher mit nach San Luca«, sagte der Ingenieur. »Ich habe ein Auto und muß selbst auch dort hinauf in die Gegend.«

Alfredo wurde blaß.

»Du willst also heute abend nicht mit dem Inspektor zusammenkommen?« sagte er. »Wirklich? Ich verstehe dich nicht.«

Rocco antwortete mit einem Achselzucken, ohne ihn eines Blickes zu würdigen.

»Ich verstehe dich wirklich nicht«, wiederholte Alfredo kleinlaut. »Mein Gott, bist du dir denn nicht im klaren über die Bedeutung dieser Zusammenkunft? Das Prestige der Partei steht auf dem Spiel. Dreihundert Arbeitslose werden für mindestens zwei Jahre Arbeit finden. Der Inspektor muß zum Glück wegen seiner Vergangenheit Nachsicht walten lassen. Er hat mir gesagt, er sei sehr froh, dich zu treffen, er bewundere dich, er wisse alles von dir.«

»Alles?« unterbrach ihn Rocco ungläubig.

»Alles«, bestätigte Alfredo gewichtig.

»Dann weiß er mehr als ich selber«, schloß Rocco.

Alfredos Bestürzung schien echt.

»Du hattest mir geschworen, daß du dieses Mal nicht fehlen würdest«, hob er in klagendem Ton wieder an. »Wir müssen verhindern, verstehst du, daß das Verdienst, die Brücke wiederaufzubauen, einer Gegenpartei zukommt. Auch habe ich Freunde zum Nachtessen eingeladen, darunter ein Fräulein, das dich kennenlernen möchte. Ich kann dir sagen, es lohnt sich. Das ist keine Frau, das ist eine Magnolienblüte. Du wirst sehen, du wirst sehen.«

Der Unbekannte fühlte sich anscheinend nicht ganz behaglich bei dieser Auseinandersetzung, deren Sinn ihm zwar entging, die jedoch zufälligerweise auch ihn betraf. Ein wenig verlegen suchte er bei der ersten Pause dem Gespräch eine andere Wendung zu geben.

»Sie stammen also auch aus dem Tal?« fragte er den Ingenieur. »Aus welcher Familie, wenn ich fragen darf?«

Der Ingenieur lächelte und füllte die drei Gläser.

»Sonderbar«, sagte er. »Zurückhaltende Menschen sind gewöhnlich nicht neugierig.«

Der Mann errötete und entschuldigte sich mit einer ein wenig linkischen Gebärde.

»Es war nicht Neugier«, sagte er.

»Schon gut«, meinte der Ingenieur lächelnd. »Zurückhaltende Menschen haben das Recht, mißtrauisch zu sein. Nun ja, Sie haben es erraten. Mein Geburtsschein bestätigt, daß auch ich aus jenem Tal stamme.«

»Was die Familiennamen betrifft«, sagte der Mann mit dem Strohhut, »ja, die gibt es auch noch immer. Man hat noch nicht daran gedacht, sie auszumerzen. Aber um die Menschen zu kennzeichnen, dazu genügen sie nicht mehr. Sie erinnern an die Zeiten der Postkutschen.«

Der Fremde hielt sein Glas empor und dachte nach, wobei er so tat, als betrachte er die rote Farbe des Weins gegen das Licht. Sein Gesicht nahm einen müden, in sich versunkenen Ausdruck an. Der Ingenieur beobachtete ihn; er versuchte, sich zu erinnern, und vermochte nicht den Blick von ihm zu wenden. ›Wo habe ich ihn kennengelernt?‹ schien er sich zu fragen. Es war da unbedingt irgend etwas Bedeutungsvolles, auf das er nicht kommen konnte.

»Willst du wirklich die Zusammenkunft von heute abend absagen?« fragte Alfredo den Ingenieur von neuem. »Hast du dir auch überlegt, wie die Partei darüber denken könnte?«

Rocco beachtete ihn nicht.

»Sie brauchen mich nicht bis ins Dorf hinaufzufahren«, sagte der Fremde zum Ingenieur. »Sie können mich auf der Landstraße absetzen, bevor die Steigung beginnt. Das wäre mir sogar ganz angenehm.«

»Und der Koffer?« sagte der Mann mit dem Strohhut, die

Nase rümpfend. »Möchtet Ihr vielleicht so den Berg hinaufsteigen und mit Eurem Riesenkoffer auf der Schulter bis zum Dorf marschieren?«
Der andere blickte ihn wie aus weiter Ferne an, wie ein Tauber. Unter diesem Blick erschauerte der Mann mit dem Strohhut und verstummte. Schon seit einer guten Weile war Filomena – um den Faden des Gespräches nicht zu verlieren – dabei, die Marmorplatte des Nachbartisches blank zu reiben. Sie fuhr geduldig mit ihrem Lappen immer wieder über dieselbe Stelle. Endlich schien ihr der Augenblick günstig zu sein. »Dieser Mann hat mich vorhin gebeten, seinen Koffer in meine Obhut zu nehmen«, sagte sie. »Ist etwas nicht in Ordnung damit? Soll ich es ablehnen?«
Sie schien mit ihrem Blick Alfredo um seine Meinung zu fragen. »Sachte, sachte«, meinte dieser und rückte unversehens mit seinem Stuhl zurück. »In der heutigen Zeit hat ein Christenmensch doch keinen Grund, vor irgend etwas in Erstaunen zu geraten.«
»Wenn die Flasche leer ist, gehen wir«, sagte der Ingenieur lachend. »Der Gast kann aussteigen, wo er will. Ganz wie es ihm beliebt.«
Alfredo beeilte sich, seine Gedanken klar darzulegen. Er konnte es nicht ertragen, daß man an ihm zweifelte, an seiner Zuverlässigkeit, an seiner Solidarität. Der Ingenieur bemühte sich, ihm irgendwie dabei zu folgen, aber er gab es wieder auf, als er gewahr wurde, daß dies eine ungewöhnliche Anstrengung verlangte. Der Fremde achtete indes auf niemanden. Er blieb versunken und reglos sitzen und sah zu, wie der Ingenieur Wein einschenkte.
»Zum Wohl!« sagte er mit einer feierlichen Geste und leerte das letzte Glas, bevor er aufstand, um seine Reise fortzusetzen.
Rocco verschwand hinter dem Gebäude, in dem sich das Café befand, und erschien einen Augenblick später am Steuer eines äußerst mitgenommenen Jeeps, der unzählige Spuren von Zusammenstößen und Reparaturen aufwies.

»Wann kommst du zurück?« rief Alfredo ihm zu.
»Vielleicht morgen«, antwortete er aus dem schon fahrenden Jeep. »Oder in einem Monat.«

2

Alfredo nahm den Strohhut vom Kopf und verwendete ihn als Fächer. Ein roter Reif lief ihm um Stirn und Schläfen. Er gab sich keine Mühe mehr, seine Enttäuschung und seinen Unwillen zu verbergen. Filomena zögerte noch immer in seiner Nähe, indem sie mit ihrem Lappen die Marmorplatte des Tischchens blank rieb. Die Arme des Mädchens waren vom Ellbogen bis zur Hand mit blauen Tätowierungen geschmückt, welche die Heilige Jungfrau mit der Santa Casa di Loreto und das Allerheiligste Sakrament in Form eines Abendmahlkelches, mit einer Hostie darüber, darstellten.
»Ein Mann wie Ihr, Don Alfredo, hat gar keinen Grund, den Mut zu verlieren«, sagte Filomena in fast mütterlichem Ton zu ihm. »Jetzt, zum Teufel, seid Ihr außer Gefahr und sitzt wieder im Sattel.«
»In einem ziemlich gefährlichen Sattel, auf einem Bastard von Pferd.«
Unter dem verflossenen Regime hatte Alfredo Esposito lange Jahre hindurch den wichtigen Posten eines städtischen Finanzassessors bekleidet, obwohl seine wahre Berufung, wie selbst seine Freunde unumwunden zugaben, darin bestand, Dialektgedichte zu schreiben. Jene Stelle war ihm in feierlicher Zeremonie bei einer öffentlichen Sitzung von dem gleichen Regierungschef verliehen worden, in dessen Beisein ihm ein in voller Harmlosigkeit, ohne jeden Hintergedanken ersonnenes Experiment gelungen war, das nur der Erheiterung dienen sollte. Es bestand darin, ein lebendes Huhn rasch und vollständig zu rupfen, und zwar so, daß das Tier auch nicht den geringsten Schmerzenslaut ausstieß,

sondern im Gegenteil sichtlich Vergnügen an der Prozedur zu empfinden schien. Den mühevollen neuen Posten übernahm Alfredo, wie er sich ausdrückte, aus »reinem Opfermut zum Wohl der Allgemeinheit und aus Liebe zum Volk«. Entgegen den Befürchtungen der literarischen Kreise des Bezirks litt seine poetische Ader keineswegs darunter. Zu alledem legte er überraschende praktische Fähigkeiten an den Tag. In wenigen Jahren bezahlte er nicht nur alle eigenen Schulden, sondern auch die seiner Schwiegereltern, löste verschiedene Hypotheken ab und baute sich schließlich auf einem kleinen Hügel in der Nähe der Stadt eine schöne Villa mit einem großen Garten. Nachdem seine dringendsten Bedürfnisse erfüllt waren, begann die unbestreitbar glücklichste Zeit seines Lebens. Er wandte sich plötzlich der Fürsorgetätigkeit zu. Sein Verdienst war es, daß für die rachitischen Kinder der Gemeinde Kolonien für Luft- und Sonnenkuren eingerichtet wurden. Oft sah man ihn in den Armenvierteln der Stadt. Kein Bedürftiger kam vergeblich zu ihm. Der Gemeindepfarrer nannte ihn rundheraus den ›Barmherzigen Samariter‹. Dann wieder hatte er den gesegneten Einfall, inmitten seines Gartens, im sanftgrünen Schatten einiger Trauerweiden, eine Grotte mit der weißen Statue der wundertätigen Madonna von Lourdes bauen zu lassen. Damit sollte, wie er sich ausdrückte, dargetan werden, daß sein Reichtum die zärtlichsten Gefühle aus seiner Kindheit in ihm keineswegs erstickt hatte. Darüber hinaus aber sollte die Statue das neue Besitztum auch vor dem bösen Blick der Neider schützen. Ohne Zweifel war es ein feierlicher Tag im Leben des Assessors Esposito, als der hochwürdigste Herr Bischof persönlich erschien, um die Kapelle zu weihen. Den geladenen Gästen wurde Fruchteis gereicht, das ein eigens aus Sulmona herbeigerufener Konditor gemacht hatte. Dieses Eis wurde in der ganzen Gegend stets als unerreichbare Spitzenleistung gepriesen, wenn man auf Erfrischungen zu sprechen kam.

Der Assessor Esposito verstand es aber auch gelegentlich,

sich gerecht und unerbittlich zu zeigen. Die Wohltätigkeit war eine Sache des guten Willens, nicht seine Pflicht. Mit Ansprüchen durfte man ihm nicht kommen. Ein bemerkenswertes Beispiel der gesunden und strengen Grundsätze, die seine Amtsführung kennzeichneten, war seine Ablehnung eines Gesuchs des Gemeindeboten, die Verwaltung möge die Ausgaben für seine Schuhbesohlung übernehmen. In dieser Angelegenheit formulierte der Assessor während einer Versammlung im größten Theater der Stadt den Satz, der in gewissem Sinn als die Zusammenfassung seiner Finanzwissenschaft angesehen werden kann: »Die Besohlung der Schuhe«, so sagte er, »ist eine Privatsache.« Und als der Bote es am folgenden Tag wagte, barfuß im Rathaus zu erscheinen, wurde er unverzüglich wegen schwerer Herabsetzung des Ansehens der Stadt entlassen. Fatalerweise lief auch der Assessor Esposito beim letzten Regimewechsel Gefahr, der Würde eines Märtyrers teilhaftig zu werden.

»Aber jetzt sitzt Ihr wieder im Sattel«, sagte Filomena noch einmal, um ihn aufzumuntern.

Im Sattel? Ein Trost für Dummköpfe! Wenn es wichtig ist, nicht zu sterben, so ist die Art des Überlebens nicht weniger bedeutsam. Alfredo fuhr fort, sich mit seinem Strohhut Luft zuzufächeln. Mit einem großen Taschentuch wischte er sich von Zeit zu Zeit das erhitzte Gesicht, den Hals, den Brustkorb, die Achselhöhlen ab. Einige der besten Freunde Alfredos waren, ohne es besonders zu verdienen, während des stürmisch verlaufenen Systemwechsels umgebracht worden. Er jedoch und andere seinesgleichen hatten sich ohne irgendein besonderes Zutun auf geheimnisvolle, unerklärliche Weise von einem Tag zum anderen bei den Siegern wiedergefunden. Ja, die erste historische Zusammenkunft des Befreiungskomitees der Provinz fand nirgendwo anders als in der Villa des Ex-Assessors statt. Unter den Anwesenden befand sich auch als Vertreter einer wichtigen Geheimgruppe jener ehemalige Amtsbote, der von Alfredo wegen der Geschichte mit den Schuhen entlassen worden war. Die Begegnung der beiden war bemerkenswert in ihrer ergreifenden Schlichtheit.

»Wenn ich mich manchmal von einer schlechten Seite zeigen mußte, so geschah dies, um meine wahren Gefühle zu verbergen, die immer echt freiheitlich gewesen sind«, entschuldigte sich Alfredo zwischen dem Händedrücken und den warmen Glückwünschen der Anwesenden. Die Augen leuchteten in aufrichtiger Bewegtheit. Es wehte eine Luft wie beim Beginn eines neuen Jahrhunderts.

Nach der Meinung derer, die über jene denkwürdige Errettung nachsannen, war es schwierig, dafür eine, zwar nicht vernünftige, aber doch wenigstens natürliche Erklärung zu finden. Die Gattin des Ex-Assessors, Donna Matilde, verbrachte schlaflose Nächte aus Angst, es könne sich um einen brutalen Scherz handeln, der nur um die Ermordung noch grausamer zu machen, sie als Witwe eines Märtyrers um all die Güter bringen würde, die sie und ihr Mann während der Assessorenzeit mühsam zusammengerafft hatten. Als sie sich schließlich davon überzeugt hatte, daß ihr Gatte tatsächlich als einer der Führer der neuen Partei anerkannt wurde, eilte sie schnurstracks zur Jesuitenkirche und zündete vor der Statue des heiligen Antonius eine Dankeskerze an. Daraufhin verwandelte Alfredo dies Zeichen dankbarer Verehrung in ein ›nie erlöschendes Licht‹. Immerhin war er vorsichtig genug, es seiner Frau zu überlassen, sich mit dem Küster wegen des Erneuerns der Kerzen zu verständigen; denn es war noch nicht klar, wie sich die neue Partei zum Wundertäter von Padua einstellen würde. Um den einstweilen ›unwiderruflichen‹ Charakter des politischen Vorgangs zu symbolisieren, dessen Schauplatz die Villa Esposito gewesen war, wurde das Pendel der Uhr im Salon genau in jener Minute angehalten, in welcher die historische Zusammenkunft ihren Anfang genommen hatte. Allein, dies sollte die Ursache verschiedener Plagen im Leben der Familie des Ex-Assessors werden. Es verging kein politischer Feiertag (es gab ihrer schon eine ganze Reihe, aber es kam noch eine

Menge neuer hinzu), ohne daß sich am Gitter der Villa lange Prozessionen von Pilgern mit der roten Schleife einfanden, welche die schicksalhaften Zeiger betrachten wollten. Dann vertauschte Donna Matilde schleunigst die Perserteppiche mit Hanfläufern und versteckte das Silbergeschirr unter den Betten. Inzwischen lief Alfredo lächelnd und mit ausgebreiteten Armen seinen Genossen entgegen und versuchte, ihren Aufmarsch mit angelegentlichen Plaudereien zu verzögern. »Welch große Ehre für mein bescheidenes Heim«, sagte er immer wieder.

Es war nun nicht so, daß er kühlen Herzens gewagt hätte, sich über das Schicksal zu beklagen, das ihm von der Vorsehung zugedacht war. Aber es betrübte ihn sehr, daß es ihm in der neuen Partei trotz aller Mühe nicht gelingen wollte, die beiden wichtigsten Gaben zur Geltung zu bringen, die ihm von der Natur verliehen worden waren: Herzlichkeit und Phantasie. Immerhin war einer seiner zeitgemäßen Vorschläge sehr lobend aufgenommen und sogleich in die Praxis umgesetzt worden, jener nämlich: innerhalb der wichtigsten Organe der Partei ein ›Amt für Ablässe‹ zu schaffen, das die Aufgabe hätte, die Rehabilitierung der Kapitalisten und Parteibonzen zu erleichtern, welche sich während des verflossenen Regimes kompromittiert hatten, und von Fall zu Fall den Preis dafür festzusetzen, indem man sowohl die Schwere der von ihnen begangenen Fehler als auch ihre Zahlungsfähigkeit berücksichtigte. Allein, Alfredo war überzeugt, daß er die Flügel besitze, um noch viel höher zu fliegen. Schließlich erblickte er den Grund für sein Unglück darin, daß sein unmittelbarer Vorgesetzter in der Partei der Ingenieur Rocco De Donatis war. In seinem Äußeren war dieser Mensch ein wahres Stachelschwein, im übrigen aber ein Rätsel.

»Don Rocco wird nie und nimmer einen Monat fortbleiben«, suchte Filomena ihm einzureden. »Abgesehen von seinen Pflichten der Partei gegenüber, kann er das junge Ding, von dem niemand weiß, ob es seine Tochter oder seine

Frau ist, von dem er sich aber anscheinend nicht zu trennen vermag, nicht so lange allein lassen.«

Der Klassenunterschied zwischen Alfredo und Filomena versagte es dem Mann, sich zu derartigen Vertraulichkeiten herbeizulassen. In der gleichen Partei sein, heißt noch nicht, aus dem gleichen Becher trinken.

»Es ist schon so, daß man das Verhalten eines Verrückten nie genau voraussagen kann«, fuhr Filomena hartnäckig fort.

»Rocco ist kein Verrückter«, sagte Alfredo. »Er ist nur etwas sonderbar. Das verstehst du nicht, es ist nicht dasselbe.«

»Er ist von einer Unbekümmertheit und Blässe, die den Mädchen von heute den Kopf verdrehen«, fügte Filomena hinzu. »Er hat die Blässe grausamer Männer. Mir scheint, er könnte eines Tages sogar zum Mörder werden. Vielleicht täusche ich mich, aber das ist so mein Gefühl.«

»Weshalb sagst du ›werden‹?« fragte Alfredo.

»In der Partei erzählt man sich sonderbare Dinge von ihm«, fuhr Filomena fort. »Es heißt, wenn er mit einer Frau ins Bett gehe, nehme er sich nicht einmal die Mühe, ihr ein zärtliches Wort zu sagen. Er steht auf, wäscht sich und geht weg.«

»Herrgott, wenn es nach dir ginge, dürfte er sich wohl nicht einmal waschen, was?« ereiferte sich Alfredo. »Deiner Ansicht nach ist es eine Beleidigung, sich zu waschen? Eine merkwürdige Auffassung, wahrhaftig, vom dialektischen Materialismus! So wie ich es sehe, ist es in solchen Fällen das Wichtigste, daß er nicht vergißt, die abgemachte Entschädigung zu bezahlen.«

»Aber ich hab doch gar nicht ›solche‹ gemeint«, gab Filomena giftig zurück. »Ich dachte an seine Beziehungen zu ehrbaren Frauen.«

»Ehrbaren?« rief Alfredo. »Ha, ha, ha, du meinst, nicht ehrbar werde man erst durch das Geld?«

»Hört, Don Alfredo, ich rede so, wie ich es verstehe«, sagte

Filomena unwillig. »In der Schule der Partei bin ich nicht gewesen und habe auch weder Zeit noch Lust hinzugehen.«
»Das ist schlecht«, erwiderte Alfredo. »Sehr schlecht! So wirst du niemals etwas wissen von der Poesie der ehernen Lohngesetze.«
»Das sind Dummheiten«, sagte Filomena. »Worte, Worte, leere Worte! Die armen Leute wollen nichts anderes als arbeiten. Darf man erfahren, wann man mit dem Wiederaufbau der Brücke anfängt?«
»Der Inspektor wollte heute abend mit Rocco darüber sprechen«, antwortete Alfredo. »Aber dieser seltsame Mensch ist – du hast es ja selber gesehen – ohne Grund davongegangen.«
»Durch die Schuld eines Verrückten müssen die Arbeitslosen also ohne Arbeit bleiben?« schimpfte Filomena. »Bei der nächsten Parteiversammlung wird er etwas von mir zu hören bekommen!«
Alfredo lächelte. Es mißfiel ihm durchaus nicht, daß er die kleine Wespe da gereizt hatte, einfach so, ganz absichtslos. Es gibt doch eine Vorsehung.
»Du darfst ihm aber nicht verraten, daß du es von mir erfahren hast, möchte ich dir gesagt haben«, beeilte er sich hinzuzufügen. »Du weißt, meine Stellung in der Partei ist immer noch sehr heikel. Ja, es ist nicht einmal von Vorteil, wenn der Angriff in der Versammlung von dir ausgeht. Denn Rocco würde, indem er ein Steinchen ans andere setzt, mühelos die eigentliche Quelle herausfinden. Kennst du nicht jemand von der Maurergewerkschaft?«
»Fast alle leitenden Männer«, versicherte Filomena. »Mein Vater war Vorarbeiter. Erinnert Ihr Euch nicht mehr, wie er Eure Villa baute?«
»Natürlich«, sagte Alfredo lächelnd. »Du mußt den richtigen Weg finden, um die Maurer aufzuwiegeln und zu verhetzen. Aber, wohlverstanden, ich bleibe vollkommen im Hintergrund.«

3

Der Jeep war in rasender Fahrt in die Straße längs des Flusses eingebogen und im Hundertkilometertempo in einer dichten Staubwolke verschwunden.

»Halt dich am Sitz fest«, hatte Rocco seinem Gefährten zugeschrien.

»Alle Wetter!« hatte dieser geantwortet. »Das ist ja die reinste Knochenmühle!«

Während eines langen Stück Weges sprach keiner von beiden ein Wort, aber es lag keinerlei Verlegenheit in ihrem Schweigen. Jeder war in seine eigenen Gedanken versunken. Einige Kilometer weit fuhr der Jeep durch unbewohntes Gelände am Flußbett entlang, überholte lange Reihen von Bauernwagen und begrub sie unter einer dichten Staubwolke. Sie sahen wenige Häuser an der Straße. Auf den Türschwellen warteten Frauen und Kinder, unbekümmert um Staub und Fliegen, auf die Rückkehr der Männer von den Feldern zum Abendessen. An den Kurven riß Rocco mit einem Ruck das Lenkrad herum, ohne die Fahrt zu verlangsamen. Erst an einer bestimmten Stelle war er, um das Flußbett zu überqueren, dazu gezwungen. Die ehemalige Brücke war während des Krieges zerstört worden; nur ihre Pfeiler standen noch. Durch den regen Verkehr war im steinigen Grund eine primitive Fahrbahn entstanden. Jenseits des Flußbettes führte die Straße, die von hohen Pappeln umsäumt war, in ebenem Gelände zwischen großen gelben Stoppelfeldern weiter. Der Jeep konnte daher seine rasende Fahrt sofort wieder aufnehmen. Längs des Straßengrabens führten zwei Carabinieri einen gefesselten Mann. Sie konnten sich gerade noch vor dem Überfahrenwerden retten. Es schien, als hätte Rocco plötzlich die Herrschaft über seinen Wagen verloren. Als sie in ein Dorf einfuhren, überholte der Jeep den Autobus.

Nicht weit von da begann die Steigung. Die Straße schien jetzt verlassen. Nur bei den ersten Häusern im Tal begeg-

nete der Jeep kleinen Gruppen schwarzgekleideter Frauen, die, wie eine stumme Prozession von Ameisen, mit ihren Einkäufen vom Markt langsam heimwärts wanderten. Auf den steinigen grauen Flanken der Hügel wanden sich niedrige Reihen von Reben in schwefelfarbenem Grün. Ein paar vereinzelte Männer mühten sich wie Bienen um ein mageres Gesträuch. Ein Stück weiter wurde die Straße steiler und schmaler. Zu beiden Seiten sah man viele Steinhaufen und kleine Herden von Schafen, die das versengte, staubige Gras am Wegrand abrupften. Ein großer weißer Schäferhund mit nägelgespicktem Halsband sprang unversehens aus einer Hecke hervor und kläffte wütend das Auto an.
»Im Sommer droht keine Gefahr von den Wölfen«, sagte der Ingenieur. »Warum nehmen sie den Tieren das Halsband nicht ab?« Aber sein Gefährte antwortete nicht; Rocco war nicht einmal sicher, ob er die Worte gehört hatte. Er hielt die Hände auf den Knien und blickte unverwandt und gleichmütig auf die Straße. An einer bestimmten Stelle sagte er jedoch:
»Ist es noch weit bis zur alten Mühle?«
»Daran sind wir schon vorbeigefahren«, antwortete der Ingenieur. »Die Arbeiter, an denen wir vorüberkamen, waren damit beschäftigt, sie wiederaufzubauen. Ich mußte die Fahrt etwas verlangsamen. Haben Sie es nicht bemerkt?«
Von der Stelle aus, wo sie sich befanden, war San Luca noch nicht zu erblicken. Aber man konnte aus einem Bergeinschnitt diesseits des Passes schon den weißlichen Rauch aus seinen Kaminen aufsteigen sehen.
»Bei dem Gehöft unterhalb der Käserei werde ich eine Weile anhalten«, sagte der Ingenieur. »Ich möchte Benzin auffüllen.«
»Es paßt mir sehr gut, dort auszusteigen«, sagte der Mann plötzlich. »Ich wollte es eben sagen.«
Der Ingenieur schien sich ostentativ nicht mehr um die Straße kümmern zu wollen, nachdem der andere vom Wagen hinuntergeklettert war. Hinten auf dem Platz, neben der

Tankstelle, standen schon drei Lastautos hintereinander. Eine Frau mit nackten Beinen und ungekämmtem Haar schöpfte mit einem Eimer, der an ein sehr langes Seil gebunden war, Wasser aus dem Brunnen. Rocco fuhr mit dem Jeep bis zu den Trümmern des alten Gebäudes; dann ging er auf die Wirtschaft zu. Er hielt sich sehr gerade, als wolle er auf kindliche Weise den Biedermann spielen. Die Wirtschaft befand sich in einem zweistöckigen Haus, auf dessen Vorderseite zahllose Gewehrkugeln ihre Spuren hinterlassen hatten. Riesige, mit Teer aufgemalte Inschriften bedeckten die Mauer. Einige davon waren noch lesbar: ›Nieder mit den Steuern! Es lebe der Schwarzhandel! Hier regiert der Mann mit dem großen Schnurrbart.‹ – Nahe bei der Tür stand eine hohe Pinie. Ihr Wipfel, der das Dach überragte, wurde in diesem Augenblick von der untergehenden Sonne beleuchtet, so daß sich die Zweige wie eine goldene Kuppel über dem dunklen Haus wölbten. Unter dem Baum saß auf einem Rohrstuhl der Wirt, der alte Zaccaria, und ruhte sich aus. Er war groß und dick und vollblütig, hielt aber den Kopf majestätisch hoch, während er die Augen wie gewöhnlich halb geschlossen hatte. Er trug immer noch seinen Arbeitskittel. Indes verrieten ein Paar Krücken, die in Reichweite am Baum lehnten, daß er seine Beine nicht mehr bewegen konnte. Der Kittel hinderte ihn übrigens nicht, auf der Brust die Ordensschnalle der Tapferkeitsmedaille zu tragen.

»Zaccaria«, fragte Rocco mit lauter Stimme, »wie steht es mit dem San-Luca-Paß? Kann man nachts hinüberfahren?«

Der Alte antwortete nicht. Er blieb unbeweglich mit halb geschlossenen Augen sitzen. Es war nicht zu erkennen, ob er wach war. Im gleichen Augenblick kam aus einem der Schuppen, mit Ketten in der Hand, ein Bursche in grauem Kittel.

»Warum schläft dein Großvater wie ein Hase?« fragte ihn Rocco. »Übrigens habe ich es nicht eilig. Der Wagen müßte wieder einmal gewaschen werden.«

»Wenn du es nicht eilig hast, dann warte, bis die Lastwagen getankt haben«, entgegnete der Bursche. »Willst du noch heute abend über den Berg?«
Auf der Schwelle der Schenke ließ Rocco endlich seiner Neugier freien Lauf; er hatte nun zweifellos lange genug Zurückhaltung gewahrt. Mit einem Ruck drehte er sich um und schaute in alle Richtungen, aber der Mann war verschwunden. Das Gehöft sah aus wie gewöhnlich.

4

Die alte Meierei, nach der dieser Ort immer noch so benannt wurde, stand schon seit mehr als dreißig Jahren nicht mehr. Von ihr war nur ein breites Rechteck von zerbröckelndem Gemäuer übriggeblieben, das bedeckt war mit Brennesseln, Mohn, Gras und Tierskeletten. Das Gebäude war durch ein Erdbeben zerstört worden: Die einstürzenden Decken und Wände hatten die ganze Familie des Besitzers mitsamt den Knechten und Gästen begraben, unter ihnen auch einen aus seinem Kloster ausgestoßenen Ordensbruder, der zu jener Zeit wegen seiner magischen Kräfte und prophetischen Gaben viel von sich reden gemacht hatte. Es muß gesagt werden, daß die Automobilisten und Fuhrleute, die die Meierei häufig besuchten, das göttliche Strafgericht zwar als ein wenig hart, aber als gerecht empfanden. Wenn die Meierei nicht wiederaufgebaut worden war, so lag das nicht etwa daran, daß sie zu wenig eingebracht hätte. Die Erben konnten sich nicht einigen. Aber das war nicht der wirkliche Grund, weshalb der Platz verödet zu bleiben drohte. In mancher Hinsicht hatten selbst Leute von gesunder Konstitution ihn immer für fast unbewohnbar gehalten, denn er war schutzlos allen Winden ausgesetzt und besonders im Winter den Stürmen völlig preisgegeben. In der Nähe befanden sich indes ein wichtiger Paß und eine Straßenkreuzung, die ziemlich weit von jedem bewohnten Ort entfernt lag. Wer hier die wichtigsten Bedarfsmittel für Menschen und Fahrzeuge bereithielt, konnte daher auf alle Fälle mit einem gewissen Einkommen rechnen. Nicht ohne Grund hatte dieser saure Verdienst jedoch immer nur eine bestimmte Art von Leuten angelockt.

Ungeachtet der Veränderungen, die in den vergangenen Jahrzehnten durch die Erschütterungen des Krieges und die Vorherrschaft der Lastautos über Maultiere und Esel hervorgerufen wurden, behielt die Meierei einen üblen Ruf. Die verbitterten Individuen, die sich dort niederließen, waren von den Reisenden meist als Gauner und Raufbolde gefürchtet. Der schneeweiße Bau einer Käserei, der in den letzten Jahren dort errichtet worden war, hatte der verrufenen Stätte nur scheinbar einen etwas ordentlicheren und saubereren Anstrich verliehen. Nicht einmal der alte Handel mit gestohlenen Pferden und Mauleseln, deren Fell gefärbt wurde, um sie unkenntlich zu machen, hatte die Kühnheit, die Durchtriebenheit und Findigkeit der Leute in der Meierei so aufzustacheln vermocht, wie es der Schwarzhandel mit den verschiedenen Milchprodukten in den letzten Kriegsjahren tat. Eine seltsame Laune des Schicksals aber fügte es, daß die Meierei schließlich sogar von der Regierung ein Lob einheimste.

Während ein fremdes Heer die Gegend für kurze Zeit besetzt hielt, geschah es nämlich, daß jener geheime Handel, der von der Kanzel herunter bereits verdammt worden war und vom Gesetz schon verfolgt wurde, plötzlich als höchst verdienstvoll, beispielhaft und patriotisch bezeichnet wurde. Eines Nachts hatte auf der Paßstraße, ausgerechnet um ein Lastauto voll Käsekisten, ein blutiges Gefecht zwischen den Bewohnern der Meierei und einer feindlichen Abteilung stattgefunden. Mehrere Soldaten wurden getötet, die andern in die Flucht geschlagen. Allein, Zaccaria bezahlte die fette Kriegsbeute mit dem Verlust seiner Beine, die von einer Maschinengewehrsalve getroffen wurden. Für die Tapferkeit, die er bei diesem Kampf bewiesen hatte, erhielt

Zaccaria dann einen Orden, auf den er verständlicherweise sehr stolz war. Die Bräuche und der Ruf der Meierei aber änderten sich in der Folgezeit nicht, während der Orden nur eine Anzahl unvorhergesehener Komplikationen mit sich brachte. Immerhin war es ein wichtiger Tag für die ganze Gegend, als ein Abgesandter des Königs in feierlicher Zeremonie die Tapferkeitsmedaille an den Rock des alten Zaccaria heftete. Der vornehme Herr, der aus der Hauptstadt gekommen war, fand Worte rührenden Wohlwollens für ihn. »Sie haben«, sagte er, »ein leuchtendes Beispiel gegeben von dem, was auch der einfachste Mann vermag, wenn seine natürlichen Instinkte für einen Augenblick zur Tapferkeit aufgerufen werden.«

»Du hast vergessen zu sagen«, entgegnete ihm Zaccaria und reckte sich auf seinen Krücken in die Höhe, »daß der Lastwagen mit den Kisten in unserer Hand blieb.«

Die Erregung des ganzen Volkes beim Sturz des alten Regimes sowie das Ende des Krieges gaben den Bewohnern der Meierei Gelegenheit, von ihren schöpferischen Fähigkeiten reichlich Gebrauch zu machen. Tagtäglich gelangten aus dem Hauptort Berichte über Aufstände in den anderen Provinzen zu ihnen. Der Chauffeur des Postautos brachte und verteilte täglich kostenlos Extrablätter, Broschüren und Manifeste, die berauschender wirkten als Branntwein. Eines Abends hatte Zaccaria plötzlich die Idee, im Hof der Meierei, zwischen der Schenke und den Stallungen, seine Familie, die Knechte und Mägde sowie die zufällig anwesenden Gäste zu versammeln, die zumeist Diebe und Viehhändler oder Leute waren, die dem Gesetz zuwidergehandelt hatten. Männer und Frauen zusammengezählt, waren es an jenem Abend ungefähr dreißig Menschen. Es waren alles Erwachsene, die gesund waren, denn nach einer seit langer Zeit gültigen Regel waren Kinder, Kranke und Idioten in der Meierei nicht zugelassen. Zaccaria befahl den Knechten, Fackeln anzuzünden. Dann hielt er den Anwesenden eine Rede, und zwar stehend ohne Hilfe von Krücken. Er lehnte es auch ab, sich auf seine Enkel zu stützen, die um ihn herumstanden; dabei war er erst vor kurzem aus dem Spital entlassen worden. Er verkündete den Zuhörern, daß von diesem Zeitpunkt an die Meierei sich vom reaktionären Königreich Italien als abgefallen betrachte, und daß sie vorerst ohne weiteres und ohne fiskalische Verpflichtungen zur Union der Sozialistischen Sowjetrepubliken gehöre. Er fügte hinzu, es handele sich um ein sehr wichtiges Ereignis, auch wenn seine Zuhörer durch ihre Unwissenheit nicht imstande sein sollten, sich darüber Rechenschaft zu geben. Während einige der Anwesenden, nachdem sie sich von ihrer Überraschung erholt hatten, von Zaccaria etwas genauere Auskünfte über den völlig neuen staatsrechtlichen Zustand verlangten, gab es einen Augenblick der Beunruhigung. Auf der Straße, die vom Gebirge herunterführte, sah man plötzlich aus dem Dunkel ein großes Lastauto auftauchen, das langsam, mit abgestelltem Motor und ohne Scheinwerferlicht, näher kam. Hinter dem Wagen trotteten eine Herde Maultiere und eine Schar zerlumpter Männer, die mit den verschiedenartigsten Waffen ausgerüstet waren. Es war die Bande der ›Barfüßer‹, zur damaligen Zeit die größte und kriegerischste aller Banden, welche des Nachts die Pässe der Umgebung ›kontrollierten‹. Sie war den anderen Banden weit überlegen, weil sie ›Dilettanten‹ aus ihren Reihen strikt ausschloß. So nannte man damals verächtlich gewisse Bauern und Handwerker, die weiter ihren gewohnten Beruf ausübten, mit ihrer Familie zusammenlebten und ihre nächtlichen Unternehmungen in den Bergen nur als schlagartige Einzelaktionen durchführten. Den Gewinn, der dabei heraussprang, betrachteten sie als gerechte Entschädigung für die hohen Lebenshaltungskosten. Die ›Barfüßer‹ hingegen verließen das Hochgebirge nur ganz selten. Ihr unvermutetes Auftauchen in der Meierei gerade in jener denkwürdigen Nacht bedeutete daher eine freudige Überraschung und verscheuchte in jedem die letzten Zweifel und Bedenken. Eine Ladung Rotwein aus Apulien, ein Dutzend Maultiere

und drei Geiseln, deren man sich kurz vorher, ohne einen Schuß abzufeuern, auf dem San-Luca-Paß bemächtigt hatte, bildeten die Beute, welche die Banditen mitbrachten. Kaum hatte sie Zaccaria von dem revolutionären Akt unterrichtet, der soeben gebührend gefeiert wurde, machten sie mit den Bewohnern der Meierei gemeinsame Sache; immerhin stellten auch sie (reine Pfoten, lange Freundschaft!) ausdrücklich die Bedingung, daß sie von allen Steuern und Abgaben befreit wären. Der Beitritt der ›Barfüßer‹ stimmte Zaccaria milde und machte ihn großmütig. Der Rotwein aus Apulien, der in Wirklichkeit nur mittelmäßig war, dünkte ihm herrlich. Während er mit den Anführern der ›Barfüßer‹ zusammensaß, erhob er sich plötzlich, gebot Schweigen und verkündete, er wolle zum ersten Male von seiner Amnestiegewalt Gebrauch machen. Dann befahl er, die drei Geiseln, zwei Mailänder Kaufleute und einen Arzt aus Ancona, aus dem Keller, wo man sie eingesperrt hatte, heraufzuholen und ihnen die Fesseln abzunehmen. Als sie ihm vorgeführt wurden, bot er ihnen persönlich zu trinken an und erklärte, sie seien frei; ja, er erließ ihnen sogar das Lösegeld, das die ›Barfüßer‹ nach dem ungeschriebenen Gesetz der Berge von den Familien als Sühne zu verlangen das Recht hatten.
Am nächsten Morgen, noch vor der Dämmerung, kehrten die ›Barfüßer‹ ins Gebirge zurück. Eine Stunde danach hatten die drei frühern Geiseln das Vergnügen, von Zaccaria einen schmeichelhaften Auftrag entgegenzunehmen. Sie erhielten die Weisung, sich in die Nachbardörfer San Luca, Sant' Andrea und Fornace zu begeben, um die Pfarrer, die Carabinieri und die Bürgermeister jener Ortschaften von dem Vorgefallenen zu unterrichten und ihnen zu versichern, die Bewohner der Meierei seien willens, mit den Dörfern im Tal gutnachbarliche Beziehungen zu pflegen und eifrig Handel zu treiben. Nachdem sie abgezogen waren, befahl Zaccaria einem seiner Enkel, auf der Fassade der Schenke mit Teer eine Inschrift anzubringen, die den erfolgten Staatsstreich verkündete. Mühselig pinselte der Junge auf die

Mauer in riesigen eckigen Buchstaben, die zwar weder regelmäßig noch symmetrisch, aber nichtsdestoweniger eindrucksvoll waren, die Proklamation, die auch dann noch zu sehen war, als sie nur noch de facto und nicht de jure verkündete: ›Hier regiert der Schnauzbart‹.

Aus nie klargelegten, aber sehr verständlichen Gründen enthielten sich die Carabinieri und die Amtsrichter der benachbarten Dörfer jedes Eingriffs in diese merkwürdige Geschichte. All die sonderbaren Ereignisse, die sich in jenen Tagen zutrugen, waren kaum so bezeichnend für die damals herrschende geistige Verwirrung wie die völlige Ratlosigkeit der Polizei und Behörde. Die Carabinieri fühlten sich nicht aufgelegt, ihren Eifer hervorzukehren. Vielleicht hatten sie nicht vergessen, daß in letzter Zeit eine Anzahl ihrer Kollegen sich gerade durch allzu große Eile bei der Erfüllung ihrer Pflichten zugrunde gerichtet hatten. In der Abgeschiedenheit, in der sie lebten, mochten sie vielleicht auch befürchten, daß der Funke, der aus ihrem Tal aufstieg, im Begriff sei, das ganze übrige Land in Brand zu stecken. Auch wenn man viel abzog von dem Geschwätz über die Menge von automatischen Waffen und Munition, die in der Meierei versteckt sein sollten, und über die Zahl der Männer, die Zaccaria hätte aufbieten können, so stand doch außer jedem Zweifel, daß der Wirt den regionalen Hütern der Ordnung weit überlegen war.

In jenen Tagen schwiegen selbst die Priester. Während die Tagelöhner in den Wirtschaften erregt diskutierten oder bis spät in die Nacht hinein auf den Dorfplätzen standen und ›Hoch lebe...!‹ oder ›Nieder mit...!‹ schrien, liefen die kleinen Bauern, die Schafhirten und die Angestellten in die Sakristeien, um sich von den Priestern sagen zu lassen, was sie denken, wie sie sich verhalten und welche Vorsichtsmaßregeln sie treffen sollten. In San Luca herrschte besonders große Unruhe; man war in Sorge, wie Don Nicolas, der Pfarrer, ein frommer, aber sehr offenherziger, großzügiger und impulsiver Mann, die Ereignisse hinnehmen würde. In seinen Predigten hatte er sich in letzter Zeit manchmal drohende Worte gegen die hartgesottenen Reichen und Mächtigen entschlüpfen lassen. Als er an jenem Morgen die Messe las, wandte er sich jedoch beim Evangelium nicht wie sonst zu den Gläubigen um, die in außergewöhnlich großer Anzahl in der Kirche erschienen waren; und für den Rest des Tages blieb er unsichtbar. Das gleiche geschah auch an den folgenden Tagen. Unter den Pfarrkindern ging damals das Gerücht, das alte Fräulein Adele, die Schwester und der Haustyrann des Pfarrers, habe ihn in seinem Zimmer eingesperrt, um ihn daran zu hindern, sich mit den Tagelöhnern zusammenzutun und Dummheiten zu machen. – Die Tatsache, daß auch Don Costantino, der Pfarrer des Nachbardorfes Sant' Andrea, sich verborgen hielt, führte man auf genau entgegengesetzte Gründe zurück. Man sagte, er habe Angst bekommen. Tatsächlich hatte er allzu oft im Gespräch und in Reden den Krieg und das alte Regime gepriesen und damit nicht einmal aufgehört, als er vom Bischof ermahnt worden war, sich einzig und allein um das Heil der Seelen zu kümmern. Von ihm hieß es, er habe das Pfarrdorf bei Nacht verlassen, ohne jemandem zu verraten, wohin er gehe. – Nur der alte Erzpriester in Fornace, Kanonikus Don Bonaventura De Donatis, blieb auf seinem Posten, völlig unbekümmert um alles, was ihm zustoßen konnte. Er hatte sein ganzes Leben mit Meditationen über die Apokalypse zugebracht und wäre durchaus nicht erstaunt gewesen, wenn ihn eines Morgens die Posaunen des Jüngsten Gerichts aus dem Schlafe geweckt hätten. Statt dessen erwachte er vom Gebimmel seiner Hausglocke. Es war einer der Abgesandten aus der Meierei, der Einlaß begehrte. Don Bonaventura hörte ihm geduldig zu, doch der Bericht ließ ihn völlig gleichgültig. Dann bot er dem Mann einen Becher Wein und ein Ei an, damit er sich stärken könne. Da die Gläubigen in großer Zahl zur Kirche geeilt waren, fühlte er sich verpflichtet, ihnen ein paar tröstliche Worte zu sagen. Er tadelte ihre Aufregung und suchte ihnen klarzumachen, daß der Teufel nie so häßlich sei, wie man ihn male, worauf er sich des langen und breiten über die Maler ereiferte. Seine eigene Haltung, so sagte er, sei die wohlwollender Gleichgültigkeit; wohlwollend gegen alle, angefangen bei den Opfern der Gewalttaten. Man berichtete ihm, sein Neffe, Rocco De Donatis, sei einer der Anführer der revolutionären Partei. »Er ist ohne Zweifel ein wenig närrisch«, gab der Erzpriester zu, »aber er ist aufrichtig.« Wenn er in Fornace irgend jemanden wird umbringen lassen müssen, wird er – da könnt ihr sicher sein – bei mir anfangen, um nicht in den Verdacht der Parteilichkeit zu geraten.« Das beruhigte seine Zuhörer nicht sehr. »Viele Wege führen ins Paradies«, predigte er. Und er fügte hinzu: »Vielleicht sind bisher noch nicht alle Straßen erforscht worden.« Als er nach der Predigt von einigen Gläubigen gefragt wurde, ob er mit diesen Worten auf das ›Experiment‹ in der Meierei habe anspielen wollen, entgegnete der Erzpriester, um die Worte der Heiligen Schrift richtig zu verstehen, müsse man reinen Herzens und unschuldigen Gemütes sein. Und selbst dann könnten sie einem noch geheimnisvoll bleiben.

Da die Carabinieri in ihrer Ratlosigkeit und die sich neutral verhaltenden oder überhaupt abwesenden Geistlichen Zaccaria gewähren ließen, konnte er in Ruhe überlegen, wie er im Falle eines Angriffs die Parteiabteilungen aus der Nachbarschaft und die befreundeten Banden rechtzeitig zu Hilfe rufen könne. Allein, der entscheidende Schlag kam aus einer Richtung und auf eine Art, auf die er nicht gefaßt war.

5

Über den Stand des Weltgeschehens in jener Epoche war Zaccaria durch die illustrierten Blätter, die ihm der Chauffeur des Postautos manchmal schenkte, genau informiert. In wenigen Wochen lernte er so Völker, Länder und Persönlichkeiten kennen, von denen er bisher nichts gewußt hatte.

Er machte sich auch eine genaue Vorstellung von der Weltgeschichte, von den überstandenen und gegenwärtigen Leiden der Menschheit und von der endgültigen Art, ihr zu helfen. Die wichtigste Nachricht war die, im Osten sei eine neue Sonne aufgegangen, welche die Erde erleuchte. Sie hatte ein menschliches Antlitz, ein gesundes, gutmütiges, mit einem großen Schnurrbart. Wo immer ihre Strahlen hinfielen, da erhoben die Geknechteten, über die Scholle Gebeugten ihr Haupt. Als Zaccaria das begriffen hatte, schien es ihm völlig klar, daß ein günstiger Verlauf der Dinge in der Meierei einzig und allein vom Beistand der Partei abhänge. Es war also von allergrößter Wichtigkeit, eine Vertrauensperson zum Sitz der nächsten Provinzgruppe zu schicken, um den ersten Kontakt herzustellen. Für diese Mission erwählte Zaccaria die jüngste Bewohnerin der Meierei, die zugleich die aufgewecktеste und keckste war: ein Mädchen von ungefähr siebzehn Jahren, sehr mager, dunkelhaarig, mit großen, blanken Augen. Das junge Ding war kurz vor dem Krieg mit seinem Vater, einem österreichischen Juden, einem kleinen bärtigen, schüchternen, höflichen Mann, der immer schwarz gekleidet ging, in die Meierei gekommen. Er hatte eine lange und äußerst verwickelte Geschichte von Verfolgungen erzählt. Als er im Gebirge ankam, besaß er einzig, was er auf dem Leibe trug, und sprach nur ein paar Brocken italienisch. Die Anweisungen, die er erhalten hatte, um zur Meierei zu gelangen, waren ihm unter höchst sonderbaren Umständen erteilt worden, und zwar von einem Polizeikommissar. Dieser Beamte hatte in Wirklichkeit den Auftrag gehabt, den Mann und das Kind wieder über die Grenze abzuschieben; aber die zwei armseligen Menschen hatten sein Mitleid erregt. Obschon er sich damit selbst in größte Gefahr brachte, hatte er den beiden Flüchtlingen den Weg zur Meierei erklärt, damit sie dort Zuflucht suchen könnten. »Dort seid ihr in Sicherheit«, hatte er gesagt. Vielleicht war Zaccaria dem Kommissar aus irgendeinem Grunde zu Dank verpflichtet. Wie dem auch sei, er nahm die beiden aus dem Lande gewiesenen Fremden recht wohlwollend auf. Ihre Ankunft bedeutete ja in einem gewissen Sinn die staatliche Anerkennung, daß er, Zaccaria, den Landesgesetzen nicht unterworfen sei. Noch stärker bewegte ihn jedoch der Anblick des Kindes. Es war damals ungefähr neun Jahre alt, aber so zart und zerbrechlich, daß es kaum halb so alt schien. Die Männer in der Meierei waren übereinstimmend der Meinung, daß die strenge Regel, keine Kinder in ihrer Gemeinschaft zu dulden, in diesem Falle nicht angewendet werden dürfe.

»Der einzige Vorteil des Gesetzes besteht in dem Vergnügen, es im gegebenen Augenblick verletzen zu können«, erklärte Zaccaria bei dieser Gelegenheit. »Mit dem Gesetz verhält es sich genau so wie mit der Jungfernschaft.«

Der österreichische Jude erzählte, er heiße Stern, was im Italienischen ›Stella‹ bedeute. Der Name gefiel den Männern in der Meierei gut. Sie fanden, es sei ein günstiges Vorzeichen, und beschlossen, nur das italienische Wort zu gebrauchen. Als sie jedoch weiter darüber nachdachten, meinten sie, der Name Stella passe einzig für das Mädchen. Um Mißverständnisse zu vermeiden, solle sich der Gast in Zukunft nur als Stellas Vater betrachten.

Kaum hatte Stella ihre Angst vor den unbekannten, groben Kerlen, die so rauh und gewalttätig aussahen, verloren, da fing sie auch schon an, sie zu tyrannisieren. Man sorgte dafür, daß sie nichts entbehrte. Im ganzen Tal war kein Kind so gut gekleidet wie sie. Ein jeder, der aus der Meierei in die Ebene hinunterstieg, brachte dem Mädchen ein kleines Geschenk mit. Viele Jahre lang begleitete Giuditta, die alte Frau des Zaccaria, Stella dreimal in der Woche nach San Luca zum Haus des Schulmeisters, damit sie lesen und schreiben lerne. So viel Mühe hätte sich Giuditta für ihre eigene Tochter nie gemacht. Aber die kleine Stella hatte ein so feines und zartes Körperchen, daß ihr ein wenig Bildung nottat. Der Schulmeister, Don Raffaele, war ein sonderbarer Mann; lange redete er unentschlossen hin und her (nach

Giudittas Meinung litt er an Einbildung), aber schließlich gewann auch er das kleine Flüchtlingskind lieb und lehnte jede Bezahlung für die Schulstunden ab. Von Zeit zu Zeit schickte er dem Kind sogar irgendein Büchlein zum Lesen, und einmal schenkte er ihm eine italienische Bibel.

Wenn Zaccaria das Kind mit einem offenen Buch sah – wehe dann dem, der gewagt hätte, in seiner Nähe Lärm zu machen. Stella jedoch hatte in höchstem Grad die Fähigkeit entwickelt, sich auch im größten Tumult zu konzentrieren. Aber kein Märchenbuch, ja, nicht einmal die Bibel, hatte sie jemals so gefesselt wie die illustrierten Zeitungen, die der Chauffeur des Postautos während der ersten abenteuerlichen Wochen nach dem Regimewechsel Zaccaria mitbrachte. Während die Männer unbarmherzig alles ausplünderten, was sich dem San-Luca-Paß näherte, schloß sich Stella in ihr Kämmerchen ein und nahm gierig die Offenbarungen des neuen Glaubens in sich auf. Sie war davon so erschüttert und hingerissen, daß sie gelobte, sich für den Rest ihres Lebens völlig der Partei zu weihen. Zaccaria konnte also für den heiklen Auftrag im Hauptort keine willigere Botin finden.

Es war das erstemal, daß Stella in die Ebene hinunterkam. Sie fuhr mit dem Rad und hatte für einen Tag genug zu essen bei sich; alle Bewohner der Meierei winkten ihr fröhlich nach. Während der Fahrt flatterte ihr langes schwarzes Haar wie der Schweif eines Füllens hinter ihr her.

Sie hatte versprochen, wenn möglich noch am selben Abend zurückzukehren. Aber drei Tage lang wartete man vergeblich auf sie. Hatte man sie verhaftet? War ihr ein Unglück zugestoßen? Hatte sie am Ende die Gelegenheit benützt, um aus der Meierei zu entfliehen? Diese letzte Vermutung schmerzte am meisten. »Wie konnte ich nur so blöde sein!« jammerte Zaccaria. »War ich denn völlig mit Blindheit geschlagen?« Die Angst um das Schicksal des Mädchens ließ ihn schließlich sogar den Auftrag vergessen, mit dem es betraut war, und er fragte sich nicht mehr, ob Stella mit ihrer Botschaft ans Ziel gelangt sei. Bisher war es keinem zum

Bewußtsein gekommen, wie wichtig dieses kleine, nicht einmal schöne Mädchen für alle geworden war. Die Männer der Meierei empörten sich darüber, daß Zaccaria sich nicht entschließen konnte, Stella suchen zu lassen. »Ich will selbst gehen«, sagte er. »Ich gehe allein, zu Pferd!« Aber bei seinen gelähmten Beinen war daran überhaupt nicht zu denken. Und was hätte geschehen sollen, wenn während seiner Abwesenheit ein Angriff auf die Meierei erfolgen oder sonst irgendeine Schwierigkeit eintreten würde? Die Zeiten waren nicht so, daß ein Anführer einfach fortgehen konnte. Übrigens gab es genügend Männer, die in das Mädchen vernarrt waren und die vor keinem Risiko zurückschreckten, um Stella zu finden. Aber davon wollte Zaccaria nichts hören. »Ich will selbst gehen«, wiederholte er. »Ich setze mich aufs Pferd und bringe sie hierher zurück. Das ist eine Sache, die nur mich angeht.«

Am vierten Tag nach der Abreise des Mädchens näherte sich der Meierei ein schweres Motorrad, das wie ein automatischer Mörser donnerte. Darauf hockte ein kleines, mageres, erdfarbenes Wesen mit kurzgeschorenen Haaren, das wie ein verwegener Bub aussah. Das seltsame Geschöpf trug eine Lederjacke und kniefreie Hosen. Diejenigen, die als erste herbeieilten, erkannten Stella zunächst gar nicht wieder. Nachdem sie sich von ihrer Bestürzung erholt hatten, brachen sie in lautes Gelächter aus, da sie das Mädchen in einer solchen Aufmachung wiedersahen.

»Woher kommst du?« fragten sie.

»Wer hat dich so zugerichtet?«

»Warum so spät?«

»Wo hast du das Motorrad gestohlen? Und die Jacke? Hast du vielleicht deine Haare verkauft?«

Stella antwortete nicht. Man wußte nicht recht, ob sie aus Erregung oder aus einem andern Grund schwieg. Ohne Haare schien ihr Kopf noch zarter, wirkten ihre Augen noch größer. Ihr Blick hatte etwas Sonderbares und Neues. Sie machte einen ernsten, besorgten, unruhigen Eindruck. Etwas

Ungewöhnliches mußte ihr widerfahren sein. Die wesentlichste Veränderung lag nicht im kurzgeschorenen Haar. Sie wurde zu Zaccaria geführt. Er hatte schon damals die Gewohnheit, seine Tage unter der Pinie, auf seinem Rohrstuhl sitzend, zuzubringen. Jeder, der herbeieilte, um das Mädchen zu begrüßen, stutzte und lachte. Stella glaubte daher, es sei ihre Pflicht, etwas zu sagen.

»Nehmt euch in acht«, sagte sie, »wer zuletzt lacht, lacht am besten! Wartet nur ein wenig!«

Was wollte sie damit sagen? Konnten sie nicht alle miteinander lachen? Weshalb schloß sie sich nicht der allgemeinen Fröhlichkeit an, die ihre Rückkehr hervorgerufen hatte?

»Vielleicht bist du müde«, sagte Zaccaria. »Sicher hast du auch Hunger.«

»Nein, es geht mir gut«, erwiderte das Mädchen. »Ich bin nicht hungrig.«

»Möchtest du dich nicht wenigstens waschen?«

»Das eilt nicht.«

»Wo hast du in der Stadt gewohnt?«

Das Mädchen gab keine Antwort.

»Mit langen Haaren hast du mir besser gefallen«, fügte Zaccaria hinzu und versuchte zu lächeln. »Aber nur Geduld, die werden wieder wachsen. Hoffentlich hat man dir nicht auch am Leib die Haare abgeschnitten.«

Das Mädchen schwieg noch immer.

»Wie lautet die Antwort der Partei?« fragte Zaccaria.

»Du wirst sie gleich zu hören bekommen«, sagte das Mädchen. »Jemand wird in einem Auto hierherkommen – er muß jeden Augenblick da sein –, dann erhältst du die Antwort.«

Da begriff Zaccaria, daß die Dinge schlecht standen.

»Wer wird kommen?« fragte er. »Wie heißt er?«

»Du kennst ihn noch nicht«, sagte das Mädchen. »Er wird sofort hier sein. Er heißt Rocco De Donatis. Man hat mich geschickt, um euch das zu sagen.«

»Man hat dich geschickt?« schrie Zaccaria.

»Sonst wärest du wohl nicht zurückgekehrt?«

6

Rocco De Donatis war wenige Wochen vor der Befreiung aus dem Norden in seine Provinz zurückgekehrt. Er hatte die Leitung einer Gruppe von Partisanen übernommen und sich sogleich den Ruf eines kühnen und grausamen Mannes erworben. In der Meierei hatte ihn noch niemand gesehen, aber sein Name war dort wohlbekannt. Man sprach oft mit Bewunderung von ihm. Zaccaria hatte ihn schon verschiedene Male eingeladen, um mit ihm einige bedeutende Aktionen zu vereinbaren, aber er hatte nie eine Antwort erhalten. Immerhin war damit zu rechnen, daß Rocco eines Tages erscheinen würde, da er aus demselben Tal oder genauer aus Fornace stammte. Die Familie De Donatis war die älteste der Gegend und besaß noch Weinberge, eine Mühle und die Schmelzöfen, von denen der Ort seinen Namen hatte. Aber in den letzten Jahren war das alles ziemlich heruntergekommen, denn Rocco war zu lange fort gewesen und sein Onkel, der Erzpriester, kümmerte sich um nichts.

Als Rocco jetzt mit seinem Jeep in der Meierei eintraf, sah er, daß auf dem Dach der Wirtschaft zu beiden Seiten des Giebels zwei Maschinengewehrposten standen, während sich auf dem Platz eine kleine Schar Männer und Frauen eingefunden hatte. Einige von ihnen trugen Schnellfeuergewehre verschiedener Art, andere einen einfachen Revolver, und wieder andere Sensen und Winzermesser. Als der Jeep ankam, stellten sie sich in Gruppen unter die Pinie, dicht neben Zaccaria, der auf seinem großen Stuhl sitzen blieb. Er trug seine gewöhnliche Arbeitsbluse, an die seine Verdienstmedaille geheftet war, und hielt eine große automatische Pistole auf den Knien. Die alte Giuditta, sein Weib, stand regungslos auf der Türschwelle. Rocco war allein gekommen, offensichtlich unbewaffnet. Langsam erhob er sich in seinem Jeep und schaute gleichgültig umher, ohne ein Wort zu sagen. Die eine Hand hielt er in der Tasche, während er sich mit der andern auf die Lehne des Führersitzes stützte.

Er war hochgewachsen und mager und trug kurze Hosen und einen schwarzen Pullover. Seine Augen ruhten nur flüchtig und gleichgültig auf Stella, die ein wenig abseits von der Gruppe neben dem Motorrad stand. Rocco machte gar keine Miene auszusteigen, und Zaccaria zeigte sich ebensowenig gewillt, sich zu erheben und ihm entgegenzugehen. Deshalb wurde kein Gruß irgendwelcher Art gewechselt. Mit einem Blick erkannte Zaccaria, weshalb Stella ihr schönes Haar geopfert hatte: Auch der magere Kopf Roccos war völlig glattgeschoren. War das eine persönliche Eigenheit, oder waren die Mitglieder der Partei der gleichen Regel unterworfen wie die Zuchthäusler und die Novizen eines Benediktinerklosters? Der Gesichtsausdruck Roccos jedoch ließ sich mit keinem andern vergleichen. Er war von demütigender Kälte. Seine Augen waren entsetzlich: sie schienen aus Glas zu sein. Seine Haut war kalkweiß wie bei einem Toten. Die Spannung dauerte noch eine Weile, sie benahm einem den Atem. Es war, als sei die Luft plötzlich mit irgendeinem Gas durchsetzt. Wenn jemand zum Zeitvertreib ein Streichholz angezündet hätte, würden sie alle in die Luft geflogen sein. Wahrscheinlich hätte sich Zaccaria in jenem Augenblick lieber einer Legion Carabinieri gegenüber gesehen. Noch ehe er begriff, was da vor sich ging, mußte er einsehen, daß er das Spiel verloren hatte. Unwiederbringlich verloren! Aber er mußte doch etwas sagen. Er mußte irgendwie versuchen, vor seinen Leuten das Gesicht zu wahren.

»Unsere Absichten...«, sagte er.

»Die Absichten sind ganz und gar unwichtig«, unterbrach ihn Rocco hart.

So begann zwischen diesen beiden grundverschiedenen Männern ein Wortgefecht, das allen, die es mitanhörten, unvergeßlich bleiben sollte. Zaccaria blieb sitzen, korpulent, vollblütig und keuchend, mit feuerrotem Gesicht und Hals. Ihm gegenüber der andere, nur wenige Schritte von ihm entfernt, hochaufgerichtet in seinem Jeep, bleich, kalt, erbarmungslos. Rocco stand mit erhobenem Kopf so nahe, daß Zaccaria, wenn er ihm ins Gesicht sehen wollte, die Augen zu ihm aufheben mußte wie zu einem Prediger oder Richter.

»Unsere Absichten zählen nicht?« fragte Zaccaria erstaunt.

»Weder die euren noch die meinen«, gab Rocco zurück. »Absichten zählen nie.«

»Wenn die Absichten nicht zählen«, sagte Zaccaria, und seine Stimme klang lauter, »dann genügt es also nicht, daß diese meine Freunde hier und die Unsern im Gebirge alles arme Arbeiter sind, Männer mit wenig Grund und Boden oder ganz ohne Besitz?«

»Es genügt nicht«, antwortete Rocco mit unerschütterlichem Gleichmut. »Auch bei den Schwarzhemden gab es viele Arbeiter mit wenig Grund und Boden oder ganz ohne Besitz. Und bei den Carabinieri sind ihrer nicht weniger.«

»Dann wäre es also ganz und gar unwichtig«, entgegnete Zaccaria, »daß wir, im Gegensatz zu den Schwarzhemden und zu den Carabinieri, das alte Gesetz nicht aufrechterhalten, sondern vernichten wollen? Für die Partei hat das keine Bedeutung?«

»Keine«, antwortete Rocco. »Nicht die geringste. Es gibt viele Gegner des alten Gesetzes.«

»Unser Kampf gegen die Barone und Großgrundbesitzer bedeutet also nichts?« fuhr Zaccaria fort. »Und ihr Haß, ihre Furcht vor uns?«

»Nichts«, gab Rocco zur Antwort. »Absolut nichts!«

»Und es bedeutet auch nichts«, fragte Zaccaria weiter, »wenn wir versuchen, das soziale Programm der Partei zu verwirklichen?«

»Weniger als nichts«, erwiderte Rocco. »Viel weniger.«

»Das verstehe ich nicht«, erklärte Zaccaria, verbissen auf seinem Standpunkt beharrend.

»Hört zu«, sagte Rocco mit lauter Stimme, »und gebt gut acht auf das, was ich euch jetzt sage!« Er machte eine Pause, um die Wichtigkeit dessen, was er verkünden wollte, zu unterstreichen; dann fuhr er fort:

»Je mehr eine Aktion derjenigen ähnlich sieht, welche die Partei unternehmen könnte, um so verräterischer und verdammenswerter ist sie, wenn sie ohne das Wissen und gegen den Willen der Partei unternommen wird.«

»Das kann ich nicht begreifen«, unterbrach ihn einer aus der Gruppe, die hinter Zaccaria stand.

»Sind denn die Partei und ihr Programm nicht eins?« fragte ein anderer.

»Nein«, entgegnete Rocco. »Die Partei steht über ihrem Programm. Wollt ihr wissen, welches der fürchterlichste Verrat wäre? Das Parteiprogramm ohne die Partei zu verwirklichen!«

»Ich begreife es nicht«, sagte wieder einer. »Das ist mir zu gelehrt. Wir sind einfache Leute.«

»Wir sind keine Verräter«, rief ein anderer.

»Ihr seid es«, versicherte Rocco. »Wahrhaftig, ihr seid es! Eine militärische Abteilung kann nicht nur Verrat begehen, indem sie desertiert, sondern auch, indem sie auf eigene Faust den Feind angreift. Was die einzelne Truppe zu tun hat, kann nur der Generalstab entscheiden.«

»Und wenn der Generalstab irrt?« rief dieselbe Stimme. »Wenn er befiehlt, die Waffen zu strecken, sich zu ergeben?«

»Darüber steht euch kein Urteil zu«, antwortete Rocco. »Eine Frage wie die, welche soeben an mich gerichtet wurde, ist schon an sich ein Verrat.«

»Er wußte es nicht«, rief Stella. »Solche Dinge sind in der Meierei nie erklärt worden.«

Dieser Einwurf Stellas, der allen aus dem Herzen kam, bekräftigte den Sieg Roccos. Einen mildernden Umstand geltend zu machen, war gleichbedeutend mit dem Eingeständnis der Niederlage.

»Nun gut, für diesmal ist es eure Unwissenheit, die euch gerettet hat«, sagte Rocco. »Aber jetzt seid ihr gewarnt!«

Zaccaria hielt die Augen halb geschlossen und schwieg. Die Pistole auf seinen Knien und der Orden auf seiner Brust nahmen sich nun lächerlich aus. Die Männer und Frauen, die gleich einer Leibwache um ihn standen, schienen alle von Rocco, dessen Blick erbarmungslos auf ihnen lag, wie hypnotisiert. Plötzlich schüttelte sich Zaccaria, als ob er mit offenen Augen geschlafen hätte; er fragte:

»Weißt du, was Lazzaro sagt?«

»Nein«, antwortete Rocco. »Wer ist Lazzaro?«

»Wenn du ihn nicht kennst«, versetzte Zaccaria, »dann nützt es nichts, wenn ich dir wiederhole, was er sagt. Du würdest es doch nicht verstehen. Es ist nicht gelehrt.«

Rocco setzte sich. Er ließ den Wagen schnell rückwärts laufen bis zur Straße. Dann wendete er und fuhr, ohne sich noch einmal umzudrehen, davon. Da alle Augen auf ihn gerichtet waren, bemerkte niemand, daß inzwischen auch Stella auf ihr Motorrad gestiegen war. Als sie den Motor anspringen ließ und wie ein Pfeil davonfuhr, war es zu spät, sie zurückzuhalten.

Zaccaria erhob sich langsam und richtete sich mühsam an seinen Krücken auf. Mit lauter Stimme verfluchte er alles, was verdammenswert war, und auch Dinge, die nicht fluchwürdig waren, so daß die Anwesenden erschauerten. Dann ging er und schloß sich in seinem Zimmer ein.

7

In den nächsten Tagen erhielt die Partei zahlreiche Glückwünsche von bedeutenden politischen und kirchlichen Persönlichkeiten wegen des beispielhaft loyalen Verhaltens, das sie durch die Unterdrückung der Sowjets in der Meierei an den Tag gelegt hatte. »Die Ereignisse in der Meierei«, so erklärte der neunzigjährige Leiter der konservativen Gruppe, einer der geachtetsten Staatsmänner des Landes, »liefern den eindeutigen Beweis, daß diese Partei, die früher vom Osten inspiriert war, sich jetzt endgültig in die liberale und christliche Tradition des Westens eingefügt hat.« Die Regierung beeilte sich, den Anführern weitgehend Amnestie zu gewähren und ordnete die unverzügliche Freilassung der Häftlinge an. Diesen Befehl auszuführen war indes nicht möglich, da von den Leuten aus der Meierei niemand festgenommen worden war. Endgültig beruhigten sich die Gemüter jedoch erst, nachdem das ›Parteiamt für mildernde Umstände‹, unter der erfahrenen Leitung von Alfredo Esposito, sich mit der Sache befaßt hatte. Alfredo begab sich in die Meierei und sprach unter vier Augen mit Zaccaria: honigsüß, überzeugend und schmeichlerisch. Er umarmte und küßte ihn, kostete von seinem Wein und brachte einen Trinkspruch aus. Schließlich verstanden sich die beiden und verbrüderten sich. Alfredo war mit einem großen leeren Lastauto in die Meierei gekommen; als er zurückfuhr, war der Wagen überladen mit Geschenken für die Partei. Es handelte sich um wertvolle Gegenstände, natürlich Raubgut, das sich Zaccaria vor einer eventuellen Haussuchung gerne vom Halse schaffen wollte. Um eine Freundschaft gut zu untermauern, gibt es überdies nichts Besseres als Geschenke. Dank dem Balsam des ›Amts für Ablässe‹ hörte die von Rocco so brutal geschlagene Wunde recht bald zu bluten und zu brennen auf. Es blieb eine Narbe zurück, auf die Zaccaria, alles in allem, noch stolz war. Seine Autorität und sein Ansehen bei den Leuten in der Meierei hatten durchaus nicht gelitten, wenn dies Außenstehenden vielleicht auch unverständlich scheinen mochte.

Er hatte zu einem Schlag ausgeholt, der ihm mißlungen war. Nicht mehr und nicht weniger. Aber er hatte immerhin den Mut gehabt, ihn zu versuchen.

Zaccaria verbrachte seine Tage auf dem Rohrstuhl unter der Pinie; die Augen hielt er, ob er schlief oder wachte, fast immer halbgeschlossen. Aber niemand von den Seinen bildete sich je ein, auch nur einen einzigen Schritt tun zu können, von dem er nichts gewußt hätte. Seine reglose Gegenwart auf dem Platz, mit den am Baumstamm lehnenden Krücken, und jenes Ordensbändchen auf dem Arbeitskleid

genügten, die Gäste einzuschüchtern und selbst den Carabinieri Respekt einzuflößen, wenn sie nach gestohlenen Sachen suchten.
Nach jenem Ereignis hatte man eine Zeitlang nicht mehr von Rocco sprechen hören. Von der Regierung war ihm eine hohe Auszeichnung verliehen worden in Anerkennung des großen Mutes, den er bei der Aktion gegen die separatistische Bewegung in der Meierei bewiesen hatte; aber er hatte sie kühl zurückgewiesen. Um seine Abwesenheit zu begründen, gab man an, er habe eine Zeitlang Ruhe nötig. Einige behaupteten, er sei zur Kur nach Rußland geschickt worden. Als er wieder auftauchte, konnte man feststellen, daß sein Ansehen in der Partei unverändert geblieben war; aber er hatte den früheren Schwung und seinen Fanatismus eingebüßt. Man munkelte, er sei von einer sonderbaren Unruhe befallen und schlage sich mit Problemen und Zweifeln herum. Er selbst sprach jedoch mit niemandem darüber, vielleicht nicht einmal mit Stella, welche ihm während seiner Abwesenheit treu geblieben, und die der einzige Mensch war, dem er Liebe entgegenbrachte.

8

Drei Stufen führten hinauf zur Wirtschaft. Man kam sogleich in einen großen Raum, der das ganze Erdgeschoß einnahm. Er diente als Küche, als Wirtsstube und auch als Lager. In allen Ecken waren Kisten und Fässer aufgestapelt, und auf dem leeren Fußboden lagen Sägespäne. In die Mauern waren Haken und Bolzen eingelassen, von denen Seile, Ketten, Halfter und Riemen herabhingen. Auf einem hölzernen Gestell waren einige Schaffelle aufgeschichtet. Es roch penetrant nach Käse, Stockfisch und Sardinen.
Rocco fand Giuditta neben dem Herd. Er fragte:
»Hast du immer noch von dem Wein?«
»Von dem, den wir früher getrunken haben, ist natürlich

nichts mehr da«, sagte die Alte. »Aber weshalb bist du immer unterwegs? Die Welt ist überall gleich, mein Sohn. Zaccaria sagt, Carabinieri und Parteien gebe es allerorten.« Die Alte stellte einen Kessel mit Wasser aufs Feuer. Sie trug Pantoffeln und einen langen schmutzigen Morgenrock. »Ich habe keinen Besuch erwartet«, entschuldigte sie sich. Immerhin hatte sie die wenigen grauen Haare, die ihr noch geblieben waren, in einer lächerlich koketten Weise als Schopf auf dem Scheitel festgesteckt.

»Wie geht es unserer kleinen Stella?« fragte sie leise.

»Seit sie nicht mehr da ist, kommt einem die Meierei wie ausgestorben vor. Dieses Mädchen hatte uns richtig behext.«

»Es geht ihr gut«, antwortete er. »Sie läßt dich grüßen. Sie spricht oft von dir.«

Die Alte dämpfte ihre Stimme.

»Es war gut, daß du sie von hier fortnahmst«, sagte sie. »Dies ist das einzige, was Zaccaria dir nicht verziehen hat, aber es ist auch das einzige, was du je Gutes getan hast. Ich sage dir das nicht etwa aus Eifersucht. Sie war ein zu feines und zartes Wesen für diese rauhen Männer hier.«

Dann fragte sie in heftigem Ton:

»Weshalb wartest du immer noch mit der Heirat?«

»Sie will nicht.«

»Wie? Hat sie dich nicht lieb?«

»Sie sagt, sie liebe mich zu sehr. Sie sagt, sie wolle mir nicht zur Last fallen. Und noch andere derartige Dinge.«

»Du müßtest ihr zu einem Kind verhelfen. Glaub mir, das ist ein unfehlbares Heilmittel gegen solche Grillen.«

»Sie ist dagegen.«

»Unsinn! Mußt du sie denn zuerst um Erlaubnis bitten?«

»Die Kinder werden von der Mutter zur Welt gebracht.«

»Der Feigenbaum ist dazu da, Feigen hervorzubringen, und das Schaf, Lämmer zu werfen. Stella ist gewiß ein zartes Mädchen, ein Stadtmädchen, aber sie ist ein normales Geschöpf. Das wird eine von den überspannten Ideen sein, die sie in der Partei gelernt hat.«

»Nein, sie ist mit dieser Idee aufgewachsen«, sagte Rocco. »Das ist eine ernste und traurige Geschichte. Vielleicht kennst du sie schon. Stella hat mir erzählt, daß sie, als ihre Eltern in aller Hast von zu Hause fliehen mußten, eines ihrer Gespräche mit angehört habe. Sie hat die Worte, die da gesprochen wurden, nie vergessen. Die Eltern merkten nicht, daß das Kind ihnen zuhörte. Es scheint, daß die Mutter, außer sich vor Angst und Verzweiflung, gesagt hat: ›Wenn wir wenigstens allein wären, wenn wir bloß das Kind nicht hätten!‹ Stella war damals acht oder neun Jahre alt. Sie hat mir erzählt, sie habe die ganze Nacht geweint und sich geschworen, nie Kinder zu haben. Und daran hält sie fest. Was kann ich dazu sagen?«

»Ich will mit ihr sprechen«, sagte Giuditta entschlossen. »Ich weiß etwas, das wird sie überzeugen; aber dir kann ich es nicht sagen, denn das geht nur die Frauen an.«

»Wenn du es fertigbringst, sie zu überreden, werde ich dich als Schwiegermutter betrachten«, sagte Rocco lachend. »Aber gib mir inzwischen etwas zu trinken.«

Giuditta riß verwundert die Augen auf und schaute ihn mit offenem Munde an. Noch nie hatte sie ihn lachen sehen.

»Versprich nicht so leichtsinnig«, sagte sie warnend. »Ich werde eine schreckliche Schwiegermutter sein.«

Sie warf durch die offene Tür einen Blick auf ihren Mann.

»Was habt ihr miteinander zu reden?« brummte Zaccaria.

»Nichts Wichtiges«, antwortete Giuditta.

Rocco suchte sich einen Platz am Fenster, und die Alte brachte ihm zu trinken. Eine kleine Weile blickten sie sich neugierig an. Wie alt mochte Giuditta sein? Vielleicht nicht einmal so alt, wenn sie auch dem Aussehen nach eine alte Frau war, grauhaarig, verwelkt und zahnlos: Aber ihr Blick und ihre Gesten verrieten eine ungewöhnliche Energie.

»Ich bin wie Lauch«, sagte sie lachend. »Der Kopf ist weiß, aber das übrige ist grün.«

»Dann laß mich gelegentlich einmal das übrige sehen«, meinte Rocco. »Setz dich und trink einen Becher mit mir.«

Giuditta lachte mit offenem Mund und holte sich ein Glas vom Spültisch. »Er lädt mich in meinem eigenen Hause ein, daran erkenne ich ihn«, sagte sie; »er ist nicht wie alle andern.«

Von seinem Platz aus konnte Rocco nur eine Flanke des Hügels und ein Stück der staubigen Straße sehen, die quer darüber hinlief; auch die Mauer der Käserei, hinter welcher der Schornstein emporragte, lag in seinem Blickfeld. Auf einer eingezäunten Wiese stand unbeweglich ein weißes Pferd. Die Straße war leer. Ein Eselskarren, auf dem drei schwarzgekleidete Frauen saßen, kam den Hügel herunter, fuhr über die Holzbrücke, die sich über den Wildbach spannte, und verschwand, ohne anzuhalten. Inzwischen hatte Giuditta ihr Glas geholt und sich eine saubere Schürze umgebunden.

»Zum Wohl«, sagte sie und hob den Becher. »Seit einiger Zeit kommt es mir vor, mein Sohn, als ob dir etwas auf der Seele läge. Eines möchte ich gern wissen: weshalb nennen sie dich eigentlich Ingenieur? Hast du je etwas gebaut? Aber das wollte ich dich jetzt noch gar nicht fragen. Wer in die Meierei kommt und nicht im Stehen ein Glas trinkt, der hat, wie ich aus Erfahrung weiß, immer etwas im Sinn. Nun – gerade das möchte ich wissen.«

»Hat sich nie einer deinetwegen hier aufgehalten? Ich habe da eine Geschichte gehört von einem, der hier sein Leben ließ.«

»Mit solchen Dingen habe ich heute nicht mehr zu rechnen. Seit einiger Zeit könnte ich, wie du siehst, Haushälterin bei einem Geistlichen sein.«

»Dann sag mir, ob es nach San Luca hinauf mehr als eine Abkürzung gibt.«

»Für einen, der wie du im Automobil reist, nicht!«

»Und wenn man den kürzesten Fußweg einschlägt, wie lange braucht man dann bis dorthin?«

»Das hängt von den Sünden ab, die man auf dem Gewissen hat. Bevor ich es vergesse, mein Sohn, eines wollte ich dir

noch sagen. Wenn du mit der Partei nicht zurechtkommst, weshalb läßt du dich nicht hier bei uns nieder? Merk dir: Der Einfall stammt nicht von mir! Ich weiß nicht, ob Zaccaria mit dir schon davon gesprochen hat.«
»Zaccaria möchte mich hier haben? Wozu?«
»Er hat eine Idee, vielleicht wird er mit dir darüber sprechen. Er hat es sich in den Kopf gesetzt, daß du den Rest deines Lebens hier bei uns zubringst. Natürlich mit Stella zusammen. Eine Art Bündnis, sagte er.«
»Möchte er, daß ich ihm Stella zurückbringe?«
»Kümmere dich nicht darum. Wenn Stella deine Frau ist, wird er sie respektieren. Er wird es sich sogar als ein Verdienst anrechnen, daß er die Heirat zustande gebracht hat. Ich habe gehört, wie er sich dessen verschiedenen Leuten gegenüber schon gerühmt hat.«
»Zaccaria glaubt, ich sei imstande, Pferde zu stehlen?«
»Er hält dich noch ganz anderer Dinge fähig. Jedenfalls – erinnere dich an das, was ich dir gesagt habe. Doch das war es nicht, was ich eigentlich im Sinne hatte. Aber jetzt muß ich mich um die andern Gäste kümmern.«

9

Durch das Fenster hatte auch Rocco eine Gruppe von Arbeitern beobachtet, die aus der Käserei herauskamen. Einige waren sogleich auf einem Lastauto fortgefahren, ein paar andere hatten sich auf Fahrrädern entfernt, und drei weitere waren mit eiligen Schritten auf die Wirtschaft zugegangen. Unter diesen befand sich ein Alter mit einer Schirmmütze; es war der Aufseher der Käserei.
»Martino ist zurückgekehrt«, sagte er mit erregter Stimme zu Zaccaria. »Hast du ihn auch gesehen? Hast du mit ihm gesprochen? Was will er hier?«
Giuditta und Rocco waren in die Tür der Wirtsstube getreten. Da bemerkte der Ingenieur, daß sein Jeep ver-

schwunden war. Er wollte aufbegehren, aber Giuditta bedeutete ihm durch eine Handbewegung, er solle schweigen.
»Zaccaria hat ihn hinter den Strohschuppen stellen lassen«, flüsterte sie. »Da, wo er stand, fiel er sofort in die Augen.«
»Aber ich habe ihn doch nicht gestohlen«, sagte Rocco.
»Gleichviel! An einem Tag wie dem heutigen fällt er in die Augen«, antwortete Giuditta. »Spiel nicht den Einfältigen!«
Das ungewöhnlich aufgeregte Gebaren des Aufsehers bewirkte, daß auch die beiden Enkel Zaccarias, die damit beschäftigt waren, den Motor eines Lastwagens zu reparieren, herbeieilten.
»Martino, der Sohn des Köhlers, ist zurückgekommen«, sagte der Aufseher immer wieder. »Habt ihr ihn ankommen sehen? Hat er mit euch gesprochen?«
»Was für ein Martino?« fragte der eine der Burschen. »Ist das der, den sie damals zwangen, eine Flasche Rizinusöl auszutrinken, und den sie dann auf dem Platz festgehalten haben, bis das Öl wirkte?«
»Nein, das war ein anderer, dem diese Geschichte passiert ist«, sagte Giuditta. »Martino, der Sohn des Köhlers, das ist der mit den Briefen. Man hatte seither nichts mehr von ihm gehört.«
»Was für Briefe?« fragte der andere.
»Ach, das ist eine alte Geschichte«, sagte der Aufseher. »Es war eher ein übler Scherz als eine richtige Gemeinheit. Weshalb soll man immer noch daran denken?«
»Nur für diejenigen, die nicht mehr daran denken, ist über eine solche Geschichte Gras gewachsen«, meinte Giuditta. »Wenn aber einer immer noch daran denkt?«
»Was waren das für Briefe?« fragte Rocco.
»Wegen einer Unkorrektheit wurde bei ihm eine Haussuchung vorgenommen«, erklärte der Aufseher. »Das ist nun schon viele Jahre her. In seiner Wohnung wurde nichts Belastendes gefunden, aber es wurden ihm Briefe an seine Braut weggenommen, vier oder fünf. Nur so zum Scherz!«
»Nein, es waren Briefe seiner Braut an ihn«, berichtigte einer

der Arbeiter aus der Käserei. »Es waren Briefe von Erminia, der Tochter des Maultiertreibers, die nachher den Eisenbahner geheiratet hat. Vier oder fünf Briefe im ganzen; nichts Besonderes, die üblichen Briefe.«

»Sie lasen sie laut auf dem Platz, vor vielen Leuten«, fügte Giuditta hinzu. »Ich erinnere mich noch ganz genau daran. Es war im Marienmonat. Jeden Nachmittag fand in der Kirche eine Feier zu Ehren der Heiligen Jungfrau statt.«

»Im Marienmonat?« sagte Rocco. »Ha ha ha, eine sonderbare Art, die Heilige Jungfrau zu verehren. Und wer hat die Briefe vorgelesen?«

»Sie warteten damit, bis die Frauen und Kinder aus der Kirche kamen«, sagte Giuditta. »Damals wohnten wir noch nicht in der Meierei. Übrigens wurden die Feiern abgebrochen wegen plötzlicher Erkrankung des Pfarrers.«

»Es war als Scherz gemeint, ein Spaß, ein Anlaß zum Lachen«, sagte der Aufseher. »Weshalb sollte man es nicht vergessen? Ein Glück, daß der Padrone heute nicht in der Käserei war.«

»Lieben Sie solche Scherze?« fragte Rocco. »Lachen Sie gern? Dann gratuliere ich Ihnen. Vielleicht hat auch Martino einen Scherz vor. Vielleicht gibt es wieder etwas zu lachen.«

»Über die Absichten Martinos herrscht kein Zweifel«, sagte einer der Arbeiter aus der Käserei. »Ihr hättet sein Gesicht sehen sollen, seine Augen, Heilige Mutter Gottes!«

»Vielleicht wollte er Spaß machen«, meinte Rocco. »Vielleicht wollte er einmal tüchtig lachen. Glauben Sie nicht?«

»Ich sage euch, der Blick eines Wahnsinnigen«, erklärte der Aufseher. »Keine Rede von Lachen. Aber wir haben sofort einen Lastwagen ins Dorf geschickt, der wird vor ihm ankommen.«

Die ganze Zeit über hatte Zaccaria still und reglos auf seinem Stuhl gesessen; seine Augen waren wie immer halbgeschlossen. Als die andern sich nach ihm umwandten, um endlich seine Meinung und seinen Rat zu hören, fragte er den Aufseher:

»Kannst du mir sagen, weshalb du hierher gekommen bist, weshalb du gerade mir diese Geschichte erzählt hast?«
»Du bist unser einziger Nachbar«, erwiderte der Aufseher. »An wen hätte ich mich sonst wenden sollen?«
»Die Sache interessiert mich aber nicht«, sagte Zaccaria. »Sie geht mich nichts an. Oder glaubst du, sie ginge mich etwas an?«
»Du bist nun einmal unser einziger Nachbar«, wiederholte der Aufseher.
»Wie oft habt ihr vergessen, daß ihr einen Nachbarn habt?« fragte Zaccaria. »Soll ich es dir in Erinnerung rufen, wie oft ihr es vergessen habt?«
»Aber wenn Martino die Käserei in Brand steckt?« sagte der Aufseher in flehendem Ton.
»Das geht mich nichts an«, knurrte Zaccaria.
»Unser Padrone ist in Gefahr«, beharrte der Aufseher.
»Giuditta, mir scheint, dieser Mann ist taub«, sagte Zaccaria und machte der Frau ein kleines Zeichen. »Giuditta, binde die Hunde los.« Zaccarias Stimme war hart, ruhig, kalt. Er konnte grausam werden, ohne äußerlich seine unerschütterliche Ruhe zu verlieren.

10

Giuditta hatte unter der Pinie einen runden Tisch gedeckt, so daß Zaccaria sich nicht von seinem Stuhl zu erheben brauchte. Rocco saß ihm gegenüber. Die Frau kauerte etwas abseits auf einer der Stufen vor der Tür und aß Minestra aus einem Napf, den sie auf den Knien hielt. Auf den Tisch hatte sie eine Reihe Brotscheiben und ein großes Stück Schaffleisch gelegt.
»Was habt ihr miteinander abgemacht?« sagte Zaccaria und tauchte sein Brot in den Wein.
»Wer?« fragte Rocco.
»Du und Martino.«

»Martino und ich haben überhaupt nichts miteinander abgemacht, ob du es glaubst oder nicht.«

»Weshalb bist du denn in der Meierei geblieben? Vielleicht um Giuditta den Hof zu machen?«

»Warum nicht?«

»Iß und trink«, sagte Zaccaria. »Wir werden später darüber reden. Mittlerweile muß ich dir in aller Offenheit sagen, daß du mir seit einiger Zeit Sorgen machst. Ich sehe dich kommen und gehen. Weshalb kehrst du immer wieder um? Hast du etwas verloren?«

Wenn die Nacht hereinbrach, weiteten sich Zaccarias Augen langsam. Rocco betrachtete sie flüchtig, nicht ganz ohne Besorgnis. Es waren riesige Augen, wie ein Stier sie hat. Giuditta ging zum Brunnen und holte die Flasche Wein, die sie dort kühlgestellt hatte.

»Alles in allem, mein Sohn, hat dein Mißtrauen etwas Beleidigendes«, sagte Giuditta zum Gast. »Denk daran, daß ich darauf verzichtet habe, nachzuforschen, wo das Geld für dein Auto herkommt. Hast du jemals ein Haus gebaut? Aber trink nur, solange der Wein kühl ist.«

»Dieser Käse ist miserabel«, erklärte Rocco. »Wo habt ihr ihn gestohlen? In der Käserei da drüben?«

»Mein Aktionsradius war immer ziemlich beschränkt«, bekannte Zaccaria. »Ich bin ein Mann aus der guten alten Zeit.«

»Welche Art Tier ist der Besitzer der Käserei?« fragte Rocco.

»Ein Weidentier«, antwortete Zaccaria. »Er ist ein Tarocchi, du kennst doch die Familie.«

»Ein Schafbock?«

»Genau das! Du mußt ihn gekannt haben, als er noch jung war. Don Vincenzo Tarocchi ist ein Junker, der sich von Kindheit an, als er noch im Hause seines Großvaters lebte, bis zum heutigen Tag mit nichts anderem abgegeben hat als mit Schafen, Schafmilch, Schafkäse, Quark, Schaffleisch und Schaffellen. Übrigens mußt du die Familie kennen, vielleicht seid ihr sogar miteinander verwandt.«

»Ich bin nicht deiner Meinung«, sagte Giuditta. »Hast du Don Vincenzo einmal beim Essen beobachtet? Hast du auf seine Zähne achtgegeben? Das sind durchaus nicht die Zähne eines Schafbocks.«

Rocco fragte:

»Lebt seine Schwester, Donna Rosalinda, noch? Meine Großmutter hatte sie mir zur Frau bestimmt. Ich erinnere mich kaum mehr an sie; war sie nicht mager, lang und sehr blaß?«

»Sie ist jetzt in Neapel, in einem Kloster«, sagte Giuditta. »Einer der Brüder ist in der Gefangenschaft gestorben. Der andere hat sein Hab und Gut in Rom mit den Dirnen durchgebracht. Das Besitztum befindet sich nun ganz in den Händen Don Vincenzos.«

»Er kommt oft zu mir und beklagt sich über die Diebstähle«, erzählte Zaccaria. »Jedesmal schlage ich ihm vor, er solle mir die Käserei verkaufen. Weißt du, wie er mir antwortet? ›Bäh!‹, macht er, ›Bääh!‹, genau wie ein Schafbock. Vielleicht verbirgt sich unter seinem beinahe menschlichen Aussehen tatsächlich ein Schafbock. Auf jeden Fall stinkt er genau wie ein dreckiger alter Schafbock.«

Giuditta schüttelte den Kopf.

»Ich bin nicht der Meinung«, sagte sie. »Hast du ihn nie gesehen, wenn er schläft? Im Schlaf zieht er die Lippen über den spitzen Zähnen hoch, als ob er knurrte. Das sind nicht die Zähne eines Schafbocks.«

»Ich bin allerdings nie mit ihm schlafen gegangen«, versetzte Zaccaria.

»Paßt auf«, sagte Giuditta hartnäckig. »Ich will damit sagen: Don Vincenzo ist kein Schlachttier, er ist ein Wolf.«

Zaccaria zuckte die Achseln.

»Mit all dem Fett, das er am Leibe hat?« meinte er ungläubig. »Du hast eine komische Vorstellung von Wölfen.«

»Er ist ein Wolf, der sein Glück gemacht hat; nämlich, er ist ein fett gewordener Wolf«, sagte Giuditta. »Aber es genügt, seine Zähne anzuschauen.«

»Mit all der Angst, die ihn keinen Augenblick verläßt? Mit all seiner Feigheit?«

»Er ist ein verkleideter Wolf, ein Wolf im Schafspelz. Aber es genügt, ihn schlafen zu sehen. Paßt auf, sage ich euch. Er beißt.«

Rocco vermochte den Blick nicht von der Kuppe des Hügels zu lösen, obwohl das Dorf Martinos und Don Vincenzos von der Meierei aus nicht sichtbar war.

»Wenn Martino ins Dorf hinaufgegangen ist, dürfte er jetzt schon verhaftet sein«, sagte Rocco.

»Er ist nicht ins Dorf hinaufgegangen«, versicherte Zaccaria.

»Aber der Aufseher von der Käserei hat vorhin behauptet, er habe gesehen, daß Martino in der Richtung des Dorfes gegangen sei.«

»Siehst du dort oben die kleine Holzbrücke, die über die Schlucht führt? Von der Käserei aus kann man sie nicht sehen. Als Martino da ankam, war er plötzlich meinem Blick entschwunden. Das heißt, daß er in die Schlucht hinuntergeklettert und, am Wildbach entlang, den Berg von der Seite her hinaufgestiegen ist. Zu dieser Jahreszeit führt der Bach kein oder nur ganz wenig Wasser. Das Bachbett bildet einen steilen, ausgewaschenen Hohlweg. Man könnte da Herden von Kühen und Pferden verstecken. Wer gute Beine hat, ist in kurzer Zeit im dichten Gestrüpp; man sieht es von hier aus, dort, etwas oberhalb des Dorfes, wo früher der Wald stand.«

»Mitten in dem niedern Gehölz ist eine Lichtung, Köhlerwiese genannt«, fügte Giuditta hinzu. »Eine Art Terrasse. Martino ist da sozusagen zu Hause. Als Knabe hat er seinem Vater beim Brennen der Holzkohle geholfen. Aber der Wald ist während des Krieges zerstört worden.«

»Wenn er dem Schafbock begegnen will, oder dem verkleideten Wolf, dann muß er heute abend ins Dorf gehen«, sagte Rocco. »Also muß man leider damit rechnen, daß er schließlich doch noch in die Falle geraten wird.«

Zaccaria lächelte.
»Don Vincenzo ist nicht zu Hause«, sagte er. »Hat der Aufseher von der Käserei, dieser Schafskopf, es dir nicht erzählt? Sein Padrone ist heute im Lauf des Tages zur Präfektur hinunter, wo er bis in die Nacht hinein Zusammenkünfte und Sitzungen hat. Als ordentlicher Mann kann er aber außer Hause keinen Schlaf finden. Ehe er ging, hat er daher sagen lassen, er werde bestimmt kurz nach Mitternacht wieder zurück sein.«
»Nun sage mir, mein Sohn, ob du an die Vorsehung glaubst«, meinte Giuditta vergnügt.
»Es wäre töricht«, fügte Zaccaria hinzu, »jemanden zu Hause aufzusuchen, um mit ihm abzurechnen, wenn das Schicksal ihn dir des Nachts auf einer einsamen Bergstraße zuführt, wo du die Angelegenheit in aller Stille, ohne Aufsehen zu erregen, erledigen kannst. Meinst du nicht auch?«
Die beiden waren jetzt äußerst erregt. Sie hatten es aufgegeben, sich zu verstellen, und glichen wilden Tieren mit gesträubtem Haar.
»Aber wenn so ein armer Teufel die weisen Fügungen des Schicksals nicht erkennt?« fragte Rocco.
Zaccaria lächelte wieder.
»Martino wird sie in einer halben Stunde kennenlernen«, versicherte er. »Oder spätestens in einer Stunde. Dafür werde ich sorgen.«
Giuditta brachte ein paar geräucherte Würste, die sehr hart, ziemlich scharf gepfeffert, aber äußerst schmackhaft waren. Das Tal lag plötzlich im Dunkel. Von der Pinie fiel aschfarbenes Licht herab. Über dem San-Luca-Paß funkelten die ersten Sterne.
»Zu diesem prickelnden Wein schmecken die gepfefferten Würste ausgezeichnet«, meinte Rocco. »Sie regen die Phantasie an.«
»Ich habe sie eigenhändig gemacht«, sagte Giuditta.
»Behauptest du, sie seien nicht gestohlen?« fragte Rocco.
»Ich habe nicht gesagt, daß ich dazu das Fleisch von einem

aus unserer Familie verwendet hätte«, beteuerte Giuditta. »Du mußt jetzt die Burschen verständigen, daß sie sich mit dem Motorrad bereithalten«, sagte Zaccaria zu seiner Frau. – »Wir wollen nun offen miteinander reden«, fuhr er, zu Rocco gewandt, in barschem Ton fort. »Ich will nicht verheilte Narben wieder aufreißen. Aber ich muß wissen, bis zu welchem Punkt ich auf dich zählen kann.«

»Was willst du damit sagen?« fragte Rocco.

»Die Partei interessiert mich nicht mehr«, sagte Zaccaria. »Ich bin ein einfacher Mann, ein Bergbewohner. Da ich nicht einmal in meiner Jugend Soldat gewesen bin, kannst du dir denken, daß ich keine Lust habe, es jetzt noch zu werden. Mit Theorien will ich mich nur befassen, wenn ich ihnen auf der Straße begegne und sehe, daß sie essen und trinken und Kinder kriegen. Aber mit dir möchte ich jetzt von Mann zu Mann sprechen.«

»Wenn ich eine Verpflichtung eingehe, dann halte ich sie auch«, erklärte Rocco.

»Daran zweifele ich nicht«, sagte Zaccaria, »obschon mir die Art, wie du die Weiber ansiehst, kein Vertrauen einflößt. Doch das ist wieder eine andere Sache. Kurz und gut, ich verstehe nicht, was du an der kleinen Frau ohne Haare findest. Die Frau ist schon an sich eine Illusion. Und wenn sie nicht einmal Haare hat, was bleibt denn dann noch?«

»Sprechen wir von etwas anderem«, unterbrach ihn Rocco.

»Tatsächlich war es nicht meine Absicht, davon zu reden«, sagte Zaccaria und schenkte sich von neuem ein. Dann hob er wieder an: »Ich weiß, du bist ein Mensch, dem es nicht an Mut und Verwegenheit fehlt. Aber mit dem San-Luca-Paß kenne ich mich besser aus als du, namentlich, wenn es sich um solche Operationen handelt. Weißt du, wie sie mich bei der Staatsanwaltschaft nennen? Den Baron von San Luca. Ich weiß nicht, ob Giuditta dir schon etwas gesagt hat von einem Vorschlag, den ich dir machen möchte.«

»Man könnte meinen, du kenntest mich nicht«, antwortete Rocco. »Was hast du denn nur? Ich kann ebenso gut hier rasten wie irgendwo anders, ohne daß ich darum für immer hier bleiben müßte.«

»Ja, aber ich kann nicht zulassen, daß du die Nase rümpfst, wenn du von der Meierei sprichst«, sagte Zaccaria. »Nein, das dulde ich nicht! In meinen Augen gibt es keine bessere, edlere Beschäftigung als die, welche mit einem Wagnis verbunden ist. Ich meine die richtige, wahre, unmittelbare Gefahr, und nicht ein Risiko so nebenbei. Arbeiten ist knechtisch. Aber du scheinst mir weder für das eine noch für das andere zu sein. Bei Gott, du müßtest dich endlich entscheiden.«

»Hör zu«, sagte Rocco ungeduldig. »Für den Moment interessiere ich mich nur für Martino. Ich könnte dir nicht sagen weshalb; ich weiß es selbst nicht. Er hat mich sofort, als ich ihn sah, neugierig gemacht. Der Käser interessiert mich überhaupt nicht.«

»Gut«, meinte Zaccaria. »Für dich heißt das Risiko Martino. Ich selber lege dem Namen keine Bedeutung bei. Wenn du mich jetzt anhören willst, werde ich dir erklären, wie Martino den Schlag führen und den Knoten zerhauen könnte.«

»Du fängst an, alt zu werden«, sagte Giuditta mißbilligend. »Du fängst an, kindisch zu werden. Ich verstehe, daß du dem Martino die Hand reichen willst, aber was kümmert es dich, wenn er die Hand dann losläßt?«

11

Zaccaria kaute am Mundstück seiner erloschenen Pfeife. Das zerknitterte Gesicht Giudittas erinnerte an die Schnauze eines Fuchses. »Ich sehe, du bist müde und enttäuscht, mein Sohn«, sagte Giuditta zu Rocco. »Du bist traurig wie einer, der sich aufmachte, um sehr weit fortzugehen, und sich am Ende wieder an seinem Ausgangspunkt befindet. Haben sie dir in der Schule nicht klargemacht, daß die Erde rund ist?«

»Wenn du die Freiheit suchtest, dann mußtest du hierher in die Meierei kommen«, sagte Zaccaria. »Es gibt schließlich doch keine andere Freiheit. Die Partei ist eine Mausefalle, und du scheinst mir keine Maus zu sein.«
Rocco blickte unverwandt hinauf zu dem Hügel. Niedere Steinmäuerchen trennten die kleinen, versengten Felder voneinander. Weiter oben war der Hang steil und kahl, bis das Gestrüpp begann, wo zwischen den Büschen graue Felsen aufragten.
»Ein Mann wie Martino hat Anspruch auf mehr als eine Genugtuung, bevor er im Zuchthaus endet«, sagte Zaccaria. »Nicht nur auf eine einzige und dazu noch so erbärmliche wie sie ihm ein Hersteller von Schafkäse verschaffen kann. Übrigens gibt es zwischen ihm und mir noch andere Dinge.«
»Tatsächlich, du hast auch seinem Vater geholfen«, sagte Giuditta. »Das war ein sehr komischer Mann, immer betrunken und hungrig, und du hast ihn beschützt. Ich habe das nie verstanden.«
»Nein, Martino gegenüber habe ich eine alte, ganz persönliche Schuld abzutragen«, sagte Zaccaria. »Vielleicht muß ich euch erzählen, wie sich die Sache verhält, dann werdet ihr das Besondere an diesem Mann eher begreifen. Ich weiß nicht, Giuditta, ob du dich an die Geschichte von der Trompete der Bauern von Sant' Andrea erinnerst.«
»Mit der Trompete hatte doch nicht Martino, sondern Lazzaro etwas zu tun«, entgegnete Giuditta. »Ich sehe, daß du anfängst, alt zu werden, mein Lieber. Martino ist der mit den Briefen.«
»Die Briefe kamen erst nachher«, stellte Zaccaria richtig. »Heute erinnern sich nur noch wenige genau, was es mit dieser verdammten Trompete auf sich hatte. Aber damals haben manche ihretwegen schlaflose Nächte verbracht, auch in San Luca. Dabei war es, alles in allem, eine ganz gewöhnliche Trompete.«
»Eine gewöhnliche Trompete?« rief Giuditta. »Diese Geschichte kenne ich besser als du, denn als junges Mädchen

habe ich in Sant' Andrea gewohnt, nicht weit von Lazzaro entfernt. Mein Bruder Massimiliano war sein bester Freund. Die Trompete wurde geblasen, um die Bauern zusammenzurufen, wenn irgendein Grund dafür vorlag. Sie war die Angst, die Verwirrung, der Alpdruck der Grundbesitzer, besonders der Tarocchi. An manchen Abenden – es ist mir, als hörte ich sie heute noch – klang sie wie die Posaune des Jüngsten Gerichts.«

»Es war eine Trompete wie jede andere«, hob Zaccaria wieder an. »Ich meine damit, sie hatte keine ungewöhnliche Form und war nicht aus einem besonderen Metall. Etwas anderes wollte ich gar nicht sagen. Ihr Klang hing natürlich von dem ab, der sie blies, aber der Ton hatte nichts Außergewöhnliches an sich. Ihretwegen war schließlich noch nie etwas Schlimmes geschehen.«

»Lazzaro blies sie«, wiederholte Giuditta, »um die Bauern von Sant' Andrea zusammenzurufen, wenn irgendein Grund dafür vorlag. Es war jedesmal eine Aufregung, eine Spannung, eine Angst. Wegen der Trompete – das ist wahr – ereignete sich nie etwas Schlimmes. Aber der Platz voll Bauern genügte, um die Grundbesitzer in Schrecken zu versetzen. An manchen Abenden schien für die Tarocchi die Stunde der Abrechnung gekommen zu sein.«

»Man sprach vom Wald«, sagte Zaccaria. »Man sprach von den ständigen Zusammenstößen wegen dieses verfluchten Waldes, der allen gehörte, den sich die Tarocchi jedoch angeeignet hatten, von den Zwischenfällen auf den Weiden, von den Zwischenfällen wegen des Holzrechts.«

»Die alte lausige Affäre des Waldes von Sant' Andrea!« sagte Rocco. »Daran erinnere ich mich auch. Seit meiner Kinderzeit wurde bei uns zu Hause davon gesprochen. Eine Geschichte von Prozessen, die nicht enden wollten.«

»Wenn der Wind von Süden kam, hörte man die Trompete bis nach San Luca«, sagte Zaccaria. »Die Angelegenheit des Waldes ging auch uns an. Darum liefen auch wir auf den Platz und hatten Herzklopfen, wenn wir daran dachten, was geschehen könnte. Aber es geschah nie etwas von Bedeutung.«

»Es lag ein Fluch auf dem Wald«, sagte Giuditta. »Darüber gibt es heute keinen Zweifel mehr. Der Pfarrer von San Luca war von Anfang an davon überzeugt. Er sei das Verhängnis des Tales, sagte er ganz richtig. Das hat man deutlich gesehen, als der Wald in Brand geriet. Die Flammen schlugen direkt aus der Erde. Drei Tage und drei Nächte lang dauerte das Feuer. Es war ein Bild der Hölle. Die Leute erkannten die Verdammten darin.«

»Es war, als ob die Glut nie mehr verlöschen wollte«, sagte Zaccaria. »Es war, als ob die ganze Welt in Brand geraten wäre. Natürlich sieht jeder, der in die Flammen starrt, immer die Gestalten seiner Phantasie.«

»Das Feuer kam direkt aus der Erde heraus«, wiederholte Giuditta hartnäckig. »Die Leute erkannten in den Flammen deutlich die Vorfahren der Familie Tarocchi, die Urgroßeltern, die Großeltern und die Onkel und Tanten Don Vincenzos. Sie alle waren dort zu sehen. Der Brand war kein Strohfeuer, das bloß wenige Minuten lodert. Er dauerte drei Tage und drei Nächte. Besonders des Nachts war kein Irrtum möglich: Die ganze Bevölkerung hatte Zeit genug, die Verdammten deutlich zu erkennen.«

Giuditta wandte sich direkt an ihren Mann:

»Du selbst hast die Großmutter des Don Vincenzo gesehen, das kannst du nicht leugnen. Erinnerst du dich, wie sie heulte? Aber auch eine von deinen Tanten war, so leid es mir tut, in dem Feuer sichtbar.«

»Wenn niemand deinen Bruder Massimiliano in den Flammen erblickte«, gab Zaccaria zurück, »so nur deshalb, weil er noch unter den Lebenden weilte.«

»Wurde die wirkliche Ursache des Brandes nachher festgestellt?« fragte Rocco.

»Was verstehst du unter wirklicher Ursache?« entgegnete Giuditta. »Ich glaube, dir erklärt zu haben, daß die Flammen direkt aus der Erde herauskamen.«

»Du mußt den Burschen Bescheid geben, daß sie sich mit dem Motorrad bereithalten sollen«, sagte Zaccaria zu seiner Frau. »Bald ist es dunkel.«

12

Einst, vor vielen Jahren – es mag zweihundert Jahre her sein –, gehörte der alte Wald, der sich über den Berg oberhalb der Dörfer San Luca und Sant' Andrea erstreckte, dem Volk. Jeder Bewohner der beiden Gemeinden konnte dort Holz holen und Kohle brennen. Aber die Vorfahren der Tarocchi verstanden es, sich den Wald durch ein schlaues Ränkespiel anzueignen. Sie behaupteten, er sei ihnen als Pfand für ein gewisses Darlehen zugefallen, das sie den beiden Gemeinden gewährt hatten. Als die Wechsel verfielen, versäumten die Behörden der beiden Gemeinden, sie zu tilgen oder zu erneuern. Auf diese Weise wurde der Wald Besitztum der Tarocchi. Um sich ein Bild davon zu machen, wie redlich es bei diesem Handel zuging, genügt es zu sagen, daß die beiden Gemeinden zu jener Epoche von einigen Angehörigen der Familie Tarocchi verwaltet wurden und daß der Wert des Waldes unendlich viel höher war als der Darlehensbetrag. Die Bevölkerung erhob immer wieder bei den vorgesetzten Behörden Einspruch gegen die Enteignung. Es wurden Abgeordnete an den Hof von Neapel geschickt und später auch zur Regierung nach Rom. Alles war vergebens. Das Gesetz, hieß es, sei auf seiten der Tarocchi. Formal war die Sache einwandfrei vor sich gegangen. Es wurde auch ein Prozeß angestrengt, der, immer wieder vertagt, sich ungefähr dreißig Jahre hinschleppte. Er endete, wie zu jenen Zeiten die Prozesse der Armen gegen die Reichen zu enden pflegten. Für die Tarocchi war es eine Kleinigkeit, sich insgeheim die Anwälte der Armen zu kaufen. Aber die Armen gaben sich nicht zufrieden. Viele wanderten aus nach Amerika; diejenigen jedoch, die daheim blieben, protestierten weiter. Wenn sie vom Wald sprachen, sagten sie ›der Gemeindewald‹, ›unser Wald‹, ›der geraubte Wald‹. Wenn sie hie und da die Geduld verloren, kamen die Carabinieri und schossen. Die Carabinieri mußten immerhin dem Gesetz zu seinem Recht verhelfen. Und das Gesetz war auf seiten der Tarocchi. Ihr Raub war als formal einwandfrei anerkannt worden. Es würde zu weit führen, an all die schweren Zwischenfälle zu erinnern, die sich allein in den letzten fünfzig Jahren wegen dieses verfluchten Waldes ereigneten. Man mußte gehört haben, wenn Lazzaro davon erzählte. Von den Alten erinnerte sich niemand so gut an alles wie er; und das hatte seinen besonderen Grund. Wegen des Waldes war sein Vater ins Zuchthaus gekommen, wo er dann gestorben war. Er hatte einen Carabinieri getötet, der ihn verhaften wollte, weil er im Wald Brennholz geholt hatte. »Es war mein Anteil«, sagte er vor den Richtern. »Der Teil, der mir zustand.« Natürlich wußten alle, daß er im Recht war. Auch die Richter, besonders die Richter wußten es. Aber es war das Recht eines Armen, ein Recht, das nicht zählte. Nicht genug damit, daß die Tarocchi sich des Waldes bemächtigt hatten; sie brachten es durch geeignete Maßnahmen hin und wieder fertig, den Haß des Volkes neu zu schüren. Nach ihrer Auffassung hatten sich die Armen der beiden Gemeinden der Undankbarkeit schuldig gemacht. Um sie für ihre fortwährenden Proteste zu strafen, kam Don Vincenzos Großvater auf den Einfall, den Brauch, daß die Schweine zu der Zeit, da die Eicheln fielen, frei im Wald herumlaufen durften, kurzerhand abzuschaffen. Diese Maßnahme war um so gehässiger, als die Tarocchi die Eicheln gar nicht verwerteten. Die Leute fragten sich: »Weshalb sollen die Eicheln am Boden verfaulen?« Aber das war die Überlegung der Besitzlosen. »Erinnerst du dich, wie der Großvater Don Vincenzos starb?« fragte Giuditta. »Hast du es vergessen?«

»So etwas vergißt man nicht«, sagte Zaccaria.

»Wie starb er denn?« fragte Rocco. »Weshalb sprichst du nicht? Endete er auf schlimme Weise?«

»Der Großvater unseres Don Vincenzo«, sagte Zaccaria, »wurde auf der Schwelle seines Hauses von einem Bauern erwürgt, der die Buße dafür, daß sein Schwein entgegen dem Verbot in den Wald gelaufen war, nicht bezahlen wollte. Der Mann wartete, bis der Herr herauskam, und stürzte sich wie ein wildes Tier auf ihn. Er schleuderte ihn zu Boden, warf sich über ihn, erdrosselte ihn mit seinen Händen und zerbiß ihm Nase, Gesicht und Ohren. Es kamen Leute herbeigelaufen, aber es war nicht möglich, den Rasenden von seinem Opfer wegzureißen.«
«Um seiner Herr zu werden, feuerten ihm die Carabinieri in den Rücken«, sagte Giuditta.
»Aber auch nachdem er erschossen war, kostete es große Mühe, die beiden Toten voneinander zu trennen, hat Lazzaro uns später erzählt. Und erinnerst du dich an die Geschichte von Martinos Vater? Die Geschichte vom Köhler?«
»Man würde nie fertig werden, wollte man all die Geschichten von dem verfluchten Wald erzählen«, sagte Giuditta. »Wenn Lazzaro damit anfing, fand er kein Ende mehr. Jedenfalls kann man es verstehen, daß die Tarocchi zitterten, sobald sie den Platz von San Luca oder von Sant' Andrea voll Bauern sahen. Panischer Schrecken befiel sie. Man konnte ja nie wissen, was sich ereignen würde.«
»Die Behörden lösten denn auch schließlich den Bauernverband auf«, sagte Zaccaria. »Eine Zeitlang waren sogar die Versammlungen auf dem Platz, die seit alters Brauch waren, verboten.«
»Trotzdem fühlten sie sich nicht sicher, solange die Trompete da war«, sagte Giuditta. »Das Wichtigste waren nicht die Zusammenkünfte, das Wichtigste war die Trompete.«
»Daher wurde angeordnet, sie zu beschlagnahmen«, fuhr Zaccaria fort. »Allein, das Instrument blieb unauffindbar, Lazzaro weigerte sich, zu sagen, wo er es versteckt habe.«
»Deshalb wurde er aus dem Tal verbannt«, sagte Giuditta. »In welchem Jahr war das? Er wurde mit Gewalt in den Hauptort geschleppt, und es wurde ihm befohlen, nie mehr

einen Fuß in unsere Gegend zu setzen. Er war der erste, der verbannt wurde. Dann mußte Martino fliehen.«

»Eines Morgens kam ich vom Stall zurück«, sagte Zaccaria. »Ich hatte die Tiere getränkt, hatte den Mist aufgehäuft und gedachte einen Blick auf die Weinreben zu werfen. Plötzlich erschien Lazzaro zwischen zwei Carabinieri. Er kam mir entgegen, ohne mich anzusehen. ›Lazzaro‹, sagte ich zu ihm, ›wir haben uns doch nie gestritten. Lazzaro, wir müssen uns doch wenigstens grüßen. Brauchst du irgend etwas? Willst du ein wenig Brot für die Reise?‹ – Er antwortete mir nicht. Er wollte mich nicht kompromittieren. Er ging weg, ohne mir auch nur einen Blick zu schenken. Da Lazzaro gezwungen worden war, auf diese Weise die Heimat zu verlassen, konnte er natürlich die Trompete nicht mitgenommen haben. Die Behörden wurden daher den Verdacht nicht los, er habe das Instrument irgendeinem in Sant' Andrea oder in San Luca anvertraut, zumindest aber sei einer von uns in die Sache eingeweiht und wisse Bescheid.«

»Meinen Bruder Massimiliano haben sie danach verhaftet«, sagte Giuditta. »Er blieb eine ganze Woche lang eingesperrt.«

»Von diesem Bruder kannst du nicht viel Rühmliches erzählen«, brummte Zaccaria. »Er ist ein ganz gemeiner Helfershelfer von Schafdieben. Mit dieser Geschichte hier hat er nichts zu tun.«

»Er war der beste, der treueste Freund von Lazzaro«, protestierte Giuditta. »Der einzige, der seinetwegen im Gefängnis gesessen hat.«

»Er ist ein gemeiner Schafdieb«, fiel ihr Zaccaria ins Wort. »Sogar mir, seinem Schwager, hat er Schafe gestohlen.«

»Das waren Schafe, die du nicht gerade rechtmäßig erworben hattest«, sagte Giuditta lachend.

»Lassen wir das«, erwiderte Zaccaria. »Ich habe keine Lust, jetzt über diesen gewöhnlichen Menschen zu reden. Ich wollte von ernsthafteren Dingen sprechen. Es wurde also ein Plakat angeschlagen, daß derjenige, der die Trompete der Obrigkeit aushändige oder Angaben über ihren Verbleib mache, eine hohe Belohnung erhalten werde. Aber niemand meldete sich. Da begann man die verdächtigen Personen zu verhören. In einem kleinen Dorf ist natürlich jeder aus irgendeinem Grunde verdächtig und der Behörde nicht geheuer. In einigen Tagen, so dachte ich, werde bestimmt auch ich an der Reihe sein. Da aber jeder Anhaltspunkt fehlte, konnte von einem richtigen Verhör keine Rede sein. Es genügte, mit Überzeugung zu sagen: ›Ich weiß von nichts!‹ Denn die Fragesteller konnten darauf nichts mehr erwidern. Das Schicksal wollte es, daß ich mich eines Abends auf dem Dorfplatz einfand. Ich stand der Kirche gegenüber in einer kleinen Gruppe von Bauern. Auch Martino, der Sohn des Köhlers, war bei uns. Ich kannte ihn kaum, weil er noch so jung war. Wie hätten wir älteren Männer ahnen können, daß dieser Bursche den Teufel im Leibe hatte? Wir sprachen wie gewönlich von unsern kleinen Sorgen, als Don Vincenzo Tarocchi, umringt von einer Schar bewaffneter Männer, daherkam. Er wandte sich mit lauter Stimme an mich persönlich und fragte, ob ich das Versteck der Trompete kenne. Da geschah das Unerwartete. Ich weiß nicht weshalb, und niemand hat es je erfahren, aber statt meiner antwortete zu unserm großen Erstaunen Martino. ›Wir sind nicht verpflichtet, euch zu antworten‹, sagte er laut und trocken. ›Du weißt also etwas?‹ fragte Don Vincenzo und schaute ihn scharf an. ›Auch wenn ich es wüßte‹, antwortete er, ›würde ich es Euch nicht sagen‹.«

»War es wirklich der Sohn des Köhlers, der diese Antwort gab?« fragte Giuditta. »War es nicht Lazzaro? Bist du sicher? Mir scheint, daß dein Gedächtnis gelitten hat.«

»Lazzaro war schon verbannt«, erwiderte Zaccaria verdrießlich. »Man hat erst angefangen, uns zu verhören, nachdem er weg war. Ich habe die Szene noch deutlich vor Augen. Martino stand dicht neben mir, als er jene Antwort gab. Er war ein aufgeweckter Junge, das sah man. Und er kannte keine Furcht. Es war herrlich, ihn in dieser herausfordernden Haltung zu sehen, mit trotzig zusammengepreßten Lippen und offenem Blick. Aber in jenem Moment, das muß ich gestehen, war ich so verwirrt, daß ich mir weniger seinetwegen Sorge machte als wegen der heiklen Lage, in der ich mich befand. Was hätte ich antworten sollen, wenn mir plötzlich die gleiche Frage gestellt worden wäre? Nach dem kühnen Ausspruch Martinos konnte ich, schon aus Stolz, keine ausweichende oder feige Antwort geben. Aber ich wußte besser als er, welche Folgen ein mutiges Wort für meine Zukunft haben würde. Da war das Beispiel Lazzaros...«

»Was hast du denn schließlich geantwortet?« unterbrach ihn Rocco.

»Ich wurde nicht mehr gefragt«, erwiderte Zaccaria.

»Im Dorf konnte man nicht mehr leben«, fügte Giuditta hinzu.« Damals haben wir uns entschlossen, in die Meierei zu ziehen. Du bist nie des Nachts während eines Schneesturms hier gewesen, mein Sohn. Es ist das Reich der absoluten Freiheit.«

»Nach der Verbannung von Lazzaro und Martino«, sagte Zaccaria, »waren die Plätze und Straßen des Abends eine Zeitlang leer. Wir schämten uns ganz einfach. Es war eine Art Ausgehverbot, das wir uns freiwillig auferlegten. Wir Männer gingen in die Schenke, aber wir vermieden es, von dem Vorgefallenen zu reden. Ich sagte zu Giuditta: ›Hier können wir nicht bleiben, ich brauche Luft.‹ So kamen wir in die Meierei. Ich habe es nie bereut.«

»Was hat es dir genützt, fortzugehen?« wandte sich Giuditta an Rocco. »Die Erde ist rund. Wer fortgeht, verliert Zeit.«

»Seit jenem Abend habe ich Martino nicht wieder gesehen«, fuhr Zaccaria fort. »Aber ich habe oft an ihn gedacht und ihn mir immer so vorgestellt, wie er an jenem Tage dastand: herausfordernd, ein hübscher Bursche. Der Sohn des Köhlers hatte mir eine Lektion erteilt, die ich nicht vergessen konnte. Als er vorhin aus deinem Auto stieg, habe ich ihn sofort wiedererkannt; ich schlief nicht. Er ist jetzt voller und sein

Haar ist ergraut, aber er hat noch denselben sicheren und leichten Gang. Ich habe erwartet, daß er sofort nach Kriegsende kommen werde. Vor sechs Monaten wäre es leichter gewesen, den Schlag auszuführen; damals wäre er wohl sicher unbestraft geblieben.«

»Andere haben es auch versucht, vergiß das nicht«, unterbrach ihn Giuditta, »und sie trafen einen Unschuldigen. Es ist nicht leicht, Don Vincenzo zu beseitigen. Er ist kein Hammel.«

»Das waren Dummköpfe«, erklärte Zaccaria, »unwissende Landarbeiter. Die Pistolen zitterten in ihren Händen.«

Zu Rocco gewandt, fragte er:

»Kennst du Martino gut? Schon seit vielen Jahren?«

»Um Martino zu kennen, mag ein Blick genügen«, lautete die Antwort.

Giuditta ging schlurfend hin und her. Sie stellte ein Körbchen mit Mandeln auf den Tisch: die einzige Frucht, die im Tal gedieh. Es waren kleine, sehr harte Mandeln; man mußte mit aller Wucht draufschlagen, um sie zu zerbrechen, und oft waren sie bitter.

»Mit deinem eigenen Auto hinaufzufahren wäre unvorsichtig«, sagte Zaccaria. »Ich werde dein Nummernschild auswechseln lassen. Das echte hältst du in Reserve. Ich empfehle dir, nicht ins Dorf zu fahren.«

»Kennst du jemanden droben im Dorf?« fragte Giuditta.

»Den Pfarrer«, antwortete Rocco. »Wir waren zusammen auf dem Gymnasium. Wir sind sehr befreundet.«

»Versuche ihm diesmal auszuweichen«, empfahl ihm Zaccaria. »Don Nicola ist ein frommer Mann, aber er redet zuviel. Ich habe ihn nie gebrauchen können. Und er hat eine Schwester, die ist unbequemer als eine Ehefrau. Jetzt will ich dir erklären, wie ich mir unser Vorgehen denke. Natürlich will ich mich gegenüber einem Mann, wie du einer bist, nicht als Lehrer aufspielen. Es handelt sich um eine heikle Sache, bei der jeder nach seinem eigenen Gutdünken handeln muß. Kennst du die Eremitenbrücke? Gleich danach kommt eine Kurve; dort liegt neben der Straße ein ebenes Stück Wiese. Da kannst du den Wagen stehenlassen. Dreißig Schritte weiter oben befindet sich eine alte Sägemühle, die jetzt nicht mehr in Betrieb ist. Davor sind ein paar Baumstämme aufgestapelt. Kannst du folgen?«

13

Um ins Dorf zu gelangen, mußte man die Paßstraße, kurz bevor die Steigung zu Ende war, verlassen und nach rechts abbiegen. Dann führte der Weg abwärts in eine Mulde zwischen Berg und Hügel. Man entdeckte die Siedlung ganz unvermutet, wenn man schon fast darin war. Dort sah man nichts als Himmel, von welchem Punkt aus man auch schaute, von jedem Winkel des Platzes und von jedem Gäßchen aus. Man hatte den Eindruck, als sei man allein auf der Welt; man fühlte sich abgesonderter als auf einer Insel, denn man sah keinen Horizont.

»Ist dies der Platz, wo die erbauliche Vorlesung stattfand?« fragte Rocco den Pfarrer. »Warst du auch dabei?«

»Ich war zu Hause«, sagte der Pfarrer, »in dem kleinen Zimmer über dem Gemüsegarten. Erminias Mutter kam gelaufen und erzählte mir mit Tränen in den Augen von diesem schändlichen Treiben.«

Rocco und der Pfarrer saßen auf einer Steinbank neben der Tür des Pfarrhauses, die auf den Platz hinausführte. Trotz der späten Stunde hatte der Platz sein gewöhnliches Aussehen noch nicht wieder angenommen. Er wimmelte von Kindern. Sie waren überall, auf den Bäumen, im Brunnenbecken, auf den Laternenpfählen. Andere drängten sich vor der Tür des Café Eritrea und vor dem Eingang der Apotheke, sie gafften hinein und lauschten den Erwachsenen. Die größeren Knaben spielten Fangen und Bockspringen. Neben dem Glockenturm hielten sich einige Kinder bei den Händen, tanzten Ringelreihen und sangen dazu. Man wartete auf Martino. In der Mitte des Platzes erhob sich der Brunnen, gekrönt von einer Statue, die den Überfluß darstellte. Aber seit gut fünfzehn Jahren floß das Wasser nicht mehr. Eine Gruppe junger Burschen stand schwatzend neben der Villa Don Vincenzos. Das Portal und die Fenster des Hauses waren geschlossen. Einige Arbeiter aus der Käserei bildeten eine Gruppe für sich. Fast die ganze Bevölkerung hatte sich bei der Nachricht von der unmittelbar bevorstehenden Ankunft Martinos versammelt. Die älteren Dorfbewohner hatten den jungen seine Geschichte erzählt. Eine Anzahl Leute war in die Kirche eingetreten. Der Pfarrer hatte die Gläubigen aufgefordert, miteinander den Rosenkranz und die Heiligenlitanei zu beten, um für alle die göttliche Barmherzigkeit zu erflehen. Als die Gebete beendet waren, kehrten die meisten wieder auf den Platz zurück. Niemand hatte Lust, schlafen zu gehen.

»Bist du überzeugt, daß Martino die Tatsachen nicht kennt, die du mir erzählt hast?« fragte Rocco.

»Woher sollte er sie kennen?« antwortete Don Nicola. »Es sei denn, daß er sich nach seinem vergeblichen Besuch in der Käserei und der vorgetäuschten Flucht ins Dorf wieder in die Meierei zurückgezogen hätte. Dann könnte er sie von Zaccaria vernommen haben.«

»Setzt du Hoffnungen auf Zaccaria?«

»Ja, er ist nicht mehr wie früher, das kannst du mir glauben. Nichts beeindruckt mich, wenn ich in die Meierei hinunterkomme, so sehr, als zu sehen, wie dieser Koloß von einem Mann zu einem Wrack geworden ist und voll Reue über die Fehler seiner Vergangenheit nachdenkt.«

»Wie kannst du wissen, worüber er nachdenkt?«

»Er hat es mir selbst gestanden. Die Carabinieri hingegen glauben nicht an seine Bekehrung. Nur seines Ordens wegen getrauen sie sich nicht, ihn zu belästigen. Offen gesagt, das schmerzt mich. Weißt du, daß er jetzt neben der Meierei eine Kapelle bauen lassen will? Die Erlaubnis des Bischofs hat er schon bekommen. Diese Kapelle wird ihn ziemlich viel Geld kosten. Es wundert mich, daß er dir noch nichts davon gesagt hat.«

»Eine Kapelle? Aus welchem Grunde?«

»Er hat beschlossen, daß sie ›Stella Matutina‹, Morgenstern, heißen soll.«

»Stella? Wie konntet ihr ihm das erlauben.«

Soeben kamen die letzten Frauen aus der Kirche, vielleicht Verwandte von Martino, die nach der Andachtsstunde noch für sich allein weitergebetet hatten. Es waren arme, dunkelgekleidete Frauen, die ihr Gesicht unter den weiten Kopftüchern verborgen hielten. Sie gingen langsam und schweigend, eine hinter der andern oder paarweise, ihres Wegs und verschwanden in den dunklen Gäßchen. Nur eine trennte sich von ihrer Gefährtin und kam auf den Pfarrer zu; doch blieb sie in respektvollem Abstand stehen, ohne ein Wort zu sagen. Unter dem Schatten des Kopftuches waren ihre Augen nicht zu sehen.

»Es gibt nichts Neues, Erminia«, sagte der Pfarrer. »Du kannst gehen, du kannst ruhig schlafen.«

»Schlafen?« sagte die Frau.

Rocco stand auf und trat einen Schritt auf sie zu. Beide schwiegen. Die Frau blieb unbeweglich stehen. Sie erwartete, daß der Unbekannte etwas sagen werde; dann aber entfernte sie sich mit ihrer Gefährtin.

»Wie geht es ihr?« fragte Rocco. »Wie lebt sie?«

»Sie kann sich nicht beklagen«, antwortete Don Nicola. »Ihr Mann verdient, was sie brauchen. Sie haben ein paar Kinder, ich weiß nicht ob drei oder vier, alle schon ziemlich groß. Es hat ihr nicht an Widerwärtigkeiten, Krankheiten und Bedrängnis gefehlt, aber sie ist damit fertig geworden.«

»Hatte sie den Martino gern?«

»Ich glaube ja. Aber sie konnte nicht jahrzehntelang ledig bleiben und auf seine Rückkehr warten. Sie verlor ihre Mutter, und das Leben ist hier hart für eine alleinstehende Frau. Martino hat ihr nicht einmal geschrieben. Es war anzunehmen, daß er gestorben sei oder sie vergessen habe.«

»Glaubst du, Martino sei ein Mann, der vergißt?«

»Vielleicht nicht, unglückseligerweise.«

»In jenen Briefen stand nichts, das, vom ländlichen Standpunkt aus gesehen, die Ehre des Mädchens hätte beeinträchtigen können, nicht wahr? Nichts, das Erminia hätte an ihn binden können?«

»Es waren Briefe, die Erminia ihm geschrieben hatte, als er Soldat war. Vier oder fünf im ganzen. Die üblichen Briefe der Leute vom Land. Sie berichten über ihr eigenes Ergehen und das der Familienmitglieder, sie sprechen vom Stand der Saaten oder von der Ernte, sie wünschen dem Empfänger der Briefe gute Gesundheit. In der Sprache der Städter gibt es die verschiedensten Worte, um Freundschaft, Zuneigung und das Gefühl der Liebe auszudrücken. Gewiß, das Kino ist auch hierhergekommen, aber man geht nur von Zeit zu Zeit einmal hin. Es hat die Art des Sprechens und die Ausdrucksweise nicht verändert. Man gebraucht immer noch, wie du wohl weißt, eine einzige alte, unzerstörbare Formel: gern haben. ›Ich habe dich sehr gern‹, schrieb Erminia dem Martino. ›Hast du mich wirklich ein wenig gern?‹ Seit jeher gebraucht man hier keinen andern Ausdruck.«

»Waren an jenem Abend viele Leute auf dem Platz? Haben viele gelacht?«

»Wenn ich recht darüber nachdenke, bestand das Schmähliche jenes Auftritts gerade in dem durchaus üblichen, ganz gebräuchlichen, ich möchte sagen, völlig rituellen Charakter von Erminias Briefen. Jeder von denen, die lachten, hatte ähnliche Briefe geschrieben oder erhalten, wenn er sich im Militärdienst oder wegen seiner Arbeit fern von zu Hause befand. Die Menge auf dem Platz verhöhnte, verspottete und beleidigte sich also selbst.«

»Es war im Marienmonat, wenn ich nicht irre. Auf dem Platz befand sich ein Teil der Gläubigen, die gerade aus dem Gottesdienst gekommen waren. Was für Obliegenheiten hattest du eigentlich im Marienmonat?«

»In jenem Monat gab es keine besondern Obliegenheiten.«

»Ich habe gehört, daß du krank wurdest. Und nachher?«
»Was konnte ich tun?« sagte Don Nicola und hob die Arme.
»Was konnte ich tun?«
»Bist du nicht auch der Meinung, den Versuchungen ausweichen bedeutet in gewissen Fällen nichts anderes als eine Flucht vor der eigenen Verantwortung?«
»Darüber haben wir schon als Studenten diskutiert, erinnerst du dich?« sagte Don Nicola. »Es gibt Versuchungen zum Bösen und solche zum Guten, pflegtest du zu sagen.«
Rocco nickte.
»Die Krankheit, die mich nach der Briefgeschichte befiel, war keineswegs vorgetäuscht«, sagte Don Nicola. »Ich dachte ernsthaft darüber nach, ob ich nicht gut daran täte, die Soutane, wie man so sagt, in die Brennesseln zu werfen. Damals hat meine Schwester mich davor bewahrt, daß ich der Trostlosigkeit anheimfiel. Ich wurde vor den Bischof zitiert. Er schlug mir eine Pfarrei in der Stadt vor.«
Don Nicola unterbrach sich.
»Das erzähle ich dir später«, fügte er halblaut hinzu.
Don Nicola sah gutmütig aus; er hatte ein rundes Mondgesicht, klare Augen und eine sanfte Stimme. Soeben öffnete sich hinter seinem Rücken ein kleines vergittertes Fenster.
»Die Minestra ist fertig«, sagte eine Frauenstimme aus dem Innern. »Soll ich den Tisch im Garten decken?«
»Ich bin nicht hungrig«, entschuldigte sich Rocco. »Ich habe so viel Staub geschluckt, daß mein Magen davon voll ist.«
»Dann mußt du zumindest den Wein versuchen«, meinte der Pfarrer. »Ich werde dir Brot und Nüsse auf das Nachttischchen stellen lassen, für den Fall, daß du aufwachst und Hunger hast.«
Die Schwester des Pfarrers, eine ältere, schlanke, saubere kleine Frau, brachte eine Flasche mit zwei Gläsern und stellte sie auf die Steinbank zwischen die beiden Männer. Ihr Haar war unter einem schwarzen Häubchen hochgesteckt, und um den Hals trug sie ein schwarzes Band. Beim Gehen hinkte sie ein wenig.

»Seid ihr noch immer bei dieser traurigen Geschichte?« sagte sie in vorwurfsvollem Ton. »Der Wald ist schon längst verschwunden, und seither sind mehr als zwanzig Jahre vergangen, wenn ich nicht irre.«

»Für Sie, die Sie hiergeblieben sind, sicher, Signorina Adele«, entgegnete Rocco. »Aber für Martino, der damals die Heimat verlassen mußte und der jetzt heimgekehrt ist, vielleicht nicht.«

»Die Zeit wäre für ihn nicht verstrichen?« sagte Fräulein Adele. »Jetzt wird auch er, denke ich, graue Haare haben. Und Lazzaro? Sein Haar ist ganz weiß, für ihn wäre es höchste Zeit, sich um sein Seelenheil zu kümmern. War es wirklich nötig, jene höllische Trompete wieder auszugraben?«

»Für Martino bedeuten die Vorfälle, die sich vor zwanzig Jahren hier ereigneten, in einem gewissen Sinne die letzten Begebenheiten«, sagte Rocco. »Diese alten Geschichten sind für ihn, als wären sie von gestern. Dazwischen liegt eine Art Nacht, eine etwas längere Nacht als gewöhnlich, das ist alles.«

»Aber nicht für die Leute, die hier geblieben sind«, gab Fräulein Adele zurück. »Wir sind älter geworden in unsern Häusern, Tag um Tag. Das ist ein Unterschied.«

»Ja, das ist ein Unterschied«, gab Rocco zu.

»Vielleicht ist dazu Geduld nötig«, sagte Don Nicola. »Trink und sag mir, was du von diesem Wein hältst.«

»Er ist sonderbar«, meinte der Ingenieur. »Er schmeckt ein wenig nach Schwefel. Vielleicht haust in deinem Keller ein Teufel.«

»Das ist nicht ausgeschlossen«, antwortete der Pfarrer lachend. »Aber die Teufel, die den Wein lieben, sind nicht die schlimmsten.«

»Wie kannst du nur so reden!« verwies ihn die Schwester. »Martino hätte nicht dieses unglückselige Schicksal gehabt, wenn sein Vater nicht ein Trunkenbold gewesen wäre. Das sagen alle. Erinnerst du dich, wie er als Knabe war? Immer barfuß, in Lumpen gehüllt und hungrig. Vater und Sohn sah man nie in der Kirche.« »Dein Gedächtnis läßt nichts zu wünschen übrig«, sagte der Pfarrer. »Von einem gewissen Alter an kam Martino nicht mehr zur Kirche. Aber wenn ich ihn hier auf dem Platz oder draußen auf dem Felde traf, ließ ich ihn nicht entwischen. Im Gespräch machte er mir immer einen seltsamen Eindruck. Es war vorauszusehen, daß er ein schweres Leben haben würde. Ich fragte mich immer, ob nicht vielleicht er mein bestes Pfarrkind sei.«

»Wie konnte dir so etwas überhaupt in den Sinn kommen?« sagte Fräulein Adele empört.

Die Gegenwart Roccos machte dem Pfarrer Mut.

»Martino hatte eine sehr harte Kindheit und Jugend«, fuhr Don Nicola fort. »Aber das war nicht die Schuld seiner Eltern: ihre Armut war geradezu erschreckend. Als Kind ist Martino schwer krank gewesen. Da trugen ihn die Mutter und der Vater in die Kirche, um ihn Gott zu weihen.«

»Eine schöne Art, sein Versprechen zu halten«, rief Fräulein Adele.

»Es steht dir nicht an, darüber zu richten«, sagte Don Nicola mit einem Lächeln, das um Nachsicht bat. »Dies ist eine Privatangelegenheit zwischen Martino und Gott. Entsinnst du dich noch der Tage nach dem Erdbeben? Wir hatten die Kirche in ein Asyl für die Schwerverletzten umgewandelt. Viele Leute, meist Verwandte, kümmerten sich um sie. Aber bei jedem neuen Erdstoß, und es gab noch etliche bei Tag und bei Nacht, stürzten diejenigen, die sich noch auf den Füßen hielten, ins Freie hinaus und ließen die Verletzten allein.«

»Hätten denn alle, wie du, riskieren sollen, begraben zu werden?« fragte die Schwester.

»Im Gegenteil! Sie taten recht daran, zu fliehen«, entgegnete der Pfarrer. »Ich habe sie nie kritisiert. Aber Martino lief nicht fort.«

»Freilich, sein Vater war unter den Verletzten. Ich verstehe nicht, was du damit beweisen willst.«

»Jeder hatte irgendeinen unter den Verletzten; wenn es nicht der Vater war, dann war es die Mutter oder der Bruder oder ein Kind. Ich erinnere mich, daß Martinos Vater, auf einen Strohsack gebettet, nahe beim Gitter des Sakramentshäuschens auf dem Boden lag. ›Weshalb holst du nicht daheim eine Matratze?‹ fragte ich den Sohn. ›Wir haben nie Matratzen gehabt‹, antwortete er mir. ›Ich habe das gebracht, was wir haben.‹ Auch der Vater spürte die Erdstöße; dann schrie er und befahl dem Sohn, zu fliehen und sich in Sicherheit zu bringen. Aber jedesmal suchte der Junge ihn zu überzeugen, es sei nur eine Einbildung gewesen, weil er Fieber habe. Als jedoch ein stärkerer Erdstoß erfolgte und Mörtel vom Gewölbe und Teile vom Gesims herunterfielen, sagte er: ›Vielleicht hast du recht, vielleicht war das ein kleiner Erdstoß, aber jetzt ist er schon vorüber.‹«

»Wenn das nicht unbewußt geschah, sondern Edelmut war«, unterbrach ihn seine Schwester, »wie erklärst du es dir dann, daß es mit ihm ein so trauriges Ende nahm?«

»Vielleicht ist das meine Schuld«, sagte Don Nicola so schlicht und offenherzig, daß Rocco gerührt war. »Aber das läßt sich nicht so leicht und schnell erzählen«, fügte er hinzu. »Ich warnte Martino davor, das Reich Gottes hier auf Erden zu verlangen, aber vielleicht war es schon zu spät, vielleicht hatte das Schicksal schon die Hand auf ihn gelegt.«

Fräulein Adele hatte eine dreiste Antwort auf der Zunge, doch sie beherrschte sich mit Rücksicht auf den Gast.

»Ich wollte nur sagen, daß das Zimmer für den Ingenieur bereit ist«, verkündete sie trocken, um dem Gespräch eine andere Wendung zu geben.

»Ehe wir schlafen gehen, müssen wir die Flasche leermachen«, sagte der Pfarrer. »Man sieht dich so selten.«

»Ich möchte lieber zurückfahren«, erklärte Rocco plötzlich. »Die kurze Rast hier, der Wein, die Abendkühle haben mir die Müdigkeit genommen.«

»Hattest du nicht gesagt, daß der Motor deines Autos streike?« fragte Don Nicola.

»Die Ruhe wird auch ihm gut getan haben«, versicherte Rocco lachend. »Ich sehe, du verstehst nichts von Motoren.« Der Pfarrer begleitete ihn bis zum Auto, das in der Gasse neben dem Gartenpförtchen stand. Der große Platz war jetzt völlig leer. Nur zwei Carabinieri gingen noch auf und ab. Don Nicola war enttäuscht und auch ein wenig gekränkt.

»Wohnst du jetzt in Neapel?« fragte er.

»Nein. Wie kommst du darauf?«

»Dein Wagen hat ein Nummernschild von Neapel.«

»Und du glaubst an Nummernschilder?«

Don Nicola blickte Rocco nach, bis er ihn nicht mehr sah. Dann erst bemerkte er, daß seine Schwester in der Haustür stand und ihn erwartete. Da entrang sich ihm ein Seufzer. Die gewohnte, unvermeidliche Auseinandersetzung harrte seiner.

14

In den weit zurückliegenden Schuljahren, da Rocco ihn kennengelernt hatte, war auch der junge Nicola sonderbaren Anfechtungen ausgesetzt gewesen. In jener Zeit verstanden sich die beiden gut. Die Schulkameraden nannten sie die »Absolutisten«. Und in der Tat waren sie für die wenigen Dinge, die sie nicht gleichgültig ließen, hell begeistert. Eine Zeitlang schien es, daß auch Rocco sich der Theologie zuwenden wolle. Sie hatten sich vorgenommen, nach der Theologie Medizin zu studieren und dann als Missionsärzte nach Afrika zu gehen. Plötzlich aber wurde Rocco insgeheim wie von einer heftigen Krankheit von der Politik gepackt. Die Trennung der beiden Freunde vollzog sich in recht trauriger Weise und unter eigentümlichen Umständen. Nicola weilte während der Sommerferien bei Rocco in Fornace zu Besuch. Er war zum erstenmal in diesem Tal. Jeden Morgen begaben sich die beiden Studenten in die Pfarrkirche, um der Messe beizuwohnen, die der Onkel Erzpriester zelebrierte.

Die Gläubigen fanden sich spärlich ein: die üblichen Betschwestern, zwei oder drei Handwerker und ein paar gottesfürchtige Mädchen.

Eines Morgens sagte Rocco mitten in der Messe zu seinem Freund:

»Bist du gern in Gesellschaft von solchen Leuten?«

»Ich verstehe dich nicht«, antwortete ihm Nicola erstaunt. »Wir sind im Gotteshaus.«

»Gott ist – wie der Katechismus lehrt – auch auf der Straße. Er ist überall«, sagte Rocco. »Ich habe dich gefragt, ob du gern in Gesellschaft von solchen Christenmenschen bist. Sag ehrlich, begeistert dich die Idee, Priester zu werden und sie von ihren kleinlichen Skrupeln zu befreien?«

»Ich verstehe dich nicht«, erwiderte Nicola bestürzt. »Worauf willst du hinaus? Sind es nicht Seelen wie wir? Sind es nicht Geschöpfe desselben Vaters? Sind sie nicht erlöst durch dasselbe Blut?«

»Doch«, sagte Rocco. »Aber ihre Seelen sind weder warm noch kalt. Von ihnen hat der ewige Vater gesprochen, wenn er sagte: ›Sie sind lau. Darum, daß sie weder kalt noch warm sind, habe ich sie ausgespien aus meinem Munde.‹ Ekelt dich nicht vor ihnen?«

»Ich versage es mir, meinen Nächsten zu richten, ohne ihn zu kennen«, sagte Nicola mit Tränen in den Augen.

»Es genügt, wenn man sie anschaut«, entgegnete Rocco. »Sie sind weder warm noch kalt. Ihre Skrupel sind lau. Sonderbar; ekelt dich wirklich nicht vor ihnen?«

»Schweig«, flehte Nicola. »Soeben wird die heilige Wandlung vollzogen.«

Die Kirche lag im Halbdunkel. Auf dem schmucklosen Altar, zu beiden Seiten des Tabernakels, brannten zwei kleine Kerzen. Ihr Licht umstrahlte das schneeweiße Haupt des Erzpriesters gleich einem goldgelben Heiligenschein. Rocco und Nicola standen dem Taufbecken gegenüber. Beim ersten Ton des Glöckleins knieten sie nieder. Die übrigen Gläubigen waren vor dem Altargitter versammelt.

»Mir scheint«, sagte Rocco, »wir suchen den Lebendigen unter den Toten.«
»Schweig«, bat Nicola, »schweig!«
»Ich gehe«, sagte Rocco.
Er stand auf und verließ die Kirche. (Gewiß wußte auch er in jenem Augenblick nicht, daß er nie mehr einen Fuß ins Gotteshaus setzen würde, um zu beten.)
Er traf dann Nicola beim Frühstück wieder. Sie beide waren vom Onkel Erzpriester eingeladen worden. Der Pfarrer von San Luca hatte einen Hasen als Geschenk gesandt. Nicola schien ganz verwirrt. Don Bonaventura sagte lächelnd zu seinem Neffen:
»Wenn ich nicht irre, bist du heute morgen vor dem Ende der Messe aus der Kirche gegangen.«
»Ja. Ehrlich gesagt, ich langweilte mich«, antwortete Rocco.
»Die Liturgie der Messe langweilt dich?«
»Mir geht das fade Publikum, das der Messe beiwohnt, auf die Nerven«, sagte Rocco. »Es ist weder kalt noch warm. Ekelt es Sie nicht an?« fragte er den Onkel. »Das wundert mich.«
Don Bonaventura lächelte. Dann fragte er:
»Wenn ich nicht indiskret bin: Wie hast du den Morgen verbracht?«
»Ich war unten bei der Ziegelbrennerei«, sagte Rocco. »Wissen Sie, wieviel die Arbeiter dort bei zwölf Arbeitsstunden täglich verdienen?«
»Wenig«, sagte der Erzpriester, »viel zu wenig. Du solltest mit deinem Vater darüber reden.«
Don Bonaventura runzelte die Stirn und blickte den Neffen schweigend an. Dann sagte er: »Wirst du etwa zum Marxisten? Das wäre eine neue Absonderlichkeit in unserer Familie.«
»Nein«, erwiderte Rocco. »Die Theorie interessiert mich nicht. Aber ich bin eng befreundet mit Giovannino.«
»Wer ist Giovannino?«
»Sie können ihn nicht kennen«, sagte Rocco. »Er geht nicht

in die Kirche. Er ist ein aufgeweckter Junge, der Sohn eines Arbeiters. Wenn er spricht, schaut er einem gerade ins Gesicht.«

Nicola, der die ganze Zeit geschwiegen hatte, brach in Tränen aus. So trennten sich ihre Wege.

Kaum war Don Nicola zum Priester geweiht, wurde er von seinem Bischof in die Pfarrei San Luca entsandt, eine der armseligsten und traurigsten der ganzen Diözese. Es sollte ein Amt ›pro tempore‹ sein, aber die Jahre gingen hin, und er wurde nie abberufen. Hier in dieser Pfarrgemeinde stellte sich ihm die Aufgabe, Anstand, Zucht und gute Sitten wiederherzustellen, die unter seinem Vorgänger völlig abhanden gekommen waren.

Don Giustino Tarocchi, bei dessen Tod die Stelle des Pfarrers in San Luca neu besetzt werden mußte, war in der Tat ein kurioser Priester gewesen. Im Laufe seiner langen Tätigkeit hatte er sich allmählich eine eigene Religion geschaffen, die seinen physischen und geistigen Kräften entsprach. Um die Kirche kümmerte er sich gewöhnlich nur im Winter. In den andern Jahreszeiten ging er lieber auf die Jagd. Schon früh am Morgen ritt er fort, mit der Doppelflinte und den Hunden, und kam erst am Abend wieder heim. Während seiner Abwesenheit schickte der Küster jeden, der seelsorgerischen Beistand verlangte, zum Weihwasserbecken. Don Giustino verachtete auch einen guten Tropfen nicht; wenn ihm jemand Gesellschaft leistete, kannte er im Leeren von Flaschen und Bechern keine Grenzen. Er war leutselig, heiteren Gemüts und freigebig. Bösartig war er nicht, aber er konnte sehr herrisch und rechthaberisch sein. Da er sein ganzes langes Leben in San Luca zugebracht hatte, derweil die gesunden kräftigen Männer während der Kriege als Soldaten oder als Fremdarbeiter oftmals fern der Heimat weilten, war es nicht weiter verwunderlich, daß ihm die Vaterschaft einer beachtlichen Anzahl Kinder zugeschrieben wurde. Er war mittelgroß, aber stark, rüstig und abgehärtet. Wenn der Wind die schwarze Soutane, die ihm bis auf die

Füße reichte, hochblies, konnte man sehen, daß er weder Hosen noch Unterhosen zu tragen pflegte. »Sie wären nur hinderlich«, sagte er.

Jene Zeit liegt noch gar nicht so weit zurück, obwohl sie sagenhaft anmutet. In San Luca gab es noch kein elektrisches Licht; auf den Straßen fuhr noch kein Automobil, und die Beleuchtung in den Häusern der Armen war immer noch die mit Olivenöl gespeiste Funzel. Die ganze Bevölkerung des Dorfes holte ihr Wasser an einem einzigen Brunnen. Aber ihr Pfarrer war ein Mann von erstaunlicher Vitalität. Sein sonderbarstes Talent entfaltete Don Giustino als Geburtshelfer. Da es in San Luca keinen Arzt gab und als Hebamme eine alte Vettel wirkte, die weder lesen noch schreiben konnte, zogen es die meisten Frauen in ihrer schweren Stunde vor, mit Hilfe ihres Pfarrers entbunden zu werden. Don Giustino stellte sich immer gern zur Verfügung, wenn es sich um Mädchen und junge Frauen handelte, und wenn eine unvorhergesehene Komplikation sein mutig entschlossenes Eingreifen verlangte. Bedenkt man zudem, daß er oftmals auch der Vater des Neugeborenen war, dann ist es nicht schwer, sich vorzustellen, was seine Anwesenheit bei solchen Situationen für die Gebärenden bedeutete. In ihm vereinte sich die Hilfe der Wissenschaft, die Zärtlichkeit des Liebhabers, der Stolz des Vaters mit den ernsten Gesten und den geheimnisvollen lateinischen Worten der Liturgie. Nachdem er in mehreren für hoffnungslos gehaltenen Fällen, bei denen es um Leben und Tod ging, erfolgreich eingegriffen hatte, sprach man natürlich von Wundern. Unbestreitbar hatte er vor jedem Arzt, auch dem gelehrtesten, insofern einen gewaltigen Vorsprung, als er auf die völlige körperliche und seelische Gefügigkeit der Gebärenden zählen konnte. Der vierschrötige, behaarte, dunkle Mann, der die Ärmel seiner Soutane bis an die Ellbogen aufgekrempelt hatte und sich bückte, um ein Becken mit heißem Wasser aufzuheben, trug die Tonsur. In diesem kerngesunden, urwüchsigen Menschen schien sich das Unvereinbare zur Einheit zu verschmelzen. Natürlich kümmerte er sich nicht im mindesten um das kanonische Recht. Er fühlte sich in seinem Milieu zu sicher, als daß die betrübten, eindringlichen und drohenden Vorstellungen des Bischofs Eindruck auf ihn gemacht hätten. Die Tarocchi, zu deren Sippe er gehörte, beschützten ihn mit blankem Schwert. Den Mahnungen der Kirche stellten sie das Prestige ihres Geschlechts entgegen. Ihnen war vor allem daran gelegen, sich für die widerrechtliche Aneignung des Waldes die Billigung der Religion zu sichern, was durch die faszinierende Persönlichkeit Don Giustinos gewährleistet wurde. Sie gingen so weit, für den Fall, daß Don Giustino exkommuniziert oder versetzt würde, mit einer Loslösung der Pfarrgemeinde San Luca von der Kirche zu drohen. Der Bischof versuchte, einen Mittelweg einzuschlagen. Er sandte einen jungen Priester nach San Luca mit dem Auftrag, dem Pfarrer in seinem Amt zu helfen. Allein, der Unerwünschte wurde, kaum daß er angekommen war, vom wütenden Volk aus San Luca hinausgejagt. Andere Maßnahmen der Diözesanbehörde blieben nicht weniger unwirksam. Die Pfarrkinder merkten es nicht einmal, daß ihr Pfarrer eine Zeitlang seiner priesterlichen Funktionen enthoben war. Ganz gegen seine Gewohnheit nahm Don Giustino die harte Strafe, ohne ein Wort zu sagen, an. Er tat dies, weil ihm die Buße in der Zeit der Hasenjagd auferlegt wurde. Auch ohne suspendiert zu sein, hätte er in der Jagdsaison sein geistliches Amt nicht ausgeübt. Alle, die beichten oder kommunizieren wollten, wies der Küster, wie er es gewohnt war, zum Weihwasserbecken. Und wenn einmal zufällig jemand protestierte, konnte er antworten: »Es ist Befehl vom Monsignore.« Schließlich, als Don Giustino schon alt war, fand sich der Bischof damit ab, geduldig zu warten, bis der Unbotmäßige aus dem Leben scheide. Doch der Tod zögerte länger, als der Bischof gerechnet hatte; schließlich aber kam er.

Bei einem solchen Vorgänger mußte der neue Pfarrer zwangsläufig für seine Pfarrkinder eine Enttäuschung bedeuten. Wenn man von der Besonderheit absah, daß auch Don Nicola im Namen Jesu Christi sprach, hätte man meinen können, man habe den Priester eines ganz andern Glaubens vor sich. Doch war es nicht schwer, sich anzupassen. Im Gedächtnis der Bauern ist die Erinnerung an die Ankunft Don Nicolas aufs engste verbunden geblieben mit der Einführung des elektrischen Lichts in ihrem Dorf, mit dem Erscheinen des ersten Wagens ohne Pferde auf ihrem Dorfplatz und der Aufstellung des ersten Lautsprechers im Café Eritrea.

In Wirklichkeit gingen diese wundersamen Ereignisse, die im Vergleich zu den anderen Gegenden des Landes mit ungeheurer Verspätung eintrafen, in San Luca eins nach dem andern in einem Abstand von einigen Jahren vor sich. Wenn sie in der Erinnerung als gleichzeitig empfunden wurden, so deshalb weil sie für den Übergang von der Vergangenheit – der Epoche des Don Giustino und der Öllampe – zur Gegenwart kennzeichnend waren.

Don Nicola war unter dem Schutze seiner Schwester in San Luca angekommen. Fräulein Adele hatte ihn in jenem Augenblick unter ihre Fittiche genommen, da er, von Rocco verlassen, ohne Freunde geblieben war. Die Schwester sagte, sie schätze die Herzens- und Charaktereigenschaften des Bruders; gleichzeitig aber fürchtete sie gewisse, nicht ganz ungefährliche, religiöse Neigungen, die ihn in der Vergangenheit an den zügellosen jungen De Donatis gefesselt hatten. Sie behauptete, daß sie aus Liebe zu ihm, um ihn »zu retten«, auf die Heirat verzichtet habe. Das schwere Opfer gab ihr gewisse Rechte, die sie als eine wohlverdiente Entschädigung beanspruchte und auf die sie nicht verzichten konnte. Don Nicola wagte nicht, dies zu bestreiten. Er besprach mit der Schwester die wichtigsten Fragen des Lebens in der Pfarrgemeinde. Ihr hatte er die Aufsicht über die Hilfswerke anvertraut. In einigen Dingen jedoch bestanden zwischen Bruder und Schwester unüberwindliche Meinungsverschiedenheiten. Der ernsteste Punkt war der: Don Nicola

lehnte jede Vertraulichkeit mit der Familie Tarocchi ab. Daran hinderte ihn die Angelegenheit des Waldes. Er wollte mit den Tarocchi nicht öffentlich gesehen werden und mochte nicht Tischgenosse einer Familie sein, die seiner Ansicht nach in fortwährender und öffentlicher Versündigung lebte.
»Es ist schön, wenn man die Armen liebt«, sagte Fräulein Adele. »Unser Herr hat uns selbst das Beispiel dafür gegeben. Aber ein Pfarrer darf nicht das Eigentum verurteilen.«
»In jener Angelegenheit verurteile ich keineswegs das Eigentum an sich, sondern den Diebstahl«, sagte Don Nicola immer wieder. »Der Wald gehörte – niemand bestreitet das – den Gemeindemitgliedern. Die Tarocchi haben ihn geraubt.«
»Der König von Neapel hat ihre Handlungsweise für rechtmäßig erklärt«, sagte Fräulein Adele. »Die Regierung in Rom hat die früheren Urteile bestätigt. Es ist schön, wenn man die Armen liebt, aber ein Pfarrer darf nicht Sozialist sein.«
»Ich vertrete eine Obrigkeit, die über dem König und den Regierungen steht«, erklärte Don Nicola wieder und wieder. »Ich habe nicht die Macht, dem Volk den Wald wiederzugeben, aber ich kann eine Einladung zum Mittagessen ablehnen, die von einer Familie von Dieben kommt.«
»Nein, das kannst du nicht«, widersprach Fräulein Adele. »Alle werden von deiner Ablehnung erfahren. Du darfst keinen Skandal verursachen.«
»Der Skandal besteht, wie mir scheint, im unbestraften Diebstahl«, sagte Don Nicola.
Durch seine stolze Haltung gegenüber der reichsten Familie in der Gegend zog sich Don Nicola unzählige Schwierigkeiten zu; aber er blieb unbeugsam. Dann war Rocco wieder aufgetaucht. Jeder seiner Besuche schuf zwischen Bruder und Schwester neue Reibereien und Spannungen.

15

»Ich habe den Tisch im Garten gedeckt«, sagte Fräulein Adele.

Im Hause war es auch am Abend heiß. Der Garten bestand aus einem kleinen rechteckigen Stück Land, das auf einer Seite vom Pfarrhaus und auf den übrigen Seiten von einer efeuüberwachsenen niedrigen Mauer umschlossen war. Es gab darin ein paar Beete mit dunkelroten Dahlien und samtenen Nelken, die auf dem dürren Erdreich farbige Flecken ohne Grün bildeten. Die Suppenschüssel mit der Minestra stand schon auf dem Tisch.

»Ich verstehe dich immer weniger«, begann Fräulein Adele.

»Was habe ich nicht recht gemacht?« fragte Don Nicola.

»Du hast nicht mit ihm von dem Judenmädchen gesprochen.«

»Das habe ich vergessen.«

»Ich glaube es dir nicht. Du hast Angst gehabt, ich habe es wohl bemerkt. Beinahe hätte ich selbst davon angefangen.«

»Wie hättest du dich erdreisten können! Rocco verdient in höchstem Maße Respekt.«

»Dein Freund Rocco, den du immer bewundert hast, lebt im Konkubinat. Und was schlimmer ist: mit einer ungetauften Frau. Er lebt öffentlich in einer Todsünde.«

»Wer hat dir das gesagt?«

»Du hast es doch ebenfalls von Zaccaria gehört, als er das letztemal hier war. Hast du das vergessen?«

»Zaccaria irrt sich vielleicht. Der Schein trügt oft. Womöglich ist er schlecht unterrichtet.«

»Du hattest Zaccaria versprochen, alles zu tun, um dem Skandal ein Ende zu machen. Du versprachst ihm, sofort an Rocco zu schreiben oder ihn aufzusuchen. Soeben hast du Gelegenheit gehabt, mit ihm zu sprechen.«

»Nun ja, ich habe mich nicht getraut.«

»Ich begreife nicht, weshalb du dich von diesem Menschen derart beeinflussen läßt. Er ist ganz und gar nicht der tu-

gendhafte Mann, den du in ihm siehst. Er ist lasterhaft.«
»Nein, nein, nein. Sein Unglück besteht in etwas ganz anderem, es ist viel schrecklicher. Bei ihm sind es nicht die Sinne, das kannst du mir glauben. Der Grund liegt tiefer, ich habe es dir schon früher zu erklären versucht.«
Don Nicola machte eine müde, verzweifelte Geste. Er zögerte einen Augenblick, dann fuhr er fort: »Rocco wurde mit einer offensichtlichen Berufung zum religiösen Leben geboren. An ihn erging der Ruf Gottes so deutlich und klar, wie ich es sonst noch nie beobachtet habe. Er folgte ihm nicht, und das ist eines jener Geheimnisse, die nur Gott erklären und beurteilen kann. Da er sich der Berufung widersetzte, hat er vom weltlichen Leben das Absolute verlangt, das nur das Kloster ihm hätte geben können. Daher befindet er sich in einer tragischen, absurden Lage, die viel schwerer zu überwinden ist als irgendein Konkubinat.«
Allein, es war nicht leicht, Fräulein Adele zum Schweigen zu bringen. Sie wartete mit Ungeduld darauf, ihre Entgegnung vorzubringen.
»Nehmen wir einmal an, du hättest recht«, sagte sie in zornigem Ton. »Denn es steht mir nicht zu, dich daran zu erinnern, daß nur Gott den Menschen ins Herz sieht. Die öffentliche Meinung sieht indessen nur den äußeren Schein. Sie sieht also einen älteren Herrn, der mit einem noch nicht volljährigen Mädchen zusammenlebt, und sie weiß, daß die beiden nicht verheiratet sind und daß das junge Ding nicht getauft ist. Nun sag mir offen deine Meinung: Ist das kein Grund zum Ärgernis?«
»Gewiß«, gab Don Nicola zu.
»Warum hast du das deinem Freund Rocco nicht klargemacht?«
»Ich weiß es nicht.«
»Aber ich weiß es. Soll ich es dir sagen?«
»Nein«, beeilte sich Don Nicola zu antworten.
Die Schwester blickte ihn verächtlich an; dann wandte sie sich um und verschwand, ohne ihm gute Nacht zu wünschen.

16

»Als ich sah, daß du dich verspätet hattest, hoffte ich, du würdest nicht mehr kommen«, sagte Martino. »Offen gestanden, es gefällt mir nicht, daß du in diese Sache, die nur mich etwas angeht, verwickelt bist.«

»Siehst du, ich hatte mich anders besonnen«, sagte Rocco. »Als ich vor einer Stunde von der Meierei herauffuhr, bin ich von der Paßstraße abgebogen, weil ich plötzlich auf den Gedanken kam, in San Luca zu übernachten.«

»Gibt es hier jetzt ein Gasthaus?«

»Nein, aber ich kenne den Pfarrer, Don Nicola; er ist ein alter Freund von mir.«

»Früher war er ein guter Mensch, und er konnte ab und zu auch sehr mutig sein. Hat er mit der Zeit nicht ein wenig von seinem Schneid verloren?«

»Er hat hier in dieser Gegend, so sagte er mir, wie ein Verbannter gelebt.«

»Ist seine Schwester noch immer bei ihm? So ein Unglück! Was hat ihm da sein Zölibat genützt?«

Der Wind hatte sich erhoben. Es war eine laue Brise, gemischt mit plötzlich einsetzenden Stößen kalter Luft. Das Gehölz erwachte. Die Büsche regten sich und raschelten mit ihren dürren Blättern. Das dunkle Grün des Himmels war verblichen und zu einem milchigen Grau geworden. Wie aus Stahl gegossen ragten die finsteren Berge mit ihrem scharfen Profil empor.

»Der Pfarrer hat mir damals, vor vielen Jahren, den Paß besorgt, damit ich ins Ausland gehen konnte«, sagte Martino. »Das war meine Rettung oder mein Verderben, ich weiß es nicht.«

»Um die Wahrheit zu sagen: er hat ihn dir nur gebracht«, sagte Rocco. »Er hat es mir selbst vorhin erzählt.«

»Wie er ihn sich beschafft hatte, wollte er mir nicht verraten«, fuhr Martino fort. ›Ist er falsch?‹ fragte ich ihn. ›Einen falschen hätte ich dir nicht gebracht‹, gab er mir zur Antwort. ›Wie hast du ihn bekommen?‹ fragte ich ihn. ›Ich habe versprochen, es für mich zu behalten‹, erwiderte er. – Ich hielt mich hier in einer Höhle versteckt, da, wo früher der Wald war. Nur ein einziger Mensch kannte meinen Zufluchtsort und brachte mir zu essen: Erminias Mutter. Aber diese gute Frau befolgte die Ratschläge des Pfarrers und hielt mich über alles im Unklaren. Ich erfuhr wohl von der Durchsuchung meiner Wohnung, aber nichts von der Beschlagnahme der Briefe und von der unglaublichen Gemeinheit, die darauf folgte. Zu meiner Wut und Schande sollte ich diese Tatsachen erst einige Jahre später im Ausland von einem hiesigen Bauern erfahren.«

»Auch wenn du alles gewußt hättest, als du noch hier warst, was hättest du tun können?«

»Rocco, das sind keine Fragen, die ich zulasse.«

Rocco dachte einen Augenblick nach, dann fragte er:

»Kanntest du im Dorf eine gewisse Gaetana?«

»Die Tochter des alten Schulmeisters? Sie war damals, wenn ich nicht irre, die Braut Don Vincenzos. Ich sah sie manchmal am Abend unter der Haustür mit ihm plaudern. Aber weshalb fragst du mich?«

»Kannte sie dich? Hattet ihr je miteinander gesprochen?«

Martino zuckte die Achseln.

»Wie wäre das möglich gewesen? Du darfst nicht vergessen, daß ich der Sohn des Köhlers war. Unsere Familie war die ärmste und niederste im ganzen Dorf. Aber weshalb fragst du mich das? Wenn ich mir erlaubt hätte, das Wort an Gaetana zu richten, hätten ihre Verwandten mich totgeschlagen. Aber was kümmert es mich! Ich war derart glücklich, daß ein anständiges, nettes Mädchen wie Erminia mir sein Wort gegeben hatte, daß die andern Mädchen für mich überhaupt nicht existierten.«

»Dann will ich dir folgendes sagen: An jenem denkwürdigen Abend mit den Briefen ging Don Vincenzo wie gewöhnlich ins Haus des Schulmeisters, um seine Braut zu besuchen. Gaetana aber weigerte sich, ihn zu empfangen. Sie ließ ihm sogar sagen, sie fühle für ihn nichts als Abscheu und Verachtung. Das war der Anfang einer Geschichte, die hier ziemliches Aufsehen erregte«.

»Wirklich? Das kommt mir seltsam vor. Gaetana war eine Schulkameradin von Erminia. Ich hätte nie geglaubt, daß sie zu so etwas fähig wäre. Sie war größer, vielleicht auch schöner oder einfach besser gekleidet als Erminia. Einmal, um die Weihnachtszeit, veranstaltete der Schulmeister eine kleine Aufführung. Ich erinnere mich, daß Erminia und Gaetana, als Hirten verkleidet, in einem Krippenspiel abwechselnd Verse zu Ehren des Jesuskindes aufsagten. Sonst habe ich keine Erinnerungen mehr an sie. Der Vorfall, von dem du gesprochen hast, hatte eine Fortsetzung, sagtest du?«

»Jene Gaetana muß ein fabelhaftes Mädchen gewesen sein«, antwortete Rocco. »Es tut mir leid, daß ich sie nicht gekannt habe. Um sich mit ihr zu versöhnen, ließ Don Vincenzo ihr sagen, er sei bereit, Erminia um Verzeihung zu bitten. ›Damit tust du nur einfach deine Pflicht, nichts anderes‹, ließ Gaetana ihm antworten. Sie wundere sich sogar, daß er es nicht längst getan habe. ›Im übrigen‹, so sagte sie, ›graut mir bei dem Gedanken, die Frau eines solchen Mannes zu werden‹. Daß Gaetanas Familie anders über die Sache dachte, ist leicht zu verstehen. Don Vincenzo war, das weißt du besser als ich, der reichste Mann weit und breit. Wo sollte man eine Partie finden, die sich nur einigermaßen mit ihm vergleichen ließ? Einen solchen Stolz hatte niemand bei Gaetana vermutet. Ohne Zweifel hatte das Mädchen im geheimen darunter gelitten, daß es verkauft werden sollte; nun ergriff es die Gelegenheit, seine wahren Gefühle zu zeigen. Gaetanas Weigerung machte die Hoffnung der Eltern zunichte. Wenn anfangs einige ihrer Verwandten eine gewisse Bewunderung für die romantische Geste des Mädchens bekundet hatten, waren sich schließlich doch alle darin einig, daß Gaetana ganz einfach eine Närrin sei. Es wurde daher kein Mittel unversucht gelassen, sie umzustimmen und zur Vernunft zu bringen. Man drohte ihr, sie für den Rest ihres

Lebens in ein Kloster zu sperren. Unzählige Kerzen wurden vor den Bildern der Heiligen, die sich in solchen Fällen als Nothelfer bewährt haben, angezündet. Man versäumte es auch nicht, eine Wahrsagerin zu Rate zu ziehen für den Fall, daß die Ärmste das Opfer irgendeines Zaubers geworden wäre. Endlich erklärte Gaetana in Gegenwart Don Nicolas, sie sei es nun müde. ›Wollt ihr mein Leben dem Wohl der Familie opfern?‹ fragte sie. ›Nun gut! Ich stelle nur eine Bedingung: Ich werde an dem Tag wieder mit Vincenzo sprechen, an welchem der erste Brief Martinos aus dem Ausland eintrifft, worin er schreibt, daß er gerettet sei.‹ Sonderbarere Bedingungen konnten sich die Familienmitglieder schwerlich vorstellen. Don Nicola gelang es jedoch, überzeugend nachzuweisen, daß diese Forderung moralisch berechtigt sei. Don Vincenzo erklärte sich einverstanden. So bekamst du deinen Paß.«

»Von Don Vincenzo?«

»Nein, von Gaetana.«

Der Wind fing an, lästig zu werden. Es war schon der feuchte, kalte Nachtwind. Das Mäuerchen, auf dem die beiden saßen, war naß von Tau. Bisweilen kam aus der Ferne der Geruch von verbrannten Maisstengeln. Alles, was unterhalb des Gebirgskammes lag, war finster, aber nicht in gleicher Art. Über den Umrissen der Hügel und dem Bett des Wildbachs lag noch ein schwacher Lichtschimmer, der das gewohnte Bild der Landschaft erahnen ließ. Doch der Talgrund war wie ein langer schwarzer Lavasee. Es war nicht schwer, in der Ferne das rote Licht aus der Wirtsstube der Meierei zu erkennen. Einige hundert Meter unterhalb des Gehölzes lag das Dorf San Luca wie in einer dunklen Mulde. Nur die Laterne auf dem Platz vor der Haustür Don Vincenzos leuchtete. Martino starrte unverwandt hinab auf den grauen Haufen Häuser. Vielleicht erkannte er in dem Gewimmel dort unten ein kleines Haus oder nur den Schornstein eines Hauses, aber er wagte nicht, davon zu reden. Wieder hörte er Roccos Worte nicht, wieder war er wie abwesend. Sein Atem ging schwer. »Was sagtest du?« fragte er; aber er gab nicht acht auf die Antwort. Um sich vor dem Wind zu schützen, setzten sie sich unter der Mauer ins Gras, obwohl die Erde feucht war vom Tau.

»Lebt Gaetana noch? Ist sie zu Hause?« fragte Martino. »Wie seltsam das Leben ist.«

»Gaetana ist tot«, sagte Rocco.

»Seit wann?«

»Seit ein paar Monaten. Sie wurde ermordet, anscheinend aus Versehen. Ich weiß nicht, ob du schon davon gehört hast: Auch hier sind, wenngleich weniger als anderswo, während des Umsturzes Bluttaten verübt worden. In manchen Fällen war die Politik ein Vorwand für persönliche Rache.«

»Wer konnte denn Gaetana hassen?«

»Die Mörder hatten es nicht auf sie abgesehen, sondern auf ihren Mann. Sie drangen mitten in der Nacht in das Haus ein. Im Dunkeln wurde sie getroffen. Ihr Mann wird noch von vielen gehaßt, aber auf eine andere Weise als du es tust. Wenn ich richtig verstanden habe, gibt es jemanden, der ihn aus dem Wege räumen möchte, nur um die Käserei in seinen Besitz zu bringen.«

Ein heftiges Rauschen im Gebüsch und ein kurzer, scharfer, kehliger Laut ließen Rocco aufspringen.

»Das wird eine Wildkatze gewesen sein«, sagte Martino. »Komm und setz dich wieder. Hast du nie eine Nacht im Gebirge draußen im Freien zugebracht?«

»Was hast du in der Hand?« fragte ihn der Ingenieur.

Erst jetzt hatte er bemerkt, daß Martino in der Hand auf seinem Knie Brombeeren hielt.

»Ich hab' sie beim Heraufkommen gepflückt«, sagte Martino. »Es war noch hell. Die Büsche dort oben sind voll davon. In meiner Kindheit waren für mich die Brombeeren während des Sommers oftmals die einzige Zugabe zum trockenen Brot. Willst du sie versuchen? Da nimm.«

»Ich finde sie köstlich.«

»Da gibt es nichts zu spotten.«

»Sei nicht so übelnehmerisch! Ich finde sie sehr wohlschmekkend.«

»Sie sind voll Staub. Ich habe sie nicht waschen können.«

»Das Wasser macht sie zwar sauber, aber es nimmt ihnen auch den Geschmack. Kennst du dich gut aus in den Bergen?«

»Ich bin hier oben aufgewachsen, aber damals stand noch der Wald. Manchmal, in den letzten Jahren, als ich in der Fremde weilte, habe ich mir vorgestellt, ich sei auf diesen Hügel zurückgekehrt, unter die Eichen, die Buchen, die Lärchen. Wenn ich die Augen schloß, hörte ich ihr Rauschen tief drinnen in mir. Man muß Tag und Nacht in einem Wald gelebt haben, um die unendlich vielen Stimmen zu vernehmen, die sein Raunen und Weben enthält: Liebeslieder, Litaneien, Lobgesänge, Hymnen der Freiheit. Aber jener Wald, in dem ich im Geist immer noch lebte, war in Wirklichkeit schon zerstört. Er lebte nur noch in mir. Mein Berg war längst so geworden, wie du ihn jetzt siehst: verstümmelt und taubstumm. Wie grauenhaft!«

Martino schwieg und schloß die Augen.

»Du kannst dir nicht vorstellen«, sagte er, »welchen Eindruck es mir heute gemacht hat, als ich ihn so wiederfand. Ich weiß nicht, ob jemand je so schmerzbewegt vor den Trümmern seines Geburtshauses gestanden hat. Denke doch, hier habe ich meine ganze Kindheit und Jugendzeit verlebt. Hier war ich die meiste Zeit über. Der Wald war meine Heimat, meine Schule, mein Spielplatz. Ich half meinem Vater Holzkohle brennen. Nicht, daß ich die Gesellschaft der andern Knaben verschmäht hätte, aber die Armut hielt mich von ihnen fern. Meine Kleidung bestand aus lauter Lumpen; ich ging barfuß. Da ich mir nicht dümmer oder schwächer vorkam als die andern, wollte ich hinter den Kameraden nicht zurückstehen. Tag um Tag lebte ich hier im Wald unter den Eichen, Buchen und Lärchen, lief wie närrisch von einem Ende zum andern und verfolgte Hasen, Wildkatzen,

Schlangen: nicht um sie zu töten oder zu fangen, sondern, wie ich glaubte, aus einer Art Vertrautheit, aus Kameradschaft, um sie herauszufordern oder mit ihnen um die Wette zu laufen. Ich vergaß die Traurigkeit, die Mißachtung, den Hunger. Ich verstand es vorzüglich, aus Weidenzweigen Flöten zu machen. Im Sommer versuchten auch die andern Knaben in den Wald zu kommen, um Vogelnester auszunehmen. Ich aber hatte gesehen, wie die Nester langsam entstanden waren, ich hatte die unaufhörliche Mühe und Sorgfalt der Vögel beobachtet, wenn sie Strohhalme und Zweiglein im Schnabel herbeitrugen. So entbrannten denn heftige Kämpfe, die mit Steinwürfen ausgetragen wurden. Mit sechzehn Jahren erstand ich mir vom ersten Monatslohn, den ich als Maurerhandlanger verdiente, mein erstes Paar Schuhe. Erst zwei Jahre später konnte ich mir meinen ersten Anzug kaufen. Solange das Wetter schön war, ging ich barfuß oder mit Schlappen an den Füßen, die meine Mutter aus Lappen zusammengenäht hatte. Aber bei Schnee und im Schlamm taten mir die Füße weh. Zu jener Zeit gab es in unserer Familie nur ein einziges Paar Schuhe, die wir abwechselnd anzogen, wie es gerade nötig war. Mein Vater trug sie, wenn er als Köhler ins Gemeindehaus oder zu den Tarocchi gerufen wurde. Eines Sonntags jedoch erklärte die Schwester des Pfarrers, es könne mit Rücksicht auf die dem Gotteshaus gebührende Ehrfurcht nicht mehr geduldet werden, daß jemand mit nackten Füßen in die Kirche komme. Diese Maßnahme richtete sich unmittelbar und mit Absicht gegen unsere Familie. Von da an hörten mein Vater und ich auf, in die Messe zu gehen. Wir erkannten ohne weiteres der Mutter am Sonntagmorgen das Vorrecht auf den Gebrauch der Schuhe zu. So vertrat sie in den Beziehungen zu Gott die übrige Familie. Aber sie wollte daraus keinen persönlichen Vorteil ziehen. Bevor sie zur Messe ging, fragte sie uns: ›Soll ich für euch um etwas Besonderes bitten?‹ Meist waren es, ich schäme mich es zu sagen, Wünsche, die sich ums Essen drehten. ›Wie gefräßig ihr seid‹, warf sie uns dann vor. Sie selbst aber erbat von Gott, ihr Sohn möge ein redlicher Mann werden. Heute entspricht der Preis für ein Paar Schuhe ungefähr dem, was ich als Maurer in zwei oder drei Tagen verdiene. Mein Vater strengte sich bestimmt nicht weniger an als ich; aber wenn er die Verrücktheit begangen hätte, ein Paar Schuhe zu kaufen, hätten wir einen Monat lang nichts zu essen gehabt.«

»So wenig wurde für die Kohle bezahlt?«

»Nicht ganz so wenig. Allein mein Vater benutzte das Holz des Waldes, um seine Kohle zu brennen. Der Wald aber gehörte Don Vincenzo Tarocchi. Für jeden Sack voll Kohle erhielt mein Vater wenige Centesimi und ein Glas Wein. Dieser Brauch, einen Becher Wein als Zugabe zum Lohn zu spenden, wurde ihm zum Verderben. Der Wein kostete in jenen Zeiten, ich weiß nicht, ob du dich erinnerst, so gut wie nichts. Die Kohle wurde am Morgen mit dem Karren, der von einem Esel gezogen wurde, den Abnehmern ins Haus geliefert. Wie soll man an einem einzigen Morgen fünfzehn bis zwanzig Becher Wein in den leeren Magen hineingießen, ohne betrunken zu werden?«

»Dazu hat ihn ja niemand gezwungen.«

»Das ist leicht gesagt. Wie oft haben wir nicht im Familienkreis davon gesprochen. Auch mein Vater dachte mit uns darüber nach. Aber er hatte einfach nicht den Mut, das Glas Wein abzulehnen. Seiner Meinung nach hätte er sich eine allzugroße Verantwortung aufgeladen, wenn er den Becher zurückgewiesen hätte. Damit wäre ein alter Brauch für immer verloren gegangen. Kein Köhler hätte in Zukunft mehr seinen Becher Wein bekommen. Und daran wäre mein Vater schuld gewesen. Was für eine schreckliche Verantwortung. ›Es geht dabei nicht um mich, versteht ihr‹, wiederholte der arme Mann immer wieder, ›sondern um das Recht‹. Er besaß einen sehr ausgeprägten Sinn für das Recht. Vergebens hatte meine Mutter versucht, die Käufer zu überreden, das Glas Wein durch ein Stück Brot oder einige Centesimi zu ersetzen. Ihnen paßte das nicht, denn in jener Zeit, ich weiß nicht, ob du dich erinnerst, wurde der Wein in den Häusern gar nicht geachtet. Das Betrunkensein meines Vaters war somit ein unvermeidlicher Zustand. Aber kaum hatte er einen Rausch, so schämte er sich. Oft genug verbarg er sich in einem Graben in der Nähe unseres Hauses und kam nicht heim, weil er mir nicht zum Ärgernis werden und kein schlechtes Beispiel geben wollte. Dann kehrte er erst am nächsten Morgen zurück, dreckig, verwahrlost, niedergeschlagen, und erfand irgendeine Ausrede. Ich tat, als glaubte ich ihm, aber es war eine Qual. Ich habe in meinem ganzen Leben nur über ihn geweint. Er war ein kleiner rauchgeschwärzter Mann, sehr mager, gekrümmt wie ein verkohltes Bäumchen, so lächerlich, so gut und rührend. Er litt an fürchterlichen Magenschmerzen, und schließlich, in den letzten Jahren, waren auch sein Gaumen und seine Kehle so zugrunde gerichtet, daß er die Getränke, die ihm angeboten wurden, nicht mehr schmecken konnte. Er trank jede beliebige Flüssigkeit, wenn sie nur eine dem Wein ähnliche Farbe hatte. Kaum hatte sich das herumgesprochen, wurde er zur Zielscheibe grausamer Scherze. Er begann mit geröteten Lippen und Zähnen nach Hause zurückzukehren, wie wenn er rote Tinte getrunken hätte, so daß wir es gar nicht beachteten, als er zum erstenmal Blut spuckte. Wir dachten, man habe ihm wieder einen Streich gespielt. Meine Mutter beklagte sich darüber. Sie sagte: ›Den Wein haben sie im Hause, aber die Tinte müssen sie kaufen. Könnten sie da nicht eher meinem Mann etwas mehr Lohn geben?‹ Im Sommer, wenn die Getreidefelder abgeerntet waren, sammelte meine Mutter die übriggebliebenen Ähren, und ich hob die heruntergefallenen Äpfel auf, die in den Straßengraben gerollt waren. Aber das waren Erleichterungen, die nur kurze Zeit währten.

Nach dem Erdbeben wurde mein Vater zusammen mit den andern Verletzten aus dem Dorf nach Rom in ein Spital gebracht. Ich begleitete ihn; ohne mich wäre er nicht gegangen. Übrigens hatte auch ich eine Verletzung am Knie, und dazu war eine Blutvergiftung gekommen. In den ersten Tagen im Spital gab er auf keine Frage Antwort; er war nicht imstande, sich klarzumachen, was um ihn vorging. Er glaubte zu träumen, er glaubte, er sei im Paradies. ›Es ist also wahr‹, sagte er zu mir. ›Jetzt siehst du, Martino, daß es wahr ist‹. – ›Was ist wahr?‹ fragte ich ihn. – ›Es ist wahr, daß es ein anderes Leben gibt.‹ Es kostete mich allerhand Mühe, ihm begreiflich zu machen, daß er sich einfach in einem Spital befinde und daß die Frau, die er am Tag zuvor gesehen hatte, nicht die Heilige Jungfrau gewesen sei, sondern die Königin, welche den Opfern des Erdbebens einen Besuch gemacht habe. Von da an hielt er jede Krankenschwester für die Königin. Noch nie hatte er Menschen mit so zarten Gesichtsfarben und so feiner Haut gesehen. Daher war er nicht imstande, die einen von den andern zu unterscheiden und diese Wesen aus einer andern Welt einzeln wiederzuerkennen. Er glaubte, es sei immer dieselbe Persönlichkeit, immer die Königin. ›Majestät‹, sagte er zur Krankenschwester, die sein Bett richten oder sein Nachtgeschirr leeren wollte, ›Majestät, das ist eine Herablassung deinerseits, die ich nicht erlauben kann.‹ Doch auch dort hatte er einen Grund zur Traurigkeit. ›Wir sind hier‹, sagte er zu mir, ›in diesem Vorzimmer zum Paradies. Und deine Mutter?‹ Der Gedanke an seine Frau kam ihm jedesmal, wenn man ihm zu essen brachte. Er konnte nicht essen ohne seine Frau, er konnte nicht. Er habe es nicht gelernt, sagte er, niemand habe es ihm je beigebracht, es sei nicht seine Schuld. Deshalb versuchte er alle möglichen Eßwaren zu verstecken, um sie nach Hause mitzunehmen. Eines Tages entdeckte die Schwester unter seinen Kissen, in ein Stück Papier und ein Handtuch eingewickelt, einige Beefsteaks, die schon verdorben waren. ›Was für ein Glück war dieses Erdbeben‹, sagte er zu mir. ›Ohne das Erdbeben hätte ich diese Herrlichkeit nie kennengelernt. Wir wollen nur hoffen, das deine Mutter das nächstemal auch so eine kleine Verletzung abkriegt. Gott behüte, keine schwere, aber so eine kleine Wunde, gerade groß genug, um ins Spital zu kommen.‹ – Ach, weshalb erzähle ich dir alle diese Geschichten? Aber so wirst du wenigstens verstehen, daß mich nicht der Zufall auf diese Straße führte. Dort auf dem Platz, an jenem Abend vor zwanzig Jahren, als Don Vincenzo mit seiner dummen Frage kam, da war nur meine Geste unvermutet, nicht aber die seelische Haltung. Ich wußte, daß für mich der Augenblick gekommen war, meine Männlichkeit zu beweisen. Es lag nicht in meiner Macht, allein die Kette der Armut zu sprengen, aber ich war imstande, den Hohn zurückzuweisen.«

»Du warst schon verlobt, schon anerkannt«, sagte Rocco.

»Ich hatte sehr wohl bemerkt, daß auch Erminia von einigen Freundinnen verspottet und ausgelacht wurde, weil sie mit dem Sohn des Köhlers sprach«, fuhr Martino fort.

»Ihr hattet doch Gaetana auf eurer Seite.«

»Das wußte ich nicht. Übrigens hatte ich noch nichts geleistet. Es genügte nicht, irgendeinen Knaben, auch wenn er älter war als ich, verprügelt zu haben. Die physische Stärke war nicht genug. Ich mußte etwas anderes vollbringen. Erminias Zuneigung war ein unermeßliches Geschenk; ich mußte sie mir verdienen. Ich mußte etwas Aufsehenerregendes wagen. Entschuldige das Wort: eine Geste der Emanzipation.«

»Schau dort unten!« sagte Rocco.

Auf dem Dorfplatz von San Luca, unter dem gelben Lichtkreis der Laterne vor Don Vincenzos Haustür, waren zwei Carabinieri aufgetaucht.

»Die Stunde naht«, sagte Rocco. »Martino, was hast du beschlossen zu tun?«

»Laß mich allein«, antwortete er.

»Unmöglich«, sagte Rocco. »Kaum hatte ich dich heute gesehen, da fühlte ich mich mit dir verbunden. Und wie könnte ich dich nach all dem, was du mir erzählt hast, jetzt allein lassen?«

»Was rätst du mir?« fragte Martino.

»Die Entscheidung liegt bei dir«, sagte Rocco. »Wenn dein

Vater noch lebte, wäre es, denke ich, seine Sache, zu entscheiden. Aber was du auch immer beschließen wirst – heute nacht bleibe ich an deiner Seite.«

»Wir wollen gehen«, sagte Martino. »Führe mich, wohin du willst, aber gehen wir von hier weg.«

»Wollen wir zu Lazzaro?« schlug Rocco vor. »Es ist schon ein wenig spät, aber zu ihm kann man jederzeit kommen.«

Zweiter Teil

I

Die Wandlungen, die der Krieg mit sich gebracht hatte, schufen auch in jenem verborgenen Tal Überraschungen und Illusionen; aber schließlich, es regnete und schneite genau so wie vorher, und die Armen blieben arm.
Der Tag, an dem die Nachricht vom Staatstreich eintraf, schien anfangs ein Tag wie die andern auch. Es war gegen Ende Juli. Die Hitze war gewaltig, drückende Schwüle herrschte; ein Gewitter schien im Anzug. Im Laufe des Nachmittags aber war es ein wenig kühler geworden; nur in der Ferne hatte man ein leises Donnern gehört. Die Häuser, die am steilen Abhang übereinanderstanden, rauchten, als ob ein unterirdisches Feuer im Berg brenne. Die Familien waren vor den Türen ihrer armseligen, finsteren Behausungen versammelt; die Gassen glichen den unregelmäßigen, abschüssigen Korridoren in einer riesigen Mietskaserne. Auch wenn die Türen geschlossen waren, hörte man deutlich auf der Straße die Stimmen, das Gemurmel, das Weinen, das Lachen der Leute. Man hörte schnarchen, hörte, wie die Ziegen gemolken wurden und alle übrigen Geräusche. Vor den Häusern saßen auf den Türschwellen alte Frauen und Männer mit kleinen Kindern auf den Knien. Am späten Abend wurde die Minestra gemeinsam aus der Schüssel gegessen, welche die Großmutter oder die Mutter auf ihren Knien hielt. Wie in den andern Jahren war man in den Bergen mit dem Dreschen auf der Tenne noch nicht fertig. Die Gutsbesitzer klagten über Mangel an Arbeitskräften. Die Frauen und Greise vermochten natürlich nicht, die Männer, die im Krieg waren, zu ersetzen.
Die Nachricht traf gegen Abend ein. Die armen Leute von Sant' Andrea wußten zunächst gar nicht, wie sie sich verhalten sollten. Die Kunde von dem Vorgefallenen, welche die Stadt jäh in Aufruhr versetzt hatte, war mit einem Tag

Verspätung ins Dorf hinaufgedrungen. Ein paar Stunden wußten nur die Carabinieri, der Pfarrer und drei Gemeindeangestellte Bescheid. Dann aber drang das Gerücht in die Läden, in die Schenken, zu den Handwerkern, und von da zu den andern, zu den Bauern, den Handlangern, den Schafhirten, den Frauen. Aber immer noch war es bloß eine Zeitungsnachricht. Und was die Zeitungen nicht alles meldeten! Die armen Leute wußten nicht, ob sie die Sache glauben sollten.

Man hatte soeben das Ave-Maria geläutet; die Sonne war schon hinter den Bergen verschwunden, aber die Grillen zirpten noch im Gebüsch. Auf dem Platz vor der Kirche und dem Rathaus, unter den Akazien, bildeten sich langsam Gruppen von Männern. Andere kamen von den Feldern; sie blieben beieinander stehen und teilten sich leise, mit halben Worten, die Nachricht mit, wiederholten sie, schwiegen dann und blieben wartend stehen. Es waren größtenteils ältere Männer und Knaben. Die Gesichter, die zaghaften Gebärden verrieten Unsicherheit, Mißtrauen und Furcht vor einer neuen Täuschung, vor einem neuen Betrug. Eine Gruppe stand abseits, auf den Stufen, die zur Kirche führten; es waren die Hirten und Knechte der Familie Tarocchi. Man wunderte sich, daß die Carabinieri nicht wie sonst einschritten und der Menge befahlen, sich zu zerstreuen und nach Hause zurückzukehren. Zwei Carabinieri, das Gewehr über der Schulter, standen vor der Tür des Rathauses und behielten die Leute mit offensichtlicher Besorgnis, aber ohne Feindseligkeit, im Auge. Die Tür und die Fenster des Rathauses waren geschlossen. Das war höchst sonderbar. Aber abgesehen davon gab es nichts, das beunruhigend gewirkt hätte. Umsonst hatten verstohlene Blicke an der Fassade des Rathauses nach einer Veränderung gesucht. Über der Eingangstür des Gebäudes, zwischen den beiden Balkonen im ersten Stockwerk, war ein paar Jahre vor dem Krieg ein Hochrelief aus Terrakotta angebracht worden. Es stellte in Überlebensgröße ein energisches Männerprofil mit den Zügen eines Besessenen dar. Diese Neuerung war damals nicht unbemerkt geblieben. In der Umgebung von Sant' Andrea ahnte man nicht, daß Kunstwerke etwas anderes darstellen konnten als religiöse Motive. So waren denn mehrere Handlanger sogleich zum Pfarrer gelaufen, um sich nach dem Namen des neuen Heiligen und nach der Art der Wunder zu erkundigen, die seiner Fürsprache vorbehalten seien. Ihnen wurde erklärt und mehrfach wiederholt, es handle sich nicht um einen Heiligen oder einen Seligen oder einen andern frommen Mann. Aber auch er habe Wunder getan.

»Hat er ein gutes Herz? Ist er böse?« fragten sie. »Müssen wir ihm eine Kerze anzünden?«

»Ihr dürft seinen Zorn nicht herausfordern«, antwortete Don Costantino, der Pfarrer. »Weiter nichts.«

»Keine Kerzen? Keinen Weihrauch?«

»Nichts.«

Da begriffen die Bauern und die Hirten von Sant' Andrea, daß es das Bildnis eines Hexenmeisters war. Im Tal hatte es vor Zeiten nicht an Zauberern gefehlt, die, ohne religiöse Männer zu sein, in schwierigen Lebenslagen Wundertaten und Hexereien vollbracht hatten. Allein, ihre Zunft war dann nach mancherlei Verfolgungen durch die Carabinieri, die Geistlichen und die Schulmeister fast ausgestorben. »Wundertaten müssen«, so sagte und predigte man, »einzig und allein Gott vorbehalten bleiben, der sie auf die Fürsprache der Heiligen hin vollbringt.« Nachdem das Bildnis des Hexenmeisters an der Fassade des Rathauses angebracht worden war, geschah es daher, daß jemand zum Pfarrer lief und ihn fragte:

»Ist es einem Mann, der nicht aus der Kirche hervorgegangen ist, erlaubt, Wunder zu verrichten?«

»Ihr tätet besser daran, zu schweigen«, antwortete Don Costantino streng, »wenn ihr nicht wollt, daß euch das gleiche Schicksal trifft wie Martino und Lazzaro.«

Die Angelegenheit blieb verworren; sie wurde erst verständlich, als man gewahrte, daß jener Mann der Hexenmeister der Reichen war. Die Hirten, die Knechte, die Diener der Familie Tarocchi grüßten und verehrten ihn auf eine besondere Weise. Es war daher leicht zu verstehen, daß an jenem Abend aus der Menge sich hin und wieder ein ängstlicher Blick flüchtig zu ihm erhob. Er befand sich noch am alten Platz. Das Aufflammen des elektrischen Lichtes machte auch die Sichersten verwirrt. Die Laternen, die zwischen den Akazien über den Gruppen der Männer hingen, erweckten die Illusion eines offenen Laubengangs, während eine viel stärkere Lampe, die an der Fassade des Rathauses über dem in Ton geformten Bild leuchtete, den Zügen des Hexenmeisters einen zornigen und drohenden Ausdruck verlieh. Die Nachricht war also trügerisch. Wie sollte man sich auch das Verhalten des Gemeindesekretärs erklären? Es war kaum zu glauben, wie er sich verändert hatte. Mit einem Schlag schien er gealtert und kleiner geworden; er trug lange, gewöhnliche Hosen und eine schäbige Jacke. Er lächelte nach allen Seiten, grüßte in übertrieben liebenswürdiger Weise, nannte die Leute beim Namen, ging von einer Gruppe zur andern, wie eine Spinne, die an den Fäden ihres Netzes von einer Mücke zur andern läuft. Niemand konnte sich erinnern, ihn je so höflich gesehen zu haben. Wenn er sich näherte, verstummte das Gemurmel, wenige erwiderten seinen Gruß; offensichtlich lag eine Täuschung vor. In einem gewissen Augenblick – es war schon zu vorgerückter Stunde – vernahm man plötzlich auf dem Platz die Rufe der Frauen in den Häusern. Die Nachricht war nun auch in die Gäßchen gedrungen. Es waren bange, erschrockene Stimmen, welche die Männer und Söhne nach Hause riefen, ehe sich ein nicht wiedergutzumachendes Unheil ereigne. Aber keiner von den Männern wagte, allein wegzugehen. Es gibt Arten von Unglück, welche vorzugsweise den treffen, der daheim bei seiner Familie sitzt. Und wenn die ganze Sache schließlich mit einem großen Gelächter enden sollte, war es auch besser, es gleich zu erfahren. Einer meinte: »Vielleicht sollte man den Pfarrer fragen. Er müßte es wissen.« Obwohl Don Costantino ein Diener Christi war, hatte er doch immer auf Seiten des Hexenmeisters gestanden. Er war berühmt geworden durch einen Zyklus von Predigten über das Thema »Der Mann, den die Vorsehung erwählte, und der Heilige Krieg gegen den Negus«, die er zur Zeit des letzten afrikanischen Krieges gehalten hatte. Es waren Predigten, mit denen sich schließlich sogar Zeitungen beschäftigten. Er hatte den Gebrauch von Giftgas verteidigt und ihn als rechtmäßig, ja, sogar als geheiligt bezeichnet, wenn dieses Kampfmittel dazu diene, die Welt zu erobern, den Bolschewismus auszurotten und die Ungläubigen zu zwingen, die Oberhoheit der wahren Kirche anzuerkennen. Die Fenster des Pfarrhauses gingen auf den Platz hinaus. Haustür und Läden waren geschlossen. Vergeblich wurde an die Pforte gepocht. Jemand begab sich zur Kirche und fragte in der Sakristei. Don Costantino war verschwunden. Auch das konnte ein Zeichen sein.

Der Eindruck, daß die Ungewißheit nicht mehr lange dauern könne, wurde bestärkt durch das Erscheinen eines Jünglings auf einem Fahrrad, der eine Leiter auf der Schulter trug. Die Menge machte ihm Platz. Es war der Sohn Massimilianos, eines alten Schafhirten in Sant' Andrea, des Bruders von Zaccarias Frau, Giuditta: ein aufgeweckter, ernster, gern gesehener Junge. Ein paar Jahre lang hatte er bei der Tante in der Meierei gearbeitet, dann hatte er die leichteren Arbeiten bei der Anlage des elektrischen Lichts erlernt und war von der Gemeindebehörde zum Beleuchtungsaufseher in Sant' Andrea ernannt worden. In Anbetracht dieser Funktion, in der ihn niemand im Dorf ersetzen konnte, war er vom Kriegsdienst befreit worden. Als Massimiliano ihn kommen sah, rief er ihn an und ging ihm entgegen, aber der Sohn beachtete ihn nicht. Aller Augen richteten sich auf den Jüngling. Er ging schnurstracks, ohne nach rechts oder links zu sehen, auf das Rathaus zu, lehnte das Fahrrad gegen die geschlossene Türe, dicht neben die Carabinieri, und stellte die Leiter an die Fassade zwischen die beiden Balkone im ersten Stockwerk, gerade über dem Eingang. Das konnte die Befreiung von allen Zweifeln bedeuten. Auf dem Platz breitete sich eine große, von wachsender Angst erfüllte Stille aus. Auch die Carabinieri verfolgten gespannt jede kleinste Bewegung des Burschen. Der junge Elektriker zog die Hose in die Höhe und schnallte den Gürtel enger, als bereite er sich auf einen Ringkampf vor. Dann stieg er rasch die Leiter hinauf. Oben angekommen, befand er sich Auge in Auge mit dem Bildnis. Unter dem grellen Schein der Lampe empfand man den Gegensatz zwischen dem lebendigen, empfindsamen Gesicht des Jünglings und der erstarrten groben Maske des Idols als peinlich. Der Gemeindesekretär verließ im Laufschritt den Platz. Der alte Notar Tarocchi, welcher die Szene von seinem Balkon aus miterlebte, brach in Tränen aus und rief mit lauter Stimme: »Unglückliches Land!« Vom Gehsteig vor dem Café Addis Abeba wurden in aller Eile die Stühle und Tischchen hineingetragen, während der Apotheker das Eisengitter vor seiner Tür herunterließ. Verschiedene Anzeichen sprachen dafür, daß der Mann auf der obersten Leitersprosse die Erregung der Zuschauer teilte. Er suchte Zeit zu gewinnen, zog seine Jacke aus, faltete sie exakt zusammen und hängte sie über das Geländer des Balkons zu seiner Linken. So blieb er im weißen Leibchen ohne Ärmel stehen. Aus der hinteren Hosentasche schaute ein kleiner Hammer hervor. Er holte ihn heraus und näherte ihn ein paarmal dem Gesicht des Hexenmeisters, zog ihn aber immer wieder zurück. Vielleicht zögerte er, vielleicht wollte er auch nur zielen, um den ersten, den entscheidenen Schlag nicht zu verfehlen. Die Menge konnte ihre Angst nicht mehr verbergen. Die verschiedenen Gruppen drängten sich näher zusammen. Einige Leute bekreuzigten sich. Andere hielten sich die Hände vor das Gesicht. Auch die Carabinieri waren verwirrt; sie verfolgten nicht mehr die Bewegungen des Mannes dort oben auf der Leiter, sondern blickten vor sich zu Boden. Rings um ihre Füße regnete es Terrakottascherben: Stücke von der Nase, von den Ohren, vom Kinn. Die

Hammerschläge waren unregelmäßig, kurz, heftig. Aber der Bann war gebrochen, die Beschwörung des Hexenmeisters vollbracht. Alle atmeten erleichtert auf.
Als der Mann das Terrakotta-Bildnis völlig zertrümmert hatte, wischte er sich den Schweiß von der Stirne, wandte sich zu den Leuten um und lächelte. Das Opfer war vollbracht. Er steckte den Hammer in die Hosentasche zurück und zog die Jacke wieder an, genau wie jeder andere Arbeiter, der sein Werk beendet hat. Dann streckte er den Arm aus und löschte das Licht. Es war nun nicht mehr nötig. Ein dunkler Vorhang fiel herab und verhüllte die Szene. Die Vorstellung war zu Ende. Auch die Carabinieri regten sich nun wieder. »Jetzt könnt ihr nach Hause gehen«, riefen sie den Männern zu, die noch auf dem Platz herumstanden. Ihre Stimmen und ihre Gesten waren ganz und gar nicht gebieterisch. Sie erinnerten an das Gebaren des Priesters am Schluß der Messe. So wurde mit einem Tag Verspätung gegenüber den anderen Städten und Dörfern des Landes der Sturz des Regimes in Sant' Andrea vollzogen. Es war leicht, sich das Datum zu merken, denn es war das Fest der heiligen Anna, und die Männer, die in den Krieg gezogen waren, weilten nun drei Jahre fern von zu Hause.

2

Einige Männer beendeten den Tag in Massimilianos Weinkeller, der außerhalb des Dorfes neben seinem Schafstall lag, jenseits der tiefen Schlucht, welche die Siedlung vom Gebirge trennte. Massimiliano rief seine Gefährten zusammen.
»Ihr werdet doch nicht so unverschämt sein, schlafen zu wollen?« sagte er.
Es war seine alte Clique, die Freunde von ehedem. Emidio ging von Haus zu Haus, um die Frauen zu benachrichtigen. Einer hinter dem andern gingen sie die Stufen des Gäßchens hinunter, das hinter der Kirche abwärts führte, ver-

schwanden in der eisigen Finsternis der Schlucht, überquerten nahe beim Wasserfall ein Brücklein aus Baumstämmen und kletterten auf der andern Seite wieder hinauf. Nach dem drückend heißen Tag war die Nacht klar und kühl. Massimiliano, groß, mager, kräftig, ging voran; ihm folgten die andern: ältere Männer, einige schon gebückt, mit unsicherem Schritt. Als sie den Pfad hinaufklommen, blieb Giacinto stehen und brach das Schweigen.

»Sie werden uns sehen«, sagte er. »Sie werden Verdacht schöpfen.«

»Aber es ist jetzt ja nicht mehr verboten«, antworteten ihm drei oder vier. »Hast du denn gar nichts begriffen?«

»Alles habe ich begriffen«, gab jener zurück. »Aber wenn die Carabinieri uns sehen?«

»Einen Dreck hast du begriffen«, antwortete ihm Massimiliano. »Jetzt gilt eine andere Regel.«

»Eine Regel ohne Verdächtigung?«

»Genau das.«

»Wer hat euch diese neue Regel erklärt?«

»Wenn du Angst hast, kannst du gehen«, forderte ihn Massimiliano auf.

Der Weinkeller und der Stall Massimilianos befanden sich auf der andern Seite der Schlucht, in gleicher Höhe wie die obersten Häuser des Dorfes. An jener Stelle verbreiterte sich der Pfad zu einer ebenen Wiese. Die Schafe waren auf den Bergen. Trotzdem war die Luft in weitem Umkreis geschwängert von dem schweren, fetten Geruch der Tiere. Der Keller war ein unterirdischer Gang, der in den Felsen hineingehauen und mit schweren Eichenbalken verschlossen war. Nachdem Massimiliano den Schlüssel umgedreht hatte, mußte er sich mit der Schulter kräftig gegen die Türe stemmen, um sie zu öffnen. Man hörte ihn im Dunkeln heftig fluchen. Lange fuchtelte er herum, bis er endlich die Laterne fand; dann wieder gelang es ihm nicht, sie anzuzünden. Die Männer setzten sich vor der Grotte auf einen kleinen Steinhaufen. Wie von einem Balkon aus sahen sie unter sich ein großes Stück des Tales, auf der einen Seite bis hin nach Fornace und auf der andern bis zur Meierei. Das Dorf gegenüber war ein schwarzer Haufen von Würfeln mit Dächern, Giebeln, Türen und Fenstern, die winzig kleinen erleuchteten Schießscharten glichen; die Dörfer in der Ferne erinnerten an Schwärme von Leuchtkäfern. Der Nachtwind war kühl, aber die Steine bewahrten noch die Wärme des Tages. Nichts war zu hören als das Zirpen der Grillen und das Rauschen des Wassers in der Tiefe der Schlucht. Die Männer warteten schweigend, bis Massimiliano, der in der Grotte verschwunden war, zurückkam. Sie begriffen nicht, weshalb sie diese Einladung angenommen hatten.

»Sonderbar!« sagte Giacinto.

Die andern wandten sich nach ihm um; sie dachten, er werde weitersprechen.

»Wirklich sonderbar!« hob er wieder an. »Weshalb sollte es auch nicht eine Nacht sein wie alle andern?«

»In welchem Sinn?« fragte ihn Baldassare.

Giacinto wies mit einer leichten Bewegung des Kinns auf das Tal, auf die Hügel, auf den Himmel.

»Es ist eine Nacht wie alle andern«, sagte er. »Seht doch!«

»Bist du nicht auf dem Platz gewesen?« fragte ihn Emidio. »Hast du den Sohn Massimilianos nicht gesehen?«

»Den Sohn Massimilianos sehe ich hier wahrhaftig alle Tage«, sagte Giacinto. »Das ist das Unheil.«

»Möchtest du Kometen sehen? Möchtest du Engelchöre sehen und hören?« fragte ihn Francesco. »Das sind Dinge, die es früher einmal gegeben hat.«

»Gerade das habe ich gesagt«, gab Giacinto zur Antwort. »Es ist eine Nacht wie alle andern. Meint ihr nicht auch?«

»Noch ist die Nacht nicht zu Ende«, sagte Emidio.

»Weißt du etwas?« fragte ihn Giacinto.

Auch die andern wandten sich nach Emidio um. Sie warteten darauf, daß er reden werde.

»Ich weiß dies«, entgegnete Emidio: »Die Nacht ist noch nicht zu Ende.«

»Wenn du etwas weißt«, sagte Francesco, »solltest du sprechen.«
»Was ich weiß, habe ich euch gesagt«, versicherte Emidio. »Mir scheint, die Nacht ist noch nicht zu Ende. Glaubt ihr, sie sei zu Ende?«
Massimiliano erschien mit der brennenden Laterne und einem großen schweren Krug, einem von den Krügen, die zehn Liter fassen.
»Das ist Wein aus dem Jahr, in dem Lazzaro wegging«, sagte er. »Ich wollte das Faß nie anstechen.«
Die Männer versuchten die Jahre zu zählen, die seitdem verflossen waren, aber es gelang ihnen nicht. Sie waren sich einig in ihren Berechnungen bis zum Jahr der Überschwemmung und der Viehseuche, aber weiter kamen sie nicht. Schließlich gaben sie es auf. Es waren verflossene Jahre, sie hatten keine Bedeutung mehr. Sie saßen einer neben dem andern und ließen den schweren, vollen Krug kreisen. Um zu trinken, mußte man ihn mit beiden Armen hochheben. Giacintos Arme zitterten.
»Der alte Hexenmeister ist also weg», sagte Baldassare. »Wird wohl ein anderer kommen?«
»Neue Regierung, neue Ausgaben«, meinte Emidio. »Sicher werden für die Gardetruppen andere Uniformen angeschafft, andere Wappen und so weiter. Neue Ausgaben, neue Steuern.«
»Aber glaubt ihr, daß die Dinge sich nie ändern?« fragte Massimiliano.
»Wenn ein Papst gestorben ist, hat man doch stets einen andern gewählt«, antwortete Berardo. »Das weiß jeder.«
»Wer gestohlen hat, stiehlt weiter; und wer gefastet hat, der fastet weiter«, sagte Giancinto. »Auch das ist allbekannt.«
»Aber glaubt ihr wirklich, daß sich nie etwas ändern wird?« wiederholte Massimiliano.
»Oh, du möchtest wohl die Hunde blöken und die Schafe bellen hören«, entgegnete ihm Giacinto.
»In irgendeinem Land scheint so etwas schon vorgekom-

men zu sein«, sagte Baldassare. »Aber solange jemand da ist, der bellt, fängt immer alles von vorne an.«

»Der Wald steht nicht mehr«, sagte Baldassare. »Er ist verbrannt. Die Hölle hat ihn wiedergeholt. Jetzt bleibt uns nichts mehr zum Träumen.«

»Die Wiesen neben dem Bach sind noch da«, sagte Francesco. »Und weiter drüben ist die Ebene. Die Jungen träumen von der Ebene. So gibt es immer etwas zu hoffen.«

»Die Ebene hat nie uns gehört«, sagte Giacinto. »Immer hat die gute Erde den Baronen, den Fürsten, der Kirche gehört. Das ist eine vergebliche Hoffnung.«

»Aber ist es möglich, daß sich die Dinge nie ändern?« sagte Massimiliano. »Ist es denn wirklich möglich, daß alles immer so bleibt, wie es ist?«

Die Männer reichten sich den Krug und tranken in tiefen Zügen; sie warteten darauf, daß Massimiliano etwas sagen werde.

»Er war ein mächtiger Hexenmeister«, begann einer von neuem.

»Aber er hat es nicht fertiggebracht, Lazzaro niederzuzwingen«, sagte ein anderer.

»Er hat es immerhin fertiggebracht, ihn aus dem Dorf zu verjagen.«

»Aber nicht, ihn zum Nachgeben zu bringen.«

»Er hat es fertiggebracht, den Bauernbund aufzulösen.«

»Aber nicht, die Trompete zu beschlagnahmen.«

»Vielleicht ist sie verlorengegangen. Wie kann man das wissen?«

»Eine Trompete kann sich nicht verflüchtigen. Irgendwo wird sie schon noch sein.«

»Aber vielleicht weiß niemand, wo sie versteckt ist.«

»Auch Lazzaro nicht?«

»Lazzaro kann tot sein.«

»Jemandem wird er sein Geheimnis schon anvertraut haben.«

Die Männer reichten sich den Krug, sie warteten darauf daß

Massimiliano etwas sagte. Ein zartes Lüftchen erhob sich dicht über dem Boden, ein leiser Hauch, wie der Odem des Berges, ein warmer Atem, der nach Rosmarin duftete, nach Buchs, nach Schafmilch. Aus der Schlucht herauf kamen jäh kurze, kalte Windstöße. Die Männer lagen ausgestreckt auf der Seite und stützten sich auf den Ellbogen. Massimiliano reichte den Männern ein wenig Tabak. Einige stopften damit ihre Pfeife, andere kauten ihn.

»Es ist ein Geheimnis der Klosterbrüder«, sagte Giacinto, als sei dies die Frucht langen Nachdenkens.

»Wie kommst du auf die Klosterbrüder?« fragten ein paar.

»Es scheint, daß ein Bettelmönch die Trompete in seinem Brotsack mitgenommen hat«, erklärte Giacinto. »Er war der einzige Mensch, den die Carabinieri aus Sant' Andrea hinausließen, ohne ihn zu durchsuchen.«

»Wenn die Mönche sie aufbewahren, dann ist sie in Sicherheit«, sagte Berardo. »Aber es können mehrere Menschenalter vergehen, bis sie sich wieder daran erinnern und sie hervorholen.«

»Es wird so vieles erzählt«, sagte Emidio. »Man erzählt auch, Lazzaro habe, als er von hier verbannt wurde, in einem Kloster als Gärtner Unterkunft gefunden. Einige Pilger haben es erzählt.«

»Man hat auch gesagt, er sei tot«, murmelte Baldassare.

»Man hat erzählt«, fuhr Emidio fort, »daß in seiner Sterbestunde der Beichtvater Unterwerfung und Reue von ihm verlangt und ihm mit ewiger Strafe gedroht habe, und daß Lazzaro ohne Sakramente gestorben sei.«

»Das ist ein Märchen«, rief Massimiliano. »Lazzaro ist nicht tot.«

»Wenn er nicht tot ist . . .«, sagte Giacinto.

Aber er beendete den Satz nicht. Die Männer ließen den Krug rundgehen. Sie warteten darauf, das Massimiliano etwas sage.

»Das ist ein Wein, der Braten verlangt«, sagte Massimiliano endlich.

Die andern waren alle der gleichen Meinung. Sie fanden diese Überlegung richtig, angebracht und sehr passend.

»Es ist ein alter Wein, er ist des Alleinseins müde«, meinte Baldassare. »Wie alt ist er genau?«

»Ich habe ihn in dem Jahr beiseite getan, da Lazzaro wegging«, sagte Massimiliano. »Wie lange kann das her sein?«

Sie versuchten aufs neue die Jahre zu zählen, aber es gelang ihnen nicht. Es waren verflossene Jahre. Warum sollte man sie zählen?

»Ihr könnt es halten, wie ihr wollt«, sagte Massimiliano plötzlich, »aber ich gehe heute nicht nach Hause.«

»Wenn ein triftiger Grund vorliegt, bleiben wir auch«, sagte einer.

Die andern waren einverstanden.

»Natürlich nur, wenn ein triftiger Grund vorhanden ist.«

»Gibst du uns zu trinken? Die Nacht ist lang. Bald fällt der Tau.«

»Dein Junge ist mit meinen Schafen bei der Hürde«, sagte Massimiliano zu Berardo. »Geh zu ihm in meinem Namen und bring ein schönes, fettes Lamm mit herunter.«

»Das ist eine gute Idee!« riefen einige.

»In der Hürde neben der deinen weidet noch eine andere, viel größere Herde, die der Tarocchi«, sagte Berardo und blinzelte ihm zu. »Ich könnte mich verlaufen. Im Dunkeln ist das leicht möglich.«

»Der Braten würde besser schmecken«, fügte Baldassare hinzu und blickte lächelnd auf seine Pfeife.

»Nein, heute nacht nicht«, sagte Massimiliano.

Von jäher Fröhlichkeit ergriffen, schlug Emidio mit der Hand auf Giacintos Schulter.

»Das ist keine Nacht wie die andern«, sagte er. »Hast du das gehört?«

Es war in der Tat außergewöhnlich, ein solches Wort aus Massimilianos Mund zu hören.

»Sollen wir ins Dorf gehen und Holz für das Feuer holen?« fragte Baldassare. »Wir werden ziemlich viel brauchen.«

»Mein Schuppen ist voll von trockenen Reisigbündeln«, sagte Massimiliano. »Es ist auch ein Pfahl da, der als Bratspieß dienen kann. Holt lieber zwei große Steine, die wir als Feuerstelle gebrauchen können, und sucht auch noch ein paar Handvoll Rosmarin zwischen den Felsen.«
Die Feuerstelle wurde hinter dem Stall angelegt, damit die Flammen nicht direkt ins Dorf hinüberleuchteten. Es wurden zwei große Steine und ein Dutzend Reisigbündel aus Ulmenholz herbeigeschafft. Die Steine wurden so aufgestellt, daß sie dem in der Mitte prasselnden Feuer als Schutz dienten und zugleich die Unterlage für den Bratspieß bildeten, an dem das Lamm hing. Francesco war in die Felsen gestiegen, um Rosmarin zu suchen, aber er kehrte mit keuchendem Atem zur Grotte zurück. Er hatte ganz in der Nähe einen Unbekannten gesehen, der sich zwischen den Büschen im Schatten der Felsen vorsichtig wie ein Maulwurf in lockerem Erdreich bewegte. Auf seinen Anruf hin war der Fremde verschwunden.
»Vielleicht war es ein Geist?« fragte Massimiliano. »Leicht möglich, daß es die Seele eines Ermordeten war.«
»Ich glaube nicht«, antwortete Francesco. »Sein Körper warf einen Schatten.«
»Zünden wir das Feuer an«, sagte Massimiliano nach einigem Nachdenken. »Ein ausgebalgtes Lamm hat es gern, wenn das Bett schon warm ist.«
Die Reisigbündel wurden aufgeschichtet und angezündet. Hohe Flammen stiegen prasselnd zum gestirnten Himmel empor und beleuchteten ein breites Stück der Bergflanke. Um nicht geblendet zu werden, drehte Massimiliano dem Feuer den Rücken zu. Es dauerte nicht lange, bis der Erwartete auftauchte. Der Mann trat wie ein Felsblock, der sich vom Berg gelöst hat, aus dem Dunkel hervor und nahm Gestalt an, Menschengestalt. Er ging direkt auf das Feuer zu. Er war barfuß und trug keine Jacke, sein Hemd stand über der Brust offen; die Schuhe hatte er an den Schnürsenkeln zusammengebunden und über seine Schulter gehängt, wäh-

rend die Hosen, durch eine Schnur festgehalten, tief über die Lenden hinabgerutscht waren. Obschon er wie ein Bettler aussah, machte er nicht den Eindruck eines Landstreichers oder eines Strolches, und wenngleich verschiedene Anzeichen deutlich verrieten, daß er seit vielen Stunden gewandert war, schritt er gemessen, sicher und leicht einher wie ein Hirt mit eigener Herde oder wie ein Bauer auf seinem Grund und Boden.

»Ist die Nachricht bis hierher gedrungen?« fragte er.

»Wir haben dich erwartet«, entgegnete ihm Massimiliano. »Trink erst einmal, nachher bekommst du zu essen.«

Man reichte ihm den vollen Krug. Er wischte sich den Mund mit dem Handrücken, dann hob er den Krug hoch. Lange hörte man den Wein durch seine durstige Kehle rinnen.

»Er ist nicht schlecht«, bemerkte er und lächelte.

»Ich habe diesen Wein beiseite getan in dem Jahr, in dem du weggingst«, sagte Massimiliano zu ihm. »Bis heute habe ich ihn nicht angerührt.«

»Wir haben versucht, die Jahre zu zählen«, sagte Baldassare, »aber es ist uns nicht gelungen.«

»Die Rechnung kann doch nicht so schwer sein«, sagte Lazarro. »Gebt acht: Es war das Jahr, als der Frost die ganze Mandelernte vernichtete. Zählen wir! Wieviel Jahre sind seither vergangen?«

»Trink«, sagte Massimiliano. »Wieviel Wasser hast du, armer Mann, in all den Jahren im Kloster saufen müssen!«

3

Die Parteisektion befand sich neben dem Rathaus. Über dem Eingang prangte ein Fahnenschmuck in den Landesfarben, von rotem Tuch durchsetzt. Dieselbe Farbenzusammenstellung triumphierte gegenüber an einem Verkaufsstand mit Wassermelonen, die zu einer Pyramide aufgeschichtet waren. Um dieser Eigenschaft willen war die Melone vorübergehend zur offiziellen ›Frucht der Partei‹ ernannt worden. Alle Sonn- und Feiertage war das Haus der Partei bis auf den Gehsteig hinaus belagert von einer schwatzenden, schreienden, lärmenden Menge: Heimkehrern, Frauen und Kindern. Gleichzeitig spielte ein altes Grammophon, das auf einem Tischchen neben der Eingangstür stand, unaufhörlich die Parteihymne. Der Zauber, den dieses Lied auf die Bevölkerung von Fornace ausübte, ging zum großen Teil vom ersten Vers aus, welcher lautete: »Vorwärts, o Volk, zum Bahnhof!« Da es in Fornace keinen Bahnhof gab, bildete die Hymne eine pathetische Aufforderung zu unbekannten Dingen. Die Schallplatte mit dem Hymnus war reichlich abgespielt und brachte schaurig falsche, rauhe, kreischende Töne hervor, die wie eine elektrische Säge die Ohren betäubten. Aber dies verstärkte nur ihren Eindruck auf die Hörer. Ein junger Kriegsinvalide, dem ein Bein fehlte, war eigens dazu angestellt, alle drei Minuten den Apparat aufzuziehen, damit keine Unterbrechung eintrete, und die Nadeln alle Stunden zu wechseln. Er war der Musikbeauftragte der Parteisektion und erfüllte seine Aufgabe peinlich gewissenhaft und voller Ernst. Übrigens war es ihm verboten, sich mit etwas anderem zu beschäftigen. Bei den Stellen, wo die Schallplatte keinen Ton mehr hergab, mußte er mit der eigenen Stimme aushelfen. Bald war auch er stockheiser; er krächzte wie ein Rabe, und es kam der Tag, an dem es nicht mehr möglich war, seine Einschiebsel von den Klängen der Platte zu unterscheiden. Infolgedessen wurde, wie nicht anders zu erwarten war, die Heiserkeit, oder wenigstens eine verschleierte, dunkle, herbe Stimme, besonders unter den Burschen und jungen Mädchen, sehr modern. Sie galt zum mindesten vorübergehend, als der Typ der Stimme, welcher von der Partei empfohlen war.

Eine enge und dunkle Wendeltreppe führte ins erste Stockwerk empor, wo sich das Büro befand. Ein Mann mit einer roten Armbinde ließ niemanden hinaufgehen. Immerhin war es erlaubt zu horchen.

»Es findet eine Geheimsitzung statt«, erklärte er würdevoll. Die Menge hatte Rocco De Donatis, den Ex-Assessor Alfredo Esposito und Stella, das österreichische Mädchen, dessen Beziehungen zu Rocco jetzt allgemein bekannt waren, bei ihrem Erscheinen durch Zurufe begrüßt. Mit ihnen war eine vierte Person, ein Unbekannter, gekommen. Dieser Mann war direkt aus Rom hergereist. Er gehörte dem engen Kreis der politischen Leiter an, von denen die Öffentlichkeit nichts weiß, weil sie weder eindrucksvolle Redner noch begabte Schriftsteller sind und daher keine Möglichkeit haben, sich beim Volk rasch einen Namen zu machen, die aber als Mitglieder des Organisationskomitees der Partei viel mehr Macht und Einfluß besitzen als die berühmten Parteimänner. Rocco war schon öfter mit ihm zusammengetroffen, das erstemal viele Jahre vorher in Turin, in einem geheimen Studentenbund. Die beiden hatten sich gegenseitig unsympathisch gefunden. Der Unbekannte hatte damals den Namen Oscar angenommen, aber wegen seines verschlossenen, sektiererischen, eigensinnigen Charakters hatten ihn die Gefährten den ›angebundenen Maulesel‹ getauft. Später waren sie sich in der Strafanstalt von Civitavecchia wieder begegnet, wo Oscar die Geheimorganisation der politischen Häftlinge leitete. Seine erste Aufgabe bestand darin, für eine gerechte Verteilung der Lebensmittelspenden an die mitgefangenen Kameraden zu sorgen und die Partei über die Bedürfnisse ihrer Familien zu unterrichten. Seine wichtigste Funktion jedoch war disziplinarischer Art. Aus dem Ausland gingen ihm Informationen zu über die politischen Schwierigkeiten der Partei. Der Kampf gegen die faschistische Diktatur war damals in den Hintergrund getreten. Den Vorrang hatte die Notwendigkeit, Ketzer aller Art aufzustöbern und zu verfolgen, entsprechend den stürmischen Auseinandersetzungen im Schoße der KP in Rußland. Oscar mußte auf Grund der täglich bei ihm einlaufenden Denunziationen hinsichtlich der von den anderen Gefangenen in den Gesprächen bekundeten Einstellung die von der offiziellen Parteilinie Abweichenden ausfindig machen, und zwar die von rechts, die von links, die vom Zentrum, die Trotzkisten, die Bucharinisten, die ›Kompromißler‹ die ›Toleranten‹, die ›Pessimisten‹, und es war ihm zur Pflicht gemacht, ohne Nachsicht und Mitleid gegen sie vorzugehen. In den schwersten Fällen erklärte er sie als aus der Partei ausgeschlossen. Für die Betroffenen bedeutete dies den sofortigen Abbruch aller Beziehungen zu den übrigen Kameraden, eine absolute Isolierung, ein viel schlimmeres Los als die offizielle Haft, sowie die Unmöglichkeit, sich zu verteidigen. Das ›System‹ war erbarmungslos, aber es entbehrte nicht einer gewissen grausamen Größe. Rocco hatte den ›angebundenen Maulesel‹ schließlich sogar liebgewonnen und seinen Fanatismus bewundert.

Die Nachricht von der bevorstehenden Ankunft des ehemaligen Kameraden aus der Strafanstalt hatte Rocco nicht überrascht. Er hatte es abgelehnt, nach Rom zu fahren, um der Partei Aufklärung zu geben über ein gewisses Mädchen, mit dem er auf seiner letzten Reise nach Rußland in Warschau zusammengetroffen war, sowie über seine persönliche Einstellung zu bestimmten Fragen. Er selbst hatte als Ort der Begegnung Fornace vorgeschlagen. Natürlich war er sich sofort darüber im klaren, daß Oscar kam, um ihn zu verhören. Die Unterredung war daher vom ersten Augenblick an in einer eisigen und peinlichen Atmosphäre vor sich gegangen.

»Wollen wir nicht dem Musikbeauftragten Anweisung geben, das Grammophon für eine Stunde abzustellen?« hatte Rocco gefragt.

Oscar hatte den Vorschlag mit einem ironischen Lächeln aufgenommen.

»Geht dir die Parteihymne auf die Nerven?« hatte er gefragt.

Durch die Kerkerhaft war er ergraut. Er trug eine verschossene, zerknitterte Proletariermütze; sein Gesicht war mager, fahl, voller Furunkel. Aber seine Augen hinter den Brillengläsern, seine kleinen, runden Katzenaugen, waren ungemein lebhaft geblieben. In dem engen Büro, das mit Stühlen und

Paketen vollgestopft war, herrschte ein undefinierbarer Gestank, so daß Oscar beim Eintritt sofort niesen und husten mußte. Seine üble Laune hatte sich zu äußerster Gereiztheit gesteigert. Er unterzog das Lokal einer raschen Prüfung. Auf dem Tisch stand ein mit Hammer und Sichel geschmückter Aschenbecher, der bis an den Rand mit Aprikosenkernen, Zigarettenstummeln und aus der Pfeife gekratzten Tabakresten gefüllt war. Oscar nahm den Behälter und schleuderte ihn in den Papierkorb. In einer Ecke des Raumes stand eine Vitrine, die von innen beleuchtet war. Sie enthielt zwei bedeutsame Reliquien: einen Sack voll Mörtelschutt aus Stalingrad und das blutbefleckte Taschentuch eines heldenhaften Partisanen. Alfredo erklärte Oscar, in diesem Glasschrank brenne Tag und Nacht, auch wenn das Büro geschlossen sei, ein rotes Lämpchen. Einmal im Jahr, am ersten Mai, dem Tag der Arbeit, würden die Reliquien im Festzug durch die Dorfstraßen getragen. Oben auf der Vitrine thronte eine Galvanoplastik; sie stellte einen kleinen Mann mit einem Schnurrbart und mongolischen Augen dar, der seine Hände in die Taschen vergrub und eine Radfahrermütze trug. An der gegenüberliegenden Wand befand sich ein Gestell mit der Aufschrift ›Bibliothek‹, doch enthielt es nur ein paar hundert Exemplare des ›Offiziellen Parteikatechismus in Fragen und Antworten, vorschriftsmäßig begutachtet und auf den heutigen Stand der Dinge gebracht‹, und einige Packen verstaubter Zeitungen. Oscar murmelte etwas Unverständliches und riß wütend vom Wandkalender die Blätter der vergangenen Tage ab. Alfredo verfolgte dieses Treiben erregt und mit saurem Lächeln, während Rocco sich schweigsam verhielt und ergeben und ernst dreinsah. Schließlich setzte sich auch Oscar und legte eine Füllfeder und ein Notizheft vor sich auf den Tisch. Oben auf die erste Seite malte er in runder deutlicher Schülerschrift das Datum, die Stunde des Zusammentreffens und die Namen der Anwesenden. Der Rest der Seite blieb leer. Stella saß ein wenig abseits in der Nähe des Fensters. Gegen das Licht sah sie aus wie ein

armes altes Weiblein: müde, gebückt, verzagt. Eine Baskenmütze saß auf ihrem Kopf, ihr Gesicht war geschwollen und überanstrengt und ihre Augen lagen tief in den Höhlen.
»Versöhnt euch! Bitte, versöhnt euch!« flehte sie mit erstickter Stimme.
»Offengestanden, ich verstehe dich nicht«, sagte Oscar zu Rocco gewandt in scharfem Ton. »Du wußtest, daß Martino in der Emigration wegen ideologischer Abweichung aus der Partei ausgestoßen worden ist! Und trotzdem bist du mit ihm befreundet?«
»Du verhörst mich wie ein Polizeikommissar«, antwortete Rocco traurig lächelnd. »Man hat den Eindruck, als sei es für einige von euch leicht, urplötzlich vom Revolutionär zum Schergen zu werden.«
»Hast du nichts anderes zu antworten?«
»Martino ist kein Ideologe, das ist die Wahrheit. Willst du ihn kennenlernen?«
»Ich spreche nicht mit Abtrünnigen. Die Partei gebietet dir, aus Disziplin mit ihm und mit Lazzaro zu brechen.«
»Wenn sie das tut, dann überschreitet die Partei bei weitem ihre Machtbefugnisse.«
»Versöhnt euch! Bitte, versöhnt euch!« flehte Stella von neuem. »Ihr seid doch Freunde gewesen. Ihr wart doch zusammen im Gefängnis!«
»Die Partei ist die Geschichte«, entgegnete Oscar bestimmt. »Wie kannst du da ihre Macht einschränken? Die Geschichte ist immer herzlos.«
»Wenn du dich auf die Naturgeschichte beziehst, hast du unrecht«, bemerkte Rocco lächelnd. »Wir sind hier auf dem Lande, mitten unter den Pflanzen. Es ist unmöglich, die Botanik zu erfassen, ohne mit dem Herzen dabei zu sein.«
Er sprach mit einer solchen Ruhe, daß Oscar überrascht war; denn seine Ruhe war offenbar weder vorgetäuscht noch erzwungen.
»Du wirst mir doch nicht etwa verrückt?« fragte Oscar. »Wie kannst du denn so Hals über Kopf mit der Partei bre-

chen, der du seit ihrer Gründung angehörst? Weshalb wählst du diesen Weg?«

»Niemand wählt seinen Weg. Laß dir von Alfredo erzählen, wie an einem langweiligen Nachmittag, an einer banalen Autobus-Haltestelle, Martino zu uns kam.«

»Ja, es war wirklich ein Zufall«, bestätigte Alfredo.

»Vielleicht war es auch kein Zufall«, meinte Rocco. »Vielleicht ist in Martinos Dasein nicht einmal die kleinste Einzelheit dem Zufall zuzuschreiben.«

»Was sollte es denn sonst gewesen sein?« fragte Oscar und lachte laut auf. »Das Schicksal etwa?«

Rocco ließ sich von der Ironie nicht verwirren.

»Ich bin nicht sicher«, sagte er, »ob mir die richtige Bezeichnung dafür bekannt ist. Alle Worte, deren ich mich bedienen könnte, wenn ich von solchen Dingen spreche, scheinen mir nicht zutreffend.«

In Oscars Katzenaugen kam ein grausames Funkeln. Er war im Begriff, etwas Beleidigendes zu sagen, da traf ihn ein so aufrichtiger, herzlicher Blick aus Roccos Augen, daß er völlig verwirrt wurde.

»Die Revolution«, sagte er, »wird nicht von der Freundschaft ausgelöst und weitergetrieben.«

»Aber vielleicht werden sich bei der nächsten Umwälzung nur diejenigen retten können, die Freunde haben«, entgegnete ihm Rocco.

Oscar machte eine Handbewegung, als ob er ein lästiges Insekt verscheuchen wolle. Er versuchte es mit einer unpersönlichen, einer ›objektiven‹ Erklärung, der auch Rocco zustimmen konnte. Er sprach wie ein Arzt, der sich mit einem kranken Kollegen unterhält.

»Dein Fall«, sagte er, »beweist eindeutig, welche Gefahren einem jeden von uns drohen, wenn die Partei uns für eine gewisse Zeit in die Gegend schickt, aus der wir stammen.«

Rocco lächelte über die Heuchelei, die in dem Wort ›uns‹ lag; aber Oscar tat, als merke er es nicht.

»In unserer Heimat«, fuhr er fort, »fallen wir leicht in die primitive, kindliche, romantische Phase der Revolution zurück, in die naturalistische Phase, während die Partei auf historischer Grundlage steht. In deinem Falle, das verstehe ich jetzt, ist uns dieser Fehler unterlaufen. Allein, wir sind bereit, ihn wiedergutzumachen. Wäre es dir recht, wenn du nach Turin versetzt würdest?«

»Du vergißt augenscheinlich«, gab Rocco zurück, »daß meine Beziehungen zur Partei seit meiner letzten Reise nach Polen und Rußland schwer getrübt sind.«

Auf das empfindlichste getroffen, fuhr Oscar hoch.

»Jawohl«, rief er, »weil du mit dem wirren Kopf eines ländlichen Rebellen nach Polen und Rußland gingst.«

»Na, siehst du«, schloß Rocco lachend. »Es ist eine Frage des Kopfes.«

»Seid friedlich! Seid friedlich!« flehte Stella mit Tränen in den Augen.

Alfredo Esposito trug die Miene des Unbeteiligten zur Schau, wie es den Umständen entsprach, und bemühte sich, nichts von seiner tiefen Freude über Roccos mißliche Lage durchschimmern zu lassen. Er tat daher, als sei er völlig damit in Anspruch genommen, sich den Schweiß abzuwischen; zu diesem Zweck verfügte er über einen ansehnlichen Vorrat von Taschentüchern. An der Wand, ihm gegenüber, hing eine große Karte von Rußland, der Heimat des Weltproletariats. Der Raum, den dieses Land auf der Karte einnahm, war so gewaltig, daß er eine längere, gemächliche Betrachtung sehr wohl rechtfertigte. Überdies konnte man ihm, wenn er sich mit Rußland beschäftigte, nicht gut Zerstreutheit vorwerfen. Eine lästige Fliege, die ihm lange um die Nase gesurrt war, hatte sich soeben auf dem Asowschen Meer niedergelassen. Jetzt wanderte sie donaufwärts. Alfredo versuchte, ihr unauffällig nachzublicken. Wieviel Zeit braucht eine Fliege, um zu Fuß vom Asowschen Meer nach Sibirien zu gelangen? Die Fliege ließ nun den Don links liegen und marschierte zur Wolga hinüber, verweilte ein wenig in Kasan, kaum lange genug, um mehr als einen flüchtigen Eindruck von der Gegend zu gewinnen, und zog dann weiter auf die Kette des Ural zu. Das unglückselige Tier, ging es wirklich nach Sibirien? Doch nein! Plötzlich flog es und ließ sich in Stockholm nieder. Alfredo stieß einen Seufzer der Erleichterung aus.

»Was hast du?« fragte ihn Oscar ärgerlich.

»Es ist heiß«, sagte Alfredo. »Findest du nicht?«

Oscar nahm das Verhör mit Rocco wieder auf. Einige Klarstellungen waren unerläßlich für den Bericht, den er bei seiner Rückkehr nach Rom würde schreiben müssen.

»Weshalb hast du in den letzten Monaten«, fragte er, »nicht mehr öffentlich im Namen der Partei sprechen wollen?«

Rocco schien nicht gewillt, Verstecken zu spielen.

»Die letzten Male, als ich mich zwang, öffentlich zu sprechen«, gestand er, »litt ich an einem sonderbaren Unbehagen.«

»An physischen Beschwerden?«

»Nein, das eigentlich nicht. Es war so: Während ich redete, vernahm ich meine Stimme wie die eines andern. Ich hörte einen andern sprechen. Ich weiß nicht, ob das auch den Schauspielern auf der Bühne passiert. Zuerst machte es mir einen sehr sonderbaren Eindruck. Dann aber war ich so bestürzt, daß ich nicht imstande war, fortzufahren.«

Endlich konnte Oscar etwas in sein Heft schreiben.

»Treten diese ›Schwierigkeiten‹ auch unter andern Umständen auf?« fragte er. »Passiert es dir nie bei persönlichen Gesprächen?« Es war wieder der gemessene und ruhige Ton des Arztes am Bett eines kranken Kollegen.

»Es passiert mir nie, wenn ich das sage, was ich denke«, antwortete Rocco in aller Einfachheit.

Oscar notierte diese Antwort in sein Heft und ging auf die Herausforderung nicht ein, die sie zu enthalten schien. Er warf einen Blick auf Alfredo und Stella. Vielleicht erwog er, ob er sie auffordern solle, hinauszugehen, ehe er genauere Fragen stellte. Aber die beiden schienen mit ihren Gedanken ganz woanders zu sein.

»Hast du«, fragte er, »irgend jemandem gewisse Dokumente ausgehändigt, die du von deiner letzten Reise ins Ausland mitbrachtest?«

»Ich habe sie verbrannt«, antwortete Rocco.

»Hast du Beweise dafür? Einen Zeugen?«

»Nein.«

»Hast du mit jemandem über den wahren Zweck der Reise gesprochen? Über das ›zufällige‹ Zusammentreffen mit jenem Mädchen in Warschau?«

»Mit niemandem.«

»Das ist eine Lüge. Du hast mit Stella darüber gesprochen.«

»Ich wollte damit sagen, daß ich nicht mit Außenstehenden davon gesprochen hätte«, stellte Rocco fest. »Vor Stella habe ich keine Geheimnisse.«

»Das werden wir sehen. Wo hält sich Martino gegenwärtig auf?«

»Ich weiß es nicht. Möchtest du mit ihm sprechen? Das könnte für dich von Vorteil sein. Es liegt mir fern, dir ein Kompliment zu machen; aber ich glaube nicht, daß du schon ein ausgemachter, zu allem entschlossener Scherge bist.«

»Eine letzte Frage. Weshalb bist du noch in der Partei?«

Rocco wandte sich nach Stella um. Sie hielt die Augen geschlossen, ihre armen, geschwollenen Augen, die von schlaflosen Nächten tief umrändert waren. Er erwartete, daß sie sie öffne und ihn einen Moment anschaue. Bevor er antwortete, brauchte er unbedingt einen ihrer Blicke.

»Kann man erfahren, weshalb du noch in der Partei bist?« wiederholte Oscar.

In diesem Augenblick erhob sich unten auf dem Platz eine Stimme, welche den Lärm der Menge und des Grammophons übertönte. Jemand rief: »Rocco!«

»Ich gehe rasch hinunter, bin gleich wieder da«, sagte er zu Oscar.

Während er sich bemühte, in der Menge den Rufer zu finden, trat nahe bei der Pyramide aus Melonen ein unbekannter Jüngling mit einem Fahrrad auf ihn zu. »Martino ist in

Gefahr«, sagte der junge Mann mit sehr leiser Stimme. »Komm nach Sant' Andrea ins Haus des Lazzaro; dort wirst du mich gleich antreffen«, antwortete Rocco.

Einen Augenblick später stieg der Mann mit der roten Armbinde, der im Hausflur der Parteisektion Wache stand, die Wendeltreppe hinauf und klopfte ehrfurchtsvoll an die Türe des Büros.

»Genosse Rocco«, sagte er, »läßt sich vielmals entschuldigen. Soeben hat er die Nachricht erhalten, daß einer seiner Verwandten schwer erkrankt sei. Er läßt der Genossin Stella sagen, daß er sie am gewohnten Ort zum Abendessen erwarte.«

4

»Meiner Meinung nach...«, sagte Alfredo.

»Ich habe dich nicht nach deiner Meinung gefragt«, unterbrach ihn Oscar.

»Ich gebe sie dir gratis.«

»Ich wüßte nicht, wozu das gut sein sollte.«

Oscar trat ans Fenster. Der Platz war voller Leute; mit all diesen Gesichtern, diesen Augen, diesen Mündern, diesen Ohren war er wie ein Bottich mit Trauben, der zum Keltern bereitsteht. Blaue Trauben, gelbe Trauben. Rings um den Altar aus Wassermelonen schwirrten unzählige Fliegen; es wimmelte von barfüßigen, fast nackten Kindern. Diese Kinder schienen unglaublich klein und zart, waren aber schon selbständig wie junge Spatzen.

»Hast du den Fragebogen ausgefüllt?« fragte Oscar, indem er sich zu Alfredo umwandte. »Hast du alle Fragen nach bestem Wissen beantwortet? Gut.«

Weiter fragte er ihn nichts. Er wußte recht wohl, daß es ein wenig einfältig war, von Alfredo Aufrichtigkeit zu fordern. In den wenigen Minuten, in denen er, kurz nach seiner Ankunft mit Rocco, allein und ungestört gewesen war, hatte er ein Urteil über den Ex-Assessor Esposito verlangt. Damit hatte er vor allen Dingen den Zweck verfolgt, den Zusammenstoß hinauszuzögern und Rocco zu zeigen, daß er ihm Vertrauen entgegenbringe.

»Glaubst du, daß er seine Vergangenheit tatsächlich bereut?« hatte er ihn gefragt.

»Was sollte er denn bereuen?« hatte ihm Rocco geantwortet. »Daß er sich eine Villa hat bauen lassen?«

»Kurz gesagt«, hatte Oscar von neuem gefragt, »glaubst du, daß er uns gegenüber aufrichtig ist?«

»Gewiß ist er aufrichtig«, hatte Rocco versichert. »Aber seine Aufrichtigkeit ist unecht«, hatte er sogleich erklärend hinzugefügt. »Er ist voller Falschheit zur Welt gekommen, gerade so, wie er mit kastanienbraunen Haaren und mit brauner Gesichtsfarbe geboren wurde. Du mußt nicht glauben, daß seine braunen Haare gefärbt seien; oder besser gesagt: sie sind gefärbt, aber von Geburt an und aus der Gekünsteltheit seiner Natur heraus. Von der gleichen Art ist auch seine unechte Aufrichtigkeit. Er ist eine wunderliche Erscheinung. Übrigens findet man solche Typen ziemlich oft.«

Da Oscar mit beharrlicher Aufmerksamkeit Alfredos kastanienbraunes Haar betrachtete, verspürte dieser plötzlich ein sonderbares Jucken am Kopf, so daß er sich wider Willen kratzen mußte.

»Wie verhält sich das eigentlich mit der Geschichte von der immer brennenden Dankeskerze vor der Statue des heiligen Antonius?« fragte Oscar unvermittelt.

»Das war ein ganz persönlicher Einfall meiner Frau«, entschuldigte sich Alfredo. »Du weißt, wie impulsiv die Frauen sind. Natürlich habe ich sogleich bei der Partei Instruktionen eingeholt. Es wurde lange darüber diskutiert, aber schließlich bekannte man sich zu der Auffassung, daß der Kult des heiligen Antonius, der hier bei uns einen rein volkstümlichen, ja, geradezu proletarischen Charakter hat, weiterhin erlaubt sei. Tatsächlich beschützt der heilige Antonius die Maurer vor den Unfällen bei ihrer Arbeit.«

»Ich verstehe«, sagte Oscar.

»Aber, da wir gerade bei diesem Thema sind«, fuhr Alfredo fort, »möchte ich, wenn du erlaubst, eine Frage stellen. Welche Haltung nimmt eigentlich die Partei Gott gegenüber ein?«

»Zu Gott«, antwortete Oscar, »nehmen wir von Fall zu Fall Stellung.«

»Das ist sehr klug«, gab Alfredo zu.

»Aber ich bin nicht hierhergekommen, um über Theologie zu diskutieren«, fügte Oscar zornig hinzu.

Er sah Alfredo mit offensichtlicher Verachtung an. Ein solcher Schafskopf sollte an Rocco De Donatis' Stelle treten?

»Glaubst du«, fragte er ihn, »daß Rocco ernsthaft in dieses Mädchen verliebt ist?«

»Gott, da müßte man zunächst einmal wissen, was die Partei unter Liebe versteht«, versuchte Alfredo sich herauszureden.

»Gib dir keine Mühe, den Geistreichen zu spielen«, sagte Oscar. »Antworte auf meine Frage.«

»Er liebt sie, scheint mir, wie die Katze aus natürlichem Instinkt die Maus liebt.«

»Ist sie seine einzige Maus?« fragte Oscar. »Kurz: wie würde er sich verhalten, wenn Stella ihm erklären würde, daß ihr die Partei mehr am Herzen liegt als er?«

»Rocco ist unberechenbar. Bei ihm kann man nie etwas voraussehen.«

»Besucht er andere Frauen?«

»Trotz seines sozusagen unscheinbaren Aussehens genießt Rocco den Ruf, Glück in der Liebe zu haben«, erwiderte Alfredo. »Findest du ihn schön? Ich will sagen, gefällt er dir? Ach, die Frauen, die Frauen! Gewisse Leute behaupten, sein zeitweiliges Herumziehen von Dorf zu Dorf sei in Wirklichkeit nur eine Rundreise von einer Schönen zur andern.«

Oscar machte eine verächtliche Grimasse, warf den Stummel seiner noch brennenden Zigarette zu Boden und trat die

Glut aus. Er sah nicht klar in der Sache. Offenkundig in übler Laune, hatte er sich damit abgefunden, seine eigenen Eindrücke mit denen Alfredos zu vergleichen.

»Wie erklärst du dir seine Weigerung, mir auf meine Frage hinsichtlich der Partei zu antworten?« wollte er wissen. »Es ist die einzige Frage, auf die er mir nicht geantwortet hat. Und gerade sie betrifft das wesentlichste Problem.«

»Alle andern Antworten waren jedoch mehr oder weniger frech«, bemerkte Alfredo.

»Ich kenne Rocco seit zwanzig Jahren«, sagte Oscar. »Er ist der Partei in den Jahren der Verfolgung treu geblieben, während du dir eine Villa bauen ließest. Weshalb sollte er jetzt weggehen müssen? Natürlich, mit diesen rebellischen Ideen kann er nicht politischer Leiter bleiben.«

»Offen gestanden, ich weiß es nicht«, versicherte Alfredo gedemütigt, aber nicht beleidigt. »Gott, er ist für mich ein Rätsel. Wenn er mit der Partei bricht, kannst du sicher sein, daß ich ihm nie mehr ins Gesicht sehen werde.«

Oscar entgegnete ihm nüchtern:

»Erstens...«

»Erstens...« wiederholte Alfredo.

»...sind das Dinge, die dich nichts angehen.«

Alfredo nickte zustimmend und sank demütig in sich zusammen. Oscar zündete sich eine Zigarette an und dachte schweigend nach. Für ihn, den Stadtmenschen, der sich bisher immer nur mit den Problemen der Industriearbeiter abgegeben hatte, war dies alles etwas Neues. Ein Austritt Roccos aus der Partei drohte in der Organisation eine unliebsame Leere zu schaffen und eine gefährliche Krise heraufzubeschwören. Um seine Bestürzung zu verbergen, begann er, die aufgestapelten Zeitungen aus der Provinz durchzublättern, die auf dem Gestell lagen. Alfredo bemühte sich vergebens, eine etwas wohlwollendere Aufmerksamkeit auf sich zu lenken. Unentwegt schaute er Oscar an, wie ein Hund, der einen Befehl erwartet.

»Was für ein hartes Leben«, seufzte er.

»Was hast du gesagt?« fragte Oscar.
»Weißt du, wieviel Kilo ich in sechs Monaten abgenommen habe? Genau zehn!«
»Zehn Kilo Fleisch! Ich gratuliere!« sagte Oscar. »Zu Schwarzhandelspreisen hättest du ein hübsches Sümmchen damit herausschlagen können.«
»Heute morgen, als ich die Wäsche wechselte, habe ich mich im Spiegel betrachtet«, fuhr Alfredo klagend fort. »Ehrenwort, ich habe mit mir selber Mitleid gehabt. Unter Männern kann man gewisse Dinge ruhig aussprechen. Also gib einmal acht.«
»Aber die Partei zwingt dich doch keineswegs dazu, die Wäsche zu wechseln«, rief Oscar.
Er begleitete seinen Witz mit einem gutturalen Lachen, das langsam versickerte. Plötzlich aber packte ihn die Ungeduld wieder.
»Kurz und gut: Diese Ketzerei mit der Trompete kann nicht so weitergehen«, erklärte er empört.
»Ganz deiner Meinung!« sagte Alfredo.
»Ich habe dich nicht nach deiner Meinung gefragt«, erwiderte Oscar barsch. »Die Existenz und der sonderbare Gebrauch dieser Trompete beweisen schon zur Genüge, wie ungeheuer rückständig eure Gegend ist. Man kommt sich hier wie im innersten Afrika vor.«
»Sehr richtig!« sagte Alfredo.
»Deine Zustimmung kannst du dir sparen«, fuhr Oscar fort. »In zivilisierten Ländern wird die Bevölkerung durch Plakate an den Mauern, durch Rundschreiben, durch Ankündigungen in den Zeitungen zusammengerufen.«
»Das ist wahr!« sagte Alfredo.
»Ich möchte deine Meinung nur dann hören, wenn ich dich darum frage. Die Sitte, das Volk durch Trompetenstöße oder Trommelwirbel zusammenzurufen, stammt aus rein feudalistischen, sklavischen Zeiten. Man könnte sich kein drastischeres Symbol für den Rückschritt, für die Verdummung ausdenken. Es sei denn...«

»Natürlich, natürlich! Es sei denn...«, bestätigte Alfredo.

»Es sei denn«, wiederholte Oscar, »die Trompete würde für den Dienst in der Partei verwendet. Dann verhielte sich die Sache natürlich ganz anders. Das wäre sogar ein großartiger Coup. Einmal etwas Neues, etwas ganz und gar Originelles. Ein Beispiel für den schöpferischen Geist der Masse. Wir würden Lazzaro beim nächsten Parteikongreß auf die Tribüne tragen. Wir würden ihn die Trompete in Rom, vom Balkon des ›Kapitol‹ aus, blasen lassen. Wir würden ihn für einen Dokumentarfilm im Kino aufnehmen lassen. Meinst du, das wäre möglich? Gib Antwort! Bist du stumm geworden?«

»Du hattest mir befohlen, zu schweigen«, entschuldigte sich Alfredo.

»Jetzt fordere ich dich auf, mir zu antworten. Siehst du eine Möglichkeit?«

»Erwartest du eine Antwort, die dir behagt, oder soll ich die Wahrheit sagen?«

»Du sollst mir sagen, was du denkst. Siehst du eine Möglichkeit?«

»Nein.«

»Du bist ein Dummkopf.«

»Das habe ich kommen sehen.«

»Weshalb siehst du keine Möglichkeit?«

»Gott, das hängt von Lazzaro ab, und nicht von mir. Wenn es auf mich ankäme...«

»Man muß ihn überzeugen. Man muß ihm die Ideologie erklären, das Parteiprogramm! Unsern unaufhaltsamen Siegeszug in der ganzen Welt. Unsere Bewegung besitzt eine ungeheure Anziehungskraft, sie wirkt mitreißend und muß solch einfaches Gemüt in Begeisterung versetzen. Habt ihr es schon versucht?«

»Ja.«

»Und das Ergebnis?«

»Gleich null. Oh, du kennst Lazzaro nicht! Es ist so, wie du ganz richtig gesagt hast: Er ist ein archaisches Phänomen. Er ist ein Mensch von einer erschreckenden Rückständigkeit. Er glaubt nur an das Paternoster. Ein Narr, wie er im Buche steht, sage ich dir.« »Ist er nicht ehrgeizig? Habt ihr ihm das Amt des Gemeindepräsidenten schon angetragen? Was hat er euch darauf geantwortet?«

»Er hat laut gelacht. Er sagt, er könne nichts anderes als Gemüse pflanzen.«

»Was mag diese verfluchte Trompete kosten? Habt ihr ihm Geld angeboten?«

»Er wüßte nicht, was er mit dem Geld anfangen sollte.«

»Er ist also ein echter Kretin? Er kennt nicht einmal den Gebrauch des Geldes?«

»Das wohl, aber außer den wenigen Lire, die er bis vor kurzem noch brauchte, um sich Tabak zu kaufen, hat er nichts nötig.«

»Und jetzt hat er sogar zu rauchen aufgehört?«

»Nein, aber er bezahlt den Tabak mit den Zwiebeln aus seinem Garten.«

Oscar brach in Gelächter aus. Es war ein höchst sonderbares Lachen, bei dem die Metallplatte seines Gebisses zu sehen war. Endlich hatte er den Anfang des wirren Knäuels gefunden. Er zitierte aus dem Gedächtnis einen berühmten Satz aus Lenins Schriften über die Revolution der Proletarier, die es sich zur Aufgabe macht, die ungelösten Probleme der vergangenen Generationen zu lösen.

»Bevor ich wieder abreise«, sagte er entschlossen, »möchte ich mit Lazzaro zusammenkommen: ein Experiment, auf das ich nicht verzichten kann.«

»Die Sache darfst du dir nicht leicht vorstellen«, murmelte Alfredo.

»Ich habe dir auch nicht gesagt, ich möchte mich nur mit leichten Dingen befassen«, antwortete Oscar. »Übrigens – die wirkliche Gefahr ist Martino.«

5

Unter der Bevölkerung von Sant' Andrea hatte sich sogleich das Gerücht verbreitet, eine geheimnisvolle Persönlichkeit aus Rom sei angekommen. Als Oscar nun in Begleitung des Ex-Assessors erschien, drängten sich an den Türen und Fenstern, die auf die Gäßchen hinausgingen, die Leute: Alte, Junge, Frauen mit ihren Säuglingen an der Brust; andere Weiber, die im Begriff waren, den Brotteig zu kneten, hatten Hände und Arme weiß von Mehl.

»Wir haben Glück!« rief Alfredo. »Da ist Massimiliano!«

Der alte Schafhirte, Lazzaros ältester und treuester Gefährte, kam, hochgewachsen, mit abgezehrten Wangen, langsam auf sie zu; er stützte sich auf einen knotigen Hirtenstab. Neben ihm her trottete ein großer weißer Hund mit verstümmelten Ohren, der ein mit Nägeln gespicktes Halsband trug.

»Ich habe keine Zeit für euch«, sagte er zu Alfredo und setzte seinen Weg fort.

»Wo gehst du hin?« fragte der Ex-Assessor.

»Ich habe Durst«, sagte Massimiliano.

Die beiden folgten ihm durch ein abschüssiges Gäßchen, dessen Häuser zum großen Teil in Trümmern lagen; einige dieser Ruinen rührten von einem Erdbeben, die anderen vom letzten Kriege her. Alfredo und Oscar traten hinter dem alten Hirten und seinem Hund durch eine kleine Tür, über der ein Mistelzweig hing. Der Raum war von einem gelblichen Licht erhellt. Nahe bei einem kleinen Fenster spielten einige junge Burschen Karten; sie schrien und schlugen mit den Fäusten auf den Tisch. Ein entlassener Soldat trank in einem Winkel Brauselimonade mit einem Strohhalm. Der Schanktisch war leer.

»Carmela!« rief Massimiliano.

Aus einer offenen Falltür im Fußboden kam ein schwarzgekleidetes Mädchen zum Vorschein, das einen Krug Wein brachte. Alfredo füllte die Gläser. Der Wein war sehr kalt, fast eisig. Der Hund beschnupperte die beiden Unbekannten. Er hatte ein struppiges Fell und blutunterlaufene Augen. Sofort nahm er Alfredo aufs Korn, fletschte die Zähne und ließ ein langgezogenes, dumpfröchelndes Knurren hören.

»Beißt er?« fragte Alfredo und zog verängstigt die Beine unter seinen Stuhl.

»Natürlich«, antwortete der Schafhirte. »Vielleicht hat er auch die Tollwut.«

»Weshalb nimmst du ihn überallhin mit?«

»Ich wußte, daß ich euch treffen würde.«

Der Schafhirte leerte sein Glas. Er trug ein dunkelblaues, ziemlich verschossenes Hemd, das über der breiten, mageren, knochigen Brust offenstand; seine Beine steckten in Hosen aus Schaffell.

»Euer Gestank gefällt mir ganz und gar nicht«, fügte er hinzu. »Das sage ich um der Aufrichtigkeit willen.«

Oscar schien sich zu amüsieren. Er fragte den Alten: »Mißtraust du uns?«

»Das ist das richtige Wort«, entgegnete Massimiliano. »Weshalb bleibt ihr nicht daheim? Wahrscheinlich habt ihr doch irgendwo ein Zuhause.«

»Wir wollen mit dir und Lazzaro Freundschaft schließen«, erklärte Oscar lächelnd. »Glaub mir, das wäre vorteilhaft für uns, aber auch für euch. Für die armen Leute wäre es von großem Nutzen. Und ihr selbst habt treue Freunde in der Stadt nötig. Allein könnt ihr die Tarocchi nie besiegen.«

»Wenn ihr reden wollt, werde ich Martino rufen lassen«, schlug Massimiliano behutsam vor.

Oscar wechselte einen fragenden Blick mit Alfredo. Sollte Rocco schon Alarm geschlagen haben?

»Wir möchten lieber mit dir sprechen«, sagte Alfredo und nahm den Schafhirten freundschaftlich am Arm. »Wir haben volles Vertrauen zu dir. Und nachher begleitest du uns zu Lazzaro.«

»Ihr würdet ihn nicht verstehen«, sagte Massimiliano argwöhnisch.

»Dann hilf *du* uns, ihn zu verstehen«, sagte Alfredo und

schenkte ihm zu trinken ein. »Deshalb sind wir ja gekommen. Ich sage dir noch einmal, wir haben Vertrauen zu dir.«

»Ihr würdet Lazzaro nicht verstehen«, wiederholte Massimiliano hartnäckig.

»Weshalb versuchst du nicht, uns alles zu erklären?« fragte Alfredo. »Nachher wollen wir dann zu ihm gehen. Du begleitest uns.«

Massimiliano schien unentschlossen, ob er weggehen oder bleiben solle. Er war mißtrauisch. Auf einmal merkte er, daß Oscar ihn durch die Brille sonderbar starr anblickte. Da zog er ein Ziegenhorn aus seiner Tasche und zeigte es ihm.

»Ich bin beschützt«, sagte er, um ihn zu entmutigen. »Du kannst mich nicht behexen.«

Oscar begriff nicht oder tat so, als begreife er nicht.

»Wie kam Lazzaro eigentlich auf seine Idee?« fragte er. »Von wem hatte er sie?«

»Von unserm Herrgott«, antwortete Massimiliano. »Er jedenfalls glaubt das.«

»Erschien er ihm persönlich mit seinem langen weißen Bart und dem goldenen Heiligenschein um den Kopf?«

»Er schickte ihm ein Kind, das von Blut tropfte, ein ermordetes Kind«, antwortete Massimiliano. »Ihr müßtet euch das von ihm selbst erzählen lassen; aber mit Männern, wie ihr seid, mit Stadtmenschen, redet er nicht leicht. Wenn ihr ihn verstehen wollt, müßt ihr jedoch die Geschichte kennen.«

Er machte eine Pause, leerte sein Glas, wischte sich mit dem Handrücken über die Lippen und fuhr dann fort:

»Im Jahr, in dem Lazzaro und ich aus dem Militärdienst zurückkamen, fiel in unserer Gegend acht Monate lang kein Tropfen Wasser. In der Kirche wurden viele Bittmessen gelesen, und Andachten gehalten, damit es endlich regne. Auch gingen wir mit nackten Füßen und mit dem Strick um den Hals auf Wallfahrt. Nichts! Schließlich kam es wie eine Sintflut. Das bißchen, das die Trockenheit nicht versengt hatte, trugen die Überschwemmungen mit sich fort. Im Tal gab es nichts mehr zu essen, nicht für die Menschen und nicht für das Vieh. Wer konnte, zog daher fort. Mehr als die Hälfte der Einwohner von Sant' Andrea, von San Luca und von Fornace wanderte in jenem Jahr nach Brasilien oder Argentinien aus. Das Elend war so groß, daß eine Zeitlang sogar die Wölfe aus dieser Gegend verschwanden. Lazzaro verpflichtete sich damals als Carabiniere. Wenn man heute daran zurückdenkt, scheint es ein Märchen. Ein Mann wie er! Aber in jener Zeit war niemand davon überrascht. Er war ein Bursche wie jeder andere. Ein fleißiger, braver Bursche. Im übrigen war er wie die andern. Sein Gesuch wurde vom König angenommen. Sie kleideten ihn ein, gaben ihm ein Gewehr und schickten ihn in die Romagna. In welchem Jahr war das? Wer weiß das noch? Mein Gedächtnis, müßt ihr wissen, ist nicht groß. Groß ist bei mir nur der Hunger. Das Schicksal wollte es, daß gerade zu jener Zeit der Hunger bis in die Romagna drang. Den armen Leuten dort unten aber fehlte unsere Ergebung in alles Schwere.«

»Die Ergebung hat noch keinem den Bauch gefüllt«, bemerkte Oscar.

»Auch die Verzweiflung nicht«, versetzte Massimiliano. »Um den Bauch zu füllen, braucht man Minestra. In der Romagna taten sich also die Tagelöhner zusammen. Lazzaro hat uns das alles erzählt, als er später ins Dorf zurückkehrte. Die Tagelöhner erklärten, daß sie mit leerem Magen nicht mehr arbeiten würden. Sie ließen die Felder im Stich. Niemand mähte, niemand drosch. Man sperrte die Ställe zu. Niemand kümmerte sich mehr um die Kühe, niemand melkte sie. Die armen Tiere brüllten vor Schmerzen, viele krepierten. Niemals hatte man auf dem Lande so etwas gesehen. Und gerade in jener Gegend mußte der arme Lazzaro als Carabiniere Dienst tun. Mit dem Gewehr in der Hand mußte er hierhin und dorthin laufen, wie es ihm befohlen wurde. Das Leben eines Carabiniere ist nicht das eines Domherrn. Der Aufstand aber wollte noch immer nicht enden. Die

Grundbesitzer gaben nicht nach. Andererseits besetzten die Arbeiter, wie Lazzaro uns erzählt hat, die Straßen und Plätze und bedrohten die Herren. Immer wieder gab es Zwischenfälle, Zusammenstöße mit den Carabinieri, nach denen mit Steinen geworfen wurde. Eines Tages, am Schluß einer besonders hitzigen Schlägerei, hob Lazzaro auf dem Straßenpflaster ein kleines Mädchen auf, das blutüberströmt dalag; das Kind war in eine Attacke der berittenen Carabinieri hineingeraten. Das folgende müßte er euch selber erzählen; aber das tut er nicht vor Männern, wie ihr es seid, vor Stadtleuten. So kam es denn, daß ein Offizier dem Lazzaro befahl, das Kind ins Spital zu bringen. Mit dem sterbenden Kind in den Armen begann er zu laufen, so rasch er nur konnte, atemlos und verzweifelt. Das Kind verlor sein Blut, wie ein sanftes Lamm, dem man die Kehle durchgeschnitten hat. Und dieses warme, unschuldige Blut floß über die Arme, die Brust Lazzaros und benetzte seinen ganzen Körper. Das Kind wand sich, jammerte, rief nach seinem Vater. Zwischen Leben und Tod glaubte es, daß Lazzaro sein Vater sei. Es klammerte sich an seinen Hals, und er versuchte, es zu trösten, ihm Mut einzuflößen. Er flehte Gott, die Heilige Jungfrau und alle Heiligen an für das Kind, bot sein eigenes Leben als Entgelt dar, nannte es sein Töchterlein. Das Kind starb ihm in den Armen. Aber von jenem schrecklichen Lauf blieb dem Lazzaro ein Leiden zurück, das seiner militärischen Karriere ein Ende setzte. Eine Zeitlang konnte er die Arme nicht mehr gerade strecken. Sie waren ihm steif geworden, weil er das Kind getragen hatte. Es war ihm nicht mehr möglich, mit dem Gewehr umzugehen, ja, er konnte nicht einmal mehr seine Vorgesetzten grüßen. Deshalb schickten sie ihn nach Hause. Er kehrte in seinen Garten zurück. Aber als wir ihn wiedersahen, war er ein anderer Mann, nicht mehr zu erkennen. Nach und nach erlangte er bei der Arbeit in seinem Garten den Gebrauch seiner Arme wieder. Aber noch jetzt fühlt er an gewissen Tagen auf den Armen und an der Brust das Gewicht jenes Geschöpfchens. Dann kam der

Schicksalsschlag mit seinem Vater, der wegen des Waldes ins Gefängnis mußte und dort starb.«

Massimiliano schwieg und betrachtete die beiden mit steigendem Haß.

»Warum habe ich euch das alles erzählt?« schrie er. »Wer gibt euch, Schurken, das Recht, euch zu vergnügen, indem ihr diese Geschichte anhört?«

Die Burschen, welche Karten spielten, und der entlassene Soldat, der seine Limonade trank, drehten sich nach Massimiliano um. Der Hund begann feindselig und verachtungsvoll zu knurren.

»Wir vergnügen uns nicht«, sagte Oscar mit sehr ruhiger Stimme.

»Schurken!« schrie Massimiliano. »Feinde des Volkes!«

»Du täuscht dich«, erwiderte Oscar unbeweglich.

»Was wißt ihr vom Schicksal eines Menschen, der für die Gerechtigkeit kämpft? Was wißt ihr von einem, der Jahr um Jahr im Kerker dahinsiecht?«

»Ich kenne das Gefängnis«, sagte Oscar.

»Welches?« fragte Massimiliano.

»Civitavecchia, Volterra, Procida.«

Massimiliano leerte sein Glas. Seine Stimme wurde wieder ruhig.

»Lazzaro ist ein einfacher Mensch geblieben, ein fleißiger Mann, ein treuer Kamerad«, sagte er. »Er trinkt gerne und ißt gerne. Er hat auch seine Fehler. Aber wenn er gewisse Dinge sieht, auch wenn sie ihn nicht persönlich angehen, dann empört er sich. Dann kann ihn keiner halten. Er kennt keine Vorsicht. Das sind die Augenblicke, so hat er mir gestanden, wo er auf seinen Armen, an seiner Brust, seinen ganzen Körper entlang, wieder das warme, unschuldige Blut des sterbenden Kindes spürt. In einem gewissen Sinn, sagt er, ist es nicht seine Schuld.«

Alfredo war überrascht, Oscar bewegt zu sehen.

»Ich wollte euch das erzählen, um euch zu warnen«, schloß Massimiliano und leerte sein Glas. »Ihr tätet besser daran heimzugehen. Irgendwo habt ihr doch sicher eine Wohnung.«

Das schwarzgekleidete Mädchen tauchte mit einem neuen Krug aus der Falltür auf. Alfredo schenkte ein.

»Wir sind auf Lazzaros Seite«, erklärte Oscar nachdrücklich und schlug mit der Faust auf den Tisch. »Das mußt du mir glauben.«

Seine Stimme zitterte vor Erregung. Nach einer Pause fuhr er fort: »Wenn er damit einverstanden ist, die Bevölkerung heute abend mit seiner Trompete zusammenzurufen, werde ich dem Volk erklären, weshalb wir auf seiner Seite stehen.«

»Du hast nichts begriffen«, murmelte Massimiliano und zuckte die Achseln. »Wer hat dir gesagt, daß Lazzaros Trompete dazu dient, die Bevölkerung zusammenzurufen?«

»Wozu dient sie denn?« fragte Oscar überrascht.

»Lazzaro ist kein Ausrufer und auch kein Glöckner«, sagte Massimiliano entrüstet. »Er ist ein Bauer. Er hat seinen Garten. Er ist ein Mann der Erde und der Kirche. Nichts anderes. Er möchte sich nur um seine Sachen kümmern. Und ich? Ich bin Schafhirte. Ich mache Quark und Käse und bin fast immer in den Bergen. Ich möchte mich um meine Angelegenheiten kümmern. Wenn ihr ein Stück von meinem Schafkäse und einige Mandeln aus dem Garten Lazzaros kostet, würdet ihr euch hinterher wohl die Lippen lecken.«

»Aber wann ertönt denn die Trompete wieder?« fragte Oscar hartnäckig.

»Wenn man wirklich nicht mehr weiter kann«, schrie Massimiliano, der die Geduld verlor. »Wenn etwas geschieht, das allen den Magen umdreht; wenn alle erschrocken schweigen. Es ist eine Art, sich zu rufen, beieinander zu sein, sich Mut zu machen.«

»Früher quältet ihr euch wegen des Waldes«, sagte Alfredo versöhnlich. »Aber jetzt ist der Wald verbrannt.«

»Bist du wirklich überzeugt«, fragte Massimiliano, »daß die Zeit des Unrechts vorbei ist?«

Oscar machte Alfredo ein Zeichen, er solle schweigen.
»Die moralische Erhebung ist wichtig«, sagte er. »Die Partei unterstützt die moralischen Proteste. Aber das ist nur der erste Schritt. Die Empörung kann nicht das Elend austilgen.«
»Jetzt habe ich verstanden«, antwortete Massimiliano leise und kniff ein Auge zu. »Auch ihr verkauft also die Seife.«
»Was für Seife?« fragte Oscar.
»Die Wunderseife gegen die Schwielen an den Händen«, sagte Massimiliano. »Unglücklicherweise ist jemand vor euch damit hierhergekommen. Der Trick zieht nicht mehr. Euer Kollege erschien an einem Sonntagmorgen, mit einem schweren Koffer und einem Grammophon. Kaum kamen die Leute aus der Kirche, drehte er an der Kurbel der Sprechmaschine. Während man neugierig um ihn herumstand, öffnete er seinen Koffer und begann seine Predigt. Wie der reden konnte! ›Mit dieser Wunderseife‹, sagte er, ›verschwindet der größte Unterschied zwischen Reichen und Armen. Die Hände der Bauerntochter werden weiß und zart wie die einer Prinzessin. Die schwieligen Hände des Arbeiters werden weich wie die sanften Hände des Priesters‹.«
Massimiliano trank sein Glas aus. Er machte dem Hund ein Zeichen mit den Augen, nahm seinen Hirtenstab und ging.

6

Als Rocco mit der Partei brach, beschloß Stella, ihr treu zu bleiben. Sie wollte jede Diskussion mit Rocco vermeiden und erschien auch nicht zu einem vereinbarten Stelldichein. Die Trennung war für sie völlig überraschend und verwirrend gekommen, wie ein Unglück, das plötzlich über einen hereinbricht. Vielleicht auch für ihn, obwohl er sich während der letzten Monate in Gedanken immerzu damit beschäftigt hatte. Mit Stella hatte er kaum, nur hie und da einmal flüchtig und zögernd, darüber gesprochen.

»Die Partei war etwas Großes, als sie noch ungesetzlich war und sich verstecken mußte«, pflegte er zu sagen. »Damals waren wir eine Partei von Verfolgten, jetzt sind wir im Begriff selber zu Verfolgern zu werden.«

»Das ist keineswegs nötig«, hatte ihm Stella geantwortet. »Meinst du wirklich, daß es sich nicht vermeiden läßt? Du hast mir immer gesagt, ich müsse gegen den Fatalismus ankämpfen.«

Die Unerfahrenheit des Mädchens entwaffnete ihn und machte die ganze Sache zu einer Gewissensfrage. Rocco hatte auch mit Martino und Lazzaro darüber gesprochen. Hatte er das Recht, Stella seine eigenen schlimmen Erfahrungen aufzudrängen? Andererseits: Wie durfte er die Wahrheit vor ihr verbergen? Wie hätte er unter diesen Umständen mit ihr zusammenleben sollen? Nach und nach hatte er ihr das Ereignis anvertraut, das in seiner Krise von entscheidender Bedeutung gewesen war. Auf der Rückreise von Moskau hatte er in Warschau, wo er sich drei Tage aufhielt, ganz zufällig Eleonora, eine Polin, wiedergetroffen, die er ungefähr fünfzehn Jahre zuvor in Turin kennengelernt hatte. Eleonora war 1930 nach Italien gekommen, weil der Numerus clausus es den Juden unmöglich machte, in Polen zu studieren. Sie war ein kleines, dunkles, lebhaftes, sehr geselliges Mädchen gewesen. Unter den Studenten hatte sie bald viele Freunde, auch außerhalb der medizinischen Fakultät, bei der sie sich eingeschrieben hatte. Sie war nicht außergewöhnlich intelligent, aber es war unterhaltsam, mit ihr zu sprechen, weil sie Europa kannte. Besonders gut unterrichtet war sie über gewisse Autoren und Bücher, die damals in Italien verboten waren. Rocco traf sie das erstemal bei einer geheimen Zusammenkunft von Arbeitern der FIAT-Werke und war sofort von ihr gefangengenommen. Bevor sie nach Italien kam, hatte sie schon der Partei angehört. Als Eleonora Turin verließ, vertraute sie Rocco an, sie sei nach Moskau gerufen worden, um in einem Verlagshaus zu arbeiten. Das Medizinstudium gab sie ohne Bedauern auf. Wenn die

Partei sie zu den Fischern nach Norwegen oder zu den Arbeitern nach Barcelona geschickt hätte, dann wäre sie mit derselben Begeisterung auch dorthin gegangen.
Rocco hatte nie mehr etwas von ihr gehört. Er hatte sie beinahe vergessen, und an jenem Abend, da sie sein Zimmer in dem Gasthaus in Warschau betrat, dachte er nicht im mindesten an sie. Er hatte Mühe, sie wiederzuerkennen. Eleonora war nur noch ein Schatten ihrer selbst. Sie hatte seinen Namen in der Zeitung gelesen und sich sogleich auf die Suche nach ihm gemacht; mit gefälschten Ausweisen war sie heimlich in der Nacht aus dem Dorf auf dem Lande, wohin sie deportiert worden war, aufgebrochen.
Rocco hatte gespürt, wie ihm der Atem aussetzte.
»Deportiert? Weshalb? Wie das?«
Die Verbannung Eleonoras nach Polen war die letzte Station eines grauenhaften Kreuzweges. Was Rocco hier erfuhr, war ihm nicht völlig neu. Trotzdem machte der Bericht einen niederschmetternden Eindruck auf ihn. Jetzt handelte es sich nicht mehr um die unkontrollierbaren Beschuldigungen irgendeines gegnerischen Skribenten, sondern um das aufrichtige, ungeschminkte Bekenntnis einer Freundin. Seine heiligsten Gefühle waren zutiefst verletzt. Wie hätte er noch weiter den Gutgläubigen spielen, eine Überzeugungstreue heucheln können, die er nicht mehr besaß?
Von jener Begegnung hatte Rocco sich nicht mehr erholt. Er fühlte, daß es ihm moralisch unmöglich sei, in einer Partei zu bleiben, die an solchen Greueln mitschuldig war. Indes, es war ihm nicht leicht gefallen, sie zu verlassen, da er so viele Jahre für sie gekämpft und gelitten hatte, und da ihr noch viele seiner Freunde angehörten.
»Was quält dich?« fragte ihn Stella. »Weshalb bist du traurig? Warum bist du immer bedrückt und zerstreut? Weshalb sprichst du nicht mit mir von deinen Sorgen?«
»Ich weiß nicht, ob du mich verstehen kannst«, sagte Rocco. »Verzeih mir, mein Liebes, aber ich glaube, daß du mich vielleicht nicht verstehen wirst...«

»Ich weiß, daß ich dumm bin«, meinte Stella. »Aber wenn du dir Mühe gäbest, mir zu erklären, was dich quält – ich versichere dir, daß ich versuchen würde, dich zu verstehen. Weshalb hast du kein Vertrauen zu mir?«

»Ich denke an Eleonora. Ich kann ihr Schicksal nicht vergessen.«

»Wir müssen für eine neue Welt kämpfen«, sagte Stella. »Für eine Welt, in der Tragödien wie die der Konzentrationslager nicht mehr möglich sind.«

»Das Schlimme ist«, erwiderte Rocco, »daß solche Tragödien sich gerade in der neuen Welt ereignen.«

»Es ist schrecklich, du hast recht«, gab Stella zu. »Aber in Italien wird es nie ein Kolyma geben.«

»Bist du sicher?« fragte Rocco. »Hast du so viel Zutrauen zur Partei?«

»Ich habe Zutrauen zu dir«, sagte Stella. »Und zu den Männern deiner Art. Zu den Männern, welche die Wahrheit und die Gerechtigkeit mehr lieben als ihr Leben. Es gibt ihrer nicht wenige.«

»Du hättest zugegen sein müssen bei der Auseinandersetzung, die ich mit der Leitung der Partei über den Fall Eleonora hatte«, sagte Rocco. »Viele von den Unsrigen sind heute davon überzeugt, die Revolution bestehe darin, daß wir nun unsererseits zu Verfolgern werden.«

»Das ist nicht unvermeidlich«, sagte Stella. »Niemand kann dich zwingen, anders zu sein, als du bist.«

»Niemand kann mich zwingen«, sagte Rocco. »Du hast recht, ich muß es beweisen, daß niemand mich zwingen kann.«

Stella litt entsetzlich, wenn sie solchen Erörterungen zuhörte. Sie war ganz krank davon. Rocco blieb dies nicht verborgen; er vermied es deshalb, von diesen Dingen zu sprechen. Das verstärkte Stellas Bestürzung. Er schob jede Entscheidung auf. Er blieb in der Partei, zog sich jedoch von jeder öffentlichen Tätigkeit zurück. Er wollte auf den Versammlungen nicht mehr reden und hörte auch auf, Artikel und Korrespondenzen für die Parteipresse zu schreiben. Er wurde traurig und schweigsam. Stella bemühte sich vergebens, ihn aufzurütteln.

»Du bist nun schon so viele Jahre in der Partei«, sagte sie. »Du willst doch jetzt nicht den Schluß ziehen, daß du dein ganzes Leben lang auf einer falschen Straße gegangen bist?«

Stella wiederholte die Argumente, die sie von ihm gelernt hatte und die sie jeden Tag von neuem in den Parteikreisen hörte.

»Die Partei ist Geschichte im Anmarsch«, sagte sie zu ihm. »Das weißt du besser als ich. Du hast es mich doch selbst gelehrt. Außerhalb der Partei ist das Nichts. Geschichte aber besteht aus einer Folge von Leiden. Du selbst hast mir erklärt, daß es immer so gewesen ist. Wie lautet jener Satz von Marx über die Menschheit als Gebärerin?«

Rocco widersprach ihr nicht, um sie nicht zu verletzen; eigentlich mißfiel es ihm nicht einmal, daß das Mädchen so unabhängig von ihm war. Aber mit einigen Formeln ließ sich die heitere Unbefangenheit seiner Seele nicht wiedergewinnen. Vielleicht gab es auch noch andere Dinge, die ihn verwirrten und aus dem Gleichgewicht brachten, Dinge, die er verschwieg. Stella fühlte es. Nichts kränkte sie mehr als dieses absichtliche Verschweigen. Und dieses freiwillige Abseitsstehen vom kollektiven Leben der Partei, gleich Ausgestoßenen – was für eine Demütigung!

Eines Abends genossen sie die Kühle auf dem kleinen Balkon ihrer Wohnung, der auf den Platz hinausschaute. In einem Vorort der Stadt fand ein Fest der Partei zu Ehren der russischen Armee statt. Wie gewöhnlich nahmen alle Genossen mit ihren Familien daran teil. Es gab Musik, man würde im Freien tanzen. Unter irgendeinem Vorwand hatte Rocco es abgelehnt, eine Rede zu halten. Es war nicht seine erste Weigerung. Ihr kleiner Balkon ging auf einen traurigen, schlecht beleuchteten Platz hinaus, der beinahe leer war. Von den durch die Bombardierungen beschädigten Gebäuden war nur die Kirche wiederaufgebaut worden. Das Café

›Stalingrad‹, ehemals ›Berlin‹, war noch mit Balken abgestützt. Nur wenige Gäste saßen draußen an den eisernen Tischchen. Den ganzen Abend hatte Rocco den Mund nicht aufgemacht. Schließlich konnte das Mädchen es nicht mehr ertragen und sagte:

»Unsere Freundschaft, mein Lieber, kann sich nicht darauf beschränken, daß wir zusammen schlafen. Bist du nicht auch dieser Meinung? Nur fürs Bett könntest du jemand besseres finden. Langweile ich dich? Soll ich dich verlassen?«

»Du mußt mich entschuldigen«, sagte er. »Ich befinde mich in einer seltsamen Lage. Wie ich mich auch entscheide: ob ich nun weiter in der Partei bleibe oder austrete – beides ist, wie mir scheint, vom Übel.«

»Weshalb denn austreten? Auch wenn die eigene Mutter Fehler macht«, sagte Stella, »kann man die Mutter noch nicht verleugnen.«

Weiter sagten sie nichts. Stella hielt es für das beste, zu schweigen, um ihn nicht zu belästigen; sie hoffte, es würde mit der Zeit von selbst besser werden. – An einem andern Abend in Sant' Andrea konnte das Mädchen Rocco und Lazzaro bei einem Gespräch belauschen. Sogar zu solchen Umwegen war Stella gezwungen, wenn sie erfahren wollte, wie es um Rocco bestellt sei. Sie saßen auf einer Bank in Lazzaros Garten, nahe beim Bach. Stella fand großes Gefallen an Lazzaro, der so einfach und natürlich war. Soeben ging die Sonne unter. Es war herrlich kühl. Der Garten war wie mit Goldbrokat bedeckt. Süßer Duft von Honig erfüllte die Luft. Stella und Rocco hatten sich auf der Schaukel vergnügt. Dann hatte Lazzaro seinen Gästen Brot, frische Bohnen und ein Stück Schafkäse gebracht.

»Ich fange an, die Geduld zu verlieren«, sagte Rocco mit einemmal. »Ich befinde mich in einer Art Sackgasse. Vorwärts kann ich nicht, und umkehren will ich unter keinen Umständen.«

»Du darfst nicht die Geduld verlieren«, ermahnte ihn Lazzaro. »Eines schönen Tages wirst du aus der Sackgasse her-

auskommen, ohne daß du gezwungen bist zurückzugehen.«
Manchmal hatte Lazzaro eine solche Art zu reden.
»Wie sollte das möglich sein?« fragte Rocco.
»Früher oder später wird sich irgendeine Bresche in der Mauer auftun«, sagte Lazzaro. »Irgend ein Durchgang.«
»Wie?« fragte Rocco. »Soll ich mit dem Kopf gegen die Mauer rennen?«
»Nein, du sollst ganz und gar nicht mit dem Kopf gegen die Mauer rennen«, entgegnete Lazzaro. »Du mußt nur die Geduld nicht verlieren.«
»Ich kann nicht länger in dieser Sackgasse bleiben, vor mir nichts als die Mauer. Und ich will auch nicht zurück«, wiederholte Rocco.
»Es könnte sein, daß du auf mancherlei Arten herauskämst«, sagte Lazzaro. »Es könnte folgendes geschehen: Eines Abends, wenn du einschläfst, ist die Mauer da, dick, grau, unübersteigbar wie jetzt, du weißt nicht, wie du weiterkommen sollst, weigerst dich aber umzukehren. Am Morgen wachst du auf und befindest dich jenseits der Mauer. Oder du entdeckst, daß in der Mauer eine Bresche ist, durch die du aus der Sackgasse hinausgelangen und ins Freie kommen kannst.«
»Wer sollte das bewirken?« fragte Rocco. »Kann das von selbst geschehen?«
»Das zu wissen ist nicht wichtig, glaube ich«, sagte Lazzaro. »Es ist nicht wichtig, ihm einen Namen zu geben. Mußt du ihm wirklich einen Namen geben?«
Aber Stella hatte damals irgendeinen Grund, zu hoffen, die Sache könne ins reine gebracht und beigelegt werden, wenn Oscar aus Rom herkomme. Sie hatte ihm heimlich geschrieben, um ihm ein paar Hinweise zu geben. Es sei durchaus nicht nötig, hatte sie ihm geschrieben, daß Rocco, wenn er dazu nicht mehr imstande sei, politischer Leiter oder Propagandist bleibe. Die Partei sei wie eine Mutter mit einem riesigen Haus. Irgendein Plätzchen gebe es darin für alle ihre Kinder, je nach ihrem Alter und ihrer Gesundheit. – Nach

der Meinung des Mädchens hatte Oscar den Fehler begangen, auf eigene Faust den Fall Martino zur Sprache zu bringen, ohne ihn auch nur zu kennen. Ein Mann wie Rocco duldete nicht, daß man seine Freunde angriff. Und wenn Oscar den Martino persönlich gekannt hätte, würde auch er ihn, so meinte Stella, bestimmt lieb gewonnen haben.

Am Tag vor Oscars Ankunft hatte Rocco Mut gefaßt und Stella gefragt:

»Wärest du traurig, wenn ich aus der Partei austräte?«

»Ja, Lieber, es würde mir Kummer bereiten«, hatte sie ihm, ohne zu zögern, geantwortet.

»Weshalb?«

»Aus all den Gründen, die du mir in unserer ersten Zeit dargelegt hast. Die Partei ist nicht Don Alfredo Esposito. Sie ist die Gemeinschaft mit den Negern im Senegal, mit den Kulis an den Ufern des Gelben Flusses, mit den jüdischen Arbeitern in Lodz.«

»Schön! Und weiter? Hast du noch andere Gründe?«

»Du bist in der Partei aufgewachsen. Lieber, du hast ihr deine Jugend geopfert. Nur in der Partei kannst du glücklich sein.«

Rocco blieb eine Weile in Nachdenken versunken. Dann sagte er:

»Früher hättest du recht gehabt. Aber die Partei von heute ist nicht mehr dieselbe wie einst. Damals war sie eine Partei von Verfolgten, jetzt ist sie eine solche von Verfolgern. Sie war eine Vereinigung von freien, jungen, vorurteilslosen Menschen, aber sie ist zu einer Kaserne, zu einer Quästur geworden. Wo sie am wenigsten hassenswert ist, ist sie eine Verwaltung. Glaubst du, hinter meiner Unzufriedenheit steckten gemeine Motive?«

»Nein, das glaube ich nicht«, antwortete ihm Stella. »Aber trotz allem entspricht die Partei noch immer dem, was in dir an Starkem, Männlichem, Aktivem lebt. Solange du kämpftest, schienst du mir glücklich zu sein. Ich denke manchmal an den letzten Maurerstreik. Da warst du unermüdlich von morgens früh bis abends spät, du gingst herum, auf den Straßen, unter den Leuten. Nie mehr habe ich dich so fröhlich gesehen. Es schien klar, daß dies dein natürliches Element, daß dort deine Kameraden seien. Du warst wie ein Fisch im Wasser.«

»Ich werde nicht auf das Wasser verzichten, das versichere ich dir«, sagte Rocco. »Wie kannst du dir vorstellen, daß ich aufs Wasser verzichten könnte?«

»Wenn du mit der Partei brächest«, fragte Stella, »würde dann nicht der andere Wesenszug in dir die Oberhand gewinnen, jene Anlage, von der du selbst einmal mit Besorgnis gesprochen hast?«

»Welche?«

»Die Neigung zur Hoffnungslosigkeit, zum Pessimismus, zur Melancholie, die du, wie du sagst, von deinem Vater geerbt hast. Habe ich nicht recht?«

»Ich glaube nicht«, sagte Rocco. »Allerdings, wenn mir keine andere Wahl bliebe, als diese, wäre ich zur Hoffnungslosigkeit verdammt.«

»Denk darüber nach, Lieber. Vielleicht gibst du mir doch recht. In all diesen Monaten habe ich an nichts anderes gedacht. Eins mußt du wissen, höre gut zu: Du kannst mich verlassen, aber ich werde dich nie verlassen. Glaubst du mir?«

Bis zuletzt hatte Stella gehofft.

7

In jener Zeit waren sie nach Sant' Andrea übergesiedelt. Drunten in der Stadt war es zu heiß. So ging man auch den fortwährenden Zusammenstößen Roccos mit den andern Parteifunktionären aus dem Wege. Sie hatten ganz zuoberst im Dorf ein altes verlassenes Häuschen gemietet. Um zur Türe zu gelangen, mußte man drei wacklige Stufen hinaufsteigen. Licht und Luft drangen nur durch ein winziges Fensterchen ins Innere. Wenn die Augen sich an das Dunkel gewöhnt hatten, erblickte man die Möbel, die Massimiliano geliehen hatte: eine eiserne Bettstelle mit Säcken voll Maisstroh und einen Stuhl. Zu Häupten des Bettes hing ein Bild der Madonna von Loreto, das den ehelichen Frieden beschützte. Darüber steckte ein geweihter Ölzweig. In den Winkeln an der Decke saßen viele Spinnen in ihren Netzen. Rocco wollte nicht, daß man sie vertreibe.

»Sie fangen uns die Fliegen weg«, sagte er.

Der große Vorteil dieses Hauses bestand darin, daß sich nur wenige Schritte weit entfernt, mitten auf der Straße, ein Brunnen befand. Es gab dort einige Kinder, die morgens abwechselnd antraten, um Rocco beim Rasieren den kleinen Spiegel zu halten.

Am Abend vor Oscars Ankunft war Rocco nach dem Gespräch mit Stella hinausgegangen und nicht zurückgekommen. Er hatte ihr nicht einmal gesagt, daß er fortgehe. Stella hatte sich auf die Schwelle des Hauses gesetzt, um ihn zu erwarten. Wie er später erzählte, hatte er zufällig Martino auf der Straße getroffen und ihn zu einer Partie Boccia aufgefordert. Martino hatte an jenem Tag auf der Fahrstraße Steine geklopft. Er nahm jede Arbeit an, die sich ihm bot. Er war daher müde, hatte sich aber Rocco mit Freuden angeschlossen. Sie waren an den gewohnten Ort, im Hof einer Wirtschaft hinter dem Rathaus, spielen gegangen. Dann war Massimiliano mit seinem Hund vorbeigekommen und hatte sie in geheimnisvollem Ton gerufen, ohne zu erklären worum es sich handle. Die beiden waren ihm gefolgt. Es mußte etwas Schwerwiegendes vorgefallen sein. Sie gingen die Stufen des Gäßchens hinter der Kirche hinunter, überschritten das hölzerne Brücklein unten in der Schlucht und kletterten den steilen Hang wieder hinauf bis zur Grotte, wo Massimiliano seinen Wein aufbewahrte.

»Ich habe euch gerufen«, erklärte er, »weil wir endlich jenes Fäßchen leeren müssen, das aus dem Jahr stammt, da Lazzaro wegging.«

»Gibt es einen zwingenden Grund dafür?« fragte Rocco. Massimiliano nickte ungewöhnlich ernst.

»Besteht der zwingende Grund darin, daß du Durst hast«, fragte Rocco weiter, »oder befürchtest du, Lazzaro müsse wieder fortziehen?«

»Ich habe einen bösen Traum gehabt«, sagte Massimiliano schließlich.

Sie setzten sich vor die Grotte und begannen den Weinkrug herumzureichen.

»Ich möchte die Schafe verkaufen«, sagte Massimiliano.

»Willst du eine andere Rasse züchten?« fragte Rocco.

»Ich möchte auch das Haus verkaufen und das Bett, die Stühle, den Wassereimer.«

»Aber was fällt dir ein?«

»Trinkt«, sagte Massimiliano. »Im Fäßchen ist noch allerhand drin, wir müssen es unbedingt leermachen heute nacht.«

Der Krug ging mehrere Male von einem zum andern. Die Nacht war klar und kühl. Das steinige Bett des Flusses im Talgrund schien eine Abzweigung der Milchstraße zu sein.

»Ich habe dich nicht verstanden«, entschuldigte sich Martino. »Vielleicht weil ich den ganzen Tag in der Sonne gearbeitet habe. Was hast du gesagt, was du machen wolltest?«

»Wenn Lazzaro fortziehen muß«, erklärte Massimiliano, »gehe ich diesmal mit ihm.«

»Ins Kloster?« fragte Martino scherzend.

»O nein«, sagte Massimiliano. »Wenn ich ihn begleite, hat er es nicht nötig, sich in einem Kloster zu verstecken.«

»In deinem Alter?« fragte ihn Rocco. »Solche phantastischen Einfälle kommen dir in deinem Alter?«

»Ich bin noch nicht alt«, protestierte Massimiliano. »Neulich hat der Pfarrer, als er zufällig im Taufbuch blätterte, entdeckt, daß ich noch nicht einmal fünfundsiebzig Jahre alt bin. Man erzählt, daß mein verwitweter Vater im gleichen Alter noch regelmäßig die Frau oder die Tochter eines Schafhirten zu schwängern pflegte.«

»Aber keine Köhlersfrau«, sagte Martino.

»Nur die Schäfersfrauen«, gab Massimiliano zu. »Übrigens wird es euch aufgefallen sein, daß es hier im Tal viele Nasen gibt, die der meinen gleichen.«

»Ja, das stimmt: Fast alle haben sie zwei Nasenlöcher«, meinte Rocco.

Es war spät in der Nacht, als Massimiliano verkündete, daß das Fäßchen ganz und gar leer sei. Seine Stimme klang bewegt. Es war kein unbedeutendes Ereignis. Aber die Worte, die er hinzuzufügen versuchte, blieben unverständlich. Aus dem gleichen Grunde war auch der Rückweg nicht einfach und ging nur langsam vonstatten. Um einen unnötigen Sturz in die Schlucht zu verhindern, schlug Rocco vor, gemeinsam zu Werke zu gehen und sich, wie angeseilte Alpinisten, gegenseitig zu unterstützen. Doch fiel es ihm nicht leicht, Massimiliano diese Methode zu erklären. Die Auseinandersetzung mit ihm war kompliziert und zeitraubend. Der Schafhirte ließ sich erst überzeugen, als Rocco ihm vor Augen führte, man müsse zu dritt in die Schlucht stürzen oder keiner. Doch kaum war der Vorschlag angenommen, mußten sie auf die Ausführung verzichten, weil kein Seil vorhanden war.

»Natürlich bleibt mein Vorschlag im Prinzip richtig«, schloß Rocco. »Einverstanden? Jetzt wollen wir versuchen, so gut es geht, nach Hause zu kommen.«

Obwohl sie ein paarmal ausrutschten und es auf dem Holzbrücklein zu einem sehr bewegten Intermezzo kam, gelangten sie schließlich ins Dorf zurück. Massimiliano wohnte am nächsten beim Dorfplatz, Rocco am weitesten davon, oben in demselben Gäßchen wie Martino. Als sie fast daheim waren, machte Rocco eine Entdeckung, die ihn in kindliche Fröhlichkeit versetzte.

»Schau, schau«, sagte er zu Martino. »Die Bresche in der Mauer.« Martino verstand ihn nicht. Das Gäßchen war steil, eng, dunkel. Es sah aus wie eine Leiter zum gestirnten Horizont, der sich im Hintergrund, zwischen den letzten Häusern auftat.

»Lazzaro hatte recht«, sagte Rocco bewegt. »Ich befinde mich nicht mehr in einer Sackgasse. Während ich fort war, hat jemand einen Ausweg geschaffen. Schau dort oben! Jetzt kann man wieder weiter gehen.«
»Gute Nacht«, sagte Martino zu ihm. »Die Ruhe wird dir guttun.«
Rocco fand Stella, wie sie auf der Schwelle kauerte, den Kopf an einen Türpfosten gelehnt. Sie schlief. Neben ihr standen, noch unberührt, zwei Schüsseln voll Suppe. Er wollte Stella nicht wecken. Er setzte sich auf den Boden zu ihren Füßen und lehnte den Kopf leicht an ihre Knie. Kurz darauf öffnete sie die Augen. Sein Atem ging so ruhig, als ob er tief schlafe, so daß sie glauben mußte, er sei schon vor geraumer Zeit zurückgekehrt. Gewiß war er müde und hatte Ruhe nötig. Daher regte sie sich nicht und wachte bei ihm bis zum Morgen.

8

Roccos Jeep fuhr mit abgestelltem Motor abwärts; er verlangsamte seine Fahrt und hielt neben dem Steinhaufen. Ein Jäger stand gebückt hinter einem Gebüsch, mit angelegtem Gewehr, und wartete auf einen Vogel. Ein Mann saß in einer Ulme und hieb mit dem Buschmesser die jungen Zweige ab.
»Nachrichten?« rief Rocco und blickte in den Ulmenwipfel hinauf.
Zwischen dem grünen Laub kam Martinos Gesicht zum Vorschein. »Baldassare ist aus Fornace zurückgekehrt«, antwortete er. »Von dem Mädchen keine Spur. Sehen wir uns heute abend bei Lazzaro?«
»Ich weiß nicht«, sagte Rocco, »es kommt darauf an.«
Der Jeep fuhr wie ein Blitz davon. Ohne die Fahrt zu verlangsamen, raste er durchs Dorf, ließ Schrecken und Getümmel hinter sich zurück und verfolgte seinen Weg nach San Luca. Das Tal war schon erfüllt von dem Motorenlärm,

während die Frauen von Sant' Andrea sich noch erschrocken vom einen Ende des Dorfes zum andern riefen und dabei schrien, schmähten und Flüche ausstießen. Seit einer Woche bekamen sie mehrmals am Tag Herzklopfen. Vielleicht war Rocco verrückt geworden, und die Carabinieri wagten es nur nicht, ihn festzunehmen.
Mittlerweile fuhr Rocco, über sein Lenkrad gebeugt, weiter. Die Luft war rein und frisch. Das Sträßchen war völlig leer, es senkte sich leicht ins Tal. Zu seiner Rechten hatte er den Berghang, zur Linken manchmal die Wiesen der Tarocchi, manchmal das Rauschen des Wildbaches, der noch im Schatten lag. Aus dem Gehölz traten die Schafe. Die Hirten bemühten sich, sie daran zu hindern, das noch taufeuchte Gras zu fressen; sie trieben sie mit Gebärden und Rufen auf die Hänge, die schon in der Sonne lagen. Bei einer Kurve fehlte nicht viel, und der Jeep hätte eine lange Reihe Waisenkinder, die von Nonnen begleitet waren, überfahren. Mit einem Ruck brachte Rocco den Wagen zum Stehen, sprang ab und kehrte zu Fuß zu den Kindern zurück. Es war ihm gewesen, als habe er unter den größeren Mädchen das geliebte Gesicht, seine Augen erspäht. Er schaute die Waisenkinder eines nach dem andern an. Er fragte die Schwestern, entschuldigte sich bei ihnen. Es war eine Halluzination gewesen. Enttäuscht kehrte er zu seinem Jeep zurück und nahm die Fahrt wieder auf. Unterhalb von San Luca stellten sich einige Straßenarbeiter mit ihren Schaufeln und Picken quer über die Straße, hoben die Arme hoch und schrien. Auf dieser Strecke hatte er am Abend vorher einen Kessel voll Asphalt umgefahren, wobei ein Arbeiter verletzt worden war. Rocco sah nichts und kümmerte sich nicht um das Hindernis. Die Arbeiter konnten mit knapper Not zur Seite springen, sonst wären sie überfahren worden. Die Sonne stand noch nicht hoch, als Rocco in der Meierei ankam. Giuditta befand sich an der Türe der Gaststube. Sie hatte eine Ziege am Türklopfer angebunden und melkte sie. Vor der Tankstelle standen hintereinander einige Lastwagen der Teigwarenfabrik. Rocco

weigerte sich, seinen Wagen hinten ans Ende der Reihe zu stellen.

»Ich habe es eilig«, sagte er und fuhr mit seinem Jeep vor die Lastwagen.

Ein Chauffeur versuchte, sich dieser Anmaßung zu widersetzen, er drohte und rief seine Kollegen herbei. Doch da kam Giuditta herzu und brachte sie zum Schweigen.

»Der Ingenieur ist hier zu Hause«, kreischte sie. »Er kann machen, was er will.«

Der Jeep war völlig mit trockengewordenen Dreckspritzern bedeckt, die von der letzten Woche herstammten. Während der Wagen gewaschen und hergerichtet wurde, machte Giuditta Rocco ein Zeichen, ihr zu folgen. Die Alte war zerzauster, schmutziger und noch schlampiger gekleidet als sonst. Beim Gehen schlurfte sie mit ihren Pantoffeln durch den Staub; sie schien, obwohl es noch früh am Morgen war, schon müde und bedrückt.

»Komm!« sagte sie. »Was stehst du da und schaust?«

»Habt ihr etwas Neues erfahren?« fragte Rocco »Hat Zaccaria etwas unternommen?«

Er gähnte. Er war in Hemdärmeln und trug kurze Hosen. Das Hemd war auf der einen Seite an der Schulter zerrissen; durch das Loch sah man eine große Schramme. Er wußte selbst nicht genau, wie ihm das geschehen war. Dicke Schweißtropfen rannen ihm über das magere, staubige, stopplige Gesicht, das seit mehreren Tagen nicht rasiert worden war.

»Komm!« sagte Giuditta. »Ich sollte mich nicht in diesem Aufzug zeigen, ich weiß. Aber ich habe keine Zeit mehr, mich um mich selber zu kümmern. Möchtest du etwas essen?

»Nein, danke«, antwortete Rocco. »Was macht Zaccaria?«

»Mein Sohn, du tust mir leid. Du siehst aus wie ein Skelett, wie ein Gespenst. Du solltest dich nicht so vernachlässigen. Ich habe frische Milch hier, ein paar Eier, Käse.«

»Nein, danke. Mein Magen verträgt es nicht.«

»Nimmst du dann wenigstens einen Kaffee? Mein Sohn, ich

hätte es nie für möglich gehalten, daß du aus Liebe so sehr den Kopf verlieren würdest. Was soll ich dir sagen? Du erregst gleichzeitig meine Bewunderung und mein Mitleid.«

Rocco folgte der Alten in die Gaststube und stützte sich auf ein Tischchen in der Nähe des Fensters. Er sah ihr zu, wie sie den Kaffee in die Kanne füllte und das Gefäß auf das Feuer im Herd stellte. Giudittas Bewegungen waren langsam, zerstreut, mühsam. Sie hatte geschwollene und gerötete Augen, wie wenn sie lange geweint hätte.

»Wenn es meine Tochter wäre, würde ich nicht so leiden«, sagte sie.

»Verheimlichst du mir nichts?« fragte Rocco. »Ist Zaccaria in der Meierei?«

»Es geht ihm nicht gut«, antwortete Giuditta. »Er hat nicht aufstehen wollen. Die ganze Nacht hat er kein Auge zugetan. Ein Fuhrmann aus San Luca hat uns erzählt, er habe dich gestern mit seinen Mauleseln aus einem Graben herausziehen müssen. Du solltest vorsichtiger sein.«

»Kann ich mit Zaccaria sprechen?«

»Vielleicht später. Jetzt schläft er. Übrigens, er sagt, du seiest an allem schuld. Er ist wieder wütend auf dich. Er sagt, Stella wäre nie etwas Schlimmes geschehen, wenn sie bei uns in der Meierei geblieben wäre.«

»Sicher ist es meine Schuld. Aber nicht in dem Sinne, wie ihr, Zaccaria und du, es glaubt.«

»Das Wichtigste ist jetzt, das Mädchen wiederzufinden. Weißt du, daß die von der Partei überzeugt waren, sie sei zu dir zurückgekehrt?«

»Ist jemand von der Partei hier gewesen?«

»Keiner von den Oberen, ein Chauffeur. Auch er hält einen Selbstmord für unwahrscheinlich. Fest steht, daß Stella aus der Kammer, die du ihr überlassen hattest, fortgegangen ist und dabei den Koffer und alle ihre Sachen bis zur letzten Stecknadel mitgenommen hat.«

»Ich weiß. Es sind noch andere Einzelheiten festgestellt worden.«

»Von wem?«

»Von den Carabinieri.«

»Trau ihnen nicht.«

»Weshalb?«

»Sie taugen nicht mehr als die von der Partei.«

»Vielleicht. Aber wenn man etwas Verlorenes wiederfinden will, muß man sich nicht nur an die Freunde, sondern manchmal auch an das Fundbüro wenden.«

Giuditta brachte ihm den Kaffee. Ihre Hände zitterten. Ein Teil des Getränks floß über Roccos Hosen.

»In diesen wenigen Tagen bin ich um zehn Jahre älter geworden«, murmelte sie. Es gelang ihr nicht mehr, die Tränen zurückzuhalten.

»Für euch ist es nur ein Schmerz«, sagte Rocco. »Für mich ist es etwas anderes. Wenn ich sie nicht wiederfinde, was soll ich dann tun?«

»Für uns ist es nicht ein Schmerz, es ist eine Schande, es ist eine Schmach«, sagte Giuditta und trocknete sich die Augen mit der Schürze. »Bedenke doch, dieses Kind wurde uns von seinem Vater anvertraut, wir haben es sorgfältiger aufgezogen, als wenn es unsere eigene Tochter gewesen wäre. Und jetzt? Jetzt ist es verschwunden, ohne uns auch nur eine Zeile zu unserer Beruhigung zu schicken.«

»Sprich nicht so, als ob sie tot wäre«, wehrte sich Rocco. »Rede nicht in diesem unheilverkündenden Ton weiter, ich bitte dich!«

»Wenn sie uns wenigstens eine Zeile geschickt hätte! Mehr hätten wir gar nicht verlangt«, hob Giudetta wieder zu klagen an. »Gegen dich mag sie einen Groll haben. Aber gegen uns? Hier ist sie aufgewachsen wie ein Herrenkind. Es hat ihr wahrhaftig an nichts gefehlt. In all den Jahren haben wir ihr nie erlaubt, sich die Hände in der Küche oder beim Vieh schmutzig zu machen. Sie verbrachte ihre Zeit in ihrer Kammer über den Büchern und Heften. Konnte sie sich denn nicht vorstellen, daß ihr Verschwinden uns vor Kummer krank machen würde?«

»Wenn Klagen und Jammern etwas nützen würden«, sagte Rocco ärgerlich, »hättest du sie schon längst gefunden. Leb wohl, ich muß sofort weiterfahren.«
Giuditta wurde von Wut gegen ihn gepackt. Als sie aber sah, wie erschüttert er war und wie starrköpfig, wie der Schmerz ihn verzehrte, während er auf seinen Jeep zuging, verwandelte sich ihr Zorn in Zärtlichkeit.
»Mein Sohn, geh nicht so!« rief sie ihm zu. »Seit wieviel Tagen hast du nichts gegessen? Komm, kehr um, iß ein wenig, ruh dich aus! Du kannst in einem solchen Zustand keinen Wagen lenken. Du tötest dich!«
»Ich muß gehen«, sagte Rocco. »Danke für den Kaffee. Er war gut.«
»Mein Sohn, hör mich an!« fuhr Giuditta fort und lief hinter ihm her. »In der vergangenen Nacht habe ich von dir geträumt. Einen gräßlichen Traum! Geh nicht, ich habe Angst!«
Der Jeep war schon fort. Eine glühende Sonne brannte jetzt über dem ganzen Tal. Kaum hatte Rocco die Ebene der Meierei verlassen, war er gezwungen, langsamer zu fahren. Der Wind blies ihm eine dichte Staubwolke entgegen, die ihn blind machte. Der Jeep hatte keine Windschutzscheibe. Rocco mußte seine letzte Energie auf das Fahren konzentrieren. Über das Lenkrad gebeugt, mit halbgeschlossenen Augen, die auf die Straße geheftet waren, fuhr er weiter, wie in einem Tunnel. Es war unmöglich, die Piste zu verlassen. An einer Stelle jedoch mußte er anhalten. Es war, als ob der Tunnel einstürze. Die Straße vor ihm bewegte sich. Eine große, staubige, blökende Herde kam ihm entgegen und umgab ihn im gleichen Augenblick von allen Seiten. In der erzwungenen Reglosigkeit wurden die spärlichen Kräfte, die ihm noch blieben, von der Hitze, dem Staub, der beißenden Ausdünstung der Schafe fortgeschwemmt. Es war schwer, zu erraten, ob er völlig besinnungslos sei. Zu seinem Glück hatte er den Wagen auf einer Strecke ohne gefährliche Kurven zum Stehen gebracht. Dem Autobus auszuweichen,

wäre schwierig gewesen, aber er mußte erst in ein paar Stunden vorbeifahren.
Seit er die Nachricht von Stellas Verschwinden erhalten hatte, konnte er keinen Augenblick Ruhe finden. Es gelang ihm nicht, an etwas anderes zu denken. Er lief nach rechts, nach links, hinter den unwahrscheinlichsten Spuren her. Nicht einen einzigen Winkel des Tales hatte er unerforscht gelassen. Mit einigen Tagen Verspätung hatte er von Stellas Bruch mit der Partei gehört, von ihrem Verschwinden und von ihrer als sicher anzunehmenden Rückkehr ins Tal. Da man sie in Sant' Andrea nicht gesehen hatte und da sie auch nicht zu ihm gekommen war und nicht zu Lazzaro, konnte Rocco nicht mehr im Zweifel sein über ihren Zufluchtsort. Von Martino begleitet, fuhr er wie der Blitz in die Meierei. Zaccaria, Giuditta und die Enkel zeigten sich überrascht; sie versicherten hoch und heilig, daß sie völlig ahnungslos seien – er glaubte ihnen nicht. Während Martino die Enkel hinhielt, geriet Rocco in eine ungeheure Erregung gegen Zaccaria. Nur dank der Geistesgegenwart Giudittas ereignete sich kein Unglück. Rocco erhielt die Schlüssel, und man erlaubte ihm, unbehindert in allen Winkeln der Meierei herumzustöbern, in den Kellern, auf den Dachböden, in den Schuppen, in den Scheunen. Ein großmütigeres Zugeständnis hätte Zaccaria nicht mehr machen können. Aber Rocco gab sich mit diesem Vertrauensbeweis keinesfalls zufrieden. Er führte eine genaue, sorgfältige Haussuchung durch.
»Du hast Stella nicht gefunden«, sagte Martino zu ihm, »aber du wirst trotzdem sonderbare Dinge gesehen haben.«
»Ich habe den Eindruck erhalten«, antwortete ihm Rocco leise, »daß Zaccaria die einzige Macht in Westeuropa ist, die schon für den dritten Weltkrieg alle Vorbereitungen getroffen hat.«
Es war Rocco sehr unlieb, daß er Don Nicola nicht in San Luca antraf. Die Schwester des Pfarrers empfing ihn an der Haustür, eisig und feindlich wie immer. Sie sprach mit ihm, ohne ihm auch nur ins Gesicht zu sehen.

Der Pfarrer weile seit ein paar Tagen im Bischofspalais, sagte Fräulein Adele. »Er unterzieht sich geistlichen Übungen. Diese Exerzitien sind auch den Laien zugänglich. Einige Tage der Selbstbesinnung und der Gewissensprüfung in strengstem Schweigen würden von Zeit zu Zeit allen gut tun. In den christlichen Ländern sollten geistliche Übungen obligatorisch sein«, meinte das Fräulein. »Wie der Militärdienst, wie das Steuernzahlen, genau so! Ja, sie sollten sogar noch strenger gehandhabt werden, da es um das Heil der Seele geht, das wichtiger ist als alles andere. Sie sind, entschuldigen Sie, wohl kaum dieser Meinung. Offen gestanden nimmt es mich nicht wunder. Das schlimmste Ärgernis geht immer von den guten Familien aus.«

Rocco wollte schon fortgehen, und die Schwester des Pfarrers war gerade im Begriff, ihm die Tür vor der Nase zuzuschlagen, als dem alten Fräulein plötzlich etwas in den Sinn kam.

»Hat Don Nicola Sie nicht aufgesucht?« fragte Fräulein Adele lebhaft.

»Wo? In Fornace?«

»Nein, in der Stadt. Er ist eigens dazu einen Tag früher abgereist. Hatten Sie ihm nicht beim letzten Mal, als Sie hier waren, Ihre Adresse angegeben?«

»Gewiß, ich hatte ihn sogar eingeladen.«

»Er hatte mir versprochen, ja, fast geschworen, er werde Sie besuchen. Er ist extra etwas früher abgereist.«

»Er hatte es Ihnen versprochen?« rief Rocco erstaunt. »Hatten Sie denn Don Nicola einen Auftrag für mich mitgegeben? Welche Ehre!«

»Er hatte mir versprochen, mit Ihnen über eine schwerwiegende Frage zu reden, über einen peinlichen Gewissenskonflikt. Über nichts anderes.«

»Etwas, das Sie betrifft?«

»Nicht mich«, sagte Fräulein Adele. »Die Seelsorge ist nicht meine Aufgabe.«

»Ein wahres Glück für die Seelen«, bemerkte Rocco.

»Es handelt sich um eine schwerwiegende Angelegenheit, um ein öffentliches Ärgernis und eine Todsünde«, begann Fräulein Adele von neuem. »Don Nicola hatte seit längerer Zeit die Absicht, mit Ihnen darüber zu reden. Er versprach mir, es dieses Mal zu tun, wenn er in die Stadt käme, noch bevor er sich zu seinen geistlichen Übungen zurückzöge.«

»Wir haben uns nicht getroffen«, sagte Rocco. »An welchem Tag ist er verreist? War es eine wichtige Frage?«

»Ja, von allergrößter Wichtigkeit.«

»Dringend?«

»Von höchster Dringlichkeit.«

»Worum handelt es sich? Bitte, Fräulein, spannen Sie mich nicht auf die Folter!«

Fräulein Adele biß sich auf die Lippen und schien zu zögern.

»Aus schuldiger Rücksicht auf eure alte Freundschaft«, sagte sie, »hätte mein Bruder es vorgezogen, selbst mit Ihnen zu sprechen.«

»Wenn sich die Rücksicht einzig und allein auf mich bezieht«, sagte Rocco, »dann bitte ich Sie, es mir zu sagen.«

»Nun gut, es handelt sich um Ihre kleine Jüdin«, erklärte Fräulein Adele.

»Sie wissen, wo sie sich befindet?« schrie Rocco.

»Ist sie denn nicht mehr bei Ihnen?« fragte das Fräulein überrascht. »Die kleine Jüdin lebt nicht mehr mit Ihnen zusammen?«

»Nein!«

Das arme bleichsüchtige Gesicht der Schwester des Priesters wurde von einem nie gesehenen, wunderschönen Lächeln überstrahlt. Es war tatsächlich nicht wiederzuerkennen. Sie faltete die Hände über der Brust und hob die Augen mit einem Ausdruck glühender Dankbarkeit zum Himmel.

»Nun, dann war die Mission meines Bruders wirklich überflüssig«, sagte sie. »Der HERR hatte schon mit eigener Hand alles gefügt. Gott sei gelobt, daß er meine Gebete erhört hat. Treten Sie ein, Signor De Donatis, bitte kommen Sie herein.«

»Gehen Sie zur Hölle!« antwortete Rocco haßerfüllt.
Er kehrte zu seinem Jeep zurück, wo Martino ihn erwartete.
»Die Hexe hat dich nicht einmal eintreten lassen«, sagte Martino. «Ich habe es gesehen.«
»Don Nicola ist nicht zu Hause«, brummte Rocco. »Aber auf ihn kann man jetzt nicht mehr zählen. Wenigstens solange nicht, bis er sich entschließt, seine Schwester zu vergiften.«
Von San Luca aus wollte er nach Fornace gehen, um mit dem Onkel Erzpriester und dem Gemeindesekretär zu sprechen.
»Ich glaube nicht, daß Stella sich an deinen Onkel wendet, obschon er Kanonikus ist«, bemerkte Martino. »Wenn Stella etwas dergleichen im Sinn hätte und daran dächte, sich an deine Familie zu wenden, würde sie doch wahrscheinlich dich vorziehen, auch wenn du nicht Kanonikus bist.«
»Verhöhne mich nicht!« sagte Rocco. »Was soll ich denn anderes tun, als sie suchen?«
Etwas mußte er jedenfalls unternehmen. Er konnte nicht zu Hause bleiben, auf seinem Stuhl sitzen und auf den Briefträger warten. Er mußte herumlaufen. Er schlief wenig. Wenn er aufwachte, hatte er ihr Bild vor Augen. Er rührte fast keine Speise an, er empfand kein Bedürfnis zu essen. Die Maurer, die in Fornace ein Haus bauten, konnten nicht weiterarbeiten, weil er, der die Leitung innehatte und die Pläne besaß, sich nicht mehr blicken ließ. Es sollte das Wohnhaus einer Kusine von Rocco werden, die vor der Hochzeit stand. Das Mädchen, ihr Vater, die Familie des Bräutigams, alle waren in Ängsten. Vielleicht mußte man das Hochzeitsdatum verschieben. Die Maurer standen mitten auf der Fahrstraße und warteten auf Rocco, um ihn anzuhalten und zu zwingen, sich auf die Baustelle zu begeben. Als ihm das hinterbracht worden war, vermied er es, sich Fornace zu nähern. Es schien ihm absurd, weiterzubauen, bevor er nicht Stella wiedergefunden habe. Allein, seine Nachforschungen im Tal waren jetzt sinnlos geworden. Vielleicht war die Nachricht von der Rückkehr Stellas in jene Gegend absicht-

lich irreführend gewesen. Sie konnte eigens verbreitet worden sein, damit er die Spur verliere. Endlich entschloß er sich, die Carabinieri zu unterrichten. Er ging in die Kaserne, wie man in ein Fundbüro geht, nachdem die privaten Suchaktionen sich als vergeblich erwiesen hatten. Lazzaro und Martino unterstützten ihn in dieser Meinung. Der Hauptmann der Carabinieri empfing ihn rücksichtsvoll und dienstfertig. Ein bißchen amüsierte sich Rocco darüber, ein bißchen ärgerte es ihn. Er kam sich durchaus nicht als verlorener Sohn vor.

9

Ein Motorradfahrer, der in schnellem Tempo das Tal hinauffuhr, erkannte den Jeep schon von weitem.

»Ingenieur!« rief er. »Haben Sie eine Panne gehabt?«

Es war der Leutnant der Carabinieri, der mit der Suche nach Stella beauftragt worden war. Das überraschende, glückverheißende Auftauchen des Leutnants weckte Rocco aus seiner Apathie auf. Ohne sich zu besinnen, fuhr er den Jeep an den Straßenrand, während der Leutnant sich umschaute, um einen schattigen Platz ausfindig zu machen, wo man sich zur Besprechung niederlassen könne.

»Haben Sie Nachrichten?« fragte Rocco mit angehaltenem Atem.

»Wir haben sie gefunden«, antwortete der Offizier lächelnd.

»Ist sie gesund? Haben Sie sie gesehen? Ist sie weit von hier?«

»Das werde ich Ihnen gleich erzählen.«

Die beiden stiegen auf einem Zickzackpfad zum Ufer des Wildbachs hinunter. Rocco ging sehr vorsichtig. Seine steifen Beine zitterten. Um nicht auszurutschen, mußte er sich an den Ginsterbüschen anklammern.

Zu jener Jahreszeit bestand der Wildbach nur aus zwei oder drei spärlichen Rinnsalen, die zwischen den Felsen, den

Sandbänken und den großen erratischen Blöcken durchflossen. Der Offizier ging voran, setzte seine Füße von einem Stein auf den andern und sprang über die Tümpel. Rocco folgte ihm sehr behutsam in einigem Abstand. Bei jedem Rinnsal glitt er mit den Füßen ins Wasser. Er wagte es nicht, hinüberzuspringen. Beim Durchschreiten des letzten Wasserlaufs zögerte er. Das Wasser reichte ihm bis an die Waden. Es war unglaublich klar. Die bunten, glatten Kiesel auf dem Grunde waren wie durch ein Vergrößerungsglas zu sehen. Er bückte sich verschiedene Male und schöpfte mit den hohlen Händen Wasser, um sich die Stirn zu kühlen und seinen Durst zu löschen. Als er es aber nochmals tun wollte, fiel er auf die Knie.

Der Offizier kehrte zurück. Eine Weile stand er da und betrachtete ihn mitleidig. Er glaubte, Rocco sei betrunken. Er wollte ihm helfen aufzustehen, aber Rocco lehnte es ab. Er setzte sich sogar auf die Fersen. Im Wasser zu hocken, mußte für ihn eine Erfrischung bedeuten.

»Ihr habt Euch auch dem Trunk ergeben?« brummte der Offizier.

Er sagte »auch« in einem Ton, der Rocco nicht entging, trotz der Verwirrung, in der er sich infolge seines unfreiwilligen Bades befand.

»Auch, ja«, gab er zu. »Umstürzler, Weibernarr, Trunkenbold!«

Der Offizier runzelte die Brauen und betrachtete ihn nachdenklich, um den wahren Sinn dieser Worte zu erraten. Vielleicht gelang es ihm nicht. Immerhin fügte er hinzu:

»Vor allem sollte man auf die Gesundheit achten, wollte ich damit sagen; nichts anderes.«

»Erlauben Sie mir, Sie zu korrigieren?« fragte Rocco höflich.

Er kauerte noch immer im Wasser und schien auch nicht die Absicht zu haben, es zu verlassen.

»Sagt nur Eure Meinung«, antwortete der Offizier.

»Wäre es nicht richtiger«, meinte Rocco, »zu sagen: vor

allem auf die Erziehung der Kinder? Vor allem auf das gute Beispiel für die Nachkommen. Das ist jedenfalls meine Meinung.«

»Da habt Ihr vielleicht recht«, sagte der Offizier. »Nein, sogar sicher habt Ihr recht.«

»Die kleinen Kinder von heute sind die Bürger von morgen«, fügte Rocco hinzu. »Sagt man nicht so?«

»Sehr richtig«, stimmte der Offizier bei. »Ich gratuliere. Wie viele Kinder habt Ihr?«

»Keines«, sagte Rocco.

Das Wasser reichte ihm bis zum Bauch. Die Kühle und Klarheit ergötzten ihn. Aber er konnte nicht allzu lange in dieser Stellung verharren, ohne sich einer Respektlosigkeit gegen den Leutnant schuldig zu machen. Mit einer jähen Kraftanstrengung erhob er sich. Triefend von Wasser, folgte er dem Offizier in einigem Abstand auf einem in Stufen angelegten Pfad, der sich am Uferhang hinaufzog, und holte, ein wenig keuchend, den Leutnant am Rand eines felsigen Steilhangs ein. Der Boden war dort mit Gras bewachsen und von einer Gruppe Eichen beschattet.

Der Offizier zog seine Jacke aus, nahm die Mütze ab und hängte sie an einen Zweig. In seinem Hemd mit den goldenen Aufschlägen sah er aus wie ein Gymnasiast in den Ferien. Die kleinen, nahe beieinander liegenden Augen in ihren tiefen Höhlen verliehen ihm einen frühreifen Ernst. Neben ihm erschien Rocco so verwahrlost wie ein aus dem Wasser gezogener Schiffbrüchiger.

»Hier können wir unsere Sache in aller Ruhe besprechen«, sagte der Offizier lächelnd. »Niemand wird uns stören.«

Bei diesen Worten kam Rocco etwas zum Bewußtsein, an das er bisher nicht gedacht hatte.

»Weshalb sind wir eigentlich hierhergekommen?« fragte er. »Wir hätten doch ebensogut auf der Straße bleiben können. Ich jedenfalls habe nichts zu verbergen.«

Seine Stimme klang wie die eines Übertölpelten, der ahnungslos in eine zweideutige Situation geraten ist.

»Wenn Ihr lieber wollt, können wir auf die sonnige Straße zurückkehren«, entgegnete ihm der Offizier mit finsterer Miene. »Aber ich muß Euch die ziemlich komplizierte, ziemlich lange Geschichte von der Signorina Stella erzählen. Gefällt es Euch nicht, im schattigen Gras zu sitzen?«

»Mit Stella würde es mir sogar gut gefallen«, sagte Rocco, »aber nicht mit einem Carabiniere.«

Seine Worte klangen beinahe kindlich treuherzig.

»Wir werden von der Signorina Stella sprechen«, sagte der Offizier mit einem erzwungenen Lächeln. »Habt Ihr nicht selbst verlangt, daß wir nach ihr suchen?«

»Ich wollte eben gerade zu Ihnen ins Büro kommen, um mich nach dem Ergebnis der Nachforschungen zu erkundigen«, erwiderte Rocco.

»Da ich wußte, daß Ihr begierig wart, etwas zu hören, habe ich mich zu Euch auf den Weg gemacht«, sagte der Offizier. »Es sollte ein Entgegenkommen sein, keine Zudringlichkeit. – Raucht Ihr?«

Der Offizier bot ihm eine Zigarette an.

»Danke. Jetzt nicht!«

Der Leutnant setzte sich ins Gras und zündete sich selbst eine Zigarette an, indem er die Flamme des Streichholzes mit beiden Händen vor dem Luftzug schützte.

»Lucky Strike«, bemerkte Rocco lächelnd. »Ich gratuliere!«

Der Gedanke an den Schwarzhandel schien die beiden einander näherzubringen.

»Die unsern sind eine wahre Pestilenz«, entschuldigte sich der Offizier. »Im übrigen bin ich nicht beim Zoll.«

Rocco entledigte sich der völlig durchnäßten Schuhe und Strümpfe und streckte sich, auf dem Rücken liegend, im Gras aus. Sein abgezehrter Körper glich fast einem Skelett und schien leblos wie eine Leiche. Doch jetzt öffneten sich die von der Sonne, vom Wind, vom Staub schmerzenden Augen weit in den wohltuenden grünen Schatten. Der Hang war so abschüssig, daß Rocco auch im Liegen das Bett des Wildbachs sehen konnte. Der Offizier öffnete den Halskragen und setzte sich, den Rücken an einen Baum gelehnt, neben ihn.

»Wo ist Stella?« fragte Rocco.

»Vor einer Stunde habe ich mit ihr gesprochen«, entgegnete der Offizier. »Sie war ernstlich krank und hatte hohes Fieber, dazu kamen verschiedene Komplikationen. Ich werde Ihnen das alles erzählen. Jetzt geht es ihr besser, aber sie ist noch sehr schwach und verzagt.«

»Wo ist sie? Was für eine Krankheit hat sie gehabt?« fragte Rocco hartnäckig weiter.

Der Offizier zündete sich eine neue Zigarette an und tat einige Züge, bevor er antwortete.

»Ich habe Signorina Stella gesagt, daß ich gleich zu Euch gehen würde«, sagte er. »Daraufhin hat sie mich gebeten, Euch nicht zu verraten, wo sie gegenwärtig Zuflucht gefunden hat. Da sie wußte, daß Ihr darauf beharren würdet, es zu erfahren, hat sie mein Ehrenwort verlangt. Leider.«

Rocco setzte sich mit einem Ruck auf. Sein Blick war unruhig, gehetzt.

»Ich verstehe nicht«, sagte er. »Entschuldigen Sie, Leutnant, liegt nicht vielleicht eine Verwechslung vor? Hat Stella wirklich mich gemeint?«

»Das ist der einzige Punkt, über den ich mir völlig im klaren bin«, bestätigte der Offizier. »Ich wiederhole Euch, Ingenieur, da gibt es aber auch nicht den leisesten Zweifel. Sie hat Euren Vor- und Zunamen mindestens ein dutzendmal ausgesprochen. Es tut mir wirklich leid.«

»Und Stella, sagen Sie, hat Sie gebeten, mir nicht zu verraten, wie ich sie erreichen könnte?«

»So ist es.«

»Entschuldigen Sie, Leutnant, haben Sie Stella gebeten, Ihnen eine Erklärung abzugeben, um sie mir zu übermitteln?«

»Natürlich! Ich habe sie gefragt, was ich Euch auf Euer zu erwartendes Drängen hin antworten sollte.«

»Und was hat sie darauf erwidert? Sagen Sie mir die nackte, reine Wahrheit! Ich bin kein Kind.«

»Signorina Stella wünscht weder Euch noch irgend jemand anderes zu sehen.«
»Aus welchem Grunde denn? Sie wird doch auf irgendeinen Grund hingewiesen haben. Wie kann sie mich mit all den andern im selben Atemzug nennen?«
»Darüber hat sie mir keine Aufklärung gegeben.«
»Und Sie haben es nicht für nötig befunden, darauf zu beharren?«
»Wie konnte ich darauf beharren!« antwortete der Offizier. »Gebt Euch doch Rechenschaft darüber! Ich bin ja nicht hingegangen, um sie zu verhören, sondern um sie zu beruhigen, um ihr unseren Schutz gegen eventuelle Belästigungen anzubieten. Versucht das zu begreifen! Ich hatte nicht das Recht, auf etwas zu bestehen.«
»Kurz, Sie haben sich nicht erklären lassen, weshalb sie mich mit all den andern in einem Atemzug nennt?«
»Ich konnte sie nicht quälen! Seid vernünftig! Sie ist krank, sie ist verängstigt. Konnte ich da auf etwas beharren?«
»Ich verstehe das alles nicht«, rief Rocco. »Die ganze Geschichte kommt mir völlig verrückt vor. Hat Stella tatsächlich mich gemeint? Sind Sie ganz sicher?«
Der Offizier versuchte, die Sache von einem andern Gesichtspunkt aus zu betrachten.
»Ich hatte den Eindruck«, sagte er, »daß Signorina Stella vor allem verängstigt ist. Aber bei denen, die nicht vor Schrekken tot umfallen, vergeht die Angst wieder. Ihr müßt nur geduldig warten.«
»Hat sie Angst vor mir?«
»Vor allen.«
»Nicht aber vor den Carabinieri«, bemerkte Rocco. »Haben Sie mir nicht gesagt, Sie hätten noch vor kurzem mit Stella gesprochen?«
»Wenn meine Kenntnis der weiblichen Psyche mich nicht täuscht...« begann der Offizier von neuem.
Aber Rocco unterbrach ihn.
»Um Himmels willen, Leutnant, lassen Sie das! Sagen Sie

mir nur, wo Stella sich befindet. Ich habe ein Recht, es zu erfahren. Das ist das einzige, worum ich Sie bitte. Die Psychologie der Frau hat damit nichts zu tun.«

»Wieso hat sie damit nichts zu tun?« protestierte der Offizier. »Signorina Stella ist zweifellos eine Frau.«

»Das war mir bereits bekannt. Mit der Feststellung dieser Tatsache hatte sich jedoch die Obrigkeit nicht zu befassen.«

»Ich wollte Euch nur erklären, auf welche Weise, meiner Meinung nach, erreicht werden könnte, daß Signorina Stella sich nicht mehr weigert, wie sie es jetzt tut, mit Euch zusammenzutreffen. Glaubt mir doch, jetzt ist sie maßlos verängstigt. Aber die Angst, meine ich, wird vergehen.«

»Ich danke Ihnen, Leutnant, für Ihre Freundlichkeit, aber ich bitte Sie, ersparen Sie mir die Vertröstungen auf die Zukunft. Sagen Sie mir ganz einfach, wo Stella sich jetzt befindet. Im Gefängnis? Im Spital? Das ist meine einzige Bitte.«

»Ich kann Euch beruhigen, Ingenieur. Sie ist in einem guten Privathaus, wo ihr alle Pflege zuteil wird, deren sie bedarf. Mehr kann ich nicht sagen. Ich bitte Euch, bringt mich nicht in Verlegenheit!«

»Was für eine Krankheit hat sie denn befallen? Sie war von zarter Gesundheit, aber, soviel ich weiß, nicht krank. Habe ich wenigstens das Recht, Ihnen eine solche Frage zu stellen?«

»Ich habe den Eindruck, daß das Mädchen während der letzten Wochen zuviel gelitten hat. Zu den seelischen Schmerzen kam hinzu, daß sie gar nichts aß. Jeder Körper, scheint mir, würde dadurch geschädigt worden sein.«

»Hatte sie denn nichts zu essen? Ging sie nicht mehr in die Parteikantine?«

»Anscheinend hat sie seit dem Tag, da sie die Partei verließ, nichts mehr zu sich genommen. Vielleicht hatte sie kein Geld, um sich etwas zu kaufen. Ich weiß es nicht.«

»Aber sie hätte mir doch telegrafieren können. Sie hätte mich auf verschiedene Weise unterrichten können. Es hätte ge-

nügt, dem Chauffeur des Postautos, das jeden Tag ins Tal hinauffährt, ein Wort zu sagen, oder was weiß ich!«
»Ich habe Euch, meine ich, deutlich zu verstehen gegeben, daß Signorina Stella sich in einem seelischen Zustand befand, in dem sie den Hungertod vorzog. Sie war eben grenzenlos verängstigt.«
»Ich verstehe noch immer nichts. Ich traue meinen Ohren nicht. Wenn Stella nicht von Sinnen ist, dann bin ich es jetzt. Ihrer Meinung nach, Leutnant, hat also Stella mich auf einmal zu hassen begonnen? Finden Sie das vernünftig?«
»Ich habe mich ganz und gar nicht in diesem Sinne geäußert.«
»Weshalb wollen Sie mir dann nicht sagen, wo Stella einen Unterschlupf gefunden hat?«
»Ich würde es Euch gerne sagen, aber ich habe dem Mädchen leider versprechen müssen, es niemandem zu verraten.«
»Auch mir nicht? Hat Stella ausdrücklich gesagt: auch nicht dem Rocco De Donatis?«
»Genau so war es. Ich habe es Euch doch die ganze Zeit gesagt.«
»Erlauben Sie mir, Leutnant, zu fragen, aus welchem verrückten Grund?«
Der Offizier verlor die Geduld. Er sprang schnaubend auf und machte Miene, fortzulaufen.
»Verflucht! Laßt mich das bißchen, das ich weiß, doch erzählen!« stieß er hervor. »Vielleicht werdet Ihr, da Ihr auch aus dieser Höhle herausgekommen seid, klarer sehen als ich.«
Rocco spielte den Ergebenen und Geduldigen und legte sich wieder auf den Rücken. Die Hände unter dem Nacken verschränkt und den Blick nach oben gerichtet, begann er, die Zikaden auf den Zweigen der Eiche zu suchen.
»Ich höre zu«, sagte er leise.
Der Offizier aber brauchte Zeit, um seinen Zorn zu besänftigen, und schwieg eine ganze Weile.
Das Stück der Straße, wo sie den Jeep und das Motorrad

hatten stehenlassen, befand sich ihnen beinahe gegenüber in einer Entfernung von einigen hundert Metern. Wenn man die beiden verlassenen Fahrzeuge in dem einsamen Tal so von weitem sah, mußte man unwillkürlich an ein Verbrechen denken. Jenseits der Straße erhob sich der versengte, sonnenbeschienene, mit spärlichen Ginsterbüschen und Buchsbäumen bewachsene Berg. Auf jener Seite des Tales gab es weder Schatten noch Bäume noch bebaute Felder. Das einzige Zeichen von Leben war eine aus Zweigen gebaute Hütte in halber Höhe der Berglehne. Aus dem Dach der Behausung stieg ein dünner Rauchfaden in die Luft empor. Vor der Türe war ein Esel festgebunden; das Tier stand so ruhig da, daß man es für einen Felsen hätte halten können. Weiter oben, auf dem Bergkamm, sah man ein altes zerfallenes Dorf, das von einem Erdbeben vollständig zerstört und von den Bewohnern verlassen worden war. Folgte man mit dem Blick jener Horizontlinie bis zur äußersten Nordgrenze, wo die andere Talseite den Grat unterbrach, so gelangte man zum San-Luca-Paß. Unterhalb davon, am grauen, farblosen Berghang, gewahrte man die breite, geschwärzte, elende, räudig aussehende Fläche des zerstörten Waldes. Außer der Fahrstraße im Talgrund waren die einzigen sichtbaren Spuren einer Verbindung mit der übrigen Welt die über den ganzen Berg zwischen Felsen, niedrigen Büschen und Grasbändern sich hinziehenden alten, jetzt verlassenen Pfade, die einst Wildschweine auf dem Weg zur Tränke und auf der Suche nach Eicheln festgetreten hatten. Da der Bach verstummt war, hörte man nur das Zirpen der Zikaden. Es war ein so allgemeines, unbegrenztes, eintöniges Geräusch, daß es die Stimme des Tales selbst zu sein schien. Ein Sperling setzte sich flatternd auf den untersten Zweig über Roccos Kopf.

»Zu den Informationen, die ich Euch gestern gegeben habe, sind noch andere aus einer weiteren Quelle hinzugekommen«, begann der Offizier nun von neuem.

»Aus was für einer Quelle?« fragte Rocco.

»Na, na, na«, wehrte der Offizier ab. »Fangen wir nicht wieder davon an!«

»Wenn die Quelle nicht klar ist, trinke ich nicht«, erklärte Rocco. »Nur damit Sie Bescheid wissen!«

»Laßt uns keine Zeit verlieren!« sagte der Offizier. »Möchtet Ihr wissen, was Signorina Stella zugestoßen ist?«

»Natürlich.«

»Dann könnt Ihr mich als Quelle betrachten.«

»Ich behalte mir vor, nicht zu trinken«, sagte Rocco. »Nur damit Sie Bescheid wissen. Sie können fortfahren!«

Von dem Eichenstamm, an den der Offizier sich lehnte, war ein langer Zug Ameisen auf sein weißes Hemd hinübergewandert und suchte gerade, sich auf den Schultern und dem Nacken wieder zu sammeln. Der Leutnant mußte aufstehen, sich das Hemd ausziehen und es im Wind kräftig ausschütteln. Im Leibchen schien sein Körper der eines Jünglings, mit dem Kopf eines Offiziers. Der Kopf wollte nicht recht zum Körper passen: er war gut aufgesetzt, aber hinzugefügt. Bevor der Leutnant sich wieder hinsetzte, wählte er einen Stamm, der frei war von Ameisen und an den er seinen Rücken unbehelligt anlehnen konnte. Jetzt hatte er Rocco nicht mehr neben sich, sondern er saß ihm gegenüber.

»Signorina Stella hat das Parteibüro verlassen«, fuhr er fort, »um den unaufhörlichen Einschüchterungsversuchen der politischen Leiter zu entgehen. Ich will mich nicht damit aufhalten, Euch die moralischen Quälereien, die Gemeinheit und Raffiniertheit jenes Vorgehens zu schildern. Es ist dies eine Technik, die Ihr, Ingenieur, besser kennt als ich.«

»Sie täuschen sich, Herr Leutnant. Sie unterschätzen sich zu Unrecht. Fahren Sie fort.«

»Ich wollte sagen, auch Ihr, Ingenieur, habt das erlebt. Ihr kommt aus jener Schule. Etwas anderes hab ich nicht gemeint.«

»Es ist aber eine Technik der Carabinieri, Herr Leutnant, eine Technik von Henkern. Das ist allbekannt. Nur keine Bescheidenheit!«

»Ihr erweist uns eine zu große Ehre. In der ganzen Legion der Carabinieri, dessen versichere ich Euch, würdet Ihr keinen Soldaten oder Offizier finden, der fähig wäre, einen so raffinierten Anschlag auszuhecken wie den, welchen die Partei gegen Euch ersonnen hat. Ihr werdet Euch selbst davon überzeugen können.«

»Wenn Sie die Wahrheit sprechen, Herr Leutnant, dann bedeutet das nur, daß Verdienste heute nichts mehr gelten. Der Schergengeist, sagen Sie, sei jetzt an die äußerste Linke übergegangen? Aber sie hat ihn von euch übernommen. Es ist eine alterprobte Technik.«

»Wenn es dazu beitragen kann, daß wir uns einigen, will ich also einräumen, daß der Schüler den Meister um ein Beträchtliches übertrifft. In der Vergangenheit habt Ihr Euch, wenn ich nicht irre, anderen politischen Verfahren unterziehen müssen. Da wißt Ihr es selber am besten, ob es Euch je passiert ist, daß ein ›bürgerlicher‹ Richter mit der gleichen Unverfrorenheit wie Eure früheren Parteifreunde in Eurem Hause, während Ihr abwesend wart, Papiere entwendet und und sich ihrer gegen Euch bedient hat. Habt Ihr aus Polen Dokumente über die Zwangsarbeit in Sibirien mitgebracht?«

»Ich weiß nicht«, antwortete Rocco. »Ich erinnere mich nicht. Es wäre mir lieber, wenn Sie mir von Stella erzählen würden. Wo befindet sie sich? Weshalb habe ich nicht das Recht, zu erfahren, wo sie sich aufhält? Sie, ein Fremder, dürfen es wissen, und ich nicht?«

Rocco lag mit zusammengepreßten Zähnen und geballten Fäusten auf dem Rücken. Er betrachtete den Himmel durch das Geäst der Eiche. Der Wind war in der Höhe zwischen den Ästen ziemlich stark, aber man konnte glauben, die Zweige und Blätter würden vom anschwellenden Gezirp der Zikaden bewegt. Wie sonderbar weltenfern ihm diese Parteigeschichten vorkamen. Der Offizier war aufgestanden und wühlte in den Taschen seiner Jacke herum, die an einem Ast hing.

»Eure Wohnung ist von einem Spezialisten der Partei, der aus Rom herkam, eingehend durchsucht worden. Er hat Eure sämtlichen Papiere geprüft. Es ist mir gelungen, mir eine Kopie des Berichtes zu verschaffen, den er über das Ergebnis seiner Haussuchung verfaßt hat. Seht, das Papier trägt den offiziellen Stempel der Partei.«

»Das interessiert mich nicht«, antwortete Rocco.

Der Offizier mußte wegen der Ameisen seinen Platz nochmals wechseln. Er verzichtete nun darauf, sich an einen Baumstamm zu lehnen. Auf der Fahrstraße kam jetzt ein Kapuziner mit einem fast leeren Sack über der Schulter daher. Er blieb überrascht stehen und betrachtete aufmerksam den einsamen Jeep und das verlassene Motorrad. Er schaute die beiden Fahrzeuge von allen Seiten an, doch gelang es ihm offenbar nicht, herauszufinden, was es damit auf sich habe. Er durchstöberte die Büsche in der Nähe, untersuchte die Spuren im Straßenstaub, erforschte das Bachbett, den Berghang, ohne eine vernünftige Erklärung zu finden. Bevor er weiterschritt, schüttelte er seinen Almosensack voller Verzweiflung gegen den Himmel. Sicherlich tat es ihm leid, daß der Sack zu klein war, um das Automobil und das Motorrad darin aufzunehmen.

»Und?« fragte Rocco.

»Die Leiter der Partei waren überzeugt«, erzählte der Offizier, »daß Stella in die Meierei oder nach Sant' Andrea geflohen sei und Euch, Zaccaria und Martino alles erzählt habe. Sie befürchteten daher, daß Ihr zur Strafe einen Schlag gegen sie führen würdet. Um sich zu schützen, ließen sie sogleich die Zentrale von einem Trupp arbeitsloser Frontkämpfer besetzen. Als Ihr und Martino gestern auf dem Platz beim Parteibüro erschient, gerieten sie, wie ich erfuhr, in nicht gelinden Schrecken.«

»Was für eine Enttäuschung für die Herrchen, die dort vorn, auf der Terrasse des Cafés, ihr Eis verzehrten«, meinte Rocco. »Sie waren so versessen darauf, sich zu amüsieren.«

Der Offizier schüttelte entmutigt den Kopf. Er warf die

noch brennende Zigarette fort; sie fiel auf ein paar trockene Ginsterzweige und erlosch, nachdem ein dünner Faden weißen Rauches von ihr aufgestiegen war.

»Und Stella?« sagte Rocco.

»Aus Eurem Herumfahren in den letzten Tagen«, hob der Offizier wieder an, »hat die Partei den Schluß gezogen, daß Signorina Stella, wenigstens bis jetzt, nicht zu Euch zurückgekehrt ist. Die Partei hat jemanden beauftragt, sie zu finden. Es beunruhigt mich etwas, daß dafür ein echter Verbrecher ausersehen wurde. Es ist jener Hinkefuß aus der Romagna, der sich Spada nennt. Sein wirklicher Name ist noch immer unbekannt. Es ist aber wahrscheinlich, daß er wegen irgendeines Verbrechens aus einer andern Provinz hierhergeflohen ist. Kennt Ihr ihn?«

»Nein.«

»Er ist vor etwa einem halben Jahr in unsere Gegend gekommen. Ich habe Euch oft mit ihm zusammen gesehen. Ihr wißt, wen ich meine: den Lahmen mit der Samtjacke.«

»Hab ich nie gesehen!«

Der Offizier betrachtete Rocco, der mit zusammengebissenen Zähnen auf dem Rücken lag. Nicht einmal eine Stichflamme hätte ihn dazu bringen können, den Mund aufzumachen.

»Zwingt die Notwendigkeit, Stella gegen einen gemeingefährlichen Verbrecher zu schützen, Euch nicht zum Sprechen?« drängte der Offizier.

Rocco schluckte mühsam. Seine Stimme war kaum vernehmbar.

»Sagen Sie mir, wo Stella sich aufhält. Ich werde sie zu verteidigen wissen.«

»Es ist ziemlich wahrscheinlich«, schloß der Leutnant verärgert, »daß Ihr vor einem sowjetischen Richter oder Polizisten nicht so hartnäckig schweigen würdet. Jedenfalls muß man das annehmen, wenn man den in der Parteipresse veröffentlichten Berichten über die Prozesse in Rußland Glauben schenkt. Und erst vor kurzem wolltet Ihr die technische

Unterlegenheit von uns armen Carabinieri nicht anerkennen.«
Rocco hatte sich auf einen Ellbogen gestützt; dann stand er auf, um wegzugehen. Er reckte sich, streckte die Arme aus und stampfte mit den Füßen im Gras, um die dumpfe Mattigkeit abzuschütteln. Die Ruhe hatte ihm gut getan. Er versuchte, die zerknitterten, feuchten, beschmutzten Strümpfe bis zu den Knien hinaufzuziehen. Auch der Offizier erhob sich. Er verbarg seine Enttäuschung nicht.
»Herr Leutnant«, sagte Rocco, »ich weiß nicht, ob Sie sich darüber im klaren sind, worum es hier geht. Wie kommen Sie eigentlich zu der Vorstellung, es handle sich um eine Frage der Technik? Lassen Sie bitte die Schändlichkeiten, die in fernen Ländern vor sich gehen, aus dem Spiel! Schauen Sie sich diese Gegend an, diese Landschaft, die hier vor unsern Augen liegt, diese Erde, dieses alte, offen daliegende Elend! Die Kärglichkeit, die Armut dieses Landstriches sind sicher nicht von jenen Unseligen von der Partei vertreten.«
Rocco begab sich auf den Pfad, der zum Bach hinunterführte. Sein Gesicht trug wieder den Ausdruck von Ungeduld und Unruhe. An wen konnte er sich noch wenden, um Stella wiederzufinden? Sollte er Don Nicola um Hilfe bitten? Der Offizier folgte ihm schweigend. Plötzlich wandte sich Rocco um und sagte nachdenklich:
»Soeben haben Sie es mir zum Vorwurf gemacht, daß ich Ihnen absichtlich etwas verschweige. Um Ihnen für die Mühe, die Sie sich um Stella gegeben haben, zu danken, will ich Ihnen eine Wahrheit sagen, Herr Leutnant. Glauben Sie mir, wenn jetzt ein armer Bauer, irgendein Tagelöhner oder ein Schafhirte mich hier mit Ihnen zusammen sähe, würde ich mich schämen.«
Der Offizier lächelte traurig.

10

Als Don Nicola den Autobus bestieg, um dem Ruf des Bischofs zu folgen, war er ganz und gar nicht auf dem laufenden über die letzten Ereignisse um Rocco. Er wußte daher nicht, daß Rocco sich in Sant' Andrea niedergelassen und daß Stella sich, wenigstens vorläufig, von ihm getrennt hatte. Don Nicola war mit einem kleinen Handkoffer für die Gegenstände des täglichen Bedarfs und einem Körbchen voll Mandeln und Brombeeren abgereist. Diese waren als Geschenk für Rocco gedacht. Die Schwester hatte ihn zum Autobus begleitet, aber im letzten Augenblick war sie hinkend zurückgelaufen, um noch etwas zu holen.

»Du hast den Regenschirm vergessen«, schalt sie ihn.

»Wir sind mitten im Sommer«, entschuldigte sich Don Nicola, »in einer Periode der Trockenheit. Du machst mich lächerlich!«

»Erinnere dich an damals«, mahnte die Schwester.

Als Seminarist war er einmal, als er zur Stadt wollte, von einem heftigen Platzregen überrascht worden. Seither hatte ihn die Schwester nie mehr ohne Regenschirm abreisen lassen. Es war ein gewaltiges Regendach, wie man es in den Bergen braucht; ein komisches Gestell. Er plante, den Abend bei Rocco zu verbringen, und wollte sich endlich jene Last, jene Qual vom Herzen reden. Er würde natürlich nicht als Pfarrer mit ihm sprechen, sondern als Freund. Rocco wußte, daß Don Nicola ihn trotz allem immer gern gehabt hatte. Es war daher zu hoffen, daß Rocco ihm deshalb nicht böse sein werde. Am Tag vor der Abreise war es Don Nicola gelungen, sogar mit der Schwester in aller Ruhe darüber zu reden. Fräulein Adele hatte ihm schon den Kaffee eingeschenkt und sich ihm gegenüber im Studierzimmer auf den roten Diwan gesetzt, wie sie es an Abenden tat, an denen sie sich mit ihm in friedlicher Übereinstimmung fühlte.

»Vielleicht sollte ich nicht mehr zögern«, hatte Don Nicola zu ihr gesagt. »Rocco macht mir Sorgen. Ich bin beunruhigt.«

»Er hat sich auf einen üblen Weg begeben«, sagte die Schwester. »Auf eine schiefe Ebene! Aber du darfst dich nicht von der Freundschaft verblenden lassen. Ich habe es schon gemerkt, daß du nachts nicht mehr schläfst. Aber glaubst du wirklich, daß er noch zurückfinden kann?«

»Wir dürfen von einem lebendigen Menschen nicht wie von einem Verdammten sprechen«, protestierte Don Nicola. »Sonst würden wir besser daran tun, die Kirchen zu schließen und uns dem Handel zuzuwenden.«

»Ich hatte dich bloß gefragt, ob du glaubst, daß er fähig sei, umzukehren«, entschuldigte sich Fräulein Adele. »Er wird doch nicht einen unwiderruflichen Schwur getan haben?«

Fräulein Adele konnte nicht vergessen, was sie in einem Heftchen der ›Guten Schriften‹ über die Partei der Gottlosen gelesen hatte. Die Einzelheiten der Zeremonien bei der Aufnahme in die Partei waren dort in geradezu grausiger Art dargestellt. Der Neuling mußte unter anderem ein geweihtes Kruzifix mit Füßen treten, dem Heiland ins Gesicht spucken und einen auf ewig bindenden Schwur absoluter Unterwerfung unter den Fürsten der Finsternis ablegen. Doch Don Nicola verzog das Gesicht zu einer Grimasse und zuckte die Achseln.

»Ich habe den Eindruck«, antwortete er, »daß Rocco nun an einem Wendepunkt angelangt ist. Von seiner Entscheidung wird nicht nur seine Zukunft, sondern auch seine Vergangenheit beeinflußt. Ich will damit sagen: Von seinem jetzigen Entschluß kann der Sinn seines ganzen Lebens abhängen.«

»Wie sollte das möglich sein?« fragte die Schwester. »Niemand, so habe ich immer geglaubt, kann seine Vergangenheit auslöschen. Bist du tatsächlich der Meinung, jemand könne seine Vergangenheit zunichte machen?«

»Er kann eine Tat vollbringen, glaube ich, die ihr eine andere Färbung verleiht, oder besser: sie in ein anderes Licht rückt.«

»Kann diese Tat ihn weißwaschen? Ihn reinigen?«

»Sie kann ihn in einen Sumpf führen, in eine Grube, in ein Gefängnis; sie kann ihn aber auch in Kornfelder, in Weinberge gelangen lassen. Das will ich damit sagen.«

»Kurz, du glaubst tatsächlich, Rocco könne sich noch rehabilitieren? Er könne sich noch retten? Willst du das sagen?«

»Er ist an einem Punkt angekommen, an dem er etwas tun kann, das seiner Vergangenheit einen ganz bestimmten Sinn zu geben vermag. Und zwar hängt dies von ihm ab, darüber hege ich nicht den mindesten Zweifel. Er ist noch einmal vor eine Wahl gestellt, verstehst du, als ob er ein Knabe wäre. Es ist eine Art Nachexamen. Zaccaria hat mir einiges von Roccos gegenwärtigem Leiden und Konflikten erzählt. Ich kann dir nicht sagen, wie sehr ich mich um ihn sorge. Da wäre ich ein schöner Freund, wenn ich ihm nicht versicherte, daß er auf mich zählen kann, wenn er mich braucht.«

Der Ausdruck seines Gesichtes rührte selbst Fräulein Adele.

»Manchmal überfällt mich eine sonderbare Angst«, sagte sie ernst, aber ohne Feindseligkeit. »Du wärest, fürchte ich, fähig, Rocco aus lauter Freundschaft in die Hölle zu folgen. Sei aufrichtig, ist es nicht wahr, daß du dazu fähig wärest?«

Don Nicola errötete und begann zu lachen. Seit langem hatte er nicht mehr so herzhaft gelacht.

»Ich bin wahrhaftig kein Heiliger, leider!« sagte er. »Ach, du weißt es, ich bin viel eher feige, vorsichtig, leicht einzuschüchtern. Aber ein Paradies ohne die Freunde, sag selbst, was wäre das für ein Paradies?«

Er beschloß also, in Übereinstimmung mit seiner Schwester, einen Tag vor dem Beginn der Exerzitien abzureisen, um Rocco besuchen zu können.

»Auch ich will beten, daß er seine Fehler erkennt«, sagte Fräulein Adele. »Bist du zufrieden? Aber glaubst du allen Ernstes, daß er umkehren kann auf seinem Wege, ohne daß ein Wunder geschieht?«

»So wie du es dir vorstellst, das muß ich dir sagen, wird er nie umkehren«, gab der Pfarrer freimütig zu. »Du darfst dir keine solchen Illusionen machen.«

»Dann mußt du mir erklären, was unter seiner Errettung zu verstehen ist. Glaubst du, ein Ertrinkender könne sich retten, wenn er in der Tiefe des Meeres bleibt?«

»Dein Beispiel hinkt«, sagte Don Nicola. »Siehst du, mir scheint, daß man eine Lage nicht als hoffnungslos betrachten darf, solange einem immer wieder von neuem die Möglichkeit geboten wird, eine Wahl zu treffen.«

»Und wenn es eine Wahl zwischen zwei falschen Wegen wäre? Entschuldige, ich meine, glaubst du aufrichtig, daß Rocco in der Lage, in die er geraten ist, noch die Wahl hat, sich zu einem redlichen Lebenswandel zu entschließen?«

»Wie kannst du daran zweifeln?« rief Don Nicola empört aus.

»Du darfst höchstens annehmen, daß ihm die Entscheidung immer schwerer fällt. Aber ich wiederhole es, ich möchte ihn wiedersehen, ihm beistehen. Das ist meine Pflicht und Schuldigkeit.«

Fräulein Adele machte keine weiteren Einwendungen mehr. Nicht, daß sie sich von den Argumenten des Bruders hätte überzeugen lassen, aber sie tat so, als ob sie in gänzlich ungewohnter Weise Rücksicht nehme auf seinen seelischen Zustand. Dennoch konnte sie sich nicht enthalten, noch hinzuzufügen:

»Wirst du mit Rocco auch über das Mädchen sprechen?«

»Ja, diesmal verspreche ich es dir«, antwortete Don Nicola mit einer Offenheit, die keinen Zweifel mehr aufkommen ließ.

Da der Pfarrer jedoch Rocco gründlich kannte, wußte er zum voraus, daß weder die Argumente der Sittlichkeit, noch die Rücksicht auf die Menschen, noch die Verschiedenheit der Religion ihn dazu bringen würden, sich von Stella zu trennen. Wenn etwas auf ihn Eindruck machen konnte, dann war es eine ernsthafte Überlegung hinsichtlich der Zukunft des Mädchens.

»Überzeuge ihn so, wie du es für richtig hältst«, hatte die Schwester noch gesagt, ehe sie das Licht löschte und sich in

ihre Kammer zurückzog. »Wenn du es nur erreichst, daß dieses Ärgernis ein Ende nimmt.«
Allein, Don Nicola fühlte sich für Stella nicht nur im Sinne einer allgemeinen moralischen Pflicht verantwortlich, so daß die Sache keineswegs mit einem rhetorischen Kunststück, um Rocco zu überzeugen, abgetan war. Don Nicola hatte Stellas Vater, den Signor Stern, gekannt, jenen armen, alten, bärtigen Juden aus Wien, der immerfort hustete und sich über die schlechten Zeiten beklagte. Er hatte ihm schließlich sogar auf Zaccarias Ersuchen in seiner Sterbestunde beigestanden, was kanonisch nicht zu rechtfertigen war. Ach, der Bischof ließ sich keine Gelegenheit entgehen, um es ihm vorzuhalten. Aber, was am meisten zählte: Don Nicola hatte die kleine Stella heranwachsen sehen, und auch er hatte sie, wie alle Bewohner von San Luca, liebgewonnen. Sie war so klein, zart und zerbrechlich und so allein auf der Welt! Mehrere Jahre lang hatte Giuditta sie zwei- oder dreimal in der Woche nach San Luca ins Haus Don Raffaeles, des Schulmeisters, begleitet, und selten hatte sie es unterlassen, mit dem Kind für einen Augenblick ins Pfarrhaus zu kommen. Die traurigen Irrfahrten des kleinen Flüchtlingskindes aus Wien waren im ganzen Tal zur Legende geworden. Jeder, der dem Mädchen auf der Straße begegnete, auch der rauheste und unzugänglichste Mann, begrüßte es mit Wohlwollen. Keinen störte es, daß Stella Jüdin war. Daraus hatte niemand, außer dem Pfarrer und seiner Schwester, eine Gewissensfrage gemacht. Im Tal hatte es nie Unterschiede in der Religion gegeben. Niemand erinnerte sich, auch nur einen einzigen Bewohner gekannt zu haben, der nicht getauft gewesen wäre. Natürlich bedeutete die Religion nicht viel für die allgemeine Moral. Das Dasein der allermeisten Leute war recht mühselig. Es fehlte nicht an Gelegenheiten, zu hassen, zu streiten, zu betrügen. Aber alle hatten über dem Bett einen geweihten Olivenzweig und ein kleines Weihwasserbecken. In die Kirche gingen am Sonntag meistens Frauen und Kinder. Aber in der Sterbestunde riefen doch alle den Priester.

Es war daher verständlich, wenn Don Nicola im Innersten seines Herzens hoffte, eines Tages das kleine Flüchtlingskind taufen zu können. Doch die Jahre waren vergangen, ohne daß, nach den Worten des Priesters, der richtige Augenblick gekommen wäre, um mit Stella darüber sprechen zu können. Immer häufiger warf Fräulein Adele ihrem Bruder sündige Nachlässigkeiten vor. Im Laufe der Zeit hatte die Taufe des Flüchtlingsmädchens nun in den Gesprächen zwischen Bruder und Schwester den gleichen bedeutsamen Platz eingenommen, den einst, vor dem Brand, der von den Tarocchi gestohlene Wald innegehabt hatte. Bezüglich der Taufe hatte sich Don Nicola lange Zeit unentschlossen gewehrt. Entgegen seiner Veranlagung gab er der Schwester ausweichende, flüchtige und zweideutige Antworten. Aber eines Tages (es war im ersten Kriegsjahr) erklärte er dann rundheraus, er betrachte es als eine Gemeinheit, das arme Mädchen, solange es in jeder, auch in materieller Hinsicht völlig von anderen abhängig sei, dazu nötigen zu wollen, den katholischen Glauben anzunehmen. Damals stieg in Fräulein Adele zum ersten Male ein Zweifel darüber auf, ob ihr Bruder nicht vielleicht verrückt sei.

»Nein, du bist nicht verrückt«, sagte sie zu ihm, nachdem sie darüber nachgedacht hatte, »aber du bist unverbesserlich.«

Dies geschah nach einer Schulfeier, die im Hof des mit Fahnen und grünen Zweigen geschmückten Rathauses stattgefunden hatte. Stella war, wie bei andern ähnlichen Gelegenheiten, auch diesmal sehr gefeiert worden. Sie trug damals ihr dichtes, herrliches schwarzes Haar in zwei lange Zöpfe geflochten, die ihr über den Rücken hingen. Ihre Augen leuchteten vor Munterkeit, Klugheit und Lebensfreude. Sie war lebhaft, aber mit viel Anmut. Leichtfüßig und mit tänzerischem Schritt ging sie von einer Gruppe Kameradinnen zur andern und fürchtete sich auch durchaus nicht vor den Knaben. Sie konnte die Männer, sowohl die Knaben als auch die Erwachsenen, in einer Weise anschauen, wie es bei uns die Frauen nicht vermögen. Sie war weder vorlaut noch furchtsam, sondern einfach, freundlich, vertrauensvoll. Auch aus diesem Grund gelang es ihr besser als den andern, ein vom Schulmeister verfaßtes Gelegenheitsgedicht aufzusagen, und sie wurde darob sehr beklatscht und gelobt. Obwohl sie geläufig italienisch sprechen gelernt hatte und von jedem Mangel in der Aussprache frei war, sprach sie es doch mit einem besondern Tonfall, der hold und kindlich klang, als spräche sie ein Gedicht. Es war eine Freude, ihr zuzuhören. Und da sie Ausländerin war und keine Eltern besaß, hatte sie das Glück, vom Neid der Mütter anderer Kinder verschont zu bleiben.

Am Schluß der Feier stellten sich die Schüler, wie im Programm vorgesehen, zu zweien in einer Reihe auf – zuerst die Mädchen und dann die Knaben –, um zur Kirche geleitet zu werden. Don Nicola erwartete sie zur Aussetzung des Altarsakraments und zum Segen. Wie sollte Stella sich benehmen? Auf eigene Faust rief die Schwester des Pfarrers Giuditta beiseite und überredete sie, sofort in die Meierei zurückzukehren und das Mädchen mitzunehmen, um ihm eine unliebsame Demütigung zu ersparen.

»Solange das Kind nicht getauft ist«, erklärte Fräulein Adele, »kann es nicht zugelassen werden, wenn die Heilige Hostie ausgesetzt wird. Das müßtest auch du begreifen.«

»Ist das auch Don Nicolas Meinung?« fragte Giuditta.

»Es ist die Meinung eines jeden guten Christen«, antwortete Fräulein Adele. »Meinst du nicht?«

Da erzählte Giuditta dem Mädchen, sie habe Zaccaria versprochen, noch vor Sonnenuntergang in die Meierei zurückzukehren. Und so machten sich die beiden auf den Heimweg, während die andern Kinder sich in Reih und Glied aufstellten. Es war nicht leicht, zu erraten, ob Stella sich des Vorwandes bewußt geworden war. Aber vielleicht hatte sie, weil sie müde war, willig gehorcht.

Das Gewitter brach indessen am Abend nach der kirchlichen Feier im Pfarrhaus los. Jedesmal, wenn Fräulein Adele ihre Entrüstung zum Ausdruck bringen wollte, weigerte sie sich, am Tisch Platz zu nehmen. Dann deckte sie den Tisch nur für den Bruder und setzte sich ans Fenster.

»Was ist vorgefallen?« fragte Don Nicola in versöhnlichem Ton. »Weshalb hast du nicht auch für dich einen Teller auf den Tisch gestellt?«

»Ich habe keinen Hunger«, antwortete die Schwester, drehte ihm den Rücken zu und stützte sich mit gekreuzten Armen auf die Fensterbank.

Don Nicola stand mitten im Zimmer. Sein schwarzes Gewand ließ den nicht beleuchteten Raum noch dunkler erscheinen, während das zornige Gesicht der Schwester im Licht der untergehenden Sonne totenblaß wirkte.

»Komm«, drängte Don Nicola liebevoll. »Die Minestra wird kalt. Wir können sehr gut auch während des Essens miteinander sprechen.«

»Das ist ein Skandal, der nicht mehr länger andauern darf«, stieß Fräulein Adele hervor, um ihrem Ingrimm ein wenig Luft zu machen.

»Von was für einem Skandal sprichts du?« fragte der Bruder. »Komm, ich verstehe nicht, was du sagst. Du hast heute viel gearbeitet, sicher hast du Hunger. Ich habe dir dafür zu danken, daß das Fest so gut gelungen ist. Hast du nicht auch gefunden, daß die kleine Stella wundervoll war?«

Gerade in diesem Augenblick hob auf dem nahen Platz, vor dem Parteibüro, der gewohnte abendliche Lärm an. Das Grammophon begann, ›Faccetta nera‹ zu kreischen, und die Gläubigen, die kurz vorher aus der Kirche gekommen waren, wo sie das ›Tantum ergo‹ gesungen hatten, brüllten im Chor mit. Fräulein Adele wandte sich jäh zu ihrem Bruder um, der sich an den Tisch gesetzt und seinen Teller mit Minestra gefüllt hatte.

»Ich werde mich an den Bischof wenden!« sagte sie heftig und voller Zorn. »Es ist ein Skandal, der nicht länger andauern kann.«

»Von welchem Skandal sprichst du? Vom Grammophon?«

»Nein, von deiner Lässigkeit gegenüber der kleinen Jüdin.«

»In welchem Sinn? Willst du sagen, es sei ein Skandal, daß es auf der Welt noch andere Religionen als die katholische gibt? Willst du das sagen? Aber das ist ein uralter Skandal.«

»Ich spreche nicht von der Welt, ich denke an unsere Gemeinde. Glaubst du, unser Herrgott könne aus einer Laune heraus handeln?«

»Was fällt dir ein?«

»Unser Herrgott hat es gefügt, daß Stella Wien verließ und in unserer Gemeinde in der Meierei Wohnung nahm. Glaubst du, er habe das aus einer Laune heraus getan oder mit der Absicht, Stellas Seele zu retten?«

»Stella ist kein neugeborenes Kind«, bemerkte der Pfarrer. »Bei einem Geschöpf, das wie sie bereits zur Vernunft gelangt ist, kann die Taufe nur bei voller Zustimmung des Täuflings und im Bewußtsein ihrer Bedeutung vollzogen werden, das weißt du so wie ich.«

»Was aber tust du, um ihren Willen zu erleuchten und zu leiten?« drängte ihn die Schwester mit empörter Stimme. »Was hast du bis heute getan?«

»Leider recht wenig«, gab Don Nicola zu. »Ich muß gestehen, daß Giuditta und Zaccaria viel mehr tun. Der beste christliche Katechismus ist: guten Willens sein. Darüber hinaus ist der Glaube ein Gnadengeschenk.«

Jeden Tag befahl er regelmäßig, das wußte auch Fräulein Adele, in dem rituellen Gebet für die Bekehrung der Ungläubigen Stella dem lieben Gott. Er persönlich kannte keine andern Nichtgläubigen. Gewiß, es existierten die kleinen Afrikaner und Asiaten, aber wer hatte die je gesehen? Er fühlte sich verantwortlich für Stella, daher betete er für sie.

»Wenn zur Bekehrung der Ungläubigen die Gebete ausreichten«, warf ihm die Schwester vor, »dann würden die Nonnen in den Klöstern dafür genügen. Meinst du nicht auch? Weshalb bist du denn Priester geworden?«

Don Nicola schob den Teller mit der Minestra von sich, stand vom Tisch auf und schritt auf das Fenster zu. Er war blaß, und sein Gesicht schien verdüstert. Eine tiefe Falte

grub sich in seine Stirn. Seine ersten Worte waren zögernd. Seine Stimme zitterte, sie war beladen mit dem Groll, der sich durch sein bisheriges Schweigen in ihm angehäuft hatte.
»Stella ist in Wien geboren worden und lebte dort«, sagte er. »Wie auch du weißt, ist Wien eine große katholische Stadt, die Hauptstadt eines katholischen Landes, mit einer großen Anzahl von katholischen Priestern und Klostergeistlichen. Um Stella zu taufen, dazu hatte unser Herrgott den armen Pfarrer von San Luca nicht nötig.«
»Lästere nicht!« drang die Schwester in ihn. »Sprich nicht in diesem Ton weiter, ich flehe dich an!«
»Stella wurde mit Gewalt aus ihrem Haus und aus ihrem Land verjagt«, fuhr Don Nicola erregt fort. »Jetzt kann ich nicht mehr schweigen, jetzt mußt du mich anhören. Sie wurde aus dieser katholischen Stadt vertrieben, aus der Hauptstadt eines katholischen Landes. Mit Gewalt! Jetzt wohnt sie hier unter uns, sie ist eine Waise. Aber Hunderte und Tausende ihrer Glaubensgenossen werden immer noch verfolgt, ausgeplündert, getötet, lebendig verbrannt. Nach meiner unmaßgeblichen, aber unerschütterlichen Überzeugung kann ein Christ, ein Mensch, der den Sinn für Liebe und Anstand in sich hat, angesichts dieses verlassenen kleinen Geschöpfes nichts anderes tun, als sich schämen und schweigen. Und er darf des Kindes Einsamkeit, seine Schwäche und seine Unerfahrenheit nicht dazu benützen, es von seinem Volk zu trennen.«
»Lästere nicht!« wiederholte die Schwester empört. »Du vergißt, daß Stellas Seele in der Finsternis der Synagoge weilt. Deine Passivität macht dich nicht nur der Kirche, sondern auch Stella gegenüber schuldig. Ihre Religion ist falsch und irrig.«
»Aber es ist die ihre!« gab Don Nicola unnachgiebig und entschlossen zurück.
Er stand der Schwester gegenüber, die mit dem Rücken gegen die Fensterbank sitzengeblieben war. Er bebte am ganzen Körper, denn er war sich der Bedeutsamkeit der

Dinge, die er da aussprach, und seiner Pflicht, sie auszusprechen, voll bewußt. Das Licht des Abends erstarb auf seinem verzerrten Gesicht.

»Du mußt dir auch Rechenschaft darüber geben«, fügte er hinzu, »daß dieser Glaube das einzige Gut ist, das Stella von ihrem Vater hinterlassen wurde. Hättest du das Herz, ihr dieses Gut zu rauben?«

»Es ist ein falsches Gut«, widersetzte sich ihm die Schwester erbittert. »Es ist ein Erbe der Finsternis. Sie aber hat keinen Nutzen davon, wenn du sie in diesem Zustand läßt. Vergiß das nicht. Vergiß nicht, daß du ein katholischer Priester bist.«

»Ich bin aber auch nicht geneigt, zu vergessen, daß ich ein Mann bin, daß Stella noch ein Kind ist und daß ein Vernichtungskrieg gegen ihre Glaubensbrüder geführt wird. In ihrem Alter gehört sie noch ihrem Vater, ihrem Volk.«

»Du solltest nicht so sprechen, ich wiederhole es dir! Wir leben im Krieg, sagst du? Das ist ein Grund mehr, nicht derart zu reden.«

»Ich sage es, wie ich es fühle«, sagte Don Nicola und erhob die Stimme. »Sollte ich lügen?«

»Unser Herr hat ihre Synagoge verlassen, ich wiederhole es dir. Ihre Religion ist falsch, das weißt du besser als ich!«

»Und was bedeutet das?« rief Don Nicola, der die Geduld verlor. »Auch eines deiner Beine ist falsch. Auch einige meiner Zähne sind falsch. Aber es sind die unsern. Auch der Kaffee ist, seitdem dieser verfluchte Krieg dauert, ein Ersatzprodukt. Aber er hilft uns, zu leben.«

Bei diesen Worten fing Fräulein Adele Feuer wie ein Streichholz.

»Was sagst du?« kreischte sie. »Bist du verrückt?«

»Geh dort weg, ich will das Fenster schließen«, sagte er.

Auf der Straße waren, angelockt von den zornigen Stimmen, die aus dem Pfarrhaus drangen, verschiedene Leute stehengeblieben. Fräulein Adele betrachtete den Bruder voller Verachtung und schritt auf ihre Kammertür zu.

»Hör, geh noch nicht«, sagte er zu ihr und packte sie am Arm.

»Laß mich!« entgegnete sie und machte sich mit einem Ruck frei.

Am nächsten Morgen blieb sie im Bett liegen. Der Frau, welche, wie jeden Morgen, zum Reinemachen kam, gab sie den Auftrag, Don Nicola nach der Messe ein Briefchen zu überreichen. *Während der ganzen Nacht habe ich kein Auge zugetan*, schrieb sie ihm. *Ich habe geweint und für Dich gebetet. Und ich habe über folgendes nachgedacht: Im Grunde Deines Herzen bist Du geblieben, wie Du als Knabe warst, großmütig, aber tollkühn und unvorsichtig, eine sonderbare Mischung von Mystizismus und von Vorurteilslosigkeit. Sechzehn Jahre Priestertum haben Dein Wesen nicht verändert. Vergebens hat Dich der Bischof, um Dir Versuchungen zu ersparen und Dich zu bessern, in diese Wolfsschlucht geschickt. Umsonst auch habe ich Dir mein Leben geopfert! Ich weiß nicht, wie Du einmal enden wirst.*

Auch Don Nicola hatte nicht geschlafen. Wenn er an die passenden oder unpassenden Worte dachte, die er mit der Schwester am Abend vorher gewechselt hatte, war er nicht ganz sicher, ob er sich klar und deutlich ausgedrückt habe. Schließlich sah er ein, daß auch seine eigene Art zu denken und zu fühlen keineswegs frei von Widersprüchen war. Unter keinen Umständen hätte er sich bereitgefunden, auf Stella einen Druck auszuüben, um sie zu bekehren; dies stand für ihn außer Zweifel. Nichtsdestoweniger betrachtete er sie als sein Pfarrkind, als einen Menschen, für den er sich unmittelbar verantwortlich fühlte. Ja, noch mehr, er fühlte sich für sie in höherem Maße verantwortlich als für irgend jemand anders. Im Grunde war er völlig einverstanden mit dem Ausspruch seiner Schwester: ›Wenn unser Herrgott sie hierher geschickt hat, muß er einen Grund dafür gehabt haben. Er kann es nicht aus einer Laune heraus oder zu seinem Spaß getan haben.‹ Aber lebt das Neue Testament nicht völlig in der Liebe?

Und nun galt es, den von Rocco geschaffenen Wirrwarr zu lösen. Im Autobus hatte Don Nicola über nichts anderes nachgedacht, als über die Worte, die er an Rocco richten wollte. ›Deine Angelegenheiten interessieren mich als Freund‹, würde er ihm erklären. ›Aber als Stellas Pfarrer (doch, das Mädchen gehört zu meiner Pfarrei) muß ich ein noch ernsthafteres Wort mit dir reden. Du darfst dir keine Illusionen machen auf Grund dessen, daß das Mädchen ohne Angehörige ist. Wenn du Stella ins Verderben stürzt, dann, laß es dir gesagt sein, wäre es auch dein Unglück. Dann würden wir alle, Zaccaria, ich, die ganze Bevölkerung von San Luca, dich zur Rechenschaft ziehen. Wir würden dich aus dem Tal fortjagen. Nimm dich in acht, ich scherze nicht! Wir würden dich auf Lebenszeit aus unserer Gegend verbannen.‹ Doch an Stelle von Rocco hatte er Stella gefunden, die völlig allein war. Sie lag zu Bett, in einem Zustand, den man für den Todeskampf ansehen mochte.

11

Der Morgen war angebrochen, mit gelben Streifen auf dem Fußboden und dem Bett, in dem Stella krank lag. Das Gesicht des Mädchens war erschreckend mager. Der kleine Schädel schien kaum von einer dünnen, wächsernen Haut bedeckt. Auch die offenen Augen schienen ohne Blick. Auf dem weißen Leinentuch pochten die Pulse an den Handgelenken nur schwach und zart, fast unmerklich. In einer Glasvase auf dem Nachttischchen neben Stella stand ein großer Strauß weißer Rosen; darum herum einige Medizinfläschchen. Die laue Luft war geschwängert von starkem Äthergeruch. In einem dunklen Winkel des Zimmers machte sich der Pfarrer von San Luca zu schaffen; er stand gebückt vor einem Buffet und preßte den Saft von Orangen und Zitronen in eine Tasse aus Ton. Die Ärmel der Soutane aufgekrempelt, arbeitete er so schnell und genau wie eine alte Haushälterin.

Stella verfolgte seine Bewegungen mit den Augen; sie atmete mühsam, als fehle ihr die Luft.

»Jetzt weiß ich, was ein Erdbeben ist«, sagte sie langsam, mit schwacher Stimme, die kaum vernehmbar war. »Jetzt weiß ich, wie das ist, wenn man die Erde unter den Füßen nicht mehr spürt und die Lebewesen und Dinge schwanken sieht.«

»Wenn dich das Sprechen ermüdet, liebes Kind, dann strenge dich bitte nicht an«, sagte Don Nicola. »Ich habe den Wasserhahn drüben offengelassen, damit das Wasser frischer ist. Willst du noch etwas Milch?«

»Ich habe gar keinen Wunsch«, antwortete Stella. »Gar keinen Willen. Ich fühle mich ganz leer: wie ein leerer Koffer in einem verlassenen Haus. Ich habe keinen Willen, zu leben, nicht einmal den Willen, nicht zu leben.«

»Du bist noch zu schwach«, sagte Don Nicola. »Aber es geht dir schon viel besser als gestern. Willst du nicht doch noch ein bißchen Milch?«

Stella schüttelte den Kopf. Sie wollte noch etwas hinzufügen, aber da begegnete sie dem liebevollen Blick des Pfarrers und schwieg. Dann legte sie sich auf die Seite und schloß die Augen. Der Arzt hatte Don Nicola erklärt, die Einspritzungen würden die Kranke schläfrig und benommen machen. Das Bett war aus Eisen und sah armselig aus. Ein wackeliges Tischchen und zwei Stühle bildeten das übrige Mobiliar. An der Zimmerdecke klaffte ein tiefer Riß. Er stammte von dem Erdbeben vor dreißig Jahren. Die Wiederherstellung der beschädigten Gebäude war am Bauamt gescheitert. Aus der neueren Zeit waren hingegen die breiten Risse im Mörtel der Wände und das Fehlen der Verglasung an den Fenstern. Gegen Ende des Krieges war eine Fliegerbombe auf den Platz vor dem Haus niedergegangen. Im Winter wurden die Fensteröffnungen mit Karton ausgefüllt, im Sommer erleichterten sie den Luftwechsel. Durch die zerbrochenen Fensterläden drangen vom Platz herauf die lauter werdenden Stimmen des morgendlichen Gemüsemarktes, die Rufe der Bauern, der Fuhrleute, der Aufseher, das Lärmen der Dienstmädchen. Man klopfte an die Tür. Don Nicola öffnete. Es war die alte Hausbesitzerin; ohne einzutreten, reichte sie dem Geistlichen einen Korb, der mit einem Tuch zugedeckt war. Sie fragte leise:

»Wann soll ich die Frau zum Saubermachen des Zimmers schicken? Ich werde ihr Leintücher zum Wechseln mitgeben«, fügte sie hinzu.

»Danke«, antwortete der Priester. »Sie kann bald kommen. Während ich zur Messe in der Kirche bin.«

»Der Mann aus dem Bischofspalais ist wieder dagewesen«, sagte die Frau sichtlich verlegen. »Ich wußte nicht, was ich ihm sagen, wie ich es ihm erklären sollte. Er wollte nicht hereinkommen.«

»Laßt es gut sein«, sagte der Priester lächelnd.

Don Nicola hatte, als er ankam, das Glück gehabt, die Eingangstür halboffen zu finden. Vor ihm war, nach langem Zögern, die alte Hausbesitzerin, die im untern Stockwerk hauste, in die Wohnung eingedrungen. Es war ihr aufgefallen, daß sie das Mädchen, dem sie, wie früher Rocco, jeden Morgen Milch und Eier von einem Bauern besorgte, ein paar Tage nicht gesehen hatte. Die Lieferung dieser Lebensmittel bedeutete in jenen Jahren, da es schwierig war, dergleichen Dinge zu bekommen, eine außerordentliche Gefälligkeit. An diesen Tagen hatte sie mehrmals, aber umsonst, an der Tür ihrer Mieterin geläutet und geklopft. Schließlich hatte sie gedacht, das Mädchen sei plötzlich abgereist, ohne Zeit gehabt zu haben, sie zu benachrichtigen. Als sie aber einmal zufällig vom Platz vor dem Hause zum kleinen Balkon hinaufschaute, bemerkte sie, daß im Zimmer Licht brannte. Stark beunruhigt, entschloß sie sich sogleich, mit dem Reserveschlüssel, den sie besaß, die Wohnung zu öffnen. Im Schlafzimmer herrschte große Unordnung und eine Luft, daß man kaum atmen konnte. Das Mädchen lag halb ohnmächtig in dem aufgedeckten, blutüberströmten Bett. Die Hausbesitzerin war zu Tode erschrokken. Sie hatte sogleich an ein Verbrechen gedacht. Vielleicht aus diesem Grunde waren, entgegen allem Brauch, der Arzt und die Polizei sogleich zur Stelle. Dann war auch dieser unbekannte Priester mit seinem riesigen Schirm, dem Koffer und dem Körbchen gekommen. Als er Stella in diesem unseligen Zustand erblickte, war er aufs höchste bestürzt. Das arme Mädchen sah aus, als werde es sogleich sterben. Wie eine geknickte Blüte lag es in der schwarzen Flut seiner gelösten Haare. Stella sprach nicht und schien die Fragen nicht zu verstehen; ihr Blick war tot und verschleiert; sie erkannte die Gesichter nicht.

»Das ist unmöglich«, rief der Priester in höchster Erregung aus. »Gott kann das nicht zulassen.«

Und er fügte noch andere, ähnliche Worte hinzu: unzusammenhängende, fast gotteslästerliche Worte. Plötzlich sah er seine Überzeugung, daß das Leben einen Sinn habe, gefährdet; die Bedrohung durch das Unsinnige erschreckte ihn dermaßen, daß er zitterte und bebte.

»Aber ich sage Ihnen: Alles, was geschieht, ist sinnlos!« ereiferte sich der Arzt.

Das dröhnende Geläute der Domglocken durchflutete in diesem Augenblick das Zimmer aus nächster Nähe. Es wäre umsonst gewesen, etwas zu sagen; man hätte brüllen und gestikulieren müssen. Der Arzt wollte die Fenster schließen, aber sie besaßen keine Glasscheiben. Voller Verzweiflung hob er die Arme und ging von dannen.

»Ist sie mit Euch verwandt?« fragte die Hausbesitzerin Don Nicola, als die Glocken endlich schwiegen. »Stella hat uns nie erzählt, daß unter ihren Verwandten ein Priester sei.«

»Wir sind mehr als verwandt«, gab Don Nicola zur Antwort.

In jenem Augenblick öffnete Stella, die in Ohnmacht lag, die Augen und schaute ihn verwundert an. Er war der erste Mensch, den sie mit Sicherheit wiedererkannte.

»Wieso seid Ihr hergekommen?« fragte ihn die Hausbesitzerin. »Hat Euch jemand benachrichtigt?«

»Ja, unser Herrgott«, antwortete der Pfarrer voll Überzeugung.
»Habt Ihr das heilige Öl für sie mitgebracht?« fragte die Frau.
»Nein«, sagte der Pfarrer, »aber ein paar Früchte aus den Bergen.«
Die Hausbesitzerin rief ihn ins Nebenzimmer und erzählte ihm das Wenige, das sie von einem Polizisten über das Unglück des Mädchens erfahren hatte. Es war eine verworrene Geschichte, die durch die Auslassungen und die eingestreuten Vermutungen der Frau erst recht unverständlich wurde. Aber Don Nicola sah darin eine Bestätigung seiner schlimmsten Befürchtungen. In all seinem Kummer und seiner Verwirrung vergaß er den Bischof, die Exerzitien und die anderen Verpflichtungen vollständig. Schließlich war er davon überzeugt, Stella sei der einzige und wahre Zweck seiner Reise gewesen. Er bat daher die Hauswirtin mit warmen Worten um die Erlaubnis, die Kranke zu pflegen. Er versprach, sein Möglichstes zu tun. Die Frau wünschte sich nichts Besseres. Zum Reinemachen, sagte sie ihm, werde sie eine Frau schicken. Sie unterwies den Priester im Gebrauch einiger Küchengeräte, und er hörte mit der Neugier eines Kindes zu. Schließlich lobte sie ihn für die Schnelligkeit, mit der er alles begriff.
»Ich wundere mich«, sagte sie zu ihm, »wenn ich bedenke, daß Ihr trotz Eures langen, schwarzen Kleides ein Mann seid.«
»Ich will Euch nicht verhehlen«, gestand ihr Don Nicola errötend, »daß das ganze Verdienst der Soutane gebührt.«
In der Tat brachte die Eigentümlichkeit der Situation in ihm ungeahnte Talente zum Vorschein. Er war abwechselnd Krankenschwester, Hausfrau und Mutter. Die Hauswirtin hatte für ihn im Nebenzimmer einen Diwan als Bett zurechtgemacht, aber er wollte so lange wie möglich wach bleiben. Er bedeckte einen Teil der Lampe, die von der Decke herunterhing, mit einer Schürze, die er in einer Schublade ge-

funden hatte. Das Zimmer war so, trotz einer einzigen Lichtquelle, in zwei Hälften geteilt. Im dunklen Teil lag Stella, im beleuchteten wohnte er. Er stellte seinen Stuhl ans Fußende des Bettes unter die Lampe, so daß er sein Brevier lesen und den leisesten Klagelaut der Kranken hören konnte. Sie aber, in Schatten eingehüllt wie in eine Decke, schlief. Einmal jedoch, als er den Blick vom Gebetbuch hob, um die Schläge der Kirchenuhr zu zählen, bemerkte er, daß Stella wach war und ihn ansah. Ihr Kopf, der von vielen Kissen gestützt wurde, war steil aufgerichtet und nur leicht nach hinten geneigt. Ihr Hals war schneeweiß, zart und lang; ihre Augen standen weit offen und starrten regungslos mit leerem Blick.

»Wie fühlst du dich?« fragte Don Nicola mit zärtlich besorgter Stimme.

Aber er bekam keine Antwort. War es möglich, daß sie mit offenen Augen schlief? Eine jähe Angst durchzuckte ihn. Er eilte ans Kopfende des Bettes, beugte sich über ihr Gesicht, um den Atem zu spüren. Da erst bewegte Stella leise die Augenlider. Ihr Atem roch nach Milch und welken Blumen. Die Stimme des Priesters wurde weich, als er lächelnd fragte:

»Weshalb wolltest du mir Angst machen?«

Doch das Mädchen blieb stumm. In dem starren Gesicht, das früh gealtert schien, war der Blick gläsern, unbeweglich, teilnahmslos. Don Nicolas Unruhe wuchs. Was sollte er tun? Ganz unerwartet sah er sich in eine ungemein heikle Lage versetzt, die an Ketzerei und Zuchtlosigkeit grenzte. Unentschlossen, im Innersten aufgewühlt, seiner Sinne kaum mächtig, wandte er sich mehrmals zur Tür und zum Fenster. Plötzlich hatte er sich zu einem Entschluß durchgerungen: Er trat an das Bett heran und sagte in flehendem Ton:

»Liebes Kind, höre mich an! Ich kann nun nicht länger mehr zögern, sondern muß mit dir über eine Frage sprechen, von der das ewige Heil deiner Seele abhängt. Vielleicht ist keine Zeit mehr zu verlieren! Liebes Kind, hörst du mich?«

Stella aber blieb stumm und reglos.

Don Nicola fiel auf die Knie, schlug die Hände vors Gesicht und lehnte die Stirn auf den Bettrand.

Einige Jahre zuvor hatte er dem armen Herrn Stern in der Todesstunde beigestanden. Um das Bett waren damals auch Zaccaria, Giuditta und andere versammelt gewesen.

»Verzeiht mir«, hatte der Sterbende gesagt, »verzeiht! Ich befehle meine Tochter in eure Hände.«

»Mach dir darum keine Sorgen,« hatte Giuditta geantwortet.

»Aber sie hat einen anderen Glauben als ihr«, hatte der Sterbende hinzugefügt. »Bitte, vergeßt das nicht! Werdet ihr ihre Religion achten?«

»Zweifelst du daran?« hatte ihm Zaccaria entgegnet.

Herr Stern hatte die Frage wiederholt und dabei den Priester angeblickt:

»Werdet ihr Stellas Glauben achten?«

»Wir werden Stella lieben«, hatte ihm Don Nicola geantwortet.

»Daran zweifle ich nicht«, hatte Herr Stern gesagt. »Ich kenne euch. Ihr seid gute Menschen, mitleidige Herzen! Aber werdet ihr auch ihren Glauben achten?«

12

Dem armen Herrn Stern war es nicht gelungen, sich an das rauhe Klima des Tales zu gewöhnen. Die Erinnerung, die man an ihn bewahrt hatte, war die eines kleinen, bleichen, bärtigen, gebeugten, frierenden Mannes, der in unzählige wollene Sachen gehüllt war. In unserer Gegend besteht das Jahr aus Sommer und Winter. Frühling und Herbst sind so kurz und flüchtig, daß niemand sie wahrnimmt. Jedes Jahr ist der erste Schnee eine Überraschung. Die Kartoffelernte ist noch nicht zu Ende, und schon schneit es, sagen die Leute. Auch in jenem Jahr hatte der Winter damit seinen Einzug gehalten, daß eines Morgens das Licht heller durch die Läden und die Ritzen der Fenster schien. Die Geräusche von

Schritten und Rädern auf dem Platz waren verstummt. Aber am zweiten Tag versperrte schon eine Schneemauer die Tür. Der Schnee, der die ganze Nacht ununterbrochen gefallen war, hatte den San-Luca-Paß blockiert. Wer unterwegs war, mußte schleunigst zurückkehren. Die Schafe blökten in den Ställen. Sie begriffen, daß eine lange Frist des Eingesperrtseins begonnen hatte. Das Dorf in seiner Mulde lag im Schnee begraben wie ein Leichnam, der zur Pestzeit mit Kalk bedeckt wird. In den Gäßchen, die ungeschützt dem Winde preisgegeben waren, hatte der Schnee Türen und Fenster vermauert. Um in die Kirche zu gelangen, mußte man durch das Hintertürchen des Pfarrhauses eintreten. Die ersten Wölfe waren gesichtet worden. Man erzählte, sie hätten sich bis vor die Türen eines Stalles der Tarocchi gewagt. Sicher würden sie wiederkommen. Es war nicht mehr ratsam, abends auszugehen.

Die Wölfe kamen am Nachmittag vom Gebirge herab und stellten sich neben den Tränken auf die Lauer. Im Schnee verborgen, warteten sie auf die Dunkelheit. Der Wind trug den fetten, warmen Geruch der Schafe bis zu ihren ausgehungerten Bäuchen. Kaum war es dunkel geworden, ließen sie jede Vorsicht außer acht. Der Geruch der Schafe machte sie wild, verrückt, zu jeder Tollkühnheit fähig. Sie stellten sich immer in Gruppen zu dritt auf, einer hinter dem andern, wie sie es von jeher taten. Nicht einmal der Anblick der Männer, die ihnen auflauerten, nicht einmal die Gewißheit des Todes konnte sie zurückhalten.

Eines Abends, kurz vor Anbruch der Dämmerung, wurde heftig an die Tür des Pfarrhauses geklopft. Don Nicola ging öffnen. Es war ein Unbekannter zu Pferd: vierschrötig, bärtig, in eine weite Kapuze gehüllt, mit umgehängtem Gewehr. Das Pferd war ein schweres Zugtier; sein Atem stieg wie ein weißer Federbusch in die eisige Luft.

»Seid Ihr Don Nicola?« fragte der Mann. »In der Meierei liegt einer im Sterben. Zaccaria bittet Euch, sogleich zu kommen.«

»Bei diesem Wetter?« antwortete der Pfarrer. »Und zu dieser Stunde?«
»Ich nehme Euch auf mein Pferd. Ihr könnt Euch hinter mich setzen.«
»Das wäre keine sehr würdige Weise, die Wegzehrung zu tragen.«
»Dann sucht Euch ein anderes Pferd! Gibt es welche in Eurer Pfarrgemeinde?«
»Zu dieser Stunde? Es ist bald Nacht. Ich werde im Dunkeln heimkehren müssen.«
»Zaccaria hat mir aufgetragen, nicht ohne Priester zurückzukommen«, erklärte der Mann. »Habt Ihr einen weniger feigen Amtsbruder, der Euch vertreten kann? Mir ist es gleichgültig, wer mitgeht.«
»Wer seid Ihr?« fragte der Pfarrer. »Ich habe Euch nie im Tal gesehen.«
Er hatte ein verwildertes, rauhes Aussehen und einen wenig vertrauenerweckenden Blick.
»Ich bin von auswärts. Ich verbringe in der Meierei meine Ferien«, antwortete der Mann mit höhnischem Grinsen.
»Ist der Sterbende einer Eurer Verwandten?«
»Nein, ich weiß nicht, wer es ist.«
»Es heißt, daß die Wölfe hier in der Gegend sind«, sagte der Pfarrer.
»Ich habe ein Gewehr«, versetzte der andere.
»Machen wir es so: kommt morgen früh wieder und holt mich«, schlug der Pfarrer vor. »Ich werde gleich nach der Messe mit Euch kommen.«
Der Mann schüttelte heftig den Kopf.
»Beeilt Euch!« schrie er. »Bringt mich nicht zum Fluchen! Das Pferd schwitzt. Wenn ihr schuld seid, daß es eine Lungenentzündung bekommt, müßt Ihr es dem Zaccaria bezahlen!«
Das Gespräch endete damit, daß man Fräulein Adele herbeirief. Sie näherte sich der Türe, zog sich aber, vor Kälte schaudernd, sogleich wieder zurück. Sie sah aus wie ein ver-

ängstigtes Huhn, und auch ihre Stimme klang gackernd. »Er kann bei diesem Wetter unmöglich zur Meierei reiten«, protestierte sie. »Es ist gleich Nacht. Er kann nicht! Er kann nicht! Man hat Wölfe gesichtet.«

»Es handelt sich vielleicht darum, eine Seele zu retten«, murmelte der Bruder.

Er nahm nichts mit sich als die Stola. In einen langen und schweren Wintermantel gehüllt, mit einer bis auf die Augen heruntergezogenen Mütze, war er nicht wiederzuerkennen. Der Ritt war beschwerlicher, als er sich vorgestellt hatte. Das Pferd war natürlich nicht gesattelt und hatte einen Rücken wie eine Kuh. Der Mann, den Don Nicola vor sich hatte, stank heftig nach Stall. Obwohl das Pferd der Spur folgte, die während des Tages von andern gezogen worden war, reichte ihm der Schnee doch an zahlreichen Stellen bis zum Bauch. Kaum waren sie aus dem Dorf herausgekommen, blies ein Wind, der den Ochsen hätte die Hörner wegfegen können. Ein eisiger Sturm brauste vom Paß herunter wie ein ungestümer Wasserfall. Was sich vor dem Kopf des Pferdes befand, war nicht genau zu erkennen. Zum Glück hatte Zaccaria alle Scheinwerfer einer Lastwagenkolonne anzünden lassen, die der Schneesturm in der Meierei festgehalten hatte.

Zaccaria emfing den Pfarrer auf der Schwelle der Schenkstube. »Ich wußte, daß du kommen würdest«, sagte er zu ihm. »Setze dich hierhin und wärme dich!«

Ein paar ältere Männer und ein großer Schäferhund waren um das brennende Kaminfeuer versammelt. Sie machten dem Priester Platz. Es waren die Chauffeure der Lastwagen und einige Männer aus der Meierei, die Don Nicola schon kannte. Der große Raum war dunkel und kalt. Die einzige Beleuchtung spendete das Feuer im Kamin. Draußen tobte ein höllischer Sturm, der mit dröhnendem Lärm an den Fensterläden rüttelte. Zaccaria legte noch mehr Holz auf. Gleich darauf kam auch Giuditta mit einem Armvoll Maisstauden. Sie warf sie ins Feuer, so daß plötzlich eine helle Flamme aufzüngelte. Um sich gegen die Kälte zu schützen, trug die Alte eine rote wollene Bettdecke über den Schultern. Don Nicola näherte sich dem Feuer. Er fragte:

»Wer ist krank?«

»Herr Stern«, antwortete Zaccaria. »Er wird die Nacht nicht überleben. Du hast gut daran getan, sofort zu kommen.«

»Habt ihr einen Arzt kommen lassen?«

»Wo hätten wir den auftreiben sollen?« meinte Zaccaria. »Wir haben den Kranken selber gepflegt. Jeden Tag hat er Fleischbrühe bekommen.«

»Was fehlt ihm?«

»Er spuckt Blut.«

»Hast du gesagt, Herr Stern?« fragte der Pfarrer. »Der jüdische Flüchtling?«

»Ja, Stellas Vater. Du kennst ihn gut.«

»Hat er dich gebeten, einen Priester zu rufen?«

»Ich weiß es nicht. Ich glaube nicht. Wir haben das Menschenmögliche getan, um ihm zu helfen«, sagte Zaccaria. »Jeden Tag Fleischbrühe. Sobald wir aber gesehen haben, daß seine Stunden gezählt waren, haben wir, Giuditta und ich, uns gesagt: Wir müssen Don Nicola holen lassen. Damit uns keiner vorwerfen kann – haben wir uns gesagt –, daß wir in unserm Hause jemanden hätten sterben lassen, ohne einen Priester zu rufen.«

»Aber in diesem Fall läßt es die Religion nicht zu«, bemerkte Don Nicola. »Habt ihr daran nicht gedacht? Herr Stern ist kein Christ!«

»Ist er vielleicht ein Tier?« schrie Zaccaria.

»Ich will nur sagen, daß er nicht getauft ist«, erwiderte der Priester. »Du weißt gut, was das bedeutet. Er gehört nicht unserer Kirche an.«

»Nun gut, ich will bezahlen, was es zu bezahlen gibt«, schlug Zaccaria versöhnlich vor. »Wir werden uns schon einig werden. Sorge dafür, daß ich nicht Don Giustino Tarocchi beweinen muß.«

Er machte den andern ein Zeichen, sich ins Nebenzimmer zurückzuziehen.

»Da drüben brennt das Kohlenbecken«, sagte er.

Der Priester, Zaccaria und Giuditta setzten sich näher ans Kaminfeuer. Ein Bratspieß voll blutiger Vögel war zum Rösten gegen die rauchgeschwärzte Wand gelehnt. Hunderte von diesen Tieren waren mit dem Netz vor den Fenstern gefangen worden.

»Rück deine Füße näher ans Feuer«, sagte die Alte zum Priester. »Wärme dich! Willst du etwas essen? Was machst du dir für Gedanken?«

»Es ist keine Frage des Preises«, versuchte der Priester zu erklären. »Er hat nicht unseren Glauben; das ist es.«

»Willst du damit sagen«, fragte Zaccaria, »daß man in diesem Fall etwas mehr bezahlen müßte?«

»Es handelt sich nicht darum, den Preis zu erhöhen«, wiederholte Don Nicola aufgebracht. »Ich kann dem sterbenden Herrn Stern als Freund, als Mensch beistehen, zusammen mit dir und mit Giuditta. Aber ich kann es nicht als Priester tun. Ich kann ihm keine Beichte abnehmen, ich kann ihm die Absolution nicht erteilen.«

»Auch nicht«, fragte Zaccaria wiederum, »auch nicht, wenn ich sehr viel mehr bezahlen würde?«

Don Nicola machte eine ungeduldige Geste, und Giuditta bat ihren Mann zu schweigen und sie sprechen zu lassen. In religiösen Dingen können die Frauen sich besser ausdrükken. Ihr Gesicht war spitz wie ein Fuchsgesicht.

»Abgesehen von allen andern Gründen müssen wir unsere Pflicht als Gastgeber erfüllen«, suchte Giuditta dem Pfarrer auseinanderzusetzen. »Wir haben diesen armen Mann mit seinem Kind in unser Haus aufgenommen. Jetzt stirbt er. Versetze dich doch in unsere Lage. Können wir ihn wie einen Hund fortgehen lassen?«

»Nicht wie einen Hund«, protestierte der Pfarrer. »Wir müssen ihn trösten, müssen ihm mit all unserer Liebe beistehen. Aber ohne die Sakramente unserer Kirche.«

»Weshalb ohne die Sakramente?«
»Ich habe es euch schon erklärt. Er hat einen andern Glauben.«
»Aber gib acht! Er glaubt an Gott wie wir«, versicherte ihm Giuditta. »Oh, das ist gewiß! Wir haben einmal mit ihm darüber gesprochen. Da hat er uns anvertraut, daß es derselbe Gott ist wie der unsrige. Genügt das nicht?«
»Da er Jude geblieben ist, glaubt er nicht an Jesus Christus«, suchte Don Nicola zu erklären. »Er glaubt an den Vater, das ist wahr, aber nicht an den Sohn. Das ist eben das Unglück!«
»Dann befiehl ihn dem Vater!« schrie Zaccaria, der die Geduld verlor. »Kannst du ihn nicht dem Vater anbefehlen? Nach deiner Meinung also zählt der Vater weniger als der Sohn?«
»Man brauchte einen Mann der Synagoge«, meinte der Pfarrer. »Es müßte ein Rabbiner sein.«
Zaccaria fragte:
»Gibt es einen hier in der Gegend?«
»Nein, aber in Rom!« versicherte der Pfarrer.
»Ich sehe, daß du guter Laune bist«, grinste Zaccaria. »Das hilft uns auch nicht weiter, aber als Zugabe willst du noch den Geistreichen spielen.«
»Ich gehe jetzt«, erklärte Don Nicola verärgert. »Wo ist der Mann mit dem Pferd?«
Zaccaria erhob sich mit einem Satz. Vergebens suchte Giuditta ihn zurückzuhalten. Er lief und holte ein Gewehr, das neben der Türe an der Wand hing.
»Wenn du nicht deine heilige Pflicht tust«, schrie er, »dann kommst du hier nicht lebendig heraus. Ich sage das, damit du Bescheid weißt!«
»Offen gestanden, ich habe nicht gewußt, daß du solch ein Tier bist«, antwortete ihm der Priester entmutigt.
»So gehe ich mit den Schmarotzern um, mit den Parasiten, mit den Faulpelzen in allen Berufen«, fuhr Zaccaria fort. »Es macht dir also schon zuviel Mühe, diesem armen Mann, der im Sterben liegt, einen kleinen Segen zu spenden! Wenn

es sich noch um den Preis handeln würde. Was habe ich zu bezahlen?«

Aus dem Nebenzimmer kamen, von Giuditta gerufen, die andern Männer herbeigelaufen. Sie umringten Zaccaria, nahmen ihm das Gewehr aus den Händen und drängten nun ihrerseits den Priester, doch Vernunft anzunehmen. Für die Leute in der Meierei handelte es sich weniger um eine Frage der Religion als der Ehre. Was, zum Teufel, war daran so schwer zu verstehen!

»Da du es anscheinend noch nicht weißt, ist es höchste Zeit, daß du es begreifen lernst!« schimpfte Zaccaria weiter. »Wenn es schneit und der Nordwind tobt wie heute, dann befehlen wir hier: ich und die Wölfe. Verstanden? Nicht der Papst und nicht der König! Die Vorschriften und Bestimmungen sind aufgehoben! Willst du zu Fuß nach San Luca zurückkehren? Versuch es doch!«

Die Auseinandersetzung schien schlecht enden zu wollen. Plötzlich hatte Don Nicola die Eingebung, das einzig Richtige und Passende vorzubringen, was er gleich zu Anfang hätte tun müssen und wogegen niemand etwas hätte einwenden können. Er sagte also die vielleicht nicht ganz ernstgemeinten, aber recht zweckmäßigen Worte, die als ein Zugeständnis an Zaccaria aufgefaßt werden konnten.

»Kann Herr Stern einen noch verstehen, und kann er noch sprechen?« fragte er zu Giuditta gewandt. »Nun gut«, fügte er hinzu. »Um so besser! Dann bin ich bereit, alles, was er ausdrücklich von mir verlangt oder wünscht, für ihn zu tun.«

»Na endlich!« rief Zaccaria befriedigt aus.

Giuditta eilte gleich ins Zimmer des Kranken, das im oberen Stockwerk lag, und Zaccaria, der nun wieder besänftigt war, gab allen zu trinken.

»Schließen wir Frieden!« sagte er und reichte dem Priester einen Becher voll Wein.

»Er ist gut«, meinte Don Nicola. »Merkwürdig, daß er den gleichen Geschmack hat wie mein Meßwein, der in unserer Gegend kaum gedeiht. Wo hast du ihn her?«

»Ich freue mich, daß er dir schmeckt«, sagte Zaccaria und goß ihm von neuem ein.

»In den letzten Tagen erwartete ich ein Faß gerade von diesem Wein«, sagte der Pfarrer. »Es ist an mich abgeschickt worden, doch unterwegs verlorengegangen. Ich möchte nicht indiskret sein, aber darf ich fragen, wo du diesen Wein herhast?«

»Um die Wahrheit zu sagen, ich weiß es nicht mehr», antwortete Zaccaria. »Mein Haus, das weißt auch du, ist wie die göttliche Vorsehung. Ich führe keine Aufzeichnungen. Was gibt es da zu lachen?« fragte er einige von seinen Männern.

»Bei diesem Wetter kannst du heute abend nicht nach San Luca zurückkehren«, fügte er, zum Priester gewandt, hinzu. »Es wäre zu gefährlich. Das heißt, daß Giuditta und ich beim Feuer sitzen bleiben und du in meinem Bett schläfst.«

»Ich werde bei dem Kranken wachen«, sagte der Priester. »Ich bin nicht hergekommen, um zu schlafen.«

»Ich fürchte, der Kranke wird den Morgen nicht mehr erleben«, meinte Zaccaria.

»Dann werde ich bei der Leiche wachen.«

»Das wird sich finden. Inzwischen kannst du ein wenig näher ans Feuer rücken. Willst du ein paar geröstete Brotschnitten mit gebratenen Vögeln? Sie schmecken gut zu dem Meßwein.«

»Ich bin nicht hungrig. Wo ist Stella?«

»Bei ihrem Vater. Wir haben versucht, sie von ihm wegzuholen. Aber es war unmöglich. Weshalb ist bloß Giuditta nicht wieder heruntergekommen?«

Don Nicola und Zaccaria saßen auf zwei niedrigen Schemeln neben dem Kamin. Zaccaria trug eine weite Jacke aus Schaffell und hohe, mit Schweineschmalz gefettete Stiefel. Er war vierschrötig, riesig und hatte einen Kopf wie eine Bulldogge. Beim Atmen keuchte er ein wenig. Zu seinen Füßen kauerte ein alter Hirtenhund mit müden blutunterlaufenen Augen. Die übrigen Männer standen, in ihre alten Kapuzen, Mäntel und Stalldecken gehüllt, im Halbkreis ums Feuer und neigten sich mit ausgestreckten Händen über die Flammen. Ihr Haar war wirr wie das Fell wilder Tiere. Unter ihnen befand sich mit verbundenem Kopf ein Knecht aus der Meierei, den auch Don Nicola kannte. Er sah aus wie ein schwarzer Büffel. Er habe, so erzählte er, hinter dem Stall eine Wolfsschlinge angebracht.

»Was hast du hineingetan?« fragte Zaccaria.

»Das Aas einer Ziege.«

»Einer Ziege? Wo hast du die her?«

Der Mann zögerte mit der Antwort.

»Ich erinnere mich nicht mehr«, sagte er schließlich.

Alle lachten mit Ausnahme des Priesters. Don Nicola betrachtete mit mitleidigen und erschrockenen Blicken die vom Feuer geröteten müden, schmutzigen Gesichter, die durch die Unbilden der Witterung gegerbt waren und die Narben von Schlägereien und die Spuren des Kerkers trugen. Solche Menschen hatte er in seiner Gemeinde? Gewiß! Sie und die Wölfe und die Ziege in der Wolfsfalle. Auch er war in einer Schlinge gefangen. Von wem? Von Gott? Vom Teufel? Zaccaria hielt in der Rechten einen langen, dünnen Eisenstab, mit dem er ab und zu im Feuer stocherte, um es anzufachen. Die Funken, die das Eisen aufspringen ließ, sprühten zu Hunderten in den schwarzen Schlund des Kamins hinauf, glitzerten einen Augenblick, wenn sie an der rauchgeschwärzten Kaminwand hängen blieben, und verlöschten dann und wurden zu Ruß. Von der Treppe her vernahm man das Klappern von Giudittas Pantinen.

»Brauchtest du so lange Zeit?« brummte Zaccaria.

»Er hat nicht im mindesten Lust, sich zu bekehren«, verkündete Giuditta. »Er will, sagt er, im Glauben seiner Vorfahren sterben. Aber er würde sich freuen, dich zu begrüßen«, sagte sie zu Don Nicola. »Du hast ihm anscheinend einmal etwas erklärt, was er gern nochmals hören möchte.«

»Hat er dir nicht gesagt, was es war? Wie soll ich mich daran erinnern?«

»Ich weiß nicht, ob ich es recht verstanden habe«, entschuldigte sich Giuditta. »Etwas über die Liebe, glaube ich. Über die allgemeine Gotteskindschaft oder so etwas Ähnliches. Du wirst dich sicher noch daran erinnern. Er sagt, vor dem Sterben möchte er noch einmal diese Worte hören.«
Auf der Treppe und im Flur des oberen Stockwerks herrschte dichte Finsternis. Obwohl Giuditta den Priester führte, mußte er ganz langsam und tastend gehen. Die Tür zum Zimmer des Kranken war offen. Aus der Kammer drang eine Schülerstimme. Es war Stella, die aus der Bibel vorlas. Eine Kerze erhellte nur schwach das abgezehrte, bärtige Antlitz des Sterbenden auf dem Kissen und das bleiche Gesichtchen des über das Buch gebeugten Kindes.
»Unsere Väter« – las das Mädchen – »vertrauten auf DICH; sie vertrauten auf DICH, und DU hast sie erlöst. Sie schrien zu DIR und wurden errettet. Sie vertrauten auf DICH und wurden nicht zuschanden.« Aber die Stimme war schon sehr leise, schwach und müde; bald wurde sie zu einem unverständlichen Murmeln, und dann sank Stellas Kopf auf das Buch.
»Endlich ist sie eingeschlafen«, sagte Giuditta leise. »Oder sie ist ohnmächtig geworden. Armes Kind!«
Mit Hilfe des Priesters nahm sie Stella sachte, ohne sie zu wecken, auf die Arme und trug sie ins Nebenzimmer auf ihr Bett. Don Nicola nahm den Platz des Mädchens neben dem Lager des Kranken ein und begann, etwas aus dem Buch Hiob vorzulesen. Es war jedoch schwierig, zu beurteilen, ob der Kranke zuhörte. Das einzige Lebenszeichen, das er von sich gab, war ein leises, hohles Röcheln, das aus der Brust aufstieg und über die halbgeöffneten Lippen drang. Dennoch, gegen Mitternacht stellte sich eine leichte Besserung ein, und er begann wieder zu sprechen. Aber der erfahrene Priester ließ sich nicht täuschen. Es war die Besserung, die recht oft dem Tode vorangeht.
»Sind Sie tatsächlich davon überzeugt«, fragte der Sterbende Don Nicola, »daß all das einen Sinn hat? Sind Sie dessen si-

cher?« – Und dann sagte er: »Sprechen Sie nun von der allgemeinen Gotteskindschaft der Menschen.«
Giuditta blieb im Schatten stehen und lauschte mit weit offenen Augen. In ihrer Einfalt war es ihr, als sei sie der einzige Zeuge eines wunderbaren Geschehens und vernehme ungewöhnliche Worte. Signor Stern erlebte den Morgen nicht mehr. – Die Tage vergingen, der Schnee schmolz, die Wölfe kehrten in ihre Höhlen zurück, und an den Mandelbäumen im Tal öffneten sich Millionen von weißen Blüten.

13

»Was träumt Ihr? Geht es Euch auch nicht gut?«
Es war Stellas Stimme. Don Nicola war, am Boden kniend, den Kopf auf den Rand des Bettes gestützt, auf dem die Kranke lag, eingeschlummert. Es gelang ihm nicht, seine Tränen zu verbergen.
An den folgenden Tagen suchte der Arzt die Kranke zwei- oder dreimal täglich auf. Er vertraute Don Nicola an, daß er den Fall für recht schwer halte. Er war ein älterer Mann, etwas schmutzig und verwahrlost, schlecht gelaunt, mit einer Trinkernase. Erst vor kurzem war er aus dem Heeresdienst entlassen worden. Die Hausbesitzerin nannte ihn Professor und versicherte, er sei der fähigste Arzt in der Stadt, wenn auch ein unverbesserlicher Weiberjäger. Don Nicola begleitete ihn jedesmal die Treppe hinunter und suchte, etwas Genaueres über den Zustand der Kranken aus ihm herauszubekommen. Er wollte Stella nicht verlassen, bevor er nicht mit Sicherheit wüßte, daß sie außer Gefahr war. Einmal fragte ihn der Arzt, während sie die Treppe hinunterschritten, mit sarkastischer Stimme:
»Sind Sie nicht, obwohl Sie Priester sind, der Freund von Rocco De Donatis?«
»Er ist ein Mann, den ich zugleich tadle und bewundere«, antwortete Don Nicola. »Ja, ich habe ihn gern. Wir kennen

uns seit vielen Jahren. Haben Sie nie Gelegenheit gehabt, ihm zu begegnen?«

»Ich verabscheue ihn, ohne ihn zu kennen«, erklärte der Arzt. »Und ich bin sicher, daß ich mich in ihm nicht täusche. Er muß ein Raubtier sein. Einer meiner Freunde ist von seiner Parteitruppe erschossen worden. Vielleicht sogar von ihm höchstpersönlich. Der Leichnam wurde mit Petroleum übergossen und verbrannt.«

»Wenn sich die Sache so verhält...«, sagte Don Nicola.

»Das kranke Mädchen ist nicht schuld daran«, fiel ihm der Arzt ins Wort.

Zwei oder drei Tage lang blieb Stellas Zustand unverändert. Unverändert blieben auch ihre Apathie und Mutlosigkeit. Sie machte nicht die mindeste Anstrengung, um die Genesung zu fördern, ja, sie schien sie nicht einmal zu wünschen. Daher war es schwierig, herauszufinden, wieweit ihre Mattigkeit auf die Krankheit oder auf die Medikamente zurückzuführen sei. Im großen und ganzen entsprach sie durchaus ihrem Gemütszustand.

»Ich komme mir vor wie ein Spielzeug, dessen Feder jemand zerbrochen hat«, sagte sie in einem der seltenen Augenblicke, in denen sie aus ihrer Lethargie auftauchte. »Ich komme mir vor wie ein Hampelmann, der nicht mehr funktioniert; der nur noch gut ist zum Wegwerfen.«

»Die Feder ist nur nicht aufgezogen«, entgegnete Don Nicola lächelnd. »Bald wird dein Vertrauen zum Leben zurückkehren, du wirst genesen und diese Leiden vergessen. Hast du noch immer die starken Schmerzen?«

»Manchmal. Aber das Schlimmste sind nicht die Schmerzen. Mein Körper ist in einer geradezu unanständigen Art an die Seele gekettet.«

»Gott ist oft erbarmungslos gerade gegen die Seelen, die er am meisten liebt.«

»Gott? Ihr glaubt, er sei schuld daran?«

»Er hat dich einer harten Prüfung unterzogen.«

»Tatsächlich bin ich im ersten Examen auf eine dumme Art

durchgefallen und auf nicht wiedergutzumachende Weise ausgeschieden. Wer gibt mir jetzt die Kraft, fortzufahren?«

»Gerade das war deine Rettung! Später wirst du es einsehen. Aber wenn du dich müde fühlst, wollen wir ein andermal darüber weitersprechen.«

»Meine Rettung?« wiederholte sie mit seltsamer Stimme. »Die Rettung wovor? Bis vor einer Woche hatte das Wort Rettung für mich einen sehr eindeutigen Sinn«, fügte sie hinzu. »Es war nicht möglich, Rettung mit etwas anderem zu verwechseln. Sie schwang eine Fahne, sang eine Hymne. Jetzt wäre also, nach Eurer Meinung, die wahre Rettung das Gegenteil? Das ist bequem, allzu bequem! Wer glaubt daran?«

»Liebe Tochter, es handelt sich hier nicht um Worte. Wahrheit, Betrug, Haß, Liebe sind reale, eindeutige Dinge.«

Die Kranke war schon wieder eingeschlummert, völlig erschöpft von der Anstrengung, die das Gespräch sie gekostet hatte. Bevor sie nicht wiederhergestellt war, schien es unmöglich, mit ihr von der Zukunft zu reden. Als besonders peinlich empfand Don Nicola den Umstand, daß er sich nicht mit Rocco darüber beraten konnte. Als er das erstemal diesen Namen aussprach, war Stella in heftige Erregung geraten. Dann hatte sie ihm, ohne weitere Erklärung, gesagt, zwischen ihr und Rocco sei alles zu Ende. Hatten der Pfarrer und seine Schwester nicht gerade das von ganzem Herzen gewünscht? Don Nicola kam es vor, als sei er in seiner eigenen Falle gefangen. Das Ärgernis des Konkubinats war beseitigt. Er hätte sich darüber freuen müssen. Aber wie sollte Stella auf sich allein gestellt leben? Wo sollte sie einen andern Mann mit den moralischen Vorzügen Roccos finden? Auch würde es schwierig sein, wirtschaftliche Unterstützung für sie zu beschaffen.

Mittlerweile verstrichen die Tage, und Don Nicola wußte nicht, wie er helfen sollte. Kaum schien ihm das Mädchen ein wenig kräftiger, versuchte er vorsichtig, das Gsepräch auf Rocco zu lenken. Er tat es mit der gebotenen Zurückhaltung und entschuldigte sich wiederholt in recht verworrenen Ausdrücken. Er wollte, Gott behüte, nicht seine Hand dazu leihen, das aufgelöste Konkubinat wiederherzustellen. Aber Rocco sollte ihm wenigstens helfen, das Mädchen zu beschützen.

»Er ist ein großmütiger Mensch«, sagte er. »Was auch immer für Mißverständnisse zwischen euch bestehen – auf ihn kann man stets zählen.«

Kaum aber war der Name Rocco gefallen, da wurde Stella ganz Ablehnung und Widerstand.

»Nein, nein«, sagte sie. »Entschuldigt, aber Ihr könnt mich jetzt nicht verstehen. Vielleicht werde ich Euch an einem der folgenden Tage alles erzählen. Dann werdet auch Ihr mir recht geben.«

»Rocco mag sich geirrt und Fehler begangen haben«, hob Don Nicola nochmals an. »Aber nicht mit Vorbedacht! Er ist nicht schlecht. Ich kenne ihn seit Jahren. Gewiß, er hat sich zu mancher Dummheit hinreißen lassen, aber nie zu einer Schlechtigkeit.«

»Aber er hat doch gar keine Schuld«, rief Stella und brach in Schluchzen aus. »Ich habe ihn verraten. Die Unwürdige bin ich.«

14

Oscar war höchst erstaunt, als er am Tag des Bruches zwischen Rocco und der Partei erfuhr, daß Stella nicht beabsichtige, ihrem Freund zu folgen. Das war in Anbetracht der besonderen Umstände und Motive ein recht seltener Fall. Das Mädchen schien von einem nicht alltäglichen Ehrgeiz besessen. Zum erstenmal in ihrem Leben fühlte sich Stella mit einer wichtigen Mission betraut. Sie erklärte Oscar, daß sie Rocco keineswegs verachte und daß sein Schicksal ihr nicht gleichgültig sei, im Gegenteil, sie liebe ihn mehr als je. – Bevor Oscar von Sant' Andrea abreiste, sprach sie mit ihm des längeren darüber; sie setzte ihm ihre Pläne auseinander und fühlte sich von ihren eigenen Worten ermutigt. Um es kurz zu sagen: Sie beabsichtigte, alles zu tun, daß Rocco sobald wie möglich wieder in die Partei aufgenommen werde. Wer vermöchte sich vorzustellen, daß ein Mann, der seit vielen Jahren so eng mit der allgemeinen Sache verwachsen war, von seinen alten Freunden getrennt leben könnte? Außerhalb der Partei habe Roccos Leben allen Sinn verloren. Es handle sich einzig darum – behauptete Stella –, einige Mißverständnisse zu klären. Solange sie selbst in der Partei arbeiten würde, sei in einem gewissen Sinn noch ein Teil von ihm darin.

Rocco hatte die kleine Wohnung, die er in der Stadt gemietet hatte, Stella überlassen. Die Schlüssel hatte ihr Martino gebracht, der auch die Miete für ein paar Monate im voraus bezahlte. Da Rocco seine Bücher, seine Papiere und andere persönliche Gebrauchsgegenstände in der Wohnung zurückließ, durfte man annehmen, daß auch er die Trennung nur als Intermezzo ansah.

Völlig unerwartet hatte Stella eines Tages Oscar im Korridor des Provinzbüros der Partei wiedergetroffen. Das war für sie eine angenehme Überraschung, denn sie betrachtete ihn nun als ihren Komplicen und Helfer bei dem Versuch, die verwirrte Seele Roccos wiederzugewinnen. Das Zusammentreffen diente auch ein wenig dazu, ihre neue Lage, die im Verhältnis zu den Bürogenossen recht zweideutig war, zu stärken. Aber Oscar war in Gegenwart der andern ihr gegenüber nicht sehr mitteilsam. Er gratulierte ihr zu ihrer politischen Treue und redete dann sofort von sachlichen Dingen. Stellas Arbeit bestand nach wie vor in der Verteilung der Parteizeitungen an die Sektionen in der Provinz. Aber eines Abends, als sie sich eben anschickte, ins Bett zu gehen, kam Oscar unangemeldet zu ihr in die Wohnung. Stella war sehr erfreut über seinen Besuch und wollte ihm eine Tasse Kaffee anbieten.

»Das ist so Brauch in den guten Familien«, erklärte sie ihm.

In ihrer Hausfrauenschürze sah sie aus wie eine Schülerin, welche die Rolle einer Erwachsenen spielt. Während sie in der Küche den Kaffee zubereitete, stürzte sich Oscar gierig auf die Bücher und Papiere Roccos, um darin herumzuschnüffeln. Sie waren in großer Menge vorhanden und lagen auf den Gestellen, auf den Stühlen und am Boden herum.
»Hast du ihn wirklich so sehr gern?« fragte er Stella dann.
»Ja, sehr«, antwortete sie. »Nimmst du Zucker?«
»Zwei Löffelchen voll. Wirst du ihm treu bleiben?«
»Das ist eine müßige Frage.«
»Glaubst du, daß auch er dir treu bleibt?«
»Natürlich! Nimmst du noch eine Tasse Kaffee?«
»Hat er dir am Ende sogar gesagt, daß er dir treu bleiben werde? Donnerwetter! Der versteht's, die Frauen zu belügen!«
»Wenn es dich interessiert: Mir sind seine Lügen lieber als die Wahrheit der andern.«
»Weshalb?«
»Weil er es sagt. Übrigens ist das ein Thema, das sich für den ernsthaften Genossen Oscar nicht schickt.«
Er errötete und mußte sich bücken, um das Löffelchen aufzuheben, das ihm aus der Hand gefallen war.
»Wenn es dir zu heiß ist, kannst du die Jacke ausziehen«, sagte das Mädchen.
»Rocco hat immer viel Glück gehabt in der Liebe«, murmelte Oscar. »Jedesmal, wenn ich ihn wiedersehe, ist er mit einem andern Mädchen zusammen.«
»Es wäre schlimmer, oh, viel schlimmer«, meinte Stella, »wenn er Knaben vorzöge. Findest du nicht auch?«
»Immerhin«, sagte Oscar verärgert, »was hat er denn so besonderes, was die andern Männer nicht haben?«
»Reden wir von etwas anderem«, schlug Stella versöhnlich vor. »Von etwas anderem, bitte!«
»Willst du nicht antworten?«
»Er ist eben er. Was mich betrifft, habe ich nichts weiter hinzuzufügen. Ist das nicht eine erschöpfende Antwort?«

»Ich meine, aus welchem Grunde liebst du ihn?«
»Weil er es ist, kann ich nur wiederholen. Scheint dir das keine überzeugende Antwort? Und doch ist es die aufrichtigste und vollständigste Erklärung, die ich dir geben kann.«
»Meinst du ›er‹ in körperlichem Sinn?«
»Dummheit!«
»Hast du keine anderen Männer geliebt vor ihm?«
»Nein.«
»Ah, dann verstehe ich.«
»Ich gratuliere.«
»Wenn du erst einmal mit andern Männern ins Bett gehst, wirst du entdecken, daß es mehr oder weniger immer das gleiche ist. Du wirst sehen! Du wirst sehen!«
»Unmöglich.«
»Wie kann ein Mädchen, das einen Kursus über den dialektischen Materialismus mitgemacht hat, ›unmöglich‹ sagen?«
»Schön«, schlug Stella vor, »wir werden wieder davon reden, wenn auch du nicht mehr in der Partei bist.«
Oscar sprang auf. »Unmöglich«, brüllte er.
Nach einem Augenblick der Verblüffung brachen sie beide in Gelächter aus. Oscar versuchte sofort, sich zu rehabilitieren, indem er sich einer ›ehrlichen Selbstkritik‹ unterzog.
»Ich habe die Parteipflicht vernachlässigt«, gestand er. »Weil ich dich wiedersehen wollte, habe ich meine Abreise hinausgeschoben.«
»Um einer solchen Nichtigkeit willen! Immerhin hast du gewonnen: Wir haben uns wiedergesehen!«
»Bevor ich zu dir kam«, fügte er mit rotem Kopf hinzu, »bin ich beim Friseur gewesen.«
»Ich habe es gleich bemerkt. Hast du auch ein Bad genommen? Hast du saubere Wäsche angezogen?«
»Ehrenwort: auch daran hatte ich gedacht. Glaub nicht, ich hätte nicht daran gedacht! Aber dann ist mir ein Zweifel gekommen. Ich habe mir gesagt: Und wenn Stella nicht will?«
»Dann hättest du dich ganz umsonst erkältet, nicht wahr?

Es war gescheit von dir, vorsichtig zu sein. Ich sage das im Interesse der Partei. Ein erkälteter Aktivist ist nur ein halber Aktivist!«

Oscar seufzte, dann fügte er hinzu:

»Der Geist ist willig, aber das Fleisch ist schwach.«

»Ist das ein Gedanke von Marx? Oder von Stalin?«

»Nein, von einem andern. Du kannst dir nicht vorstellen, was ich leide, sehr zum Schaden meiner Arbeit, wenn ich länger als drei Tage nicht mit einer Frau geschlafen habe.«

»Hab Erbarmen und erspar mir die Einzelheiten!«

»Ich habe das in einer ganz bestimmten Absicht gesagt: um mich zu demütigen. Was wäre jeder von uns ohne die Partei?«

Das Wort ›Partei‹ versöhnte sie und brachte sie einander wieder nahe.

»Ja, die Partei ist unsere wahre Familie«, sagte das Mädchen. »Vater, Mutter, Kind, Vorfahre und Nachkomme! Sie ist unser Stamm!«

»Unser Gesetz«, sagte Oscar, »unser Lebensinhalt, unser höchstes Gut, die Errettung aus der individualistischen Vergeudung des bürgerlichen Daseins!«

»Ja, sie ist unsere Führerin, unser Leitstern, unser Rettungsboot, unser Anker, unser sicherer Hafen.«

»Sie ist unser härenes Büßerhemd, unsere Gemeinschaft mit den Märtyrern unserer Sache, mit den fernen Völkern!«

»Und unsere Katakombe! Der Sinn unserer Verschwörung!«

»Unsere Festung!«

»Und unser ummauerter Garten! Unsere Freude!«

»Unsere hohe Schule der Wahrheit!«

»Ägypten und das Gelobte Land!«

Oscar bemerkte, daß dem Mädchen die Augen voll Tränen standen, und daß es versuchte, sie zu verbergen.

»Weshalb bist du jetzt traurig?«

»Was wird aus Rocco werden außerhalb der Partei?«

Oscar hatte nur ein Achselzucken.

»Was aus jedem wird, der sich selbst überlassen bleibt.«

»Wir müssen ihn retten«, sagte Stella mit Nachdruck. »Um jeden Preis! Wir können ihn nicht sich selbst überlassen.«
»Wir müssen vor allem die Partei gegen eventuelle Angriffe von ihm und von Martino schützen«, korrigierte Oscar. »Wir dürfen uns nicht von der Freundschaft blenden lassen. Erst in zweiter Linie können wir versuchen, ihn zu retten.«
»Wir müssen diese zweite Linie in den Vordergrund rükken«, beharrte Stella. »Und zwar so bald wie möglich!«
»Hast du ihn wirklich gern?«
»Sehr!«
Die Funktionäre des Provinzialbüros der Partei wurden von Oscar eingehend instruiert, wie sie sich Stella gegenüber zu verhalten hätten. Sie sollte im Versandbüro für Propagandaschriften bleiben und überwacht werden.
»Rocco ist ihr Irrtum«, sagte Oscar zu den Funktionären. »Aber auf ihre Ehrlichkeit können wir zählen.«
»Wir bauen auf deine Treue«, versicherte Oscar dem Mädchen im Tone des Beschützers, bevor er nach Rom zurückkehrte.
Stella wünschte nichts anderes, als auf die Probe gestellt zu werden. Zu Beginn wurde ihr ein Fragebogen mit etwa sechzig Fragen vorgelegt, die zum Teil grotesk waren und sich auf ihr und Roccos Leben bezogen. Auf alle Fragen, auch auf die indiskretesten, antwortete sie, indem sie die Wahrheit und nichts als die Wahrheit sagte, diese aber in eine anmutige Form kleidete. So sehr war sie davon überzeugt, daß die Partei das Recht habe, alles zu erfahren. ›Die Partei ist der bessere Teil von uns, sie ist die Wahrheit. Weshalb sollte man der Wahrheit widerstreben?‹ sagte Stella zu sich selbst. Bald darauf verlangte man von ihr die Schlüssel zu Roccos Schränken und Koffern. Sie lieferte sie unverzüglich und mit Freuden aus.
»Sucht, durchstöbert alles!« sagte sie lachend. »So werdet ihr euch überzeugen, daß Rocco nichts zu verbergen hat.«
Die Schlüssel zu verwenden blieb indes einem Funktionär vorbehalten, der eigens aus Rom kam. Der Mann begab sich

nicht ins Parteibüro, sondern ging schnurstracks in Stellas Wohnung. Die Tatsache seiner Ankunft wurde mit ungewohnter Verschwiegenheit behandelt. Ein Postbeamter, den Stella kaum vom Sehen kannte, hatte ihn auf der Treppe erwartet und stellte ihn dem Mädchen vor. Es handelte sich um einen Mann in mittleren Jahren, der bescheiden wie ein kleinbürgerlicher Handwerker gekleidet war. Ebensogut hätte er Kontrolleur beim Elektrizitätswerk sein können. Stella drückte ihm herzlich die Hand. Sie fürchtete sich durchaus nicht vor Männern.

»Ein Fremder ist diskreter als ein Einheimischer«, erklärte der Postangestellte, sich an Stella wendend. »Wir müssen den Klatsch, die Indiskretionen vermeiden und den bösen Zungen einen Zaum anlegen.«

»Natürlich, natürlich«, antwortete das Mädchen und zwinkerte verständnisvoll.

Ohne sich über das Warum Rechenschaft zu geben, fand Stella die Vorsichtsmaßregeln ganz zweckmäßig. Dergleichen Dinge vermochten sie zu rühren, zu verzaubern, vielleicht weil sie von dem romantischen Hauch der Heimlichkeit und Gefahr umweht waren. Rocco hatte also ganz und gar unrecht, wenn er behauptete, man sei keine Partei von Verfolgten mehr. Der Mann aus Rom sagte, er heiße Ruggero. Stella tat, als glaube sie es ihm. Sie fand, Ruggero gleiche Oscar auf sonderbare Weise. Er war ein kleiner, plumper Kerl mit finsterem, rohem, herausforderndem Gesicht. Aber er hatte den gleichen Blick, die gleiche Stimme, die gleichen Gebärden wie der andere.

»Seid ihr Brüder?« fragte sie ihn lächelnd.

Ruggero antwortete nicht. Da begriff Stella, daß sie indiskret gewesen war. Ein schwerwiegender Fehler im Leben von Verschwörern.

»Du mußt entschuldigen«, sagte sie errötend.

»An einem der nächsten Tage«, erklärte er, »haben wir eingehend miteinander zu sprechen.«

»Wir können es auch jetzt tun.«

»Nein, bei passender Gelegenheit.«

Er war ein sonderbarer Mensch. Wenn er an den folgenden Tagen Stella mit andern Genossen zusammen auf der Straße traf, tat er, als kenne er sie nicht. Einmal grüßte sie ihn sogar zuerst, und zwar recht herzlich; er aber gab den Gruß nicht zurück. Zu Hause machte er ihr deswegen Vorwürfe. Auf der Straße, sagte er, kenne er nie jemanden. Das sei einer seiner Grundsätze. Da er sein Inkognito wahren wollte, nahm er auch die Mahlzeiten nicht in der Parteikantine ein, sondern speiste für sich allein in einer kleinen Wirtschaft. Stella bewunderte ihn. Offensichtlich hatte sie sich die Regeln und Gebräuche des unterirdischen Kampfes der Verschwörer noch nicht zu eigen gemacht, doch fehlte es ihr nicht an gutem Willen. Sie bat daher Ruggero, sie bei jedem Fehler zu tadeln, ja, sogar sie zu bestrafen. In gehorsamer Befolgung der Anweisungen, die sie erhalten, machte sie nicht einmal im Büro die leiseste Anspielung über das gegen Rocco eingeleitete Verfahren und über seine wahrscheinlich unmittelbar bevorstehende Wiederaufnahme in die Partei. Während der Bürostunden arbeitete Ruggero in ihrer Wohnung. Um Überraschungen zu vermeiden, schloß er sich dort sogar ein. Er ging methodisch, langsam, geduldig vor. Er begann damit, die Bücher Seite um Seite durchzublättern, wobei er die Bemerkungen an den Rändern und die unterstrichenen Sätze genau beachtete. Seit den ersten Nachforschungen enthüllte sich ihm die bekannte Freigeistigkeit Roccos in erschreckender Weise. Ruggero entsetzte sich, als er die Schriften von Lenin und Stalin auf demselben Bücherbrett stehen sah wie die der Ketzer Sinowjew, Bucharin, Trotzki, Victor Serge, Tasca.

»Weißt du etwas darüber«, fragte er an jenem Abend das Mädchen, »ob Rocco je eine Erlaubnis zur Lektüre verbotener Bücher bei der Indexkommission der Partei eingeholt hat?«

»Ich weiß es nicht«, entschuldigte sich Stella. »Vielleicht findest du die Bewilligung unter den anderen Papieren.«

»Immerhin ändert das nichts an der Tatsache, daß er die verbotenen Bücher unter strengem Verschluß hätte halten müssen.«

Allein, Roccos leichtfertiger Umgang mit der verbotenen Lektüre verlor in Ruggeros Augen alle Wichtigkeit, als er die Tagebuchhefte zur Hand nahm. Es waren sechs Bände voll Notizen und Anmerkungen, teils mit dem Bleistift, teils mit der Feder geschrieben. Die Aufzeichnungen stammten aus dem letzten Kriegsjahr, in dem Rocco Partisanenführer gewesen war. Als Stella an jenem Abend heimkam, fand sie Ruggero bei glänzender Laune. Er war nicht wiederzuerkennen; er trällerte und pfiff fröhlich vor sich hin.

»Wie geht es mit dem Fischzug?« wagte das Mädchen zu fragen.

»Wunderbar«, antwortete er lachend und rieb sich die Hände.

Es hätte wenig gefehlt, daß Stella ihn vor Freude umarmt hätte. Für gewöhnlich sagten sie sich nur guten Tag und guten Abend. Wenn Stella nach Hause zurückkehrte, fand sie die Türe verschlossen. Damit ihr geöffnet würde, mußte sie die Flurglocke auf eine ganz bestimmte Weise läuten. Mehr als einmal mußte sie sogar eine ganze Weile vor der verschlossenen Türe warten. Aber das mißfiel ihr nicht. So konnte sie beweisen, daß sie nicht zimperlich war. Auch an anderen Gelegenheiten, die Tugend der Nachsicht zu üben, fehlte es nicht. Trotz der sommerlichen Hitze zog Ruggero es vor, sogar nach Sonnenuntergang bei geschlossenen Fenstern und heruntergelassenen Läden zu arbeiten. ›Das wird eine Regel der Verschwörer sein‹, dachte Stella. Mit Rücksicht auf die Partei duldete sie es sogar, ohne zu klagen, daß sie die Wohnung am Abend heiß wie einen Backofen und voll Gestank von schmutzigen Kleidern und von Tabak vorfand. Weniger plausibel mußte ihr die sonderbare Gewohnheit Ruggeros vorkommen, seine natürlichen Bedürfnisse, kaum, daß sie nach Hause zurückgekehrt war, bei weit offenstehender Aborttür zu erledigen. Um nichts hören zu

müssen, flüchtete Stella Hals über Kopf auf den Balkon. Eines Abends sagte Ruggero endlich zu dem Mädchen:
»Ich brauche deine Hilfe. Willst du dich einen Augenblick setzen?«

15

Es herrschte eine schwüle, erstickende Hitze. Ruggero tropfte vor Schweiß, obgleich er ohne Rock mit aufgekrempelten Hemdsärmeln und offenem Kragen dasaß.
»Soll ich nicht die Fensterläden öffnen?« fragte Stella.
»Nein«, antwortete er barsch.
Vor ihm auf dem Tisch lag ein Haufen Zettel mit Aufzeichnungen, die er dem Tagebuch und andern Notizen Roccos entnommen hatte.
»Jetzt, da du alle diese Papiere durchgesehen hast«, sagte Stella lächelnd zu ihm, »mußt du Rocco besser kennen als ich.«
»Besser als du?« antwortete Ruggero kopfschüttelnd. »Nicht einmal der Teufel, nicht einmal Satan in Person wäre fähig, den Papieren eines Mannes das zu entnehmen, was eine Geliebte aus ihm herausholt, wenn sie mit ihm im Bett liegt.«
»Oh, ist das ein Ausspruch von Marx? Oder von Stalin?«
»Bei aller Bescheidenheit: der stammt von mir!«
»Es ist mir also erlaubt, daran zu zweifeln, ohne die Disziplin der Partei zu verletzen. Spaß beiseite, ich wollte sagen, Rocco sei ein aufrichtiger Mann und kein Schwätzer!«
»Sollte auch er zufällig zu den Männern gehören, die nicht einmal die Schuhe ausziehen, wenn sie eine Frau lieben?«
»Seine Füße sind flink, mager und immer sauber. Weshalb sollte er sie verstecken müssen? Er ist ein lebendiger Mensch, der sich mit schweren Problemen herumschlägt. Wenn er oft in Gedanken vertieft ist und auf seine Umwelt nicht achtet, so geschieht das nicht, weil er etwas verheimlichen will.«

»Da hast du recht. Er ist ein gequälter Mensch: ein Individualist. Er will nicht anerkennen, daß menschliche Probleme nicht vom Menschen gelöst werden können, sondern nur von der Partei. Die Partei hat immer recht. Sorgst du dich sehr um seine Rettung?«

»Ich kann an nichts anderes mehr denken.«

»Aber die Liebe einer Genossin darf nicht Verblendung, Schmeichelei, verbrecherisches Schweigen bedeuten. Wie kann man ihn für die Partei zurückgewinnen, wenn er selbst nicht will?«

»Ich habe viel darüber nachgedacht. Wir müssen ihn, denke ich, gegen seinen eigenen Willen retten. Er ist ein Mensch, der in einer Krise steckt. Aber ein Teil von ihm ist mit der Partei unlöslich verbunden.«

»Einverstanden. Glaubst du vielleicht, mir würde es mißfallen, Rocco in die Partei zurückzuführen? Ganz und gar nicht! Ich habe ihn in den vergangenen Jahren sehr bewundert.«

Diese Worte waren ganz dazu angetan, Stella zu rühren. Auf den strahlenden Gesichtern der beiden war jetzt ein gemeinsamer Wunsch zu lesen: einen Freund zu retten, ihn von seiner Schwäche zu befreien, ihn wieder gesund zu machen. Aber wie? Ruggero suchte etwas in den Blättern, die auf dem Tisch vor ihm aufgehäuft lagen.

»Er glaubt nicht mehr an den Marxismus«, murmelte er in einem bekümmerten, fast erschrockenen Ton, in dem Ton, in dem jemand einem andern mitteilt, daß ein Freund vom Aussatz oder vom Krebs befallen sei.

»Er zweifelt«, fügte Stella schüchtern hinzu, um die grausame Diagnose etwas zu mildern. »Mir scheint, es sei richtiger zu sagen: er zweifelt. Er sagt, um bestimmte Tatsachen zu erklären, könne der Marxismus noch nützlich sein.«

»Glaubt er an Gott?«

»Ich weiß es nicht.«

»Hat er nie mit dir darüber gesprochen?«

»Nein.«

»Paß auf, jetzt fange ich an, an deiner Aufrichtigkeit zu zweifeln. Es ist unmöglich, daß er nie mit dir davon gesprochen hat. Ich wiederhole die Frage noch einmal: Glaubt er an Gott? Denk an meine Warnung, bevor du antwortest.«

»Er hat nie mit mir darüber gesprochen. Aber vielleicht glaubt er an Gott«, gab Stella zu. »Eines Abends, als ich heimkehrte, habe ich ihn überrascht, wie er kniend betete. Ich zog mich auf den Zehenspitzen ins Nebenzimmer zurück, um ihn nicht in Verlegenheit zu bringen. Er hat nicht bemerkt, daß ich ihn gesehen hatte.«

»Das ist schwerwiegend!«

»Weshalb? Respektiert die Partei den religiösen Glauben nicht?« fragte Stella.

»Nicht bei ihren Leitern. Die Religion ist eine geistige Verworfenheit, die wir in der Zeit des Übergangs zwar noch bei Bauern, Frauen und mit uns sympathisierenden Dummköpfen dulden müssen. Aber nicht innerhalb der Partei, ah, niemals!«

»Ist sie nicht eher eine Schwäche? Ich möchte behaupten, sie sei eher eine Schwäche«, machte Stella geltend. »Sie ist ein schönes Märchen, eine Dichtung, sie ist Musik. Nichts von Bedeutung! Bist du etwa zufällig gegen die Musik?«

»Die Partei hat ihre offizielle Hymne und die genügt mir«, erwiderte Ruggero. »Wenn ein Genosse dem Marxismus um eines religiösen Glaubens willen abschwört, begeht er einen ideologischen Verrat.«

»Wäre es nicht richtiger, es eine Schwäche zu nennen? Ich würde es einfach eine ›Schwäche‹ nennen«, sagte das Mädchen in versöhnlichem Ton.

»Weshalb hatte Rocco uns seine Abtrünnigkeit verheimlicht? Ohne meine Prüfung seines Tagebuches im Zusammenhang mit dem gegen ihn eingeleiteten Verfahren wäre die Partei darüber im Dunkeln gelassen worden. Dünkt dich sein Verhalten ehrlich?«

»Das erkenne ich an«, murmelte Stella erschrocken. »Aber kann er nicht aus Anhänglichkeit an die Partei geschwiegen haben? Könnte es nicht sein, daß er sich in dem neuen Glauben noch unsicher fühlt? Er hat die Parteihymne nie verleugnet, das kann ich beschwören.«

Ruggero hatte wieder in seinen Notizen zu blättern begonnen. Von Zeit zu Zeit wischte er sich mit seinem großen, schon ganz durchnäßten Taschentuch den Schweiß von der Stirn. Stella fühlte sich erschöpft. Sie hatte den lieben langen Tag gearbeitet und noch nichts gegessen. Mit der letzten Energie, die ihr verblieben war, folgte sie ängstlich den raschen Handbewegungen Ruggeros, der die Notizblätter zu Rate zog. Es waren knotige Finger, gelb von Nikotin, mit schwarzen Nägeln. Und von diesen Händen hing vielleicht Roccos Schicksal ab.

»Könnten wir das Weitere nicht auf morgen verschieben?« fragte Stella schüchtern.

Aber der andere gab nicht acht auf ihre Worte. Vielleicht hatte er sie gar nicht gehört. Er begann wieder mit seinem Verhör.

»Rocco hat uns einreden wollen«, sagte er langsam und schaute dem Mädchen starr in die Augen, »er habe seine falschen Aufzeichnungen über die Zwangsarbeit in Rußland verbrannt. Warst du dabei, als er sie ins Feuer warf?«

»Nein! Aber das will nichts heißen! Er war oft allein.«

»Hältst du es für möglich, daß er sie versteckt hat?«

»Ich glaube nicht. Er hat gesagt, er habe sie verbrannt. Das ist doch sicherer als irgendein Versteck.«

»Er kann gelogen haben.«

»Unmöglich! Zu welchem Zweck?«

»Aber die Lüge würde ihn teuer zu stehen kommen. Du weißt, was ich damit sagen will. Wenn er sie aufbewahrt hat, wo kann er sie dann versteckt haben?«

»Er hat sie nicht versteckt! Hat er nicht gesagt, daß er sie verbrannt habe? Ich kann mir nicht vorstellen, daß er ihre Asche aufbewahrt hat!«

»Antworte auf meine Frage! Wenn er sie aufbewahrt hat, wo kann er sie versteckt haben?«

»Wie kann ich das wissen? Du solltest mir keine solchen Fragen stellen!«

»Stella, deine Art zu reden, gefällt mir nicht. Willst du seine Rückkehr in die Partei? Liegt dir seine Rettung am Herzen? Ist dir sein Leben lieb?«

Stella wurde ängstlich.

»Willst du mir helfen«, beharrte Ruggero, »das Versteck seiner falschen Dokumente ausfindig zu machen?«

»Ich verspreche es dir«, sagte Stella. »Aber bist du denn sicher, daß in jenen Manuskripten etwas Falsches steht?«

»Daran besteht nicht der leiseste Zweifel. Übrigens können wir das auf sich beruhen lassen. Ob ein Dokument falsch oder echt ist, darüber entscheide nicht ich, sondern die Partei. Das unfehlbare Kriterium der Partei ist bekannt: alles, was Rußland schadet, ist falsch!«

»Jene Dokumente könnten also falsch sein, auch wenn sie zufälligerweise – ich sage das nur so – authentisch wären?«

»Natürlich! Ganz besonders dann, wenn sie authentisch wären.«

Stella strich sich mit der Hand über die Stirn, als ob ihr schwindele. Ruggero fuhr indes mit seinen absurden Fragen fort.

»Hat Rocco dir nie etwas erzählt von Räubereien, von Morden und andern mutmaßlichen Verbrechen, die der Partei zur Last gelegt werden könnten?«

»Nur in vagen Andeutungen«, antwortete Stella. »Er sprach davon gleich nach der Befreiung.«

»Weißt du nicht, ob er Dokumente aufbewahrt, in denen von den Urhebern irgendwelcher Bluttaten die Rede ist?«

»Ich glaube nicht. Was hätte er damit anfangen sollen?«

»Besitzt er in seinem Dorf, in Fornace, ein Haus?«

»Ja, aber darin wohnt sein Onkel, der Chorherr. Rocco verfügt nur über ein Zimmer, wenn er sich zufällig dort aufhält.«

»Könnte er die wichtigsten und geheimsten Dokumente nicht in jenem Hause aufbewahrt haben?«

»Ich weiß es nicht, vielleicht! Er hat dort tatsächlich einige Kisten voller Papiere, aber es könnte sich dabei um solche handeln, die seinen Beruf als Ingenieur betreffen.«

»Er hat nie ein Haus oder eine Brücke wirklich fertig gebaut«, sagte Ruggero verächtlich.

Stella konnte den Kopf nur deshalb noch aufrecht halten, weil sie ihre Ellbogen auf den Tisch stützte und das Kinn auf die Fäuste legte. Aber sie bewies, daß sie noch immer Vertrauen setzte in die Ruhe, die Kälte und Unerschütterlichkeit Ruggeros. Dies waren die einzigen Eigenschaften, die brauchbar waren, um Rocco heil und gesund aus dem Gestrüpp von Hinterlist zu befreien, in dem er sich in seiner Arglosigkeit gefangen hatte.

»Hat er dir nie«, begann Ruggero von neuem, »etwas gesagt von gewissen Geiseln, die von den Partisanen erschossen worden sind?«

»Ich erinnere mich nicht«, antwortete Stella. »Ich erinnere mich an nichts mehr. Ich habe Kopfschmerzen!«

»Hat er dir nichts von getöteten Offizieren erzählt? Hat er dir nicht geschildert, wie ein Priester erschossen wurde?«

»Nein.«

»Jetzt hast du mich belogen!« rief Ruggero. »In einem der Tagebücher wird verschiedentlich berichtet von Gesprächen zwischen ihm und dir über die Erschießung von gewissen Geiseln. Muß ich dein Gedächtnis etwas auffrischen? Willst du diese Seiten selber lesen? Ihr seid sogar miteinander zur Mutter eines der Erschossenen gegangen. Ich begreife, daß du dich jetzt schämst, es zuzugeben, aber deine Lüge läßt mich auch an der Aufrichtigkeit deiner übrigen Antworten zweifeln.«

»Ja, jetzt erinnere ich mich an etwas. Wir wollten tatsächlich zu dieser Mutter gehen. Wir haben es lange miteinander besprochen. Eines Tages waren wir endlich entschlossen, es zu tun, aber im letzten Augenblick haben wir darauf verzichtet. Rocco fürchtete, die Sache könne sich herumsprechen und Anlaß zu Mißverständnissen geben.«

»Es war also die Furcht, die euch zurückhielt, nicht der Gedanke, daß ihr das Ansehen der Partei vor einer reaktionären Familie herabsetzen würdet.«

»Wir wußten gar nicht, wer es eigentlich war. Wir wußten nur, daß es sich um eine Frau in Fornace, in Roccos Dorf, handeln mußte. Der Sohn war zufällig gefangengenommen und, obwohl völlig unschuldig, von den Partisanen erschossen worden. Die Mutter war wahrscheinlich eine arme Frau.«

Ruggero schlug wütend mit der Faust auf den Tisch.

»Niemand hat das Recht, die Taten der Revolution zu verurteilen«, schrie er.

Stella, wenngleich ein wenig eingeschüchtert, verzichtete aber nicht darauf, sich zu rechtfertigen.

»Es war irgendein junger Soldat«, sagte sie mit sanfter, müder Stimme. »Rocco hat es mir erzählt. Jetzt erinnere ich mich deutlicher. Es war so: Dieser Soldat kehrte nach Hause zurück, nach Fornace; vielleicht war er entlassen worden, vielleicht hatte er Urlaub. Es war kein Feind, es war irgend jemand. Auf der Straße wurde er von einer Partisanenpatrouille angehalten, er mußte seine Ausweise vorzeigen und wurde in die Kaserne geführt. Rocco war zu dieser Zeit abwesend; auch von den andern Kommandanten war niemand da. Damit nahm das Unglück seinen Anfang. Der Soldat wurde in einen Raum gesteckt, in dem sich einige Honoratioren aus dem Ort befanden, die als Geiseln festgenommen worden waren, und dort wurde er vergessen. In einem Augenblick der Verwirrung, als man Repressalien ergriff, wurde er zusammen mit den andern erschossen. Er ließ einen Brief für seine Mutter zurück. Auf den Umschlag hatte er geschrieben: Für Mama. Ohne einen Namen, ohne Adresse.«

»Genug!« sagte Ruggero barsch. »Genug!«

Er war stehengeblieben, um Stella zuzuhören, und verbarg seine Gleichgültigkeit dieser langen und banalen Geschichte gegenüber nicht.

»Es war nicht die einzige Episode dieser Art«, sagte er in gereiztem Ton. »Die einzelnen Fälle sind sich alle gleich.

Glaubst du, unsere Leute, die erschossen wurden, hätten keine Mutter gehabt?«

»In einem gewissen Sinn«, wagte Stella zu sagen, »könnte man behaupten, alle Menschen hätten eine Mutter.«

»Dachte Rocco wirklich daran, hinzugehen und mit jener Frau zu sprechen?«

»Es war ein Problem, das Rocco beschäftigte. Aber es steckte keine politische Absicht dahinter. Er dachte wahrhaftig nicht an eine symbolische Geste und auch nicht daran, eine Regel aufzustellen oder eine Theorie zu begründen. Verstehst du? Es war einer seiner spontanen Einfälle, eine natürliche Reaktion. Er hielt es für seine Pflicht als Mensch, diesen Besuch zu machen. Vielleicht wartete die Mutter noch immer auf die Rückkehr ihres Sohnes. Vielleicht wußte sie gar nicht, daß er getötet worden war.«

»Gerichtet!« verbesserte Ruggero. »Wo ist der Brief?«

»Rocco muß ihn haben. Er hatte ihn unter seinen Papieren wiedergefunden. Hie und da kam er ihm unter die Hände, und dann redete er von neuem mit mir darüber. Es war eine seiner Sorgen.«

»Das alles ist grotesk«, sagte Ruggero.

»Er hatte die Einwände der Partei gegen die kleinbürgerliche Sentimentalität ganz und gar nicht vergessen. Ohne das wäre es ihm leichter gefallen, sich zu entscheiden. Dem Kampf der Partei gegen die Rührseligkeit maß er großes Gewicht bei, das kann ich dir versichern. Es war etwas, das ihn sehr quälte.«

»Ich begreife nicht, weshalb er sich in seinen Tagebüchern so eingehend damit beschäftigte. Ich verstehe nicht, weshalb nun auch wir beide unsere Zeit damit verlieren, über solchen Blödsinn zu reden.«

Stella war am Ende ihrer Widerstandsfähigkeit. Um nicht zu Boden zu fallen, hielt sie sich an dem Tischchen fest. Der Schweiß rann ihr in Bächen übers Gesicht, wie der Strahl einer warmen Brause. Die dünne Bluse klebte ihr an der Brust. Es gelang ihr nicht mehr, den Sinn von Ruggeros

Sätzen zu erfassen. Sie hörte wohl die einzelnen Worte, begriff aber den Zusammenhang des Gesagten nicht mehr. Was für eine verrückte Sprache! Wie lange würde diese Qual noch dauern? Sonderbarerweise hatte Ruggeros Stimme die kreischende Eintönigkeit einer Grammophonplatte angenommen. Es war eine Art mechanisches Summen, ein verschwommenes, lästiges, endloses Geräusch. Bisweilen setzte die Platte aus: Ruggero packte Stella am Arm und schüttelte sie. Dann war sie mit allem einverstanden, sie gab ihm recht, nickte bejahend. Klassen, Klassen, Klassen, Klassen... Ja! ja! Gewiß! Marx, Marx, Marx, Marx... Gehorsam, Gehorsam, Gehorsam...

Ruggero packte Stella am Arm und rüttelte sie mit aller Gewalt. Die Platte war abgelaufen.

»Was hast du?« fragte er.

»Ja, ja, schon gut!« antwortete sie. »Ich bin einverstanden.«

»Was hast du?« wiederholte er. »Weshalb zitterst du?«

»Ich friere«, sagte sie.

Ruggero brach in lautes Lachen aus.

»Man erstickt vor Hitze, und dir ist kalt? Du Glückspilz!«

Durch die Fensterläden des Balkons drangen aus der Ferne die Klänge der Parteihymne; das Grammophon war wieder in Betrieb. Ruggero kehrte zu seinen Notizen zurück und begann wieder darin zu wühlen, während Stella alle ihre Kraft zusammennahm, um aufzustehen. Sie öffnete den Vorratsschrank, sie wollte etwas trinken, sich aufrütteln. Vielleicht beabsichtigte sie auch, Ruggero auf diese Weise daran zu erinnern, daß es schon spät geworden war. Aber die Aufmerksamkeit des Mannes richtete sich auf ein Kästchen aus bemaltem Holz, das im obersten Fach des Schrankes zwischen ein paar leeren Milchbüchsen stand.

»Was ist das dort?« fragte er.

Noch ehe er eine Antwort erhielt, hatte er sich des Kästchens schon bemächtigt; er betrachtete es neugierig von allen Seiten und prüfte sein Gewicht. Es war ein kleiner, verschlossener Schrein.

»Ich weiß nicht, ob das Rocco gehört oder der Hauswirtin«, sagte Stella.

»Das werden wir gleich herausbekommen«, sagte Ruggero. Er zog aus einer Tasche ein Werkzeug, hantierte sachgemäß damit und öffnete den Schrein, ohne das Schloß zu beschädigen. Das Kästchen enthielt offenbar Familienerinnerungen: eine Kamee, zwei goldene Armbänder, eine Korallenkette, ein altsilbernes Kruzifix, einen Rosenkranz aus Perlmutter, verschiedene Seidenbänder. Darunter befand sich auch ein versiegeltes Päckchen, auf dem geschrieben stand: ›Nach meinem Tode zu verbrennen, Rocco De Donatis‹. Dem Format und dem Gewicht nach zu schließen, mußte es Briefe enthalten. Kaum schickte Ruggero sich an, die Siegel aufzubrechen und das Päckchen zu untersuchen, stürzte sich Stella auf ihn und wand es ihm nach einem kurzen Kampf aus den Händen. Mit einem Schlag war alle ihre Müdigkeit verschwunden.

»Wie kannst du es wagen?« schrie sie wütend. »Hast du nicht gelesen, was darauf geschrieben steht?«

Der unerwartete Widerstand überraschte Ruggero.

»Du weißt also, was darin ist?« fragte er grinsend.

»Nein, es geht mich nichts an und interessiert mich auch nicht!« antwortete sie, noch immer zornig. »Hast du denn nicht gelesen, was darauf steht?«

»Es könnte aber die Partei interessieren oder etwas angehen«, sagte Ruggero.

»Nein, es geht die Partei nichts an!«

»Was weißt du denn davon?«

»Sicher sind es Papiere aus seinem Privatleben. Wenn er sie versiegelt hat, so geschah es, um sie der Neugier der andern zu entziehen. Hast du nicht gelesen, was darauf geschrieben steht?«

»Ich möchte mich vergewissern.«

»Nein! Das darfst du nicht! Wie könntest du es wagen?«

»Ich habe das Recht dazu!«

»Nein!«

»Ich habe sogar die Pflicht, es zu tun!«

»Nein!«

»Du schwatzt wie eine dumme Kleinbürgerin!« sagte Ruggero voller Verachtung. »Hast du noch nicht gelernt, daß es für die Partei kein Privatleben gibt?«

Stella zitterte vor Zorn und Angst.

»Du kannst sagen, was du willst«, stammelte sie, »aber ohne Roccos Erlaubnis kann niemand dieses Päckchen öffnen!«

»Wir werden noch darüber reden«, schloß Ruggero.

Sein Nachgeben mochte unerklärlich scheinen. Aber vielleicht brauchte er Stella noch. Es wäre daher verfrüht gewesen, sie vor den Kopf zu stoßen. Kaum hatte er die Wohnung verlassen, lief Stella in ihr Zimmer und versteckte das Päckchen in ihrem Bett unter der Matratze. Der unvorhergesehene Zwischenfall hinterließ in ihrer Seele eine dunkle Ahnung von Gefahr. Von jenem Augenblick an fühlte sie sich nicht mehr sicher. Der Mann, dem sie Vertrauen geschenkt und die Schlüssel ihrer Wohnung ausgeliefert hatte, hatte sich als ein skrupelloses Subjekt entpuppt. Er war ganz anders als Rocco, ja, das gerade Gegenteil von ihm. Und ausgerechnet ein solch gefühlloses und böswilliges Individuum hatte den Auftrag erhalten, über Rocco Nachforschungen anzustellen! Wie hätte sie das verstehen sollen?

16

Stellas Verwirrung wurde durch ihre Einsamkeit noch verstärkt. Sie hatte niemanden, den sie um Rat fragen konnte. Ja, noch schlimmer: von morgens bis abends war sie im Büro den eintönigen, drohenden Ermahnungen eines Frauenzimmers ausgeliefert, das mit ihr zusammen arbeitete. Die Genossin war eine alte Jungfer, klein, nervös, mit stechenden schwarzen Augen, die ein wenig schielten, und einem schrecklichen Mundwerk. Seitdem Rocco ›Verrat‹ geübt hatte, war sie entschlossen, Stellas Seele zu retten. Sie gehörte zu einer bizarren Kategorie übereifriger Neubekehrter, zur Gruppe der sogenannten ›roten Betschwestern‹, die von der kommunistisch-katholischen Strömung her zur Partei gekommen waren. Neben ihrer Arbeit im Büro hatte sie die Aufgabe, die Waisen der Partisanen zu betreuen und bei den Begräbnissen der Genossen Tränen zu vergießen. Mehrmals war sie als ›trauernde Genossin‹ zum Leichenbegängnis eines bedeutenden Parteimitglieds in die Provinz entsandt worden. Ihr Fanatismus war nicht zu überbieten. Sie vernachlässigte ihre Familie, da sie nie eine kirchliche Feier, nie eine Veranstaltung der Partei versäumte. Trotzdem aber machte sie durchaus nicht den Eindruck, daß sie von der gleichzeitigen Inanspruchnahme durch die beiden so hohe Anforderungen stellenden Kulte ermüdet sei. Ihr Bedürfnis nach Liturgie schien wahrhaftig unersättlich und ihre Glaubensfähigkeit unerschöpflich zu sein. Die unzähligen Widersprüche zwischen den Mysterien der Partei und jenen der Kirche verbrannten, ohne eine Spur zu hinterlassen, in der Glut ihrer Gläubigkeit.

Die Beziehung zwischen ihr und Stella waren, um die Wahrheit zu sagen, nie sonderlich gut gewesen. Sie war der erste schielende Mensch, den das Mädchen kennengelernt hatte. Es gelang Stella nicht, ihr ins Gesicht zu sehen: sie wußte nie, welches Auge sie anschauen sollte. Als sie miteinander bekannt wurden, befaßte sich die Betschwester gerade mit der schwierigen Frage, ob es ihr am Tag der Auferstehung des Fleisches möglich sein werde, die Mitgliedskarte der Partei mit in die Ewigkeit zu nehmen. Stella, nach ihrer Meinung darüber befragt, gestand in aller Bescheidenheit, daß sie in solchen Dingen völlig unerfahren sei. Auf diese Antwort hin fühlte sich die Betschwester dazu berufen, die geistliche Führung der jungen Genossin zu übernehmen. Die Partei hatte gegen dieses Apostolat nichts einzuwenden. Die Vorsicht, deren sie sich den Führern gegenüber befleißigen mußte, die den anerkannten Glaubenssätzen des dialektischen Materialismus unterworfen waren, brauchte gegenüber einer einfachen Genossin nicht angewendet zu werden. Leider wurde in der ersten Zeit durch Roccos Gegenwart jeder andere Einfluß auf den Geist des Mädchens ausgeschaltet. Allein, nach Roccos ›Verrat‹ und den sich für Stella daraus ergebenden Schwierigkeiten legte sich die Betschwester keine ›Zügel‹ mehr an. Abgesehen von den kurzen Momenten, in denen die Spitze ihrer Zunge damit beschäftigt war, die Briefmarken für die Propagandapäckchen zu befeuchten, befragte, unterwies und ermahnte sie ohne Unterlaß die fügsame junge Genossin. Stella hatte nicht den Mut, ihr zu widersprechen, außer dann natürlich, wenn die Rede auf Rocco kam. Bei der leisesten Anspielung auf ihn gab Stella plötzlich ihre lässige Haltung auf und zeigte die Zähne.

»Um der Partei meine Anhänglichkeit zu beweisen, würde ich, ohne mich zu besinnen, meinen besten Freund töten. Du etwa nicht?« sagte die Betschwester.

»Kann denn die Revolution einen gegen seine Freunde aufhetzen?« entgegnete Stella. »Bedeutet die Revolution nicht Freundschaft?«

»Das sind die falschen, zersetzenden Ideen Roccos«, verkündete die Betschwester. »Wenn du sie dir nicht aus dem Sinn schlägst, wirst auch du als Verdammte enden.«

Die Betschwester erfreute sich einer gewissen Berühmtheit in der ganzen Diözese, nicht so sehr wegen ihres propagandistischen Eifers, als vielmehr wegen einer sonderbaren übernatürlichen Erscheinung, die ihr, wie sie sich rühmte, zuteil geworden sei. Sie behauptete, eines Abends, während sie daheim betete, habe auf einmal Jesus Christus vor ihr gestanden. »Merkt es euch gut«, hatte sie erklärt, »die Türen des Zimmers waren verschlossen!« Der göttliche Heiland war, als er sich ihr zeigte, in ein langes, rotes Hemd gekleidet; zwar sprach er kein Wort, doch wies er auf sein Herz, in das Sichel und Hammer als goldene Zeichen eingeprägt waren. Die Betschwester war sogleich zu ihrem Beichtvater und zum Sekretär der Partei gelaufen, um ihnen von der wunderbaren Erscheinung zu berichten. Beide beschworen sie, wenn auch nicht aus denselben Gründen, mit niemand darüber zu reden. Eine solche Verkündigung, sagten sie ihr, sei als verfrüht zu betrachten. In einem gewissen Sinn, so glaubte sie zu verstehen, werde ihre Vision als glaubwürdig und echt anerkannt, doch müsse sie vorläufig noch in Reserve gehalten werden. Ohne ihre Schuld wurde die Nachricht von dem Wunder dennoch mit Windeseile überall verbreitet. Das Bild des göttlichen Erlösers mit Sichel und Hammer wurde, trotz des strengen Verbots der Geistlichkeit und trotz der Verlegenheit der Partei, zum heimlichen Sinnbild der katholisch-kommunistischen Strömung in verschiedenen Zentren der Diözese. Angesichts der Unabwendbarkeit dieser Bewegung erlaubte die Partei schließlich, daß das Bild unter den Bauern, die weder lesen noch schreiben konnten, verbreitet werde. Aber die Betschwester schmuggelte es mitunter auch in den für die Studenten und Arbeiter bestimmten ›Katechismus des wahren Materialisten‹ hinein. Stella tat, als merke sie nichts von diesen seltsamen Machenschaften. Sie hatte keine Schwäche für Symbole.

Von ihrer Verzweiflung schlecht beraten, versuchte Stella, vom Ex-Assessor Esposito vertrauliche Mitteilungen über den Stand des Verfahrens zum Zweck der Rehabilitierung Roccos zu erhalten. Es war das erstemal, daß sie sich in Alfredos Villa begab. Da sie das Büro während der Arbeitszeit nicht verlassen wollte, entschloß sie sich, in der für das Mittagessen bestimmten Pause dorthin zu gehen. Die Villa des Ex-Assessors lag einige Kilometer von der Stadt entfernt auf einem kleinen Hügel. Stellas Unternehmen sollte alles andere als ein angenehmer Spaziergang werden. Die Straße war staubig und der glühenden Sonne ausgesetzt. Lange Reihen von Lastwagen fuhren vorbei. Dem Diener, der auf das Läuten hin zum Gartentor kam, sagte Stella ihren Namen; sie hob hervor, daß sie in einer dringlichen und geheimen Angelegenheit komme. Der Diener entschuldigte sich, daß er die Erlaubnis des Herrn einzuholen verpflichtet sei, bevor er das Tor aufschließen und die Besucherin einlassen könne. Eine lange Weile mußte sie draußen auf der Straße warten. Sie sah so verloren und gekränkt aus wie ein kleines Dienstmädchen, das vor die Tür gesetzt worden ist. Die Lastwagenchauffeure riefen ihr gemeine, unanständige Worte zu. An die Gitterstäbe des Portals geklammert, spähte sie mit wachsender Angst nach dem Diener aus. Ein gerader Weg führte, von Buchshecken umsäumt, in leichter Steigung vom Portal zu den Stufen vor den Eingang zur Villa. Längs der Umfassungsmauer des Parkes, der fast den ganzen Hügel einnahm, zog sich ein Laubengang, in dem Weinreben mit Kletterrosen abwechselten. Auf der einen Seite der Villa, unter dem Schatten einer dichten Gruppe von Trauerweiden, befand sich die berühmte Grotte mit der Heiligen Jungfrau von Lourdes. Nach langer Wartezeit erschien endlich der Diener wieder.

»Don Alfredo kann Euch nicht empfangen«, sagte er.

»Er kann nicht? Weshalb?«

»Er hat mir aufgetragen, Euch zu sagen, wenn Ihr fragen solltet, daß es ihm nicht möglich sei, Euch zu empfangen. Er bittet Euch, nicht weiter darauf zu bestehen.«

Offensichtlich gerührt von der Verzweiflung, die sich im Gesicht des Mädchens spiegelte, wollte der Diener von sich aus ein Wort der Ermutigung hinzufügen.

»Ablässe gibt es anscheinend keine mehr«, sagte er. »Es kann aber auch sein, daß sie nur zeitweilig aufgehoben sind. Seid nicht so verzagt. Kommt in einem Jahr wieder.«

Auf dem Rückweg in die Stadt konnte Stella ihre Tränen nicht mehr zurückhalten. Die Leute drehten sich nach ihr um und sahen ihr nach. Viele hatten Mitleid mit ihr. Wahrscheinlich, dachten sie, handelt es sich um eine Unglückliche, die plötzlich von einem schweren Schicksalsschlag in der Familie betroffen worden ist. Irgend jemand trat auf sie zu, um sie zu fragen, ob sie Hilfe brauche. Da bekam sie Angst und begann zu laufen wie eine Verrückte.

Atemlos, mit brennendem, feuerrotem Gesicht und einem

Herzklopfen bis in die Schläfen und in die Kehle hinauf, langte sie im Büro an. Ihre Arbeitskollegin eilte ihr entgegen und umarmte sie mit ungewohnter Herzlichkeit. Sie sprach Worte der Anerkennung und des Lobes, die für Stella, auch wenn sie aufmerksam hätte zuhören können, in jenem Augenblick unverständlich geblieben wären. Aber Stella achtete nicht darauf. Sie setzte sich an ihren Platz, völlig betäubt und zerschlagen, gedemütigt, zerbrochen, schwankend, ob sie bleiben oder nach Hause gehen und sich zu Bett legen sollte. Die Übelkeit konnte wieder vorübergehen, sie mochte von dem leeren Magen herrühren, von der Hitze auf der Straße, von dem atemlosen Lauf, und konnte allmählich in der Kühle, die in dem Arbeitsraum herrschte, vorbeigehen. Mittlerweile kamen, entgegen ihrer Gewohnheit, andere Genossinnen aus den benachbarten Büroräumen herübergelaufen, um sie zu begrüßen. Sie drückten ihr immer wieder die Hand, klopften ihr freundschaftlich auf die Schulter und sagten ihr liebenswürdige Worte. Stella begriff nicht, was die Leute von ihr wollten. Sie schaute die Genossen mit ihren großen, weitaufgerissenen Kinderaugen verängstigt und bestürzt an. Den Genossen entging ihre Verwirrung nicht: Sie erklärten sie sich auf ihre Weise. Nach der Beleidigung durch den Ex-Assessor Esposito empfand Stella die ungewohnte Herzlichkeit, die sie plötzlich umgab, doch als einen Trost. Sie entschuldigte sich bei ihrer Arbeitskollegin wegen ihres plötzlichen Unwohlseins und versicherte, sie fühle sich schon wieder besser. Schließlich gab sie sich sogar Mühe, zu lächeln.

»Was soll man tun?« fragte sie.

»Wir müssen noch vor heute abend ein Extrablatt mit deinen Angaben versenden. Befehl von oben: das Extrablatt geht allem andern vor!«

»Meine Angaben?«

»Ich versichere dir, daß sie auf uns alle den größten Eindruck gemacht haben.«

Die Betschwester zeigte auf die Pakete mit dem Extrablatt,

das soeben erst fertig geworden und frisch aus der Druckerei heraufgekommen war. Die Pakete lagen auf dem Arbeitstisch bereit und warteten nur darauf, mit Adressen versehen und abgeschickt zu werden. Stella erhob sich und nahm eines der Blätter in die Hand. Die Schlagzeile auf der ersten Seite lautete:

DIE BEWEISE FÜR DEN VERRAT DES ABTRÜNNIGEN ROCCO DE DONATIS.

Angaben und Geständnisse der Genossin Stella.

Stellas Gesicht wurde aschfahl. Sie zitterte am ganzen Körper. Dennoch gab sie sich Mühe, zu lesen, was unter der Schlagzeile stand. Sie kam bis zur Mitte der Seite, weiter konnte sie nicht. Sie zerriß das Blatt, warf die Stücke zu Boden und stürzte in wilder Flucht davon. Die Betschwester rührte sich nicht und sagte kein Wort; sie stand wie versteinert.

Dritter Teil

I

Aus ihrer Krankheit ging Stella hervor, als hätte dieses Leiden Jahre gedauert. Wenn man sie anblickte, konnte es scheinen, als sei sie noch das Mädchen von vorher, nur ein wenig magerer und blasser und mit zwei dunklen Ringen unter den Augen. Aber ihre Stimme war nicht mehr die eines Mädchens.

»Du mußt nicht immer an das Vergangene denken!« sagte die alte Giuditta. »Was fehlt dir denn jetzt? Bist du nicht glücklich, daß du mit Rocco Frieden geschlossen hast?«

Stella versuchte zu lächeln, doch es war nicht mehr das Lächeln von einst.

»Damals schien mir alles leicht«, antwortete sie. »Jetzt ist das Leben zu einer Mühsal geworden.«

»Die Kindheit hat einmal ein Ende«, sagte Giuditta mißbilligend. »Hast du geglaubt, du könntest immer Kind bleiben? Wer hat dir das eingeredet?«

»Ich kannte nur das Glück der Liebe«, erwiderte Stella. »Jetzt kenne ich auch den Schmerz.«

Giuditta nahm Stellas Hand und küßte die Fingerspitzen, wie sie es füher so oft getan, als es noch die Hand des Kindes war. Dann sagte sie mit der gleichen Stimme, mit der sie auf die Fragen des kleinen Mädchens geantwortet hatte:

»Lieben tut weh, mein Kind, das ist nun einmal nicht zu ändern. Eine jede Frau erfährt es auf ihre Art. Aber möchtest du aus Angst vor dem Leid auf die Liebe verzichten?«

»Es ist nicht das Leid, das mich abschreckt, du weißt es sehr gut«, entgegnete das Mädchen. »Bin ich je feige gewesen? Aber es gibt Erfahrungen, die einen demütigen.«

»Deine Schmerzen sind Wachstumsschmerzen«, sagte Giuditta lächelnd. »Willst du nicht wachsen? Möchtest du Kind bleiben?« Giuditta ging zum Fenster, um es zu öffnen.

»Die Schwalben fliegen tief«, sagte sie. »Es wird wohl Regen geben. Sicher werde ich tüchtig naß werden, ehe ich daheim in der Meierei bin.« – Dann sagte sie, zur Flurtür gewandt, etwas lauter: »Kann ich das Fenster öffnen? Ist es erlaubt?«

Niemand antwortete. Giuditta machte das Fenster auf und warf einen Blick hinunter auf den Platz und zu den Bergen hinüber.

»Es donnert in der Ferne«, sagte sie. »Über Fornace regnet es schon. Weshalb kommt Rocco so spät? Was für ein merkwürdiger Mann!«

Stella antwortete mit einer unbestimmbaren Handbewegung. Jetzt war sie schon beinahe einen Monat im Hause Don Raffaeles, des Schulmeisters von San Luca, um sich von ihrer Krankheit zu erholen. Sie litt an Langeweile und beklagte sich über die Muße, aber in einem Ton, der andere Sorgen verriet. Ihre Augen waren oft geschwollen von heimlichen Tränen. Bisher hatten sich Don Raffaele und seine Frau, Donna Lucia, alle Mühe gegeben, Stella nicht merken zu lassen, daß sie es bereut hatten, sie in ihrem Hause aufgenommen zu haben. Aber jetzt konnten sie ihre Enttäuschung nicht länger verbergen. »Das war ein richtiger Priesterstreich«, brummte Don Raffaele. Der Pfarrer, Don Nicola, hatte sie, als er von seinen geistlichen Übungen zurückgekehrt war, regelrecht überrumpelt und zum Mitleid bewegt. Sie hatten die kleine Jüdin aus Wien, das saubere, lebhafte, fleißige Waisenkind, das allen so lieb gewesen war, in bester Erinnerung behalten. Die Tür vor ihm zuzuschlagen wäre unmöglich gewesen. Aber es war nicht mehr jenes Mädchen von einst, das jetzt zu ihnen ins Haus gekommen war. Seine Probleme bestanden nicht mehr darin, das richtige Haarband zu wählen, oder in der Beantwortung der Frage, ob Honig oder Marmelade zum Vieruhrbrot vorzuziehen sei. Trotz ihres jugendlichen Alters hatte Stella Erfahrungen hinter sich, die, gelinde gesagt, einem Alptraum glichen. Im ganzen Tal hatte man noch nie gehört, daß ein anständiges Mädchen in derart finstere Geschichten verwickelt gewesen wäre. Wenn Don Nicola sich klar ausgesprochen hätte, würde Donna Lucia ihm schon bedeutet haben, daß es ihnen zu ihrem unendlichen Bedauern unmöglich sei, das Mädchen in ihrem Hause aufzunehmen. Gab es denn nicht besondere Anstalten für gefährdete und vom rechten Wege abgekommene Mädchen? Auch dann hätten sie Stella nicht aufgenommen, wenn der Pfarrer ihnen gesagt hätte, daß das Mädchen mit dem Ingenieur De Donatis verlobt sei und auf ihre Papiere warte, um heiraten zu können. Wer der berüchtigte Ingenieur war, das wußte man im ganzen Tal. Er war ein Mann, der zwar die Fundamente zu einigen Häusern gelegt hatte, beim eigentlichen Bauen aber nie bis zum Dachstock gelangt war. Er war ein Liederjan, ein Gottloser, ein Mensch, der während der sogenannten Befreiung seine Hände in Blut gebadet hatte. Vielleicht war er noch nicht fertig damit. Um sein Bild zu vervollständigen, genügte es, zu erwähnen, daß er mit Martino, jener andern verlorenen Seele, befreundet war. Wenn man Stella beherbergte, mußte man notgedrungen auch die Besuche des Ingenieurs De Donatis dulden. Das war wohl der wahre Grund, weshalb der Pfarrer nichts von dem Verlöbnis des Mädchens gesagt hatte. Don Raffaele und Donna Lucia erwarteten das Ereignis mit Herzklopfen. Rocco kam am Abend. Als die Autohupe vor dem Hause ertönte, eilte Don Raffaele zur Türe: Sofort stand er mitten im blendenden Scheinwerferlicht des Jeeps.

»Wo ist Stella?« fragte Rocco.

»Droben im zweiten Stock«, antwortete Don Raffaele. »Gebt acht, die Treppe ist steil. Wartet, bis ich Euch Licht mache.« Schon auf der Treppe hörte man die Freudenschreie des Mädchens.

Donna Lucia hatte sich in die Küche geflüchtet. Ihr Mann fand sie vor Angst und Zorn zitternd neben dem Kamin. Er flüsterte ihr ins Ohr:

»Er ist ein Unglückseliger, aber er stammt aus guter Familie. Das habe ich in Betracht ziehen müssen.«

»Du hast Angst gehabt«, sagte die Frau voller Verachtung, ohne ihn anzusehen.

»Was hast du denn erwartet?« meinte Don Raffaele. »Hätte ich ihm mit der Waffe in der Hand entgegentreten sollen?«

»Es ist so, wie ich gesagt habe«, wiederholte die Frau leise, »du hast Angst gehabt!«

Wie vorauszusehen gewesen war, nahm Rocco die Gewohnheit an, jeden Nachmittag im Lehrerhaus zu erscheinen. Nicht weniger häufig als er, aber ohne die Rechtfertigung ehrenvoller Herkunft, stellte sich Giuditta, die Frau Zaccarias, ein. Als sie sich das erstemal zeigte, beladen mit einem großen Korb und wie gewöhnlich ungekämmt und außer Atem, erkannte der Schulmeister sie nicht wieder. Er hielt sie für eine Hausiererin oder ein altes Zigeunerweib. Seit den weit zurückliegenden Jahren, da sie die kleine Stella zu ihren Schulstunden begleitete, hatte der Lehrer sie nicht mehr gesehen. Doch um wieviel Missetaten war inzwischen die Legende von der Meierei reicher geworden!

»Darf ich?« hatte Giuditta gefragt.

»Bitte sehr«, hatte er geantwortet.

Bei den Vorbereitungen für Stellas Hochzeit übernahm die alte Giuditta die heikle Aufgabe einer Brautmutter. Einer diensteifrigen Mutter, die sich gern tyrannisieren ließ. Einige Male, wenn sich Rocco mit seinem Jeep von der Stadt aus in die Meierei begeben hatte, waren sie beide, er und die Alte, miteinander nach San Luca gekommen. In den Augen Don Raffaeles und Donna Lucias verkörperten diese beiden das, was sich in den letzten Jahren im ganzen Tal als das Verworfenste, das Hassenswerteste und das am meisten zu Fürchtende offenbart hatte: die Liederlichkeit eines Mannes aus guter Familie und das berufsmäßige Verbrechertum einer Horde von Mordgesellen. Die beiden gingen in dem ehrenwerten Haus des Schulmeisters ein und aus, gerade als ob es ein öffentliches Haus wäre. So hatten sich denn hinter einem falschen Lamm, das sie aus Mitleid aufgenommen hatten, seine Gevatter, die Wölfe eingeschlichen. Sollte man sie verjagen? Sie auffordern, wieder fortzugehen? Das war leichter gedacht als gesagt. Die Zeiten waren noch sehr trübe und verworren, und die Zukunft war voller Drohungen. Der Schulmeister wurde von schweren Gewissensbissen heimgesucht wegen einer ungesühnten Schuld. Wenn jemand sich daran erinnert hätte, daß gerade er den Schülern von San Luca die alte Hymne des gestürzten Regimes beigebracht hatte! Es war schon besser, viel besser, gute Miene zum bösen Spiel zu machen. Um jeden Kontakt mit den verhaßten Eindringlingen zu vermeiden, verließ Donna Lucia ihre Küche nicht mehr. Dieses Verhalten wurde von Giuditta als übermäßige Rücksichtnahme auf die Gäste ausgelegt und mit höchstem Lob bedacht. Die unglückselige Donna Lucia wies die Lobpreisungen nicht zurück, doch verzehrte sie sich von morgens bis abends in ohnmächtiger Wut neben ihrem Herd. Sie durchnäßte ihre Taschentücher mit Tränen; sie biß darauf und zerriß sie. Sie fühlte sich ungeschützt. Ihr Mann war feige. Die späte Entdeckung seiner Unfähigkeit, den häuslichen Herd zu beschützen, bedeutete für sie den Zusammenbruch ihrer Ehe, ja, sogar den Bankrott ihres Lebens. Umsonst versuchte Don Raffaele das Mißverständnis aufzuklären.

»Ich fürchte mich weder vor dem Ingenieur noch vor Zaccaria«, setzte er ihr leise auseinander. »Aber es widerstrebt mir, Aufsehen zu erregen, das ist der springende Punkt! Weißt du übrigens, wie viele Menschen diese beiden in den Tagen der sogenannten Befreiung ermordet haben?«

»Also hast du doch Angst!« schloß Donna Lucia aus diesen Worten.

»Es widerstrebt mir, in einen öffentlichen Skandal verwikkelt zu werden«, wiederholte er leise mit wütendem Gesicht. »Das ist der springende Punkt. Übrigens ist der Pfarrer an allem schuld.«

»Weshalb willst du nicht zugeben, daß du Angst hast? Wenn du es zugäbst, würde sich zwar an der Lage nichts ändern, aber dann wärest du wenigstens ehrlich.«

»Angst, vor wem?« flüsterte der Schulmeister. »Wenn die beiden mit Gewalt hier eindringen würden, wüßte ich sehr wohl, was ich zu tun hätte. Ich würde sofort die Carabinieri zu Hilfe rufen. Aber statt dessen kommen sie als Freunde. Begreifst du? Es sind Freunde! Man kann bei ihnen wahrhaftig nicht von Verletzung unseres häuslichen Friedens sprechen.«

»Freunde von wem? Sind es vielleicht deine Freunde?«

»Du weißt genau, daß an allem nur der Pfarrer schuld ist.«

»Bist du nicht Herr im Hause? Als Rocco zum erstenmal kam, weshalb hast du ihn da eintreten lassen?«

»Ich hätte dich sehen mögen, wenn er daraufhin das Haus in Brand gesteckt hätte. Ich habe es vor allem für dich getan!«

»Für mich? Oh, oh, oh!«

Donna Lucia kochte wie ein Wasserkessel.

»Für mich? Oh, oh, oh!« wiederholte sie.

Er war es bald müde, mit seiner Frau zu diskutieren. Es war verlorene Müh! Die Logik ist leider nun einmal nicht die starke Seite der Frauen! Er beschloß daher, vom Pfarrer zu verlangen, daß er aus eigener Initiative das Mädchen schleunigst wegnehme und ihre Besucher anderswohin schicke. Aber es war, als entzöge sich der Pfarrer all seinen Nachstellungen.

Der stets so gütige und jedem gegenüber so diensteifrige Don Nicola blieb in jenen Tagen völlig unerreichbar. Wegen der Unmöglichkeit, mit ihm zu reden, begann der Schulmeister, ihm jeden Tag durch Vermittlung eines seiner Schüler kleine Briefchen zu senden, die zuerst flehend, dann drohend klangen. Der Pfarrer aber antwortete ihm unerschütterlich mit gespielter Arglosigkeit: »Ich rate dir, mit dem Ingenieur oder mit Zaccaria darüber zu sprechen.« Das waren eigentümliche, fast unbegreifliche Antworten Don Nicolas. Man hätte glauben können, es seien unechte, sozusagen apokryphe Antworten, wenn die Überbringer der Briefchen nicht versichert hätten, der Pfarrer habe sie mit eigner Hand in ihrer Gegenwart geschrieben. Jedes dieser Briefchen wirkte auf den Lehrer wie ein Hohn. Er dachte sich immer neue Listen aus, um dem Pfarrer Auge in Auge zu begegnen und angesichts seiner Verantwortung ihn in die Enge zu treiben. Aber es gelang ihm nicht. Selbst wenn er Don Nicola einmal überraschen konnte, mußte er das Thema, kaum daß er den Mund aufgemacht hatte, schleunigst wechseln, weil prompt des Pfarrers Schwester erschien. Wie unklug es jedoch war, in Gegenwart von Fräulein Adele über Stella zu sprechen, das wußte auch der Schulmeister. Er hätte gerade das Gegenteil von dem erreicht, was er anstrebte. Don Raffaele, das Opfer seines guten Herzens, schäumte also vor Zorn; die Galle lief ihm über, er knirschte in ohnmächtiger Wut mit den Zähnen. Da ihm der Hohn seiner Frau unerträglich war und er der verhaßten Gesellschaft der Gäste aus dem Wege gehen wollte, blieb ihm nichts anderes übrig, als die Tage außerhalb seines Hauses zuzubringen. Er streunte durch die Gäßchen wie ein räudiger Hund. Doch kaum ertönte die Glocke zu irgendeinem Gottesdienst, eilte er in die Kirche. Entgegen seinem bisherigen Grundsatz: ›der Kirche folgsam, aber mit Maß‹, begann er nun, auch den Abendandachten, dem Rosenkranzgebet, den Taufen, den Totenmessen, den Bibellesungen, der Christenlehre beizuwohnen. Immer setzte er sich in die erste Reihe, zwischen die alten Weiblein und die Kinder, um die Aufmerksamkeit des Pfarrers auf sich zu lenken. Er machte ihm Zeichen mit den Augen. Der Pfarrer achtete nicht darauf. Don Raffaele tat, als ob er bete, aber es war, wie wenn einer Knoblauch kaut. Die Mutmaßungen, die im Dorf über seinen plötzlichen religiösen Eifer angestellt wurden, waren recht unterschiedlich. Allein, ihn berührten weder die Lobsprüche der frommen Seelen, noch der Hohn der Gäste des Café Eritrea. Selbst in den wenigen Augenblicken am Nachmittag, da der Pfarrer eine Pause einlegte und, von den Kindern umringt, denen er den Katechismus beibrachte, auf den Platz hinaustrat, verlor Fräulein Adele den Bruder nicht aus den Augen. Es war unschwer zu erkennen, daß sie hinter einem der Fenster des Pfarrhauses Wache stand. Wenn es nötig wurde, war sie unversehens an der Seite ihres Bruders.

Es dauerte lange, bis dem Schulmeister endlich die Augen aufgingen. Nach der Rückkehr von den geistlichen Übungen mußte dem Pfarrer von San Luca irgend etwas Schwerwiegendes zugestoßen sein. Es war nicht leicht, zu erraten, was es sein mochte, aber die Folgen dieses Ereignisses waren nicht zu übersehen. Don Nicolas Benehmen war nicht mehr dasselbe wie früher. Er hatte die Heiterkeit, die Freimütigkeit, die Menschenfreundlichkeit von einst verloren. Er schien gealtert und seelisch verletzt.

Um eine der gewohnten Streitereien mit der Schwester konnte es sich diesmal nicht handeln, denn nichts in dem Benehmen des Pfarrers deutete auf einen Groll gegen Fräulein Adele hin. In seiner Verzweiflung beging Don Raffaele eine Unvorsichtigkeit. Er überraschte den Pfarrer beim Gartentürchen. Er sah auch, daß Fräulein Adele, ein paar Schritte hinter ihm, Blumen pflückte. Trotzdem wandte er sich an den Pfarrer und fragte ihn:

»Don Nicola, kannst du mir sagen, was dir geschehen ist?«

Der Pfarrer schaute ihn starr an und sagte kein Wort; aber seine Augen füllten sich mit Tränen. In dem Schreck, den Don Raffaele bei diesem Anblick befiel, kam er auf den Einfall, zur Beichte zu gehen. Er wartete bis zur Abendandacht, nach dem gemeinsamen Rosenkranz, wenn sich die Kirche leerte und Schatten und Schweigen sich auf sie herabsenkten. Hinter dem Taufbecken verborgen, wartete er, bis Don Nicola im Chorhemd und mit der Stola im Beichtstuhl Platz genommen hatte. Eine Magd aus dem Hause Tarocchi kniete schon vor dem Beichtstuhl. Der Schulmeister kam gleich nach ihr an die Reihe. Mit dem Gesicht zum Gitter blieb er dort mehr als eine halbe Stunde knien. Langsamen Schritts verließ er die Kirche, als ob er innerlich ausgebrannt sei. Es war nichts zu machen.

»Einen Anisette«, rief er im Café Eritrea der Kellnerin zu.

»Wird Stella bald heiraten?« fragte ihn das Mädchen.
»Ich hoffe es«, antwortete Don Raffaele.
Es war die einzige Hoffnung, die noch blieb.

2

Inzwischen war von Sant'Andrea eine Bewegung der Tagelöhner ausgegangen zur Verteilung des mit Gras bewachsenen Bodens im Tal, der den Tarocchi gehörte. Die Bewegung hatte sich auch auf die benachbarten Dörfer San Luca und Fornace ausgedehnt. Es handelte sich um weites, holpriges, unbebautes Gelände zu beiden Seiten des Flusses, wo im Sommer Schafe und Ziegen weideten. Unter den Tagelöhnern, die eine Parzelle dieser Flur forderten, um sie urbar zu machen und dort Bohnen und Kartoffeln anzubauen, befanden sich zahlreiche arbeitslose Veteranen. Die Arbeitslosenunterstützung, die sie von der Gemeinde erhielten, reichte kaum für das Brot. Einige von ihnen wären am liebsten ins Gefängnis gegangen, wo es wenigstens etwas zu essen gab. Es hatte sich also in den drei Dörfern eine Erregung verbreitet, welche an die alten Tumulte, Proteste und Prozesse um den Wald erinnerte. Da man mit der Möglichkeit rechnete, daß die Tagelöhner das Gelände besetzen und urbar machen könnten, waren aus dem Hauptort zahlreiche Carabinieri an Ort und Stelle entsandt worden. Sie hatten Befehl, das Recht des Eigentums mit allen Mitteln, wenn nötig unter Anwendung von Gewalt, zu schützen. Es gab keine Familie, die nicht irgendwie von Besorgnis erfüllt war. Don Vincenzo Tarocchi verließ das Haus nicht mehr. Bis tief in die Nacht hinein diskutierten Gruppen von Tagelöhnern auf dem Platz den Gang der Ereignisse, die Art der Verteilung der zu enteignenden Ländereien und die Frage der Entschädigung der Eigentümer.
Roccos Besuche im Hause des Schulmeisters waren seltener und kürzer geworden. Nicht selten verbrachte Stella den

ganzen Nachmittag am Fenster in vergeblichem Warten auf den Lärm des Jeeps. Giuditta suchte sie zu zerstreuen, hatte mit ihren Bemühungen aber keinen Erfolg. Das Zimmer des Mädchens lag im zweiten Stock. Das Fenster schaute auf den kleinen Dorfplatz hinaus und zu jenen Teil des Berges hin, wo früher der Wald gestanden hatte. Die Kammer war einfach und geräumig, aber die Decke war recht niedrig. Der Fußboden bestand aus Ziegeln, die Wände waren weiß gekalkt. Ein schmales Bett, ein Tisch und zwei Stühle bildeten das ganze Mobiliar. Die einzige Tür führte auf die Treppe hinaus.

»Wenn er kommt«, sagte Giuditta, »dann laß mich mit ihm allein. Ich muß mit ihm sprechen.«

»Nein«, sagte Stella, »du wirst ihm nichts sagen.«

»Habe ich vielleicht nicht das Recht, mit ihm zu reden?«

»Nein! Nicht, wenn es sich um mich handelt.«

»Ich habe nicht das Recht, mit ihm über dich zu reden? Wenn deine Mutter noch lebte, hätte sie nicht das Recht, mit ihm von dir zu sprechen? Ich soll ihm nicht sagen dürfen, daß es so nicht weitergehen kann?«

»Du hast nicht das Recht, ihm Verdruß zu bereiten. Sei still!«

Das Mädchen hatte, ganz nach dem Geschmack der alten Giuditta, einen schwarzen Rock und eine rote Bluse angezogen. Die Bluse hatte kurze Ärmel. Stellas Arme waren schmächtig, der Hals dünn, die grauen Augen schienen heller als sonst. Ihre Haare waren wieder gewachsen, sie trug sie im Nacken in kurzen Zöpfen aufgesteckt. Die Krankheit hatte sie geschwächt und ihr eine zerbrechliche Zartheit verliehen, die aber nicht mehr die der Jugend war.

»Er macht mir Sorgen«, sagte Giuditta.

Stella trat zu ihr hin. Das Blut stieg ihr in die Wangen.

»Weshalb?« fragte sie. »Verbirgst du mir etwas?«

»Ach, nein. Nichts Bestimmtes. Hast du ihm alles gesagt?«

Stellas Mundwinkel zuckten.

»Nicht ein Wort!« erwiderte sie. »Ich wollte es ihm berichten, aber er hat mir geantwortet, daß es nicht der Mühe wert sei. Er wisse schon alles.«

»Er konnte nicht alles wissen«, sagte Giuditta. »Er kann nichts wissen von dem Haß, den ihm die Partei geschworen hat.«

»Vielleicht weiß er es nicht, vielleicht will er es auch nicht wissen«, sagte Stella. »Eines Tages hat er zu mir gesagt: Wir werden darüber sprechen, wenn wir sicher sind, daß wir darüber lachen können.«

»Er möchte eben nichts davon hören«, sagte Giuditta. »Zaccaria wollte ihm von den Drohungen erzählen, die auf einer von der Partei veranstalteten Versammlung der Tagelöhner gegen ihn und Martino ausgestoßen wurden. Er hat sich geweigert zuzuhören. Wir haben nicht begriffen, weshalb. Ein sonderbarer Mann!«

Stella wartete, bis sie sicher war, daß ihre Stimme ruhig klang; dann fragte sie:

»Glaubst du, daß er in Gefahr schwebt?«

»Offen gestanden, ich weiß nicht, was ich darauf antworten soll. Wenn er politische Karriere machen wollte, so sagt Zaccaria ganz richtig, weshalb ist er dann nicht in der Partei geblieben? Wenn ihn aber die politische Karriere nicht interessiert, weshalb hat er sich dann Hals über Kopf in diese aufrührerische Bewegung der Tagelöhner gestürzt? Nicht die Sache an sich macht mir Sorgen, aber seine Unbedachtsamkeit.«

»Das sind Fragen der Vernunft, die wohl für jeden andern von Bedeutung wären, nicht aber für Rocco«, meinte Stella.

»Kurz gesagt, was will er eigentlich, dein Mann?« fragte Giuditta. »Hast du eine Ahnung?«

Stella lächelte und machte eine unbestimmte Gebärde.

»Die Männer von der Partei sind neidisch auf seine Popularität bei den Tagelöhnern«, hob Giuditta wieder an. »Wenn er und Martino nicht wären, sagt Zaccaria, hätte die Partei schon einen Kompromiß mit Don Vincenzo geschlossen.«

»Still!« rief Stella.

Einen Augenblick stand sie lauschend da. Dann erkannte sie aus der Ferne das Geräusch des Jeeps. Sie eilte vor den Spiegel und ordnete sich das Haar. Aber der Jeep stand schon auf dem Platz. Rocco kam beladen mit Jasminzweigen. Als er sie auf den Tisch legte, entdeckte er, daß er eine Wunde an einer Hand hatte und daß ein Stück aus dem Ärmel seines Hemdes herausgerissen war.

»Das muß mir passiert sein, als ich über die Mauer gesprungen bin«, entschuldigte er sich.

Stella fragte:

»Was mußtest du denn über eine Mauer springen?«

»Um den Jasmin zu pflücken!« erklärte er. »Die Gartenmauer war mit Glasscherben gespickt.«

»Von welchem Garten?«

»Ich weiß nicht, wem er gehört«, sagte er. »Er liegt ganz am Ende von Sant' Andrea, ein wenig unterhalb der Mühle. Ich sah den Jasmin von der Straße aus, durch das Gitter! Das Tor war aber abgeschlossen.«

»Das ist der Garten des Amtsrichters«, sagte Giuditta. »Du wirst noch im Gefängnis enden, als Blumendieb!«

»Das wäre wunderbar!« sagte Stella. »Dann würde ich jeden Nachmittag unter dem vergitterten Fenster deiner Zelle auf und ab spazieren.«

Das Mädchen lachte aus vollem Hals, so daß die kleinen, regelmäßigen Zähne zu sehen waren. Seit langem hatte Stella nicht mehr so gelacht.

»Es sind wunderschöne Blumen«, sagte sie. »Und wie herrlich sie duften!«

»Ja«, gab Rocco zu, »man merkt, daß sie gestohlen sind.«

»Ich möchte mit dir reden«, sagte Giuditta zu ihm.

Sofort mischte Stella sich ein.

»Hör nicht auf sie, sie hat dir wirklich nichts zu sagen!« warnte sie ihn.

»Was ist passiert?« fragte Rocco lachend. »Habt ihr euch gezankt?«

»Ich verzichte«, sagte Giuditta.

»Es kann ja nichts Wichtiges sein«, sagte Rocco. »Übrigens habe ich ein Telegramm vom italienischen Konsul in Wien bekommen«, fügte er zu Stella gewandt hinzu. »In den Standesamtsregistern der Gemeinde, in der du geboren sein sollst, bist du nicht aufgeführt.«

»Was bedeutet das?« fragte das Mädchen.

»Das bedeutet, daß du gesetzlich nicht existierst.«

Stella runzelte die Stirn.

»Vielleicht ist das wahr«, sagte sie. »Ich existiere nicht! Weißt du, daß ich es selber ernstlich glaube?«

»Das werden wir gleich herauskriegen«, sagte Rocco. »Denk einmal darüber nach, bevor du auf meine Frage antwortest! Fühlst du, daß du irgend jemanden gern hast?«

»Ein wenig!«

Rocco lächelte. Er hatte sein argloses, frohes Lächeln wiedergefunden.

»Wenn es sich so verhält, dann existierst du«, erklärte er. »*Amo ergo sum.* Es gibt keinen eindeutigeren Beweis.«

»Aber der genügt nicht, um das Fehlen der Dokumente wettzumachen«, bemerkte Giuditta.

»Er wird genügen«, sagte Rocco. »Mein Onkel hat mir versprochen, daß er uns auch ohne Papiere traut. Die Ehre der Familie De Donatis, so hat er verkündet, steht höher als jedes Gesetzbuch. Zwei Zeugen, auch falsche, genügen ihm.«

Rocco sah auf seine Armbanduhr.

»Jetzt muß ich fort«, sagte er.

»Du fährst schon weg?« fragte Stella.

»Ich komme später wieder. Wenn du nicht ungeduldig bist.«

»Wo gehst du hin?«

»Nach Sant' Andrea.«

»Darf ich mitkommen?«

»Diesmal nicht!«

»Das sagst du immer.«

Er schaute sie an und sah, daß sie nahe daran war, in Tränen auszubrechen.

»Ich werde mich noch verspäten!« sagte er ärgerlich, und schon war er verschwunden.

Stella folgte ihm vom Fenster aus mit den Augen, während er zu seinem Jeep ging. Er war hochgewachsen, schlank und behende und sah viel jünger aus, als er war. Bevor er wegfuhr, blickte er zum Fenster empor und winkte lächelnd mit der Hand. Stella stand mit flammendem Antlitz da; für einen Augenblick war sie beruhigt und zutiefst gerührt. Giuditta trat zu ihr, zog sie an sich und strich sachte über ihre Stirn.

»Wenn du einen Mann wolltest, dem du Pantoffeln sticken kannst«, sagte sie, »hättest du dir einen andern aussuchen müssen.«

»Ich kann keine Pantoffeln sticken«, antwortete Stella. »Und ich habe auch nie den Ehrgeiz gehabt, es zu lernen. Das Schlimme ist nur, daß ich ihm zu nichts nütze bin.«

»Zweifelst du daran, daß er dich gern hat?«

»Nein, aber er ist unvernünftig. Vor kurzem hast du es selbst gesagt. Alle betrachten unsere Heirat als eine seiner gewohnten Überspanntheiten.«

»Alle? Weshalb denn?«

»Weil ich Ausländerin bin, Jüdin, arm, von schwacher Gesundheit, ungebildet, häßlich.«

»Auch noch häßlich?«

»Weshalb nicht? Übrigens findet Rocco das auch.«

»Rocco findet dich häßlich?«

»Er hat es mir gesagt, als er mich das erstemal sah, damals, als ich zu ihm fuhr wegen des Sowjets in der Meierei.«

»Wenn er dich wirklich häßlich gefunden hätte, würde er es dir, schon um dich nicht zu verletzen, keinesfalls gesagt haben.«

»Ich wiederhole dir: Er sprach ganz ernsthaft mit mir. Wir gingen zusammen in eine Wirtschaft, um etwas zu essen. Auf der Straße gestand er mir, er hätte sich verlegen gefühlt, wenn er sich öffentlich mit einem schönen Mädchen hätte zeigen müssen. Er hielt die Männer, die an der Seite einer schönen Frau vor Stolz gebläht einherschreiten, für einfältig und lächerlich. ›Schämst du dich, mit mir auszugehen?‹ habe ich ihn da gefragt. ›O nein‹, hat er mir geantwortet, ›das ist nicht der Fall!‹ ›Gut!‹ sagte ich, ›ich bin froh, daß ich häßlich bin; so können wir wenigstens zusammen ausgehen.‹ ›Das ist ein wahres Glück‹, hat er erwidert.«

»Das war wohl ein Scherz von ihm.«

»Nein, nein und nochmals nein! Während er seinen Ersatzkaffee trank, sagte ich zu ihm: ›Entschuldige mich für einen Augenblick!‹ Ich dachte, ich wolle ihm beweisen, wie gleichgültig mir manche Dinge sind. Ich ging also zu einem Friseur dort in der Nähe und ließ mir das Haar abrasieren. Dann kehrte ich zu Rocco ins Wirtshaus zurück. ›Jetzt wirst du dich noch weniger verlegen fühlen‹, sagte ich zu ihm. Er sah mich mit großen Augen an. Mein Schädel war ganz kahl. Der lange Schweif der Haare hing mir überm Arm. ›Du siehst aus‹, sagte er zu mir, ›wie ein Stallbursche, der einem Gaul den Schwanz abgeschnitten hat.‹ ›Ist es so nicht gut?‹ fragte ich ihn. ›Sehr gut!‹ antwortete er. So hat es angefangen mit uns.«

»Na schön, mein Kind, es hat schlecht angefangen mit euch! Übrigens fängt es immer schlecht an. Aber davon abgesehen, ich finde, ihr beide seid euch derart gleich, daß einem angst und bange wird. Ich weiß nicht, ob ihr unter diesen Umständen glücklich werdet.«

»Es ist mir nicht ums Glück zu tun.«

»Worum denn?«

»Bei ihm zu sein.«

»In der Gefahr, das darfst du nicht vergessen, ist der Mann lieber allein oder mit andern Männern zusammen.«

»Gerade in der Gefahr«, entgegnete Stella, »möchte ich bei ihm sein!«

»Aber in der Gefahr ist der Mann stärker ohne Frau!«

»Ich gebe mich nicht damit zufrieden, sein schwacher Punkt zu sein«, sagte Stella. »Ich will nicht gerade gut genug dazu sein, die Augenblicke der Lust mit ihm zu teilen.«

»Beinah muß ich mich schämen, wenn ich dich so reden

höre«, sagte Giuditta. »Du treibst mir die Röte ins Gesicht. Man sollte nicht sagen, daß du von mir aufgezogen worden bist. Bin ich der schwache Punkt Zaccarias gewesen? Habe ich ihm je im Wege gestanden? Hast du mich jemals jammern gesehen, in den Nächten, wenn er auszog mit umgehängtem Gewehr? Wie manchesmal habe ich gegen Morgen, wenn er immer noch nicht wieder daheim war, gedacht: ›Vielleicht ist es ihm übel ergangen, vielleicht bringen sie ihn mir gleich auf einer Bahre.‹ Glaubst du, es sei für ihn nicht wichtig gewesen, in der Gefahr zu wissen, daß er eine Frau besaß, eine Zuflucht? Daß er ein Wesen hatte, das ihm treu blieb, was auch immer kommen mochte?«

3

Die Kinder tobten auf dem Platz, sie haschten sich, rannten um den Brunnen herum, liefen in die Kirche hinein und wieder heraus und erfüllten die Luft mit fröhlichem Kreischen und Lärmen. Die finsteren Gruppen der Tagelöhner und Carabinieri, die in den vergangenen Wochen bis spät in die Nacht hinein den Platz besetztgehalten hatten, waren nach Sant' Andrea übergesiedelt. Die Nachricht von der bevorstehenden Abstimmung über die Verteilung der Felder hatte sie dorthin gerufen. Die Tagelöhner hatten sich sogleich in einer langen Kolonne auf den Weg gemacht; in kurzem Abstand folgten die Lastwagen mit den Carabinieri. Das Grammophon der Partei schwieg. Man hörte wieder die raschen, tickenden Hammerschläge des Kupferschmieds, das Sausen des Blasebalgs in der Hufschmiede. Eine gelbe Kutsche mit einem weißen Pferd wartete vor der Villa der Tarocchi. Gaetana hatte sich, als sie heiratete, den rosenroten Verputz und die grünen Fensterläden am Haus gewünscht. Nach ihrem Tode hatte Don Vincenzo, zum Andenken an sie, dies alles im gleichen Ton erneuern lassen. Obwohl die Tür des Rathauses weit offenstand, war sie nicht von Wächtern besetzt. Durch ein Fenster im Erdgeschoß sah man den kahlen Kopf des Sekretärs unter dem Lichtkreis eines Lampenschirms aus grünem Glas. Auch Fräulein Adele war aus dem Dunkel ihrer Zimmer hervorgekommen. Sie saß auf dem kleinen, von Schlingpflanzen umrankten Balkon des Pfarrhauses, über eine Stickerei gebeugt, an der frischen Luft. Mit freundlichem Nicken beantwortete sie die Grüße einer Reihe von Frauen, die vom Waschplatz kamen und Körbe voll nasser Wäsche auf dem Kopf trugen. Eine der Frauen, eine Alte mit bloßen Füßen, brachte die Wäsche zu Donna Lucia hinüber.

»Welch ein Glück«, sagte die Frau zu Don Raffaele, dem sie auf der Treppe begegnete, »welch ein Glück für die armen Leute, daß sie einen Beschützer haben wie den Ingenieur De Donatis.«

»Ein wahres Glück!« stimmte ihr der Schulmeister zu.

Unter der Küchentür traf ihn jedoch ein strenger Blick aus den Augen seiner Gattin.

»Was hast du ihr geantwortet?« fragte die Frau.

Don Raffaele legte den Zeigefinger auf die Lippen, um sie zum Schweigen und zur Vorsicht zu mahnen. Übrigens hatte er es nicht nötig, sich von irgend jemandem belehren zu lassen, was er von der verbrecherischen Forderung der Tagelöhner halten sollte. Er beurteilte die Sache vom prinzipiellen Standpunkt aus und betrachtete sie darüber hinaus, in einem gewissen Sinn, auch als eine persönliche Angelegenheit. Don Raffaele besaß zwar keinen Grund und Boden, wohl aber ein Postsparbuch mit fünftausend Lire. Die Summe war, selbst für San Luca, recht bescheiden. Wenn er sie nicht fest angelegt hätte, würde er von den Zinsen jedes Jahr zwei Flaschen Bier haben kaufen können. Doch er trank kein Bier. Das Sparkassenbuch hatte für ihn eine ganz andere Bedeutung. Obwohl es in der Gegend genug Leute gab, die wohlhabender waren als er, verfügte er doch als einziger weit und breit über ein Sparkassenbuch, dessen Gewichtigkeit daher kaum richtig einzuschätzen war. Das Sparbuch legte Don Raffaele eine strenge, nicht ganz ungefährliche Verpflichtung auf. Dessen war er sich wohl bewußt. Mit einem Wort: Wegen des Sparkassenbuches betrachtete der Lehrer des Dorfes San Luca sein eigenes Schicksal als an das des Kapitalismus gebunden. Welch eine Ehre, aber auch welch eine Verantwortung! In gewissen schwierigen Momenten wäre Don Raffaele das Sümmchen auf der Sparkasse sehr zustatten gekommen. Gewiß, es war nicht viel; aber in Tagen der Not kann auch eine Knochenbrühe am Leben halten. Indes, er hatte bis jetzt der elenden Versuchung, das Geld zurückzuziehen, immer widerstanden. Eines Tages wagte er sogar zu behaupten, er werde lieber Hungers sterben, als das Sparbuch aufgeben. Das war keine Prahlerei! Das Sparbuch war sein Privileg: das, was ihn von den andern unterschied. Die Wichtigkeit, die er ihm beimaß, war rührend. Aber das konnten nicht alle verstehen. Deshalb vermied er es auch, in der Frage der Felder der Meinung der einfachen Leute zu widersprechen. Man hätte ihn doch nicht begriffen, und er würde sich nur unnötigerweise kompromittiert haben. Immerhin gab es in San Luca drei oder vier Leute, denen gegenüber er bisweilen mit der gebotenen Vorsicht seinen unerschütterlichen Glauben an zwei Prinzipien bekannte. Diese Grundsätze lauteten: ›Alles Eigentum ist heilig‹, und ›Armut kommt vom Mangel an Sparsinn‹. – Wenn er davon redete, besonders an kritischen Tagen wie den jetzigen, hatte Don Raffaele feuchte Augen, und seine Stimme zitterte.

Das Mädchen vom Café Eritrea kam gelaufen, um ihn zu holen. Seine Freunde, sagte sie, erwarteten ihn zum Kartenspiel.

»Jetzt? Zu dieser Stunde?« fragte er.

Soeben hatte sich der Himmel orangerot und dann grau gefärbt. Es war nicht die Zeit, wo sie gewöhnlich Karten spielten. Er fand denn auch den Saal im Café Eritrea leer; nur der Aufseher der Tarocchi stand vor dem Schanktisch bei einer Flasche Bier. Don Raffaele hatte es nie gepaßt, mit die-

sem Tölpel zu reden. Es war ein dicker, gewöhnlich aussehender, plumper Bursche. Seine Gewohnheit, einen Revolver am Hosengurt zu tragen und immer eine Reitpeitsche in der Hand zu halten, machte ihn nicht gerade anziehender.
»Was trinkst du?« fragte er den Schulmeister.
»Nichts.«
Das Mädchen an der Theke ließ die beiden allein. Don Raffaele fühlte sich alles andere als behaglich.
»Weshalb steht die Frau des Zaccaria«, fragte der Aufseher, »immer am Fenster, wenn sie zu dir kommt, um die Signorina Stella zu besuchen?«
»Ich glaube, nicht aus Koketterie«, antwortete Don Raffaele erstaunt. »Die Alte muß beinah siebzig sein.«
»Aus welchem Grunde also?«
»Ich weiß nicht. Vielleicht, um frische Luft zu schnappen.«
»Fehlt es denen in der Meierei an frischer Luft?«
»Nein. Die Alte wird also ohne besonderen Grund am Fenster stehen.«
»Nicht, um zu spionieren?«
»Was könnte sie denn spionieren, wenn sie in meinem Hause am Fenster steht?«
»Das Hin und Her der Carabinieri! Den Einsatz der Diener Don Vincenzos.«
»Das sind ja schließlich keine Staatsgeheimnisse.«
»Immerhin sind es nützliche Beobachtungen.«
»Zu welchem Zweck?«
»Um die Streitkräfte der Tagelöhner für die Besetzung der Felder vorzubereiten«, sagte der Aufseher.
»Giuditta interessiert sich nicht für die Felder.«
»Aber der Ingenieur De Donatis interessiert sich dafür«, antwortete der Aufseher.
»Der Ingenieur ist kein arbeitsloser Tagelöhner. Er hat eure Felder ganz und gar nicht nötig.«
»Da hast du recht«, sagte der Aufseher. »Wenn der Ingenieur Lust hätte zu arbeiten, könnte er seinen Grund und Boden beackern. Er braucht die Felder Don Vincenzos nicht.

Aber«, fügte er mit erhobener Stimme hinzu, »er braucht dringend eine Zwangsjacke. Der Mann ist verrückt und will das ganze Tal verrückt machen. Weißt du, daß Don Vincenzo im Begriff war, sich mit der Partei zu einigen? Aber der Verrückte hat alles in die Luft gehen lassen.« Das war eine Neuigkeit für Don Raffaele. Er fragte:

»Hat die Partei auf die Verteilung der Felder verzichten wollen?«

»Nein, im Gegenteil«, sagte der Aufseher. »Don Vincenzo hat einen Teil des Geländes einer bestimmten Anzahl Parteigenossen angeboten.«

»Wie kann der Ingenieur eine so edelmütige Tat verhindert haben?«

»Er hat ausgestreut«, sagte der Aufseher, »daß die ärmsten unter den Tagelöhnern, die bedürftigsten, von dem Übereinkommen ausgeschlossen würden.«

»Es kann aber doch nicht schwer sein, die Unwahrheit seiner Reden zu beweisen.«

»Es ist weniger leicht, als du glaubst«, erwiderte der Aufseher. »Wegen seiner Hetzereien unter den ärmsten Tagelöhnern hat sich die Partei jetzt von dem Übereinkommen zurückgezogen.«

»Weshalb hat sie sich zurückgezogen, wenn das Übereinkommen gerecht war? Sie hätte sich nicht zurückziehen sollen.«

»Laß die Gerechtigkeit aus dem Spiel!« sagte der Aufseher. »Nach der Gerechtigkeit ist das Eigentum heilig.«

»Das ist auch mein Grundsatz.«

»Aber es ist natürlich, daß ein Edelmann, wenn er von Räubern überfallen wird, seine Uhr anbietet, um die Brieftasche zu retten.«

Das Gespräch drohte, sich in die Länge zu ziehen, und Don Raffaele begann zu fürchten, irgend jemand könnte ihn im Gespräch mit diesem von allen verachteten Menschen sehen.

»Bist du es gewesen, der mich hat rufen lassen?« fragte er.

»Ich weiß, daß du ein Mann der Kirche bist«, entgegnete

der Aufseher. »Verwahre dich nicht dagegen, das ist nichts Böses! Du solltest Don Nicola überreden, daß er von der Kanzel aus zu den Tagelöhnern spricht! Ist das göttliche Verbot, den andern ihr Eigentum wegzunehmen, jetzt aufgehoben?«

Don Raffaele seufzte.

»Auf den Pfarrer kann man nicht zählen«, seufzte er. »Heute weniger denn je!«

»Weshalb? Wieso?«

»Ich weiß, was ich sage. Es tut mir leid!«

Er machte Miene, aufzustehen und wegzugehen. Aber der Aufseher hielt ihn am Arm fest.

»Warum willst du nicht etwas trinken?« fragte er.

»Ich habe keinen Durst.«

»Man müßte es zu vermeiden suchen, daß diesem armen Ingenieur De Donatis ein Unglück zustößt«, sagte der Aufseher. »Von ihm wollte ich mit dir reden. Wenn er so weitermacht, wird es mit ihm ein schlimmes Ende nehmen. Die Partei verzeiht nichts, und in wichtigen Fällen macht sie kein Federlesens. Es wäre schade um den Ingenieur; er stammt doch schließlich aus einer sehr guten Familie!«

»Ich verstehe nicht, wo du hinauswillst«, sagte Don Raffaele. »Glaubst du, man könne ihn einfach überreden, sich um nichts anderes mehr zu kümmern als um seinen Beruf? Wer müßte ihn, deiner Meinung nach, bekehren?«

»Er ist kein Mann, der sich überreden läßt«, gab der Aufseher zu. »Mit schönen Worten kann man ihm nicht kommen. Wenn er aber so weitermacht wie bisher, nimmt es mit ihm ein übles Ende und zwar bald! Die Partei verzeiht nichts; das haben wir oft genug feststellen können.«

»Ich verstehe noch immer nicht, wo du hinauswillst«, wiederholte Don Raffaele. »Glaubst du, er ließe sich einschüchtern? Hältst du ihn für einen Menschen, der vor Drohungen zurückweicht?«

»Natürlich kann man ihn nicht mit ›Huh! Huh!‹ erschrekken«, erwiderte der Aufseher.

»Dann verstehe ich nicht, was du eigentlich im Sinn hast«, sagte Don Raffaele ärgerlich. »Wozu erzählst du mir diese Geschichte?« Der Aufseher rückte näher an den Lehrer heran, so daß er leise mit ihm reden konnte.
»Kommt er nicht jeden Abend in dein Haus?« fragte er ihn. »Kommt er nicht, um ein Mädchen zu besuchen?«
»Seine Braut!«
»Sehr richtig! Seine Braut, nicht seine Frau!« entgegnete der Aufseher. »Es ist nicht ganz unwichtig, hinzuzufügen, daß die Braut ein unmündiges Waisenkind ist! Laß mich zu Ende reden! Es freut mich, daß du schon verstanden hast, worauf ein Gespräch wie das unsere abzielt. Aber ich will mich nicht mit fremden Federn schmücken. Die Idee, das versichere ich dir, stammt nicht von mir. Sie stammt von der Partei! Ja, wenn es der Partei paßt, kann sie sich auch als Hüterin der Jungfräulichkeit von Waisenmädchen aufwerfen. Du kannst es selbst nachprüfen, daß die Anzeige bei den Carabinieri von Parteimännern stammt. Hab noch einen Augenblick Geduld! Da ist noch eine wichtige Einzelheit, über die ich mit dir reden muß, und du wirst mir dann deine Meinung sagen! Ich bitte dich inständig, laß mich zu Ende sprechen! Der Kommandeur der Carabinieri ist bereit, den Ingenieur zu verhaften, sofern er die beiden, wenn auch nicht gerade in flagranti, so doch wenigstens allein im Zimmer und in verdächtigem Aufzug überrascht.« Don Raffaele hatte sich auf den Schanktisch gestützt. Er schluckte mühsam, als ob ihm etwas im Halse steckengeblieben wäre.
»Unmöglich!« sagte er dann.
»Weshalb?«
»Stella und der Ingenieur bleiben nie allein.«
»Nie? Das kann ich nicht glauben!«
»Giuditta verteidigt Stella wie eine Bruthenne ihr Küken«, fügte er ein wenig gefaßter hinzu. »Sie läßt sie nie auch nur einen Augenblick allein.«
»Das soll ich schlucken?« grinste der Aufseher. »Ich sehe jeden Abend, wie Giuditta zur Meierei heimkehrt. Wie oft

kommt der Ingenieur erst, wenn sie schon wieder fortgegangen ist.«

»Dann leistet den beiden Verlobten immer jemand anders Gesellschaft, entweder meine Frau oder ich selber. Immer!«

Einen Augenblick war der Aufseher wie vor den Kopf geschlagen. Aber dann faßte er sich wieder.

»Das glaube ich dir nicht«, sagte er. »Aber selbst, wenn es sich so verhielte, wie du sagst, dann wäre es immer noch eine Frage des guten Willens! In einem bestimmten Augenblick, den wir miteinander vereinbaren würden, könntet ihr euch entfernen. Die Carabinieri wären pünktlich zur Stelle.«

»In meinem Hause? Unmöglich!« sagte Don Raffaele.

4

Er verließ das Café und ging auf die Tür seines Hauses zu, ohne nach rechts oder links zu blicken, und er bemühte sich, vor dem Mann, der ihm nachsah, unbefangen zu erscheinen. Als er in seinem Studierzimmer anlangte, wurde ihm einen Augenblick schwindelig: er brach zusammen und fiel auf die Knie. Eine Weile kauerte er auf dem Teppich neben dem Diwan. Doch verlor er nicht das Bewußtsein. Sobald er sich wieder etwas kräftiger fühlte, erhob er sich und ging zum Fenster. Auf dem Platz verklang das letzte Schreien und Singen seiner kleinen Schüler. Vor der Schwelle des Parteibüros war der gewohnte Menschenauflauf. Die Carabinieri bezogen wieder ihren Wachtposten vor der Tür des Rathauses und vor der Villa der Tarocchi. Es war dunkel geworden. Wie eine bleiche Wange auf einem Kissen lag der runde Mond auf dem gewölbten Bergrücken, wo früher einmal der Wald gestanden hatte. Silberne Wolken standen so unbeweglich am Himmel über dem Tal, als ob sie nie mehr verschwinden wollten. Don Raffaele erkannte den dicken Aufseher hinter der Fensterscheibe des Café Eritrea. Als er sich aus dem Fenster beugte, fiel sein Blick auf Roccos Jeep.

Er beeilte sich, ins obere Stockwerk hinaufzusteigen. Auf der Treppe begann er zu keuchen. Die Türe zu Stellas Zimmer stand halb offen. Don Raffaele blieb ängstlich zögernd hinter dem Türflügel stehen. Seine Schritte waren ungehört verhallt. Rocco setzte soeben dem Mädchen die Bestimmunden des ›Waffenstillstandes‹ auseinander, den die Tagelöhner mit der Präfektur geschlossen hatten. Der Provinzbehörde war eine Frist von einer Woche eingeräumt worden, um die gesetzliche Enteignung des Wiesengeländes vorzunehmen. Stella hatte den Blick zu Rocco erhoben. Ihre Augen waren müde und mutlos vom Leiden.

»Bist du zufrieden?« fragte sie ihn.

»Ja. Wir müssen diese Ruhewoche zum Heiraten benützen. Die Wohnung in Fornace ist schon bereit.«

Stella sagte nichts; sie legte ihre mageren Arme um Roccos Hals und lehnte die Stirn an seine Schulter.

»Was denkst du?« fragte er.

»Es ist ein Gedanke, so hoch wie ein mächtiger Baum, den man in die Erde gepflanzt hat«, sagte Stella. »Es braucht Zeit, bis er wieder all seine Wurzeln gefunden hat.«

»Wir werden Zeit haben«, sagte Rocco und lächelte.

Stella nickte und gab sich Mühe, auch zu lächeln.

»In Sant' Andrea«, sagte Rocco, »habe ich eine sonderbare Begegnung gehabt. Auf den Stufen vor der Kirche stand eine Gruppe Männer aus Fornace. Es waren größtenteils Heimkehrer; viele trugen noch ihre Soldatenhosen und Militärhemden. Ein wenig abseits saßen schweigend und mißtrauisch auf einer Stufe zwei ältere Leutchen, ein Mann und eine Frau. Etwas Unerklärliches zog mich sogleich zu ihnen hin. ›Möchtet ihr auch ein Stück Land, um es zu bebauen? Ihr in eurem Alter?‹ fragte ich sie. Sie gaben mir keine Antwort. Doch ein Bauer, der sie kannte, erklärte mir: ›Es sind Geschwister. Sie hatten ein Stück Land in der Nähe des Flusses; sie bauten da Kartoffeln an. Aber ihr Eigentum wurde ihnen vor vielen Jahren auf unrechtmäßige Art weggenommen. Sie wollten heute nicht mit uns kommen; erst im letzten

Augenblick haben wir sie überredet.‹ Während der Bauer mir ihre Geschichte erzählte, schaute die Frau den Mann an, um zu sehen, was für einen Eindruck es auf ihn mache. Der Bruder blieb völlig gleichmütig. Er schenkte der Geschichte von dem Stück Land nicht viel Aufmerksamkeit. Aber ich konnte mich von den beiden noch nicht trennen: ›Seid ihr aus Fornace?‹ fragte ich. ›Wie heißt ihr?‹ Um ihnen Mut zu machen, fügte ich hinzu: ›Auch ich bin aus Fornace‹, aber vielleicht war das ein Fehler von mir. Sie blickten mich an, ohne ein Wort zu sagen. Auch der Bauer versuchte vergebens, ihre stummen Lippen zu lösen. Er nannte sie beim Namen: ›Cosimo, Caterina! Zum Teufel!‹ sagte er, ›dieser Mann da steht auf der Seite der Armen, ihr könnt Vertrauen zu ihm haben.‹ Vielleicht war es nicht gut, daß er meinen Namen erwähnte. Als er sah, daß die beiden stumm blieben, versuchte er, sie bei mir zu entschuldigen. ›Es sind brave Leute‹, sagte er, ›aber sie sind scheu. Sie sind einsam. Sie kennen nichts anderes als ihr Haus, die Kirche und die Felder. Da sind sie alt geworden.‹ Als Erklärung mochte das genügen. Ich aber war noch nicht befriedigt. Ich begriff selbst nicht, weshalb die beiden mich so fesselten. ›Seid ihr allein?‹ fragte ich weiter. ›Habt ihr keine Kinder? Keine Enkel?‹ Caterina blickte ihren Bruder an, um zu sehen, ob es gut wäre, zu antworten. Aber Cosimo hielt die Kinnladen zusammengepreßt, als ob sie mit einem Schlüssel verschlossen wären. Noch einmal mußte der andere für sie antworten. ›Caterina‹, so berichtete er, ›hatte einen Sohn. Er mußte in den Krieg ziehen. Dann kündigte er seine Rückkehr an, aber er ist nie in Fornace angekommen.‹ Der Bauer nannte auch den Namen des Soldaten: Bonifazio! Und er fügte noch ein paar weitere Einzelheiten hinzu. Ich spürte, wie mir der Atem aussetzte. Die Frau da vor mir war also die Mutter des Unglücklichen, der aus Versehen gefangengenommen und von meiner Partisanengruppe erschossen wurde. Stella, erinnerst du dich? Unter meinen Papieren muß noch sein letzter Brief sein. Ich konnte ihn nicht abschicken, weil er keine Adresse trug. Wir haben öfters davon gesprochen. Es ist ein Toter, könnte man sagen, der mich verfolgt.«

»Wußte die Mutter schon alles über den Tod ihres Sohnes? Hast du mit ihr davon sprechen können?«

»Dort auf dem Platz? Unmöglich! Aber morgen will ich sie aufsuchen.«

»Nimmst du mich mit?«

»Diesmal ja; du kannst vielleicht nützlich sein. Und dann: auch dich hat der Tote verfolgt.«

5

Rocco hatte am Eingang zum Dorf angehalten, nahe bei einem Brunnen, der aus einem ausgehöhlten Baumstamm bestand. Er wollte es vermeiden, über den Platz zu fahren. Soeben hatte er den Jeep am Brunnen gewaschen, und er schickte sich nun an, ein Rad auszuwechseln.

»Kann ich dir helfen?« fragte Stella.

»Such einmal herauszubekommen, wo Caterina wohnt.«

»Wird der Name genügen?«

»Vielleicht genügt er. Sie hat einen Bruder, mußt du sagen, der Cosimo heißt. Und sie hatte einen Sohn, der Bonifazio hieß. Das Dorf ist klein. Es wäre gut, wenn wir zu ihr gelangen könnten, ohne den Platz überqueren zu müssen.«

Es waren wenige Leute auf der Straße. In jener Jahreszeit gingen sie fast alle auf ihre Äcker hinaus. Es war nicht leicht, Caterina zu Hause anzutreffen, außer spät abends oder am frühen Morgen. Übrigens wäre es nutzlos gewesen, ihren Zunamen zu wissen. Es war ein Name, den in jenem Dorf fast alle Familien trugen. Er lautete Spaccapietre; die Bezeichnung rührte von dem Beruf des Steinklopfers her, den die Vorfahren früher einmal ausgeübt hatten. Caterina war keineswegs eine scheue Bäuerin; sie war auch weder dumm, noch grob, obwohl es schwierig war, sich mit ihr zu unterhalten. Aber die Mühsale, die sich Jahr für Jahr in ihrer Seele angehäuft hatten, waren schließlich so groß, so schwer, so dicht geworden wie ein Felsblock. Niemand hätte es fertiggebracht, diesen Felsen zu entfernen. An die Kette der täglichen Sorge um den Lebensunterhalt für sich und die Ihren geschmiedet, hatte sie die Schwelle des Alters erreicht, ohne etwas zu wissen von der Kompliziertheit anderer Existenzen. Sie war einfach, spröde und unterwürfig geblieben wie ein armes Mädchen.

Beim letzten Erdbeben hatte Caterina ihren Mann, das Haus und drei Söhne und dazu noch den Esel verloren. Sie war mit einem Sohn und einem verwitweten Bruder übrig geblieben. Nicht zum erstenmal hatte ein Erdstoß das Tal heimgesucht. Noch jetzt kann man in den Bergen Trümmer von eingestürzten Häusern sehen, die bei früheren Erdbeben vernichtet wurden. Wenn solch eine Katastrophe hereinbricht, wagt niemand sich zu wundern, sich zu empören, weil keiner ohne Sünde ist. Und da etwas Derartiges nicht zum erstenmal geschieht, weiß jedermann, was er zu tun hat. Man räumt die Trümmer beiseite, begräbt die Toten und fängt wieder von vorne an. Die Familien, die Häuser, die Dörfer erstehen aufs neue. Die Schwalben, die jedes Frühjahr zu ihren Nestern zurückkehren und sie nicht mehr vorfinden, weil sie zusammen mit den alten Häusern vernichtet wurden – sie wissen ja auch, was sie tun müssen. Sie bauen neue Nester unter den Dachtraufen der neuen Wohnstätten.

Zusammen mit dem Sohn und dem Bruder Cosimo hatte sich Caterina in zwei Jahren ein neues Haus gebaut. Der Bruder besaß ein Stück Land in der Nähe des Flusses, jenes Stück Land, das ihm dann gestohlen wurde; aber Cosimo verstand sich auch ein wenig aufs Maurerhandwerk. Tagsüber bebaute er sein Stück Land oder den Boden der andern. Am Abend und an den Feiertagen aber errichtete er, anstatt sich auszuruhen, mit Caterinas und ihres Sohnes Hilfe das Haus. Es war klein, mit einem Stall für den Esel im Erdgeschoß, und der Küche und zwei Kammern im Obergeschoß. Darüber hinaus blieb Caterina noch ein Stück Garten drunten im Tal zwischen Fornace und Sant' Andrea. Im Talgrund floß ein bißchen Wasser; das diente ihr dazu, die Erde zu tränken. Wenn Caterina nicht daheim oder in der Kirche war, dann harkte oder begoß sie sicher die Beete in ihrem Garten. Es kostete viel Mühe, mehr als einmal im Tag hinabzugehen und wieder heraufzusteigen. Wenn man vom Dorf in den Garten hinunterschaute, schien Caterina nur so groß wie eine Ameise auf einer Erdscholle. Ein Wall aus Baumstämmen und Steinen beschützte das Stück Land gegen die zeitweiligen Launen des Flusses. Es war fruchtbare, fette Erde ohne Steine, aber es war nur ein kleines Stück. An den Tagen, wo der Garten Caterina nicht in Anspruch nahm, suchte sie Holz, das der Fluß angeschwemmt hatte, oder das im Gebüsch und Gestrüpp hoch oben im Gebirge zu finden war. Gegen Abend traf man sie oft, wie sie unter einer schweren Last von Zweigen und Ästen tief gebückt, mit zur Erde geneigtem Gesicht wie ein Saumtier daherkam. Bei jedem Wetter ging sie barfuß zur Arbeit. Die Schuhe, die sie zu ihrer Hochzeit gekauft hatte, besaß sie auch jetzt noch. Mehrmals neu besohlt, hatten sie für sie vor allem einen rituellen Wert. Sie trug sie, wenn sie zur Kirche ging.

Auch ihr Bruder Cosimo besaß zu jener Zeit ein Stück Land, auf dem er ein wenig Kartoffeln oder Bohnen erntete. Es lag nicht weit vom Fluß entfernt und bildete ein schön geebnetes, sauberes, gut gepflegtes Rechteck zwischen den unbebauten, mit Unkraut und Gestrüpp überwucherten Gefilden der Tarocchi, wo Schafe und Ziegen weideten. Da die Wiesen ungeschützt von Dämmen dalagen, überschwemmte der Fluß sie immer wieder von Zeit zu Zeit und verwüstete oft auch Cosimos Saaten. Wenn das geschah, gab es für ihn und Caterina ein Hungerjahr. Doch der größte Schaden wurde Cosimo nicht vom Wasser zugefügt. Da sein Stück Erde gepflegt und fruchtbar war, betrachteten die Tarocchi es als eine Herausforderung, einen Hohn oder wenigstens als ein schlechtes Beispiel für die arbeitslosen Tagelöhner. Denn jedem, der nicht blind war, zeigte es in der Tat, daß der Boden im Talgrund, der scheinbar nur unfruchtbares Gelände war, angebaut und bepflanzt werden konnte. Das war so offensichtlich, daß der Verwalter der Tarocchi eines Tages schließlich die Geduld verlor. Während Cosimo über seine Hacke gebückt arbeitete, kam der Verwalter zu Pferd mit dem Gewehr über der Schulter gerade auf ihn zu geritten. Ohne abzusteigen, sagte er zu ihm:

»Don Vincenzo möchte dieses Stück Land kaufen. Wieviel willst du dafür?«

»Es ist nicht verkäuflich«, antwortete Cosimo. »Man hat Euch falsch unterrichtet.«

»Antwortet man Don Vincenzo auf diese Art und Weise?« schrie der Verwalter. »Nimm dich in acht, deine Unverschämtheit kann dich teuer zu stehen kommen.«

»Ich wiederhole mit dem größten Respekt, daß mein Land nicht verkäuflich ist«, erwiderte Cosimo.

»Auf jeden Fall kann dieses Ärgernis nicht länger mehr andauern«, sagte der Verwalter.

»Mein kleines Besitztum ist ein Ärgernis?« entgegnete Cosimo. »Bebaue ich es schlecht?«

»Jeder weiß, daß dieser Boden hier sich nicht zum Anbau eignet, sondern daß er natürliches Weideland ist«, sagte der Verwalter. »Man braucht ihn ja nur anzuschauen!«

»Wenn das Wasser mir die Pflanzen nicht wegschwemmt«, erwiderte Cosimo, »ist die Ernte recht befriedigend. Ich kann mich jedenfalls nicht beklagen.«

»Weshalb trägt dir das Wasser die Saaten hie und da weg?« fragte der Verwalter. »Weil der himmlische Vater nicht will, daß dieses Stück Land bebaut wird. Das ist doch sonnenklar!«

»Ich glaube nicht, daß unser Herrgott in Zorn geraten kann, nur weil ich mein Stück Land bearbeite«, antwortete Cosimo.

Der Verwalter sagte nichts weiter, sondern wendete und

ritt davon, ohne Cosimos Abschiedsgruß zu erwidern. Früher als sonst nahm der Bauer die Hacke und kehrte mit düsteren Vorahnungen nach Hause zurück. Es waren schlechte Zeiten. Es war nicht leicht, sich gegen die Ungerechtigkeit zu wehren. Schon das Protestieren dagegen konnte gefährlich werden. Das Schicksal Lazzaros und Martinos, die aus ihren Häusern und aus dem Tal verbannt worden waren, war allen bekannt. In der kleinen Familie der Spaccapietre gab es Tage voller Kummer und Sorgen.

»Mach nicht ein so zorniges Gesicht!« flehte Caterina ihren Bruder an. »Zeig es nicht, daß du die Fäuste ballst! Du setzt nicht nur das Land, sondern auch noch deine Seele aufs Spiel.«

Es dauerte nicht lange, so bemächtigte sich Don Vincenzo mit teuflischer Gewalttätigkeit jenes kleinen Stückes Erde, das ihm Verdruß bereitete.

Das geschah folgendermaßen: Um zu seinem kleinen Grundstück zu gelangen, war Cosimo gezwungen, einen Pfad zu benützen, der natürlich durch die Wiesen der Tarocchi lief. Don Vincenzo untersagte nun Cosimo die Benutzung dieses Pfades. Die Nachricht wurde Cosimo an einem Sonntagvormittag vom Verwalter selbst überbracht. Cosimo und Caterina standen in der Tür, um zur Messe zu gehen. Der Verwalter kam ganz unerwartet, wie es seine Gewohnheit war, zu Pferd und mit umgehängtem Gewehr. Ohne abzusteigen, sagte er zu Cosimo:

»Du kannst mit deinem Stück Land machen, was dir beliebt. Das wolltest du doch? Aber auf die Wiesen des Don Vincenzo wirst du nie mehr einen Fuß setzen.«

»Ich habe das Recht, den Durchgang zu benützen«, murmelte Cosimo. »Der Pfad existiert nicht mehr«, sagte der Verwalter. »Ein bewaffneter Wächter steht dort Posten; er hat den Auftrag, dafür zu sorgen, daß der Wille des Herrn respektiert wird.«

»Wie soll ich denn dann mein Stück Land bebauen?« fragte Cosimo.

»Das ist eine Frage, die dich allein angeht«, erwiderte der Verwalter.

Das war ein unvorstellbarer Gewaltakt, eine beispiellose Willkür, gegen jedes Herkommen, gegen jedes Recht. Caterina jedoch erschrak, als sie plötzlich die Augen ihres Bruders aufblitzen sah.

»Mein Bruder«, sagte sie, »es ist schlimm, sein Land zu verlieren, aber es wäre noch schlimmer, seine Seele zu verlieren.«

Cosimo antwortete nichts. Schweigsam und verwirrt folgte er der Schwester zur Kirche; er kniete neben ihr nieder und hörte die Messe. Nach dem Gottesdienst, während die andern Gläubigen die Kirche verließen, richtete Caterina es ein, daß er noch einen Augenblick dablieb. Sie führte ihn vor den Altar der Heiligen Jungfrau.

»Mutter Gottes«, sagte Caterina halblaut, so daß auch der Bruder es hören konnte, »Mutter Gottes, du weißt, es ist ein großes Unglück für uns, dieses Stück Land zu verlieren. Aber für Cosimo wäre es noch viel schlimmer, wenn er seine Seele verlöre.«

Cosimo versuchte indessen, sein Recht mittels der Vernunft geltend zu machen. Da sein Stück Land auf dem Gebiet der Gemeinde Sant' Andrea lag, begab er sich dorthin aufs Rathaus, um zu protestieren. Nicht ganz zufällig amtete damals als Bürgermeister ein Angestellter der Familie Tarocchi. Er schaltete und waltete, wie es ihm gerade gefiel. Kaum hatte Cosimo das Büro betreten, kaum atmete er dort die Luft, sah er die Papiere, die Bücher, die Register und den Mann hinter dem Tisch, fühlte er sich schon verloren. Zwar hing an der Wand hinter dem Rücken des Bürgermeisters zwischen den lächelnden Bildnissen des Königs und der Königin, auch ein Kruzifix, aber der Blick des Erlösers war zur Decke empor gerichtet.

»Was willst du?« mußte ihm der Bürgermeister mehrere Male zurufen.

Cosimo gab sich Mühe, trotz allem das auszusprechen, was zu sagen er sich vorgenommen hatte.

»Gott läßt wohl vieles zu, aber er läßt sich nicht überrumpeln«, sagte er zum Bürgermeister »Mäßigt Euch ein wenig! Niemand verlangt von Euch, daß Ihr nicht übervorteilen sollt. Aber nicht alle Schafe sind für den Wolf. Wozu zöge man sie sonst groß?«
Der Bürgermeister hörte diese Worte, die von so wackerer Gesinnung zeugten, mit Vergnügen, und das Gespräch endete mit einer regelrechten Wette. Zwei Gemeindebüttel wurden als Zeugen herbeigerufen. Don Vincenzo würde von der Gemeindebehörde dazu gezwungen werden, den Weg wieder freizugeben, falls der Bürgermeister nicht zu beweisen vermöchte, daß man, auch ohne die Wiesen zu durchqueren, zum Grundstück Cosimos gelangen könne. Sollte der Bürgermeister die Wette gewinnen, würde er sich mit einer halben Zigarre begnügen, die Cosimo aus der Tasche seiner Jacke zog und als Pfand auf den Tisch legte.
»Schön«, sagte Cosimo lachend, »begeben wir uns sofort an Ort und Stelle!«
»Das ist gar nicht nötig«, antwortete der Bürgermeister. »Ich erbringe den Nachweis auf wissenschaftlicher Grundlage.«
Er nahm von einem der Büchergestelle einen dicken Band und durchblätterte ihn vorwärts und rückwärts, bis er endlich die gesuchte Seite gefunden hatte.
»Schau her!« sagte er dann zu Cosimo. »Du kannst ohne Furcht nähertreten. Du brauchst nicht einmal lesen zu können, es genügt, wenn du die Bilder ansiehst. Lassen wir die Montgolfiere, den Aerostaten von Tissandier, den Ballon Giffards beiseite! Das sind Erfindungen, die längst aus der Mode gekommen, im Handel kaum mehr aufzutreiben und außerdem nicht bequem sind. Hier aber, da ist das, was du brauchst: der Helikopter! Willst du die Erklärung dazu lesen? Du kannst nicht lesen?«
Die Herrscher an der Wand lächelten, der Gekreuzigte blickte zur Decke empor. Cosimo verließ das Büro, während der Bürgermeister sich die gewonnene halbe Zigarre an-

zündete. Schweigend ging Cosimo heimwärts. Unterwegs begegnete er Massimilianos Herde. Der Schafhirte kam ihm entgegen.
»Du mußt nicht verzweifeln!« sagte er zu ihm. »Lazzaro wird zurückkehren, du wirst sehen! Mit seiner Trompete kommt er wieder! Er wird dir Gerechtigkeit verschaffen.«
Cosimo achtete nicht darauf. Das waren leere Worte in seinem Streitfall. Das Stück Land, das er von seinem Vater geerbt und mit seinem Schweiß gedüngt hatte, war verloren; er konnte es nur noch von weitem anschauen. Nicht lange danach änderte es seine Farbe: es wurde von Unkraut überwuchert. Für die, welche vom Dorf hinuntersahen, wurde es immer schwieriger, Cosimos Feld von den angrenzenden Fluren zu unterscheiden. Die Natur kam Don Vincenzo zu Hilfe. Alsbald hatten Wind, Regen und Fluß ihr Werk verrichtet und das bebaute Stück Erde der mit Gestrüpp bedeckten Heide gleichgemacht.
Cosimo verlor sein Land, aber nicht seine Seele. Er kehrte zum Handwerk der Steinklopfer zurück, das schon seine Vorfahren ausgeübt hatten. Am Morgen stieg er nun nicht mehr ins Tal hinunter, sondern in die Berge hinauf. Im Steinbruch zerschlug er die Blöcke zu kleinen Stücken, die sein Neffe Bonifazio dann mit dem Esel bis zu jenen Stellen der Straße brachte, welche die Bauarbeiter ihm Woche für Woche angaben. Obwohl der Verdienst gering war, hatte die kleine Familie doch wieder ihr gesichertes Brot. Ja, Caterina weigerte sich sogar, den Lohn ihres Sohnes anzurühren. Sie legte das Geld beiseite für den Tag, da Bonifazio sich verheiraten würde. Eines Abends jedoch, als die armen Leute es am wenigsten erwarteten, ging ein Carabiniere mit einer Menge von Zetteln durch alle Gäßchen. In allen Häusern, in denen ein junger Mann wohnte, ließ er einen Zettel zurück. Die jungen Leute wurden zu den Waffen gerufen. Anscheinend hatte der König den Krieg erklärt. Auch Bonifazio mußte abreisen. Dieses Einrücken zum Militär mitten im Sommer mußte absurd erscheinen, denn es gab so viel zu

tun! Aber Kriege kommen für die armen Leute wie Erdbeben. Niemand weiß, wann und wie sie entstehen. Und da es sich um Schicksalsfügungen handelt, denkt niemand daran, sich aufzulehnen. Aber konnte Cosimo weiter Steine klopfen, wenn Bonifazio nicht mehr da war, um sie ins Tal hinunterzubringen? Und einen andern Jungen würde er nicht finden. Da ließ Caterina ihrem Bruder keine Ruhe, bis er ihr diese schwere Arbeit anvertraute. Es war ein mühsamer Weg, zum großen Teil steil und steinig, und man mußte ihn ein paarmal am Tag zurücklegen. Was Caterina mit dem Aufladen und Ausleeren der Steine verdiente, das legte sie beiseite für Bonifazios Hochzeit. Für den eigenen Unterhalt genügte ihr, was die emsige Arbeit in ihrem kleinen Garten einbrachte. Sie schaffte täglich zwölf, ja, vierzehn Stunden. So blieb ihr kaum Zeit zum Beten. An manchen Abenden schlief sie, von Müdigkeit überwältigt, beim Rosenkranzbeten ein.

Als die Obrigkeit sich das erstemal um Caterina kümmern mußte, geschah es auf sonderbare Weise. Caterina und Cosimo saßen vor dem Haus und verzehrten ihre Minestra aus Bohnen. Neben der Tür stand eine alte niedrige Bank; sie war aus einem Brett gezimmert, das auf vier Pfählen lag. Bruder und Schwester hielten ihre Näpfe mit der Suppe auf den Knien, als ein Carabiniere auftauchte. »Gegen dich liegt eine schwerwiegende Anzeige vor«, sagte der Carabiniere ohne weitere Einleitung zu der Frau.

Caterina hob den Blick vom Napf und schaute zuerst den Carabiniere und dann den Bruder an.

»Ich spreche mit dir«, sagte der Carabiniere zur Frau. »Heißt du nicht Caterina?«

Caterina neigte den Kopf zum Ohr ihres Bruders hinüber.

»Er wird mich mit Caterina, der Bäckersfrau, verwechselt haben«, sagte sie leise. »Du solltest ihm das Haus der Bäckersfrau zeigen! Laß ihn keine Zeit verlieren!«

»Nein, nein!« erwiderte der Carabiniere. »Ich kenne die Bäckerin! Die Anzeige betrifft nicht sie!«

Caterina tat, als kümmere sie sich nicht mehr um den Carabiniere; es war, als habe sie vergessen, daß er noch da war. Doch hörte sie immerhin auf seine Worte.

»Wahrscheinlich handelt es sich um Caterina, die Besenbinderin«, sagte sie zum Bruder. »Er hat sich geirrt. Du müßtest ihm das Haus der Besenbinderin zeigen!«

»Ich spreche mit dir!« sagte der Carabiniere lauter. »Von einem Irrtum kann keine Rede sein. Bist du heute nachmittag, als du mit dem beladenen Esel vom Steinbruch herunterkamst, nicht von einem Fremden angehalten worden?«

Cosimo schaute die Schwester an, die schon wieder ihre Minestra verzehrte, und fragte sie mit den Augen. Die Schwester dachte eine Weile nach und nickte dann.

»Hast du ihm nicht ein Stück Brot gegeben?« fragte der Carabiniere weiter. »Hast du ihm nicht den Weg gezeigt? In deinem eigenen Interesse fordere ich dich auf, mir die Wahrheit zu sagen!«

Caterina stellte den leeren Napf neben sich auf die Bank; dann fragte sie den Bruder:

»Ist das eine Sünde, Mildtätigkeit zu üben, ist das jetzt eine Sünde? Ich wußte nicht, daß das je eine Sünde war.«

»Ist es nach Eurer Meinung verboten, jemandem ein Stück Brot zu geben?« fragte Cosimo den Carabiniere. »Seit wann?«

»Weshalb hast du es getan?« fragte der Carabiniere, zu Caterina gewandt.

Die Frau blickte den Bruder verängstigt und zugleich erstaunt an. »Was sagt er?« fragte sie ihn. »Was sagt er in einem fort?«

»Wahrscheinlich hatte der Mann Hunger«, sagte Cosimo zum Carabiniere. »Glaubst du nicht auch, daß er vielleicht hungrig war? Wenn er nicht hungrig gewesen wäre, hätte er sie nicht um ein Stück Brot gebeten.«

»Hast du denn nicht gemerkt«, wandte sich der Carabiniere von neuem an Caterina, »daß jener Mann ein feindlicher Soldat war? Ein entsprungener Gefangener?«

»Was sagt er?« fragte Caterina den Bruder. »Was sagt er da in einem fort?«

Cosimo machte ihr ein Zeichen, sie solle keine Angst haben.

»Entschuldige«, fragte er den Carabiniere, »ein Feind von wem?«

»Ein Feind von uns!« rief der Carabiniere wütend. »Ein Feind auch von euch!«

Cosimo glaubte verstanden zu haben und versuchte, die Sache der Schwester zu erklären.

»War es ein Feind?« fragte er sie. »Caterina, sag mir die Wahrheit! Hab keine Angst! War es ein Feind?«

»Ich hatte ihn bis heute nie gesehen«, gestand Caterina.

»War es ein Feind?«

»Was soll das bedeuten? Du mußt mir erklären, was das heißen soll!«

»Wie sah er aus?«

»Wie ein Mann!«

»Aber hast du denn nicht gemerkt«, schrie der Carabiniere, »daß er kein Mann aus unserer Gegend war? Sprach er vielleicht wie die Leute hier in Fornace? Du konntest dir doch denken, daß es ein Fremder war. Weshalb hast du ihm dein Stück Brot gegeben und ihm den Weg gezeigt?«

Cosimo bekam nun auch Angst.

»Weshalb hast du es getan?« sagte er zu seiner Schwester gewandt. »Konntest du nicht nachdenken, ehe du es tatest? – Sie hat nicht nachgedacht«, sagte er dann zum Carabiniere.

Caterina gab mit einem Augenzwinkern zu, daß es sich so verhielt.

»Hätte ich nachdenken sollen?« fragte sie den Bruder leise. »Was gab es denn da nachzudenken? Auch er ist der Sohn einer Mutter. Er hatte Hunger. Was gab es denn da nachzudenken?«

»Mit andern Worten«, sagte der Carabiniere, »du gibst also die Tat zu.«

Doch da fuhr ihn Cosimo böse an, wobei er vor Angst und vor Zorn bebend aufsprang.

»Caterina gibt nichts zu!« sagte er stammelnd. »Gar nichts! Und damit du es weißt: wir sind müde und gehen jetzt schlafen. Außerdem geben wir nichts zu, nichts, nichts!«
Der Carabiniere blieb ein Weilchen nachdenklich stehen, dann sagte er: »Es tut mir leid, aber was die Tat angeht, muß ich einen Bericht schreiben.«
Er mußte dann aber doch nicht ganz so schlimm gewesen sein, dieser Carabiniere; denn er ließ sich nicht mehr blicken und Caterina dachte über all ihren andern Sorgen schließlich nicht mehr daran. Allein, nach einigen Monaten, als Caterina und Cosimo unter den gleichen Umständen wieder auf der Bank vor dem Hause saßen und ihre Minestra verzehrten, tauchte der Carabiniere abermals im Hintergrund des Gäßchens auf. Caterinas Herz begann ängstlich zu klopfen.
»Der dunkle Schatten nähert sich wieder«, flüsterte sie Cosimo zu. »Heilige Mutter Gottes, nur du allein kannst uns behüten!«
Der Carabiniere blieb dicht vor ihnen stehen.
»Weißt du«, sagte er lächelnd zu Caterina, »in der Zwischenzeit hat sich verschiedenes geändert. Die Tat, deren man dich damals beschuldigt hat, ist heute kein Verbrechen mehr! Ganz im Gegenteil sogar!«
Caterina streckte ihren Kopf dem Ohr des Bruders entgegen und fragte ihn angstvoll:
»Spricht er mit mir, dieser Mann? Sag ihm, daß er sich bestimmt irrt. Schick ihn fort!«
»Mit wem sprichst du?« fragte ihn Cosimo.
»Doch, doch! Ich spreche mit dir!« sagte der Carabiniere lächelnd zu Caterina. »Ich will sagen, daß in der Zwischenzeit die Dinge sich geändert haben.«
»Was hat sich geändert?« schrie Cosimo.
»Alles«, sagte der Carabiniere gutgelaunt. »Lest ihr denn keine Zeitungen? Lest ihr nicht, was an den Mauern angeschlagen steht?«
»Von dem, was mich angeht, hat sich nichts geändert«, entgegnete Cosimo. »Die Steine sind immer noch ebenso hart

wie früher. Und auch der Regen ist noch genau so naß.«

»Aber die Lage in der Stadt hat sich von Grund auf geändert«, erklärte der Carabiniere.

»Was sagt er?« fragte Caterina den Bruder.

»Wir lesen nicht, was auf dem Papier steht«, antwortete Cosimo dem Carabiniere. »Wir müssen arbeiten, damit wir zu essen haben. Zum Lesen fehlt uns die Zeit.«

»Sag ihm, daß er uns mit jemand anderem verwechselt!« flüsterte Caterina dem Bruder zu. »Mach, daß er fortgeht!«

»Die Dinge haben sich geändert«, erklärte der Carabiniere noch einmal. »Ich versichere es euch auf meine Ehre. Diejenigen, die unsere Feinde waren, sind jetzt unsere Verbündeten. Und diejenigen, die unsere Verbündeten waren, sind jetzt unsere Feinde. Daher ist das, was vor einigen Monaten ein Verbrechen war...«

»Was sagt er?« fragte Caterina den Bruder.

»Wir sind wieder bei der Geschichte von dem Stück Brot«, erklärte ihr Cosimo.

»Immer noch«, sagte Caterina ganz verängstigt. »Immer noch? Wieder bei dem armseligen Stücklein Brot? Es war ein Stück dunkles Brot, wie wir Bauern es essen. Irgendein Stück Brot. Der Mann hatte Hunger. Ach, er war der Sohn einer Mutter. Sollte er vor Hunger umkommen?«

»Sind wir also wieder dort angelangt?« sagte Cosimo zum Carabiniere. »Wird diese Geschichte denn nie ein Ende nehmen? Habt ihr wirklich an nichts anderes zu denken?«

»Im Gegenteil!« versicherte ihm der Carabiniere. »Caterina ist jetzt eine Frau, die sich verdient gemacht hat. Sie hat einem Feind geholfen, der nun ein Verbündeter ist. Für ihre mutige Tat verdient sie jetzt, geehrt zu werden.«

»Was sagt er?« fragte Caterina den Bruder. »Könntest du ihn nicht dazu bringen, daß er uns in Ruhe läßt!?«

»Es war keine mutige Tat«, sagte Cosimo zum Carabiniere. »Es war auch keine furchtsame Tat. Es war einfach ein Stück Brot! Der Mann hatte Hunger!«

»Ihr sprecht so, weil ihr von allem nichts wißt«, entgegnete

der Carabiniere. »Aber für die Obrigkeit von heute war es eine heldenhafte Tat. Ich wiederhole euch: In der Zwischenzeit haben sich die Dinge geändert. Auch die Entscheidung darüber, ob eine Tat gut oder schlecht ist.«
»Was hat sich geändert?« fragte Caterina ihren Bruder. »Das Gute und das Schlechte?«
Doch der Bruder war selbst in Nachdenken versunken.
»Gut«, sagte er zum Carabiniere. »Du versicherst uns, daß die Dinge heute anders sind. Aber wenn sie sich nun noch einmal ändern?«
Der Carabiniere stand mit offenem Munde da. Um seine Verwirrung zu verbergen, geriet er in Zorn.
»Kurz und gut, du unwissende Frau«, sagte er zu Caterina, »du verzichtest also auf die Medaille?«
»Was hat er gesagt?« fragte Caterina ihren Bruder. »Hast du etwas von all dem verstanden, was er da sagt?«
»Du könntest eine Medaille bekommen«, erklärte ihr Cosimo. »Jetzt verteilen sie Medaillen.«
»Weshalb? Was für Medaillen? Heiligenmedaillen?«
»Ich glaube nicht, daß es eine Heiligenmedaille ist. Eher eine Medaille für das Stück Brot«, meinte Cosimo.
»Immer noch? Spricht er immer noch davon? Heilige Mutter Gottes, es war ein ganz gewöhnliches Stück Brot. Hast du es ihm denn nicht erklärt?«
»Er will es nicht verstehen. Jetzt, sagt er, verteilen sie Medaillen!« Caterina begann nachzudenken, dann schüttelte sie den Kopf.
»Du mußt ihm erklären, daß ich schon eine Medaille habe«, sagte sie zum Bruder; »die Medaille aus dem Jahre 1900, die ich in Rom bekam, als ich als Mädchen dorthin wallfahrtete. Genügt denn eine Medaille nicht? Du kannst sie ihm einmal zeigen, aber jetzt, das mußt du ihm sagen, jetzt trägt Bonifazio sie am Hals, damit sie ihn beschützt. Auf jeden Fall, wir haben schon eine Medaille in der Familie.«
Der Carabiniere ging entmutigt von dannen. Sein Bericht von dieser Begegnung mit Caterina und Cosimo erregte

bei den Angestellten in der Kanzlei nicht geringe Heiterkeit. Dann kam die Zeit, da die ersten Soldaten zu ihren Familien zurückkehrten. So begriffen die Bauern, daß der Krieg zu Ende war. Der Briefträger brachte auch eine Karte von Bonifazio und las Caterina vor, was darauf geschrieben stand. Bonifazio war auf dem Heimweg! Caterina beeilte sich, das Bett für den Sohn zurechtzumachen, und legte auch etwas Gutes zum Essen beiseite. Auch zählte sie immer wieder das ersparte Geld, das sie mit dem Transport der Steine verdient und für seine Heirat beiseitegelegt hatte.

An Bauerntöchtern fehlte es nicht im Dorf. Aber Bonifazio kehrte nicht zurück, und man vernahm auch nichts mehr von ihm. Caterina ließ sich seine letzte Postkarte von verschiedenen Personen und sogar vom Erzpriester vorlesen. Alle lasen sie dieselben Worte: Er war auf dem Heimweg...

Die Angst wegen der Verspätung des Jungen brachte es mit sich, daß Caterina und Cosimo nicht auf den Lärm achtgaben, der zu dieser Zeit das ganze Tal erfüllte. In San Luca war man in die Villa Don Vincenzos eingedrungen. Donna Gaetana war getötet worden. Plötzlich war Lazzaro wieder in Sant' Andrea aufgetaucht. Man hatte die Trompete wieder gehört. Das Parteibüro auf dem Platz hatte den Namen geändert. Das Grammophon spielte jetzt ein neues Lied. Die Heimkehrer aus dem Felde begannen sich zusammenzurotten und verlangten die Verteilung der brachliegenden Felder. Aber unter den entlassenen Soldaten fehlte immer noch Bonifazio.

Massimiliano, der Schafhirte, hatte sich eines Tages an Cosimo erinnert. Er war mit seiner Herde an dessen Haus vorbeigezogen und hatte ihn gerufen.

»Cosimo«, hatte er zu ihm gesagt, »Lazzaro ist zurückgekehrt. Hast du ihn gesehen? Hast du die Trompete nicht gehört? Wenn du willst, kannst du jetzt zu deinem Stück Land zurückkehren. Cosimo, bist du taub?«

Aber Cosimo war mit einem Male alt geworden. Er konnte nun nicht mehr alle Tage zum Steinbruch hinaufgehen. Er

war müde, er hatte so viel gearbeitet, gerodet, gegraben, den Pflug gezogen, das Haus wieder aufgebaut, unübersehbare Haufen Steine zerklopft. Er hatte das Erdbeben überstanden, das Tosen des Flusses, die Hitze, die Kälte, den Hunger; jetzt war er müde. Krumm, erschöpft, schweigend saß er vor dem Haus. Seine Gelenke waren eingerostet. Auch mit der Schwester tauschte er nur noch einige Zeichen.
Der Esel ruhte. Die Kübel für den Transport des Schotters lagen nutzlos neben der Türe. Immerhin hatte Cosimo es noch nicht gewagt, den Hammer und die Hacke zu verkaufen: Bonifazio konnte sie gebrauchen, wenn er zurückkehrte.
Massimiliano versuchte ihn aufzurütteln. Er rief ihm ins Ohr:
»Herrgott, gerade jetzt willst du dich zurückziehen? Jetzt ist deine Stunde gekommen. Du mußt auf deinen Grund und Boden zurückkehren! Cosimo, du mußt Rache üben! Das unbebaute Land wird den Herren weggenommen. Cosimo, bist du taub?«
Er war nicht taub, aber er war erschöpft, er war ausgebrannt. Massimilianos Worte berührten ihn nicht.
»Bonifazio ist nicht zurückgekehrt«, sagte Cosimo. »Mein Stück Boden ist wieder zur Steppe geworden. Es lohnt nicht, davon zu reden.«
»Ich werde dir Martino schicken«, hatte Massimiliano zu ihm gesagt. »Erinnerst du dich nicht mehr an den alten Köhler in San Luca? Ich schicke dir seinen Sohn.«
»Der war geflohen. Ist er zurückgekehrt?«
»Ja, er ist zurückgekehrt. Auch Lazzaro ist zurückgekehrt. Hast du die Trompete nicht gehört?«
»Bonifazio aber ist nicht zurückgekehrt«, sagte Cosimo. »Wer hat jetzt noch die Kraft, mein Stück Land wieder urbar zu machen?«
»Ich will dir Martino schicken, den Sohn des Köhlers«, hatte Massimiliano versprochen.
Caterina wartete noch immer auf die Rückkehr des Sohnes. Auf der Postkarte hatte gestanden, er sei schon unterwegs.

Jeder Abend konnte zum Abend seiner Rückkehr werden. Kaum hatten sie die Minestra gegessen, ging Cosimo schlafen. Caterina trug die Schüsseln in die Küche zurück und setzte sich auf die Bank neben der Türe. Ein paar Spatzen kamen und pickten die Brosamen zu ihren Füßen auf. Caterina rührte sich nicht. Wer vorüberkam, sah sie kaum an. Die arme Frau war wie die Bank, wie die Tür, wie die Kübel: alt, müde, verbraucht.

6

Das Haus war alt, seine Mauern waren dick. Auch im Sommer war es kühl darin. Um die schweren Fensterläden zu öffnen, mußte Stella sich auf die Zehenspitzen stellen und all ihre Kraft anwenden. Das große Zimmer füllte sich mit grünlichem Licht. Die Decke aus Ziegeln war hoch, der unebene Fußboden bestand aus blauen Majolikatäfelchen. Möbel gab es keine außer einem Tischchen, auf dem ein Blumentopf aus Terrakotta mit einigen roten Nelken stand.

»Ist das Lazzaros Hochzeitsgeschenk?« fragte Martino.

»Ja«, antwortete Stella. »Nun kann ich jedes Jahr am ersten Mai unsern besten Freunden eine rote Nelke schenken.«

»Mir auch?« fragte Martino.

»Natürlich«, antwortete Stella, »dir auch!«

»Ich verspreche dir«, sagte Martino, »daß ich an diesem Tag nur die Blume, die du mir schenkst, im Knopfloch tragen werde.«

»Wenn du Komtur geworden bist«, sagte Stella, »schicke ich sie dir mit der Post.«

»Wenn sich die Sache so verhält, werde ich das Komturkreuz ablehnen«. Durch das Fenster drang der gute Geruch von geröstetem Kaffee ins Zimmer. Man hörte das jämmerliche Weinen eines Säuglings. Aus der Ferne kam der Lärm eines Autos.

»Es ist nicht der Jeep«, sagte Stella sofort.

»Wird Rocco noch lange auf sich warten lassen?« fragte Martino.

»Gestern ist sein erstes Haus fertig geworden«, sagte Stella. »Er ist fortgegangen, um es den Besitzern, seinen Verwandten, zu übergeben. Ich habe es heute früh angeschaut. Es scheint mir recht fest und gediegen zu sein.«

»Hat er vor, noch mehr zu bauen?«

»Sie haben ihn gefragt, ob er den Wiederaufbau der während des Krieges zerstörten Häuser im ganzen Tal übernehmen wolle.«

»Das wäre eine bedeutende Sache.«

»Rocco hat noch nicht geantwortet. Wer weiß, ob wir überhaupt noch lange in dieser Gegend bleiben können.«

Martino machte ein erstauntes Gesicht.

»Möchtest du fortziehen?« fragte er. »Meinst du das im Ernst?«

»Die Partei läßt uns nicht in Ruhe«, sagte Stella. »Das weißt du ja auch!«

»Ist wieder etwas vorgefallen?«

»Ein Mann von der Partei ist zu Caterina gegangen und hat ihr erzählt, Rocco hätte ihren Sohn umgebracht.«

»Donnerwetter! Und Caterina hat es geglaubt?«

»Weshalb sollte sie es nicht glauben? Kann eine Frau wie Caterina sich vorstellen, daß man so leichthin eine derart schwere Anschuldigung ausspricht? Dazu noch gegen einen De Donatis und das in Fornace.«

»Weiß Rocco es?«

»Noch nicht. Ich habe noch nicht gewagt, es ihm zu erzählen. Soll ich? Soll ich nicht? Ich möchte, daß du mir einen Rat gibst. Noch nie habe ich ihn so stark, so heiter und zuversichtlich gesehen wie in diesen Tagen. Ich habe den Eindruck, daß er gerade jetzt von gewissen Dingen lieber nichts wissen möchte. Bei jedem derartigen Vorfall sagt er, er wolle sich nicht provozieren lassen. Der wahre Feind sei jetzt nicht die Partei, sondern das Elend der Tagelöhner. Man darf, so sagt er immer wieder, keine Zwietracht unter

die armen Leute säen, vielmehr muß man das gegenwärtige Einvernehmen unter allen Umständen aufrechterhalten.«
»Wenn das möglich wäre, hätte er selbstverständlich recht.«
»Du fürchtest also auch, daß es nicht möglich ist?«
Martino zuckte die Achseln, als hätte er schon zuviel gesagt. Er trat ans Fenster und betrachtete die Felder, die sich gegen das Tal hin ausbreiteten.
»Dreh mir nicht den Rücken zu!« rief Stella zornig. »Ihr verschweigt mir geflissentlich manche Dinge, und das erbittert mich. Eine solche falsche Rücksichtnahme habe ich nicht verdient. Ich bin nicht dazu geschaffen, das Hauskätzchen zu spielen, und mag nicht, wie eine Kuh am Leitstrick, hinter euch hertrotten.«
Martino drehte sich um und versuchte sie zu beruhigen.
»Unsinn!« sagte er. »Du weißt, wie gern wir dich haben!«
»Auch eine Katze kann man gern haben«, entgegnete Stella. »Verrückt gern sogar. Übrigens, alle Achtung vor dem Instinkt der Katze. Du weißt doch, daß die Haustiere ein Erdbeben zum voraus spüren.«
»Ihre Vorahnungen«, meinte Martino lächelnd, »haben noch nie jemanden gerettet.«
»Martino«, sagte Stella, »reden wir ernsthaft miteinander! Dir gestehe ich es, ohne mich zu schämen: Ich habe Angst um Rocco!«
»Das Erdbeben, von dem du sprichst«, sagte Martino, »ist ein wahrer Veitstanz, in dem wir schon alle mittendrin sind.«
»Kann man denn nichts dagegen tun?«
Martino sah sie einen Augenblick unsicher an. Er schien gerührt.
»Was könnte man denn deiner Ansicht nach versuchen?« fragte er.
»Kann man nicht mit einem der Parteiführer sprechen? Es wäre doch auch in ihrem eigenen Interesse. Auch bei ihnen gibt es ehrliche Leute. Soll ich an Oscar schreiben? Soll ich ihn aufsuchen?«

»Sei vernünftig, Stella! Mach dir keine Illusionen. Die Männer dort zählen nicht.«

»Weshalb sollten sie nicht zählen? Es sind doch Menschen aus Fleisch und Blut wie wir!«

»Aber sie befinden sich in einer ganz besonderen Lage, die der unsrigen genau entgegengesetzt ist. Alle Menschen sind aus Fleisch und Blut. Ausschlaggebend sind allein die Umstände, in denen man lebt.«

»Ist Rocco, als er noch Parteiführer war, auch so gewesen, wie sie jetzt sind?«

»Genau so! In seinem Innersten natürlich nicht und auch nicht, wenn er sein Tagebuch schrieb. Aber, es tut mir leid, es dir sagen zu müssen, er führte sich gerade so auf wie irgendeiner von ihnen.«

»Sind wir also einer Gefahr ausgeliefert?«

»Vielleicht ist dies das richtige Wort. Wer aus der Partei austritt, der begibt sich in Gefahr. Wie heftig die Angriffe sind, die gegen ihn geführt werden, hängt einzig von der Bedeutung ab, welche die Partei ihm zuerkennt. Roccos Vergangenheit, seine vorbildliche Treue, seine Redlichkeit den früheren Genossen gegenüber fallen heute – das kannst du mir glauben – auch nicht im mindesten ins Gewicht. Seine frühere Freundschaft mit Oscar, mit Ruggero und den andern zählt nicht mehr.«

»Du glaubst also an das Unabänderliche?« fragte Stella.

»Rocco hat mich gelehrt, nie an das Unabänderliche zu glauben. Er glaubt an die Freiheit des Menschen.«

Das Mädchen schaute ihn mit feuchten, angstvoll flehenden Augen an.

»Wäre es denn nicht möglich«, begann sie von neuem, »mit der Partei einen ehrlichen Vergleich zu schließen? Sollte es der Partei denn unmöglich sein, an den Ideen und Gefühlen der früheren Genossen Kritik zu üben, ohne sie gleichzeitig zu bedrohen und ohne sie irgendwelcher erfundenen Verbrechen zu beschuldigen?«

»Das ist ihr tatsächlich nicht möglich. Die Partei befindet

sich im Kriegszustand. Alles übrige kommt von selbst. Wer die Partei verläßt, ist ein Fahnenflüchtiger; und ein Fahnenflüchtiger wird im Krieg erschossen. Die Partei kann mit ihren Deserteuren nicht diskutieren. Wenn sie anfinge, zu diskutieren, würde sie zersplittern. Für die Partei ist es eine Frage von Leben oder Tod.«

»Aber bei uns herrscht doch jetzt kein Krieg.«

»Die Partei führt ihren eigenen Krieg. Sie ist eine kriegerische Partei. Da ist es ganz und gar natürlich, daß sie zumindest gegenüber ihren Anhängern das Kriegsgesetz anwendet, solange sie noch nicht die Macht hat, es allen gegenüber anzuwenden. Mit ihren Gegnern kann die Partei verhandeln, diskutieren, Verträge schließen, aber mit ihren eigenen Deserteuren kann sie das nicht.«

»Sie hat aber den Krieg noch nicht gewonnen«, gab Stella zurück. »Sie hat noch keine Machtbefugnisse.«

»Gott sei Dank! Nur aus diesem Grunde sind wir, Rocco, du, ich und viele andere, noch am Leben und auf freiem Fuß! Indes, wo die Partei noch nicht in der Lage ist, zu deportieren und zu erschießen, da versucht sie, ihre Fahnenflüchtigen wenigstens moralisch zu erledigen. Sie sucht sie zu entehren, in Verruf zu bringen, sie hassenswert und lächerlich zu machen. Sie klagt sie an, verleumdet sie, bezichtigt sie aller denkbaren Verbrechen, Laster und ruchlosen Anschläge.«

»Gibt es denn keine Ausnahmen? Kann man dem allen nicht entrinnen?«

»Ein einzelner könnte vielleicht verschwinden, sich ins Privatleben zurückziehen. Ich sage: vielleicht, denn in einigen Fällen verfolgt die Partei selbst noch die Toten.«

Stella trat einen Schritt auf Martino zu und faßte ihn am Revers seiner Jacke. Ihr Gesicht war verzerrt und verschlossen. Es gelang ihr nicht, auszusprechen, was sie im Sinn hatte.

»Was gibts?« fragte Martino.

»Wenn du von dem, was du soeben gesagt hast, überzeugt

bist«, rief Stella, »weshalb bist du dann manchmal so unvorsichtig? Ich mache mir auch deinetwegen große Sorgen.« Martino lächelte.
»Ich bin als Dickkopf zur Welt gekommen«, sagte er. »Es ist nicht meine Schuld.« Dann fügte er hinzu: »Komm, wir wollen Rocco entgegengehen.«
»Geh du allein«, sagte Stella. »Ich werde dir hier vom Fenster aus den Weg zeigen. Ich muß mir für heute abend ein Lager zurechtmachen und will sehen, ob ich in irgendeinem dieser Säle einen Tisch und ein Bett für mich finde.«
»Hat der Erzpriester nicht dafür gesorgt?«
»Unsere Wohnung befindet sich im zweiten Stock. Aber wir sind noch nicht verheiratet.«

7

Der Jeep fuhr bergauf. Es war ein schmales, gewundenes Sträßchen, streckenweise steinig, dann wieder voller Staub; in den Tuffstein hineingehauen, führte es zwischen dichten Brombeer- und Ginstersträuchern dahin. Diese Seite des Tales lag schon im Schatten.
»Weshalb hast du diese Richtung eingeschlagen?« fragte Martino.
»Jemand beobachtet uns von der großen Mauer am Platz aus«, sagte Rocco.
»Und nun soll er glauben, wir führen zum Friedhof?«
Rocco gab keine Antwort und tat, als merke er nicht, daß Martino ihn nachdenklich anschaute. Der Gipfel des Hügels war von Höhlen durchlöchert. Einige davon waren mit Dächern aus Wellblech oder aus Ziegeln bedeckt und mit improvisierten Türen verschlossen. Es waren Eselställe, aber während des Krieges dienten viele von ihnen auch als menschliche Wohnstätten. Ab und zu stürzte ein Dach ein, oder eine der Höhlen füllte sich mit Wasser. Dann suchten die Bewohner und die Esel irgendwo anders Unterkunft

und kehrten später, wenn ihr ursprünglicher Wohnplatz wieder instand gesetzt war, dorthin zurück. Der Jeep hielt einen Augenblick vor dem Friedhof. Das Sträßchen führte weiter nach rechts zum Steinbruch, aber der Jeep bog mit einem scharfen Ruck nach links ab. Er fuhr in ein Stoppelfeld hinunter, wo früher Mais gestanden hatte, und verschwand dann in einem langgezogenen Graben, den Regen und Schneewasser zwischen Hügel und Gebirge ausgewaschen hatten. Dort zu fahren, war ein äußerst gewagtes Unterfangen. Keiner von beiden tat den Mund auf. Der Jeep kam nur mühsam vorwärts. Die Zweige der Büsche streiften die Windschutzscheibe. Ein Schwarm von Krähen erhob sich krächzend von den Ästen einer Steineiche. Ein paarmal blieb der Wagen stecken und war nahe daran, sich zu überschlagen. Martino mußte aussteigen, um ein paar große Steine aus dem Weg zu räumen. Ein dicker Hase rannte ihm zwischen den Beinen durch. Aber nach einigen hundert Metern verbreiterte sich der Graben zu einer grasigen Ebene. Eine Bäuerin mit hochgeschürztem Rock, die Zichorien pflückte, flüchtete erschrocken. Am entgegengesetzten Ende der Wiese erreichte der Jeep wieder einen Fahrweg. Nach mancherlei Steigungen und Biegungen führte diese Straße auf halber Höhe ins Gebirge und gab über die Hügel hinweg wieder den Ausblick ins Tal frei. Die Dörfer jedoch, die von den Hügeln verdeckt wurden, waren von dort aus nicht zu sehen, höchstens der Fuß der gegenüberliegenden Berge und an manchen Stellen der Wildbach. Von hier oben schien das Tal viel enger und gebirgsähnlicher. Der Hang war versengt und dürr und von tiefen Schluchten durchzogen, mit großen schwärzlichen Felsblöcken übersät: eine trostlose Landschaft. In einigen Einbuchtungen und Mulden sah man vereinzelt junge Sträucher und Grasbüschel, aber wo der Berg etwas steiler abfiel, war das Bild, das sich bot, düster und bedrückend.

»Bis hierher reichte der Wald«, sagte Martino.

»Der Brand muß ein großer Schrecken gewesen sein«, meinte

Rocco. »Hast du auch bemerkt, daß niemand gerne davon spricht?« Dieser Teil des Berges war noch von der Sonne beschienen. An einigen Stellen sah man Hütten aus dürren Zweigen, die Zufluchtsstätten der Schafhirten. In der Ferne hörte man Hunde bellen.

»Wenn man es recht bedenkt«, sagte Martino, »hatten auch die Bäume, die hier gewachsen waren, ihr Schicksal.«

»Sie hatten ihr Schicksal zwar nicht gewählt, aber sie hatten es dennoch verdient«, meinte Rocco.

»Weshalb verdient?«

»Sie waren Eigentum des Don Vincenzo. Die Unschuld der Natur ist, wie mir scheint, ein Märchen.«

»Und doch war es ein guter Wald.«

»Als sie nach dir suchten, fühltest du dich da in Sicherheit unter den Bäumen des Don Vincenzo?«

»Sie gehörten ihm nicht. Er hatte sie sich unrechtmäßig angeeignet.«

»Fühltest du dich in Sicherheit?«

»Mehr als unter den Menschen. Erst wenn die Nacht schon weit vorgerückt war, wagte ich, bis zu den ersten Häusern des Dorfes hinunterzusteigen. Tagsüber hatte ich meinen Unterschlupf dort oben. Es war eine echte Wolfshöhle. Das Gestein roch noch nach dem Tier. Um hineinzukommen, mußte ich auf allen Vieren kriechen.«

»Hattest du eine Waffe bei dir?«

»Nur eine Axt, ein Andenken an meinen Vater. Als er nicht wußte, was er mir für die Hilfe, die ich ihm während des Erdbebens geleistet hatte, schenken sollte, weil er ja nichts besaß, gab er mir seine Axt. ›Paß auf‹, sagte er zu mir, ›was ich dir jetzt anvertraue, gilt fürs ganze Leben: das hier ist ein Werkzeug zum Arbeiten, aber es ist auch eine Waffe.‹ «

»War es die Axt, die du jetzt noch hast?«

»Ja, dieselbe.«

»Hast du sie nach Frankreich mitgenommen?«

»Nein, ich habe sie hier wiedergefunden. Ehe ich fortging, habe ich sie im Wald vergraben.«

»Und du hast sie wiedergefunden? Ja, wenn das so ist, muß ich meine Meinung über die Wälder ändern.«
Als der Weg wieder eine Biegung machte, sagte Martino: »Da ist der Hund Massimilianos.«
Gleich darauf tauchte auch vor einer jener Laubhütten der Schafhirte mit seiner kleinen Herde und dem Esel auf. Mit weit ausholenden Armbewegungen bedeutete er ihnen, sie sollten anhalten. »Wo, zum Teufel, kommt ihr her?« rief er erstaunt. »Von Neapel?« Rocco betrachtete den Esel, ein armseliges, unglaublich mageres, staubbedecktes Tier mit schäbigem Fell.
»Ist das dein Esel?« fragte er Massimiliano. »Den hast du uns noch nie gezeigt. Er gleicht dir.«
»Es ist meiner, aber er ist nicht mit mir verwandt«, sagte Massimiliano.
»Weshalb gibst du ihm nichts zu fressen?« fragte Rocco. »Man könnte ihn beinahe für mager halten.«
»Zu essen gibt man den Kindern«, entgegnete Massimiliano. »In einem gewissen Alter muß sich ein jeder sein Essen selber suchen.«
»Ich glaubte, du seiest in Sant' Andrea«, sagte Martino.
»Ich gehe später hinunter«, antwortete Massimiliano. »Heute abend findet auf dem Platz das Parteifest statt. Don Alfredo wird eine Rede halten. Da könnte es leicht zu einem neuen Zwischenfall mit Lazzaro kommen.«
»Ist ihm schon etwas Unangenehmes passiert?« fragte Rocco.
»In der vergangenen Nacht haben sie ihm das Fenster mit Steinen eingeworfen«, sagte Martino. »Ein Stein hat seine Frau an der Schulter getroffen. Etliche Scheiben und ein paar Teller liegen in Scherben.«
»Und das sagst du mir erst jetzt?« warf Rocco ihm vor.
»Man hat dich seit einigen Tagen nicht mehr gesehen«, sagte Massimiliano.
»Ich mußte ein Haus fertigbauen«, entschuldigte sich Rocco. »Aber von jetzt an habe ich wieder mehr Zeit.«
Der Jeep rollte weiter. Der Weg stieg immer noch an. Das

Tal entschwand den Blicken und tauchte wieder auf. Roccos Gesicht war noch finsterer geworden. Auch seine Art zu fahren war unregelmäßig und nervös. Martino schaute ihn besorgt an. Er suchte nach irgendeiner Ablenkung.

»Du hast dein erstes Haus fertiggebaut«, sagte er zu ihm. »Da wirst du zufrieden sein. Willst du weiterbauen?«

Rocco antwortete nicht sofort. Aber nach einer Weile hielt er den Wagen an.

»Ich muß dir etwas sagen«, begann er. »Bei der Übergabe des Hauses wollte der Besitzer, ein entfernter Vetter von mir, den Werkleuten Wermut stiften. Auf meinen Rat hin hatte er auch die Arbeiter eingeladen. Die aber lehnten es ab, dabeizusein. Nur einer von ihnen kam, um uns eine Erklärung abzugeben. Gerade gestern hätten sie von einem Parteimann erfahren, daß ich während des Krieges ohne die geringste Notwendigkeit und ohne jede Berechtigung Bonifazio, den Sohn der Caterina, getötet hätte, als er nach der Entlassung auf dem Heimweg war. Was sagst du dazu?«

Rocco setzte den Jeep wieder in Gang.

»Ich war auf alle möglichen Beleidigungen vorbereitet«, fuhr er fort, »aber auf das nicht. Natürlich, der Überbringer ist nicht verantwortlich für die Botschaft. Trotzdem habe ich den Mann derart geohrfeigt, daß er umfiel. Dann dachte ich daran, daß du mich zu Hause bei Stella erwartetest. Aber anstatt mich zu beeilen, habe ich mich in den Feldern herumgetrieben. Ich wollte euch nicht zeigen, daß ich geweint hatte. Das ist mir seit meiner Kindheit nicht mehr passiert.«

»Was gedenkst du zu tun?«

»Bestimmt irgend etwas.«

»Hast du mit Stella darüber gesprochen?«

»Ich wollte sie nicht von neuem traurig machen. Sie ist ohnehin schon ängstlich und unruhig genug.«

»Sie ist ein erstaunliches Mädchen: viel mutiger und aufopfernder, als ich gedacht hätte«, sagte Martino.

Der Jeep mußte langsam fahren. Eine große Schafherde nahm die ganze Breite der Straße ein. Alle Tiere hatten ein rotes ›T‹ auf dem Rücken, das Zeichen der Tarocchi. Die Hupe machte auf die Schafe keinen Eindruck. Ein mächtiger Hund fiel immer wieder den Jeep an, schnappte nach den beiden Männern und erwischte schließlich sogar einen Zipfel von Martinos Jacke. Der Hirt lachte. Kaum aber sah er, daß Rocco seine Pistole hervorzog, beeilte er sich, den Hund zurückzurufen. Nach der folgenden Straßenbiegung tauchte in der Ferne die Meierei auf.

»Alles in allem werden wir uns kaum zu langweilen brauchen«, sagte Martino.

»Was hast du gesagt?« fragte ihn Rocco.

»Unsere Zukunft wird nicht allzu heiter sein.«

»Wundert dich das?«

»Nein, aber ich dachte nicht an mich. Ich habe in meinem Leben nie etwas anderes gekannt.«

»Allerdings, das, was uns erwartet, ist schlimmer als alles, was wir bisher kennengelernt haben«, sagte Rocco. »Durch die eigenen Kameraden verfolgt zu werden, ist das Traurigste, das einem Menschen widerfahren kann.«

»Nennst du sie immer noch Kameraden?«

»Ich meine den Haß, den Hohn der armen Leute.«

»Auch das habe ich schon kennengelernt«, sagte Martino. »Die Drohungen der Diener der Tarocchi, die Verspottung durch die andern. Ich habe den Kelch der Verachtung schon bis zur Neige geleert. Die Menge, die auf dem Dorfplatz von San Luca lachte, während Don Vincenzo Erminias Briefe vorlas, bestand aus lauter armen Leuten.«

Rocco stoppte den Wagen mitten auf der Straße, in der Nähe der Abzweigung zum San-Luca-Paß.

»Für mich ist das die härteste Prüfung«, wiederholte er. »Die Armen zu meinen Gefährten zu wählen, war die wichtigste Entscheidung meines Lebens. Ihretwegen bin ich aus der Kirche ausgetreten, habe auf das Priestertum verzichtet, habe den Tod meiner Mutter beschleunigt. Wie du dir denken kannst, habe ich heute nicht wegen der Partei geweint, sondern Caterinas wegen.«

»Hör mich an, Rocco«, sagte Martino, »ich bin allein, das weißt du. Du aber hast Stella! Du solltest dir die Hände nicht schmutzig machen. Diese Geschichte vom Tod des Bonifazio zum Beispiel, die solltest du mir überlassen. Ich werde sie für dich ins reine bringen.«

»Du bist allein? Weshalb sagst du, du seiest allein? Du hast wahrhaftig eine sonderbare Art zu reden«, entgegnete Rocco. »Lazzaro, Stella, ich, Massimiliano, wir alle existieren also nicht für dich? – Wenn dem so ist«, fügte er hinzu, »dann verstehe ich nicht, wieso du dich in meine persönlichen Angelegenheiten mischen möchtest.«

»Verdammt, das nenne ich logisch gesprochen«, sagte Martino. »Man merkt, daß du für die Priesterweihe bestimmt warst. Aber weshalb haben wir eigentlich hier angehalten?«

»Kannst du einen Wagen steuern?«

»Das hast du doch schon gesehen.«

»Bleib hier und rühre dich nicht!« befahl ihm Rocco barsch. Er sprang aus dem Wagen. Mit laut brummendem Motor tauchte, in eine dichte Staubwolke gehüllt, in selben Augenblick das Postauto auf. Rocco brauchte nicht zu winken, um es zum Stehen zu bringen. Der Jeep nahm die ganze Breite der Straße in Anspruch. Zwischen den beiden Wagen stehend, trat Rocco so ungezwungen und überlegen auf wie ein Verkehrspolizist. Der Chauffeur erkannte ihn sogleich.

»Ist die Straße blockiert?« fragte er lachend.

»Nein, hier ist die Zollstation«, antwortete Rocco.

Neugierig und verwundert schauten die Reisenden aus den Wagenfenstern. Martino hielt sich zum Eingreifen bereit; doch das war nicht nötig. Er sah, wie Rocco auf den Chauffeur einredete, in den Autobus stieg und gleich darauf wieder mit leeren Händen heraussprang. Der Autobus konnte weiterfahren.

»Hast du dir einen Scherz erlaubt? Wen suchtest du?« fragte Martino.

»Alfredo Esposito.«

»Wolltest du ihn hindern, heute abend bei dem Fest zu reden?«
»Das Fest interessiert mich nicht. Aber ich hätte ihn gern auf den Jeep geladen und in Fornace, vor der Schwelle von Caterinas Haus abgesetzt.«
»Er wird schon in einem andern Wagen vorbeigefahren sein. Wir werden ihn in Sant' Andrea treffen.«
»Anscheinend nicht! Der Chauffeur hat mir gesagt, daß der Ex-Assessor in Ungnade gefallen sei. Man beschuldige ihn – stell dir das vor! –, er habe Heimweh nach vergangenen Zeiten. In der Stadt, hat er mir erzählt, spreche man von nichts anderem mehr.«
»Wer wird nun heute abend an seiner Stelle sprechen?«
»Das werden wir sehen«, sagte Rocco. »Aber jetzt lohnt es sich nicht mehr, daß wir früher ankommen.«
Die untergehende Sonne tauchte die Büsche und das versengte Gras der Fluren in ein blutiges Rot. Über Sant' Andrea schwebte die feurige Sonne wie ein orangefarbener Luftballon bei einer ländlichen Kirmes. Die Meierei lag schon im Schatten. Der Platz vor der Schenke war leer, die Fensterläden geschlossen. Es herrschte Totenstille. Man hätte meinen können, die Stätte sei verlassen, wenn nicht Giuditta mit einem Kupferkessel auf dem Kopf neben dem Ziehbrunnen gestanden hätte. Die Alte sah bestürzt und leidend aus.
»Wie geht es Zaccaria?« fragte Rocco. »Kann man ihm guten Tag sagen?«
»Seit heute morgen ist es plötzlich schlimmer geworden«, sagte Giuditta. »Er spricht nicht mehr. Ich habe jemanden geschickt, den Priester zu holen. Er muß jeden Augenblick hier sein.«
»Hast du Stella nicht rufen lassen?«
»Ich wollte den Knaben nach Fornace schicken, sobald er mit dem Priester wieder da ist.«
Rocco und Martino folgten der Alten in die Wirtsstube. Giuditta stellte den Kupferkessel aufs Tropfbrett und sank,

von Müdigkeit überwältigt, auf einen Schemel. Ihr Atem ging mühsam. Sie hielt die Hände vor das Gesicht, um ihre Tränen zu verbergen, und stieß unter Schluchzen hervor:

»Was soll ich tun, wenn ich allein bleibe?«

»Du wirst bei uns wohnen«, sagte Martino. »Auch wir sind allein.«

Giuditta schüttelte den Kopf. Ohne mit dem Weinen aufzuhören, fuhr sie fort zu klagen:

»Nie werde ich die Meierei verlassen, nie werde ich Zaccarias Haus aufgeben. Ich möchte nicht mehr in einem von euren dreckigen Dörfern wohnen.«

»Vielleicht, wenn du uns haben willst«, sagte Rocco, »kommen wir zu dir in die Meierei!«

Sofort hörte Giuditta zu weinen auf und schaute ihm unverwandt ins Gesicht, um zu erraten, ob er im Ernst rede.

»Vielleicht werden wir in kurzem dazu gezwungen sein«, fügte Rocco hinzu.

8

Martino blieb draußen vor der Türe stehen, während Rocco das Café Addis Abeba betrat, in dem es von Menschen wimmelte. Der Schanktisch war umringt von durstigen Burschen, die Bier tranken. Sie machten mit ihren Köpfen die gleiche Bewegung wie die Esel an der Tränke. Plötzlich hörte das Wackeln der Köpfe auf. Rocco schaute umher und hatte alsbald denjenigen, den er suchte, entdeckt. Der Mann trug ein rotes Taschentuch um den Hals und spielte an einem kleinen Tisch in der Ecke mit einigen anderen Karten. Rocco ging auf ihn zu, die eine Hand in der Tasche vergraben, und betrachtete ihn mit einem Lächeln, das alles andere als liebevoll war, das einem Angst einflößte wie das eines Verrückten. Der Mann geriet in Erregung, er brach das Spiel ab. Sein Gesicht verzerrte sich, dann glättete es sich wieder. Er bemühte sich, Roccos Lächeln zu erwidern, aber es gelang ihm nicht. Er stand auf, bezahlte eilends seine Zeche und ging zur Tür. Rocco machte Martino ein Zeichen und folgte ihm.

Der kleine Platz war voller Menschen, die aus den benachbarten Dörfern herübergekommen waren. So dicht standen die Menschen, daß man nur Köpfe sah, keine Leiber, keine Schultern. Es war ein Wall von Augen, Nasenlöchern, Mündern, Ohren. Mitten auf dem Platz, dem Rathaus gegenüber, war der Kletterbaum aufgerichtet. Es war ein glatter, mit Seife beschmierter Stamm an dem hoch oben, unter der Parteifahne, eine Salamiwurst und ein großer, runder Käse baumelten. Die Zuschauer starrten mit offenen Mäulern hinauf, wie die Fische bei den Predigten des heiligen Franziskus. Auch an den Fenstern drängten sich die Menschen. Die drei Balkons der Villa des Notars Tarocchi waren von Schülern besetzt, die soeben aus der Strandkolonie der Partei zurückgekehrt waren: drei Körbe voller Küken. Aus den Lautsprechern, die für den Redner aufgestellt worden waren, ertönte immerzu das Lied ›Vorwärts, o Volk‹. Papierstreifen, kleine Flaggen riesige Bilder der Parteiführer zierten die Mauern bis unter die Dächer hinauf. Unzählige Girlanden aus bunten Lämpchen verbanden die Fenster und die Häuser miteinander. Der Lampenmann war auf einen Stuhl gestiegen und hängte weitere Ketten von farbigen Glühbirnen zwischen die Zweige der Akazien. Als nun an der Fassade des Rathauses eine riesige Inschrift mit leuchtenden Buchstaben aufflammte, stieg ein ›Ah!‹ der Bewunderung aus der Menge auf. Die Inschrift verkündete die neueste Parole:

GLAUBEN

WEITERMARSCHIEREN

SINGEN

»Weitermarschieren ist das schwerste«, sagte Rocco.

Er wühlte sich in dem Gedränge langsam vorwärts, indem er sich mit den Ellbogen einen Weg bahnte. Martino und den Mann mit dem roten Taschentuch hatte er aus den Augen verloren. Es wäre nicht leicht gewesen, sie wiederzufinden. Von Zeit zu Zeit unterbrach der Lautsprecher die Übertragung des Parteiliedes. Dann erschien ein Mann mit einem Megaphon am Fenster des Rathauses und mahnte zu Geduld und Ordnung. Der Redner habe sich verspätet. Die harte Notwendigkeit des Kampfes für das Wohl des Volkes sei der einzige Grund für seine Verspätung. Die Verteilung der Liebesgaben der Partei an die Familien der Arbeitslosen finde erst nach den Ausführungen des Redners statt. Im ganzen würden sieben Säcke Bohnen und hundert Kilogramm Schafkäse unter ungefähr hundert Familien verteilt werden. Es sollte eigentlich geheim bleiben, aber es hatte sich doch herumgesprochen, daß die Lebensmittel von Don Vincenzo gestiftet worden waren. – Im Gäßchen hinter der Kirche begegnete Rocco dem alten Massimiliano. Der Schafhirte war auf dem Heimweg; er hatte eine Hand auf den Sattel des Esels gelegt und ließ sich von ihm ziehen.

»Ich habe Martino aus den Augen verloren«, sagte Rocco.

»Anscheinend hast du auch deinen Wagen aus den Augen verloren«, erwiderte Massimiliano.

»Wieso?«

»Ich habe Martino vor kurzem auf deinem Jeep gesehen. Er fuhr wie ein Besessener nach Fornace.«

»Allein?«

»Etwas hatte er neben sich. Ich konnte nicht erkennen, ob es ein Mensch oder ein Sack war. Er fuhr wie ein Verrückter.«

»Wir hatten abgemacht, wenn wir uns aus den Augen verlieren sollten, würden wir uns später bei Carmela treffen.«

»Ich bringe nur den Esel heim, dann komme ich auch«, sagte Massimiliano. »Aber will er sie denn heiraten, dieser sonderbare Junge?«

Um in Carmelas Keller zu gelangen, mußte man eine steile, enge Treppe hinuntersteigen. Das Mädchen war allein. Als Rocco eintrat, hatte er den Eindruck, das Zimmer sei leer.

Carmela war auf einen Stuhl gestiegen, um das Lämpchen vor der Rosenkranzmadonna mit Öl aufzufüllen; vielleicht aber auch nur, um mit der Muttergottes unter vier Augen zu sprechen. Das schwarze Kleid, welches das Mädchen seit dem Tode der Mutter trug, hob sich von der dunklen Wand nicht ab. Im engen Kreis des gelben Lichts, das aus dem Öllämpchen fiel, glich Carmelas ovales Gesicht mit den schöngezeichneten regelmäßigen Zügen ganz und gar dem Antlitz der Madonna. Das Zwiegespräch mit ihr wurde durch Roccos Ankunft unterbrochen.

»Das Öl ist ein wenig trüb«, sagte das Mädchen. »Das Wetter wird sich ändern.«

Rocco setzte sich an einen Tisch. Carmela brachte ihm zu trinken. »Martino kommt später«, sagte Rocco.

»Heute hat er sich überhaupt nicht blicken lassen«, sagte Carmela. »Man könnte meinen, er habe Angst vor mir.«

»Den ganzen Tag ist er mit mir in Fornace gewesen. Er läßt sich entschuldigen.«

»Du mußt ihm sagen, er solle auf seiner Hut sein«, sagte Carmela leise. »Es gibt hier herum Leute, die ihm übelwollen. Er ist so unvorsichtig.«

»Hast du ihn wirklich gern?«

Carmela errötete.

»Du mußt ihn gern haben!« sagte Rocco. »Im ganzen Tal gibt es keinen Burschen, der sich mit Martino vergleichen läßt, das kannst du mir glauben.«

»Die andern interessieren mich nicht«, sagte Carmela. »Aber was kümmert es ihn, den Martino, daß ich ihn gern habe?«

»Es kümmert ihn sehr viel, da kannst du sicher sein. Er hat dich sehr nötig. Er ist so allein.«

»Mir sagt er es aber nicht.«

»Das Unglück hat ihn schweigsam gemacht. Er ist kein Mann, der einem Mädchen Ständchen bringt. Du mußt Geduld haben.«

»Ich weiß es. Ich kenne seinen Charakter. Erminia hat mir von ihm erzählt.«

»Erminia? Bist du in San Luca gewesen?«
»Sie ist zu mir gekommen«, erwiderte Carmela. »Ich kannte sie nicht einmal. Um die Wahrheit zu sagen: sie hat mit mir über ihn gesprochen, als ob sie seine Schwester oder seine Tante wäre. Sie hat ihn noch sehr gern, das ist klar. Aber denk dir, sie war gekommen, um mir zuzureden. Sie glaubte, daß ich nicht einverstanden sei. Auch mit meinem Vater wollte sie darüber sprechen.«
»Läßt sich dein Vater noch immer nicht bewegen?«
»Er möchte gern einen Schwiegersohn, der sein Handwerk übernähme. Nichts anderes.«
»Kann er denn aber verlangen, daß Martino Dekorateur wird? Er würde sich lächerlich machen.«
»Das wäre doch nicht so schlecht«, widersprach Carmela. »Es ist ein Beruf wie jeder andere, und er wird schon seit hundert Jahren in unserer Familie ausgeübt. Leider hat mein Vater keinen Sohn.«
»Martinos Vater war ein Köhler«, sagte Rocco. »Das kann Martino nicht vergessen. Es sind ihm auch noch schlimmere Dinge passiert. Man muß ihn nehmen, wie er ist.«
»Ich weiß es. Ich kenne seinen Charakter, seine Nöte. Er ist recht schwierig. Aber vielleicht habe ich ihn gerade deswegen gern. Mein Vater wird sich schließlich schon fügen.«
Man hörte Schritte auf der Treppe.
»Mein Vater«, sagte Carmela und machte Rocco ein Zeichen, von etwas anderem zu sprechen. –
Das Warten auf den Redner zog sich immer mehr in die Länge. Die Kneipen in den Gäßchen begannen sich mit Menschen zu füllen. Jeder Mann trug, bevor er sich entfernte, der Frau oder den Kindern auf, vor dem Parteibüro auszuharren, um nicht die versprochenen Bohnen und den Schafkäse zu verpassen. Der Dekorateur kam mit einigen alten Handwerkern, seinen Freunden, in den Keller herunter, Carmela brachte allen zu trinken. Kaum hatte der Hausherr den Ingenieur De Donatis erblickt, begrüßte er ihn überschwenglich und nahm Roccos Einladung, sich an

seinen Tisch zu setzen, mit Freuden an. Er war ein ungemein lebhafter, kleiner, magerer Mann von dunkler Hautfarbe. Das Bemerkenswerteste an ihm war ein großer Schnurrbart, der wie die Lenkstange an einem Fahrrad geformt war. Da er bei allen öffentlichen Feiern im ganzen Tal, und zwar sowohl bei kirchlichen als auch bei weltlichen, dabei sein mußte, stand er in einem gewissen Sinn über den Parteien und wurde auch von allen respektiert. Sein Laden mit den Beleuchtungsgegenständen, mit Dekorationsstoff, Fahnen und den verschiedenartigsten Symbolen stellte keinen besonderen Wert dar, konnte jedoch als bewundernswürdiger Reichtum erscheinen, wenn man ihn mit den armseligen kleinen Läden in der Umgebung verglich, die sehr oft nicht einmal die allernötigsten Gebrauchsgegenstände auf Lager hatten.

»Im ganzen Tal wird viel über dich gesprochen«, sagte der Dekorateur zu Rocco. »Niemand ist sich klar darüber, was du eigentlich im Sinne hast.«

Auch wenn er nur mit einer einzigen Person sprach, tat er es mit lauter Stimme und gestikulierend, als stünde er einer großen Zuhörerschaft gegenüber.

»Niemand hört darauf«, sagte Rocco zu ihm.

»Das weiß man nie«, entgegnete der Dekorateur und zwinkerte mit einem Auge. »Die Ziegel des Fußbodens haben Ohren und auch die Mauern, die Stühle, die Tische, die Steine, die Bäume, die Brunnen. Alles, was uns umgibt, die ganze Landschaft hat Ohren. Die Parteien ändern ihre Namen, aber die Ohren bleiben und dienen der neuen Partei.«

»Ich habe die Ausschmückung und die Beleuchtung des Platzes bewundert«, sagte Rocco. »Du hast dir allerlei Neues, Wertvolles angeschafft.«

»Es freut mich, daß dir das nicht entgangen ist«, sagte der Dekorateur. »Carmela, hast du gehört, was der Ingenieur gesagt hat? Dabei gibt es Dummköpfe, die behaupten, es habe sich in letzter Zeit nichts geändert. Aber, sage ich, seid ihr denn blind? Seht ihr die neuen Symbole nicht? Wißt ihr, was es mich gekostet hat, einen Teil der Dekoration rot färben zu lassen? Fragt dort den Klempner, wieviel ich ihm für den Hammer und die Sichel habe bezahlen müssen.«

»Eine neue Hymne einzuüben kostet weniger«, gab Rocco zu.

»Merk dir«, fuhr der Dekorateur fort, »gewisse Symbole passen immer, wie die Zeiten auch sein mögen. Der ›Stern Italiens‹ zum Beispiel ist auch jetzt noch gut zu gebrauchen, nachdem ich ihn in ›Stern des Ostens‹ umgetauft habe. Von Weihnachten gar nicht zu reden, wo er mir als ›Stern von Bethlehem‹ ausgezeichnete Dienste leistet. Was soll ich dagegen in ein paar Jahren mit den neuen Symbolen anfangen? Ich will nichts Böses sagen, denn mir ist im Grunde jedes Symbol recht. Aber ich fürchte, mir bleibt nicht einmal genügend Zeit, die Ausgaben zu amortisieren, die ich heute dafür zu machen habe.«

Rocco bereitete es gewaltigen Spaß, ihm zuzuhören; deshalb versuchte er ihn zu weiteren Offenherzigkeiten zu verleiten.

»Wie ist eigentlich dein Streit mit der Partei über die Verwendung der Königskrone ausgegangen?« fragte er.

»Ich hatte mit Don Alfredo eine Vereinbarung getroffen«, sagte der Dekorateur. »Du weißt doch, daß die Partei, nachdem das ›Amt für Ablässe‹ seine Tätigkeit eingestellt hatte, dem Ex-Assessor die Leitung der vereinigten Kommission für ›Zeremonien und Feste‹ übertrug. Mit Don Alfredo zu verhandeln war für mich ein wirkliches Vergnügen. ›Die Königskrone ist ein hassenswertes Emblem geworden? Na schön‹, sagte er zu mir, ›dann machen wir sie eben zu einem Symbol des Reichs der Arbeit. So ersparst du dir neue Ausgaben.‹ Aber nachdem er in Ungnade fiel, erklärte der neue Leiter das Übereinkommen sogleich für null und nichtig.«

»Glaubst du wirklich, daß er für immer abgesägt ist?« fragte Rocco. »Vermutlich handelt es sich um eine sehr verwikkelte und undurchsichtige Angelegenheit. Die Sache wurde mir auf ganz verschiedene Weise dargestellt. Carmela, bring uns noch zu trinken!«

Der Dekorateur schien geschmeichelt von der Wichtigkeit, die der Ingenieur De Donatis seinen Worten beimaß. Überdies war es eine spaßige Geschichte, die zu erzählen ihm eine diebische Freude machte: die letzte große Neuigkeit aus der Stadt.

»Ich war sozusagen Augenzeuge«, begann er. »Kanntest du die Uhr im Salon der Villa Esposito? Die Uhr, deren Pendel im schicksalschweren Augenblick der Befreiung angehalten worden war? Nun, diese geheiligte Uhr, das Ziel so vieler Wallfahrten des Volkes, ist auf einmal verrückt geworden. Plötzlich hat sie zu gehen angefangen, aber im umgekehrten Sinn; nicht vorwärts, sondern rückwärts.«

»Unmöglich!« rief Rocco und brach in schallendes Lachen aus.

Die Männer am Nebentisch, zwei Schuhmacher und ein Klempner, die zusammen mit dem Dekorateur gekommen waren, standen auf und traten herzu, damit ihnen kein Wort von der Geschichte entging.

»Ich würde es auch nicht geglaubt haben«, fuhr er fort, »wenn ich es nicht mit eigenen Augen gesehen hätte. Don Alfredo, außer sich vor Entsetzen, schwört nun hoch und heilig, daß weder er noch irgend jemand sonst aus seiner Familie an dem unheimlichen Phänomen schuld sei. Niemand von seiner Familie, so behauptet er, habe die Uhr berührt. Aber mit seinen öffentlichen Erklärungen hat er dem Ereignis nur noch größere Bedeutung verliehen. Wenn die Uhr also nicht von der Hand eines Menschen in Bewegung gesetzt und dazu gebracht wurde, plötzlich rückwärts zu laufen, dann kann dies nur durch übernatürliche Einwirkung geschehen sein. Jedenfalls ist diese Pendeluhr, die bisher ein Symbol der Befreiung war, zum Ausdruck des Heimwehs nach der Vergangenheit geworden. Die Nachricht hat, wie du dir denken kannst, in der Stadt wie eine Bombe eingeschlagen. Die Partei hat sich veranlaßt gesehen, große Plakatstreifen mit der Aufschrift ›Das Rad der Zeit läßt sich nicht zurückdrehen‹, anzuschlagen. Aber eine

Uhr, die rückwärts geht – beweist die nicht das Gegenteil?«

Rocco gab sich Mühe, ernst zu bleiben.

»Donna Matilde, die Frau des Ex-Assessors, hat wenigstens den einen Trost, daß die Prozessionen der Wallfahrer ihr jetzt nicht mehr den Salon schmutzig machen«, meinte Rocco.

»Weit gefehlt!« sagte der Dekorateur. »Das einzige, das sich geändert hat, ist offenbar die politische Farbe der Wallfahrer. Viele Neugierige, darunter die Jünger einer neuen Geheimbewegung, die sich ausgerechnet ›Heimweh‹ nennt, kommen jetzt in Scharen gelaufen, um die wunderbare Uhr anzustaunen.«

Einer der Männer vom Nachbartisch, ein Schuhmacher, schien von der Erzählung stärker beeindruckt zu sein als die andern.

»Entschuldigt«, sagte er, »diese Geschichte hat mich ganz wirr im Kopf gemacht. Wenn sich das nun verallgemeinert, dann bestünde also die Gefahr, daß es nach der Mittagsstunde elf Uhr würde? Und daß nach dem Samstag der Freitag käme? Und das immer so weiter!«

Der Klempner lächelte.

»Das ist dummes Gerede müßiger Leute«, meinte er. »So etwas darf man nicht ernst nehmen. Was immer auch geschehen mag, für die armen Leute wird dadurch nichts geändert. Allerhöchstens wird der Dekorateur von neuem ein paar kleine Ausgaben zu machen haben.«

»Aber die Krone, die behalte ich in Reserve«, sagte der Dekorateur. »Jedes Emblem, das nicht mehr gebraucht wird, lege ich gewohnheitsmäßig beiseite. Man kann nie wissen!«

Rocco schaute zu Carmela hinüber, die, schweigsam und unberührt von dem Gespräch für sich allein neben dem Ausguß saß. Sie hielt den Blick starr auf die Türe geheftet.

Da erinnerte sich Rocco an Martino. Er sah auf die Uhr. Martino hatte sich in ein Abenteuer eingelassen, das ihn teuer zu stehen kommen konnte.

»Ich muß gehen«, sagte Rocco unvermittelt. »Es ist spät geworden.«

»Es ist noch gar nicht spät«, meinte der Dekorateur. »Auch deine Uhr hat einen Fehler, aber einen andern als die Uhr Don Alfredos: sie läuft zu schnell vorwärts.«

Alle lachten, mit Ausnahme Carmelas.

Als Rocco den Keller verlassen hatte, zögerte er noch einen Augenblick vor dem Hause, ehe er das Gäßchen hinaufstieg. Die Leute auf dem Platz und auf den Straßen konnten sich immer noch nicht entschließen, nach Hause zu gehen, um zu schlafen. Kleine Gruppen von Männern und Frauen schwatzten an jeder Ecke. Sobald Rocco sich näherte, verstummten sie. Er begab sich in Massimilianos Haus. Die Frau des Schafhirten sagte, der Alte sei noch nicht aus dem Stall zurückgekehrt. Rocco ging das gestufte Gäßchen hinter der Kirche hinab und gelangte so in die Tiefe der Schlucht. Nahe bei dem Holzbrücklein stand im Dunkeln eine Gruppe Männer, die lebhaft miteinander redeten, aber sogleich verstummten, als sie Schritte hörten. Rocco blieb in ihrer Nähe stehen und tat, als wolle er sich eine Zigarette anzünden. Das Licht des Streichholzes beleuchtete ein Gesicht nach dem andern. Die Männer erkannten einander. Sogleich wurde das Gespräch wieder dort aufgenommen, wo es unterbrochen worden war. Giacinto sagte zu Massimiliano: »Lazzaro ist ein guter Mensch, ein Mann, den man achten muß. Niemand kann etwas Übles von ihm sagen. Wenn er zur Zeit unseres HERRN gelebt hätte, wäre er sicher unter die Apostel berufen und nicht der dreizehnte unter ihnen geworden. Aber was vermag er in unserer Zeit schon zu tun? Ist Lazzaro imstande, die Kinder der Armen kostenlos in die Ferien ans Meer zu schicken? Ist er in der Lage, unter den Familien der Arbeitslosen Bohnen und Schafkäse auszuteilen?«

»Ihr schwatzt wie Würmer«, sagte Massimiliano zum Abschluß. »Giacinto, Baldassare, Emidio, von euch habe ich nun genug, wenn ihr es wissen wollt!«

9

Das Feld, das an Lazzaros Garten stieß, leuchtete wie ein grüner Teich im Sonnenlicht. Lazzaro mähte das Gras. Er schritt langsam in genau bemessenem, gleichmäßigem, schönem Rhythmus vorwärts. Von Zeit zu Zeit machte er eine Pause, um die Sense mit dem Schleifstein zu schärfen. Vom Gartentürchen her sah er den Pfarrer von San Luca leichten Schrittes daherkommen; Don Nicola war begleitet von Rocco. Er erwartete die beiden, um Neues über Martino zu hören. Lazzaro fragte:

»Haben sie ihn verhaftet?«

Don Nicola hatte ein strahlendes Leuchten in den Augen.

»Er ist in Sicherheit«, antwortete er.

»Schon fort?«

Rocco nickte.

»Er ist noch jung«, sagte Lazzaro. »Nach fünfzehn oder zwanzig Jahren kann er wieder zurückkommen.«

»Immerhin ist er schon vierzig Jahre alt«, meinte Rocco.

»Ungefähr so alt hatte ich ihn geschätzt«, sagte Lazzaro. »Das ist noch jung. Hast du Carmela benachrichtigt?«

»Stella ist zu ihr gegangen.«

»Es tut mir leid für Carmela«, sagte Lazzaro. »Das härtere Los trifft immer die Frau.«

Rocco hatte eine Handvoll Erde aufgehoben und zerbrökkelte sie zwischen den Fingern. Lazzaro wischte sich mit dem Handrücken den Schweiß ab und forderte die Freunde auf, in den Schatten einer hohen, dichten Holunderhecke zu treten. Dort lag im kühlen Gras ein Fäßchen Wein. Er bot den Freunden zu trinken an. Während sie sich gütlich taten (man mußte das Fäßchen mit beiden Armen über den Kopf heben und sich den Wein in die Kehle gießen), neckte er sie auf seine Weise.

»Ihr kennt euch seit langer Zeit?« fragte er.

»Vom Gymnasium her«, antwortete Don Nicola.

»Ihr seid beide unverbesserlich geblieben«, sagte Lazzaro

in mißbilligendem Ton. »Der eine hört nicht auf, der Partei Verdruß zu bereiten, der andere macht unentwegt seinem Bischof Kummer. Und jetzt fort mit euch!« fügte er hinzu. »Ich muß das Gras fertig mähen.«

»Nehmen wir diesen Weg«, schlug Rocco vor.

Er wollte lieber durch die Wiese gehen und über den Bach springen, um auf einem andern Pfad ins Dorf zu gelangen. Irgendein Vorteil war nicht damit verbunden, denn der Ort war nur klein, und die Häuser standen dicht beisammen; aber Rocco war nun einmal eine ›Verschwörernatur‹ und liebte es, dort aufzutauchen, wo man ihn nicht vermutete. Don Nicola, dem diese Geheimnistuerei gar nicht zusagte, war bei solchen Gelegenheiten für gewöhnlich verärgert oder ängstlich. Seit einigen Tagen jedoch fand er das alles ganz natürlich. Zwischen den beiden Freunden schien ein bisher nicht gekanntes, überraschendes Einvernehmen zu herrschen. Dies hatte Don Nicola tags zuvor seiner Schwester Adele in einem Brief gestanden, worin er ihr auch mitgeteilt hatte, daß er zu den Mahlzeiten nicht nach Hause kommen werde. Er fühlte sich mit Rocco durch viel stärkere Bande verknüpft, als es gemeinsame Jugenderinnerungen zu sein vermögen. Wenn er mit ihm, mit Martino, mit Lazzaro zusammen war, vergaß er die Sorgen des Alltags und fühlte sich in diesem Kreise als ein anderer Mensch. In seinem Brief hatte er geschrieben, er sei, wie er glaube, nie so unverfälscht, so völlig aufrichtig und echt, als wenn er sich in ihrer Gesellschaft befinde.

»Lauf nicht so schnell!« sagte Rocco zu ihm.

Die Luft war mild geworden. Sie brachte einen guten Geruch von eingemachten Tomaten und gerösteten Erbsen mit, dessen Herkunft sich Rocco nicht zu erklären vermochte. Trotz der Nähe des Baches war die tonhaltige Erde des Hügels voller Risse – eine Folge der langen sommerlichen Trockenheit. Der Pfad, den die beiden eingeschlagen hatten, war einsam. Der einzige Mensch, dem sie begegneten, war ein kleines Mädchen mit einer Ziege. Mit anmutiger Gebärde beeilte sich das Kind, Don Nicolas Hand zu küssen. Plötzlich vernahm man vom Platz her das laute Dröhnen eines Lastwagens.

»Bleiben wir einen Augenblick hier stehen«, sagte Rocco. »Lassen wir sie zuerst wegfahren.«

Sie setzten sich auf eine mit Gras bewachsene Erhöhung am Rande des Pfades, von wo aus man den Garten und die Wiese Lazzaros überblicken konnte. Rocco stieß einen Seufzer der Erleichterung aus. »Hin und wieder tut es ganz gut, sich auszuruhen«, sagte er.

Die beiden letzten Nächte war er Martinos wegen nicht ins Bett gekommen. Er hatte viel zu schaffen gehabt, ohne dabei den Jeep benutzen zu können, da er es vermeiden mußte, die Aufmerksamkeit auf sich zu lenken. Zum Glück hatte ihm Don Nicola in der vergangenen Nacht geholfen. Man sah Rocco seine Müdigkeit an. Die Haut spannte sich über seinen Backenknochen, das Gesicht war eingefallen; mit seinem mehrere Tage alten Stoppelbart und dem Hemd, an dem die Köpfe fehlten, sah er sehr verwildert aus.

»Nun, da du verheiratest bist«, meinte Don Nicola, »solltest du dich ein wenig besser pflegen.«

»Schön, ich werde mir einen Frack kaufen«, versprach Rocco.

»Nein, es genügt, wenn du dich rasierst und das Hemd zuknöpfst«, sagte Don Nicola.

Der Pfarrer selbst hatte am frühen Morgen, anstatt sich schlafen zu legen, die Messe gelesen; so war ihm die Müdigkeit von der Nacht her vergangen. Die Begegnung mit Lazzaro und der ungewohnte Trunk aus dem Fäßchen hatten ihn wieder munter gemacht und ihm neuen Schwung verliehen.

»Schau den Lazzaro an!« sagte Don Nicola.

Lazzaro war tatsächlich ein schöner alter Mann, weißhaarig, stark, ein klein wenig gebeugt. Seine Arbeit verrichtete er mit einer beinahe tänzerisch beschwingten Leichtigkeit und einer edlen Harmonie der Bewegungen. Er schritt im regelmäßigen Rhythmus einer Halbkreisdrehung vorwärts, so daß der Körper bei jedem Ausholen mit der Sense hin und her schwang. Der hochgewachsene kräftige Alte offenbarte dabei eine ungeahnte Anmut und Behendigkeit.

»Als ich ihn zum erstenmal sah«, sagte Rocco, »kam es mir vor, als ob ich ihm schon irgendwo begegnet wäre.«

»Vielleicht erinnertest du dich an gewisse Fresken auf den Mauern unserer ältesten Kirchen«, sagte Don Nicola. »Die heiligen Männer, die das Christentum in unsere Täler brachten und zu Märtyrern wurden, waren von der gleichen Art wie Lazzaro.«

»Er hat sich beeilt, seine kleine Wiese zu mähen«, sagte Rocco, »obwohl, wie du siehst, das Gras eigentlich noch nicht hoch genug ist. Aber er will seiner Familie, falls sie ihn einsperren sollten, diese Mühe nicht auch noch überlassen.«

Don Nicola fuhr erstaunt auf. »Lazzaro könnte ins Gefängnis gesteckt werden?« rief er. »Du scherzest!«

»Weshalb wäre denn Martino eingesteckt worden, wenn er nicht rechtzeitig hätte fliehen können?« fragte Rocco. »Auch Martino ist, wie du weißt, unschuldig.«

»Er ist aber beschuldigt worden, den Verwalter der Tarocchi umgebracht zu haben.«

»Die Beschuldigung ist falsch, das weißt du so gut wie ich.«

»Gewiß! Aber es sind Zeugen da, die sie aufrechterhalten.«

»Es sind falsche Zeugen!«

»Ich weiß es. Martino war aber doch wenigstens bei dem Handgemenge dabei. Er war der Anführer der Tagelöhner, die in die Wiesen einbrachen. Er trug die Fahne. Er schrie, lärmte, hetzte. Lazzaro hingegen war zu Hause.«

»Man kann ihn aber trotzdem beschuldigen, er sei der Anstifter«, sagte Rocco. »Er hat mit seiner Trompete die Menge alarmiert, die dann in die Wiesen eindrang. Man kann ihn als Anstifter ins Gefängnis werfen. Gegen ihn braucht man nicht einmal falsche Zeugen aufzubieten. Es genügt ein Richter mit ein wenig Phantasie.«

»Kann diese Anklage«, fragte Don Nicola »auch gegen dich erhoben werden?«
»Natürlich, auch gegen mich. Das kann mir von einem Augenblick auf den andern passieren.«
»Wenn ihr beide, Lazzaro und du, eingekerkert würdet«, sagte Don Nicola, »müßte ich mich schämen, auf freiem Fuß zu bleiben. In den verflossenen Jahren habe ich mich schon einmal in einer ähnlichen Lage befunden; aber ich brächte es nicht fertig, so etwas ein zweitesmal zu ertragen. Ich kenne keine schlimmere Strafe, als sich die eigene Feigheit immerfort selber vorwerfen zu müssen. Da gibt es nichts zu lachen!« sagte er zu Rocco gewandt. »Wieviel, glaubst du, seiest du mehr wert als ich?«
»Du warst kein Feigling! Dein Fall ist viel verwickelter.«
Don Nicola blickte wieder zu Lazzaro hinunter.
»Seine Gelassenheit ist alles andere als beruhigend«, sagte Rocco. »Du darfst dir nichts vormachen! Seine Anwesenheit im Tal genügt, um die Unruhen hier aufrechtzuerhalten.«
»Sein Gleichmut hat tatsächlich etwas Erschreckendes«, gab Don Nicola zu.
»Er hat die Ruhe eines mit Kornsäcken beladenen Wagens«, erklärte Roco. »Ich denke an einen Wagen voller Kornsäcke in einem Dorf von Ausgehungerten! Bist du einverstanden?«
»Jemand sucht dich!« sagte Don Nicola.
Es war ein Wachtmeister der Carabinieri, mit dem Rocco, aus einem ungewöhnlichen Grund, vertrauliche Beziehungen pflegte. Dieser Wachtmeister war gegen Ende des Krieges, wie so viele andere in seiner Lage, ernstlich in Gefahr gewesen. Er wäre unweigerlich erschossen worden, wenn Rocco ihn nicht durch sein Dazwischentreten vor diesem Schicksal bewahrt hätte. Seitdem fühlte er sich – ein wahrhaft merkwürdiger, unbegreiflicher Fall – seinem Retter gegenüber zu Dank verpflichtet. Jetzt war er mit dem Untersuchungsrichter zur Aufklärung der Mordtat ins Tal ge-

kommen. Gleich nach seinem Eintreffen war er Rocco begegnet, den er dann noch ein paarmal mit dem Pfarrer von San Luca zusammen gesehen hatte. Rocco hatte versucht, ihn für sich einzuspannen, doch schenkte er ihm keineswegs Vertrauen. Im Gegenteil, er hatte Don Nicola sogar vor ihm gewarnt. Natürlich hatte er dem Wachtmeister kein Sterbenswort davon gesagt, wo sich Martino versteckt hielt und daß er fliehen wolle. Der Wachtmeister, das muß gesagt werden, war ihm für diese Diskretion dankbar gewesen, da ihm so ein Konflikt erspart blieb. Allem Anschein nach war er ein gutmütiger, disziplinierter, gewissenhafter Mann; allein, er trug eine Uniform, welche in jener Gegend, wie Rocco sich ausdrückte, ›Verteidigung der Ungerechtigkeit‹ bedeutete. Daher waren die beiden bei jeder Begegnung ziemlich verlegen gewesen.

»Wollen Sie sich nicht zu uns ins Gras setzen?« fragte ihn Don Nicola lächelnd.

»Nein, danke«, antwortete der Wachtmeister. »Ich habe nur eine kurze Mitteilung zu machen. Ich bin beauftragt, Ihnen zu sagen, daß der Richter gern damit einverstanden ist, Sie beide als Zeugen einzuvernehmen. Leider gibt es, das muß ich hinzufügen, nach dem Stand der Untersuchung für Martino keine Hoffnung mehr.«

»Für einen Unschuldigen«, sagte Rocco, »keine Hoffnung?«

»Zu den Ihnen bereits bekannten Aussagen der Belastungszeugen« sagte der Wachtmeister, »sind jetzt noch die Angaben der Personen hinzugekommen, die dem Sterbenden beigestanden haben.«

»Hat der Verwalter noch gesprochen, bevor er starb?« fragte Don Nicola. »War er denn nicht sofort tot?«

»Es scheint, daß er noch gesprochen und Martino als seinen Mörder bezeichnet hat«, erwiderte der Wachtmeister.

»Wer hat seine Worte wiedergegeben?«

»Einige Leute, die im Dienst der Familie Tarocchi stehen.«

»Als die Diener kamen«, sagte Rocco, »war der Verwalter schon tot.«

»Sie behaupten, daß der Sterbende ihnen den Täter ausdrücklich bezeichnet habe«, sagte der Wachtmeister. »Übrigens stimmt das Geschoß, das bei der Sektion der Leiche gefunden wurde, mit dem Modell der Pistole überein, die Martino in den Fluß warf und die dort aufgefunden wurde.«

»Martinos Pistole liegt bei mir zu Hause«, entgegnete Rocco. »Ich habe Ihnen diesen Punkt schon erläutert. Ich selbst hatte Martino veranlaßt, mir seine Pistole auszuhändigen, bevor er zu der Demonstration ging. Ich werde sie dem Richter mitbringen.«

»Der Richter wird sie sicher zur Aufbewahrung entgegennehmen«, sagte der Wachtmeister. »Es gibt aber zwei Zeugen, die gesehen haben, wie Martino die Waffe dort in den Fluß warf, wo sie nachher aufgefunden wurde.«

»Wenn sie Martino bezichtigen, ist ihre Aussage falsch«, erklärte Rocco. »Wer sind die Zeugen? Sind es Männer aus der Partei?«

»Ich kenne ihre Namen nicht«, antwortete der Wachtmeister.

»Der Verwalter der Tarocchi haßte Martino«, sagte Rocco. »Verschiedentlich hatte er ihm mit der Peitsche gedroht. Auch wenn es wahr wäre, daß er ihn, bevor er starb, beschuldigt hätte, würde ich seinen Worten nicht glauben.«

»Mit all Ihrem guten Willen, Martino zu helfen«, meinte der Wachtmeister, »riskieren Sie nur, seine Situation noch zu verschlimmern. Wenn Sie dem Richter diese Geschichte von dem Haß erzählen, dann liefern Sie ihm nicht nur ein Motiv für den Mord an dem Verwalter und belasten Martino noch stärker, sondern Sie stellen die Tat auch noch als ein vorbedachtes gemeines Verbrechen hin, obschon sie in Verbindung mit einer sozialen Agitation verübt wurde. Dann würde Martino, wie Sie wohl wissen, selbst wenn er ins Ausland flieht, riskieren, den italienischen Behörden zur Verbüßung seiner Strafe ausgeliefert zu werden, und das könnte für ihn lebenslängliches Zuchthaus bedeuten.«

Rocco saß nachdenklich da.
»Ich würde Ihnen diese Warnung nicht erteilt haben«, fügte der Wachtmeister hinzu, »wenn ich nicht selbst davon überzeugt wäre, daß es sich nicht um ein gemeines Verbrechen handelt.«
»Danke«, sagte Rocco.
»Jetzt muß ich ins Büro zurückkehren«, entschuldigte sich der Wachtmeister.
Don Nicola drückte ihm kräftig die Hand.
»Gehen wir zu Carmela!« schlug Rocco vor, als sich der Wachtmeister entfernt hatte.
Ein gutes Stück Weges gingen die beiden schweigend nebeneinander her. Dann sagte Don Nicola:
»Ganz abgesehen davon, daß Martino an der Bluttat, Gott sei Dank, unschuldig ist, finde ich es lächerlich, ja, geradezu verrückt den ›Fall‹ als ein gemeines oder als ein politisches Verbrechen bezeichnen zu wollen. Wenn man recht darüber nachdenkt, kann weder vom einen noch vom andern die Rede sein: es handelt sich einfach um Martino.«
»Das sind juristische Spitzfindigkeiten«, sagte Rocco und zuckte die Achseln. »Was kannst du von einem Richter schon anderes erwarten?«
»Jemand begrüßt uns«, sagte Don Nicola.
Aus dem Fensterchen von Carmelas Weinkeller winkte Stella mit einem weißen Taschentuch. Kaum hatte Rocco wiedergewinkt, erschien, von Stella gerufen auch Carmela am Fenster. Eng umschlungen, die Köpfe liebevoll aneinandergelehnt, blickten sie den beiden Männern entgegen, die eilig über den Hügel herüberkamen. Von weitem sahen die zwei Mädchen wie Heiligenbilder in einer Nische aus.
Stella war ein oder zwei Jahre jünger als Carmela, aber viel erfahrener. In den vergangenen Monaten hatten sich die beiden nur selten gesehen, und zwar stets in Begleitung Martinos und Roccos. Sie hatten nur wenige Worte miteinander gewechselt; sie waren zu verschieden voneinander. Aber in den letzten Tagen, von dem Augenblick an, da Mar-

tino sich hatte verstecken müssen, um der Verhaftung zu entgehen, hatten sie Gelegenheit gehabt, sich näher kennenzulernen und Freundschaft zu schließen. Die raffinierten Schliche Roccos, um Martino zur Flucht zu verhelfen, hatten nur dank ihrer Hilfe zum Erfolg geführt. Es war kein ganz leichtes Unterfangen gewesen, wenn man sich die Lage und Beschaffenheit des Tales vergegenwärtigte, das sich am besten mit einer Mausefalle vergleichen ließ. Die große Erleichterung, die Carmela an jenem Morgen empfand, als sie von der geglückten Flucht Martinos gehört hatte, war alsbald der Bestürzung darüber gewichen, daß sie ihn nun nicht mehr sehen konnte. Stella betrachtete es daher als ihre Aufgabe, ihr Gesellschaft zu leisten und die liebevollen Worte zu finden, die sie in ihrem Schmerz trösten konnten. Stella war ein zu aufrichtiger Mensch und zu leidgeprüft, als daß sie verlogene Phrasen hätte aussprechen können. Sie selbst war tief betrübt über die erzwungene Abreise Martinos, die ihr derart zu Herzen ging, als handle es sich um einen Trauerfall in ihrer eigenen Familie. Carmelas Verzweiflung war naturgemäß anderer Art. Das gleiche Leid hatte früher die arme Erminia erduldet. Aber es war, wie Stella meinte, nicht unbedingt notwendig, daß das Unglück auch dieses Mal die gleiche Wirkung habe. Wenn eine ungerechte Verurteilung es Martino unmöglich machen sollte, nach Sant' Andrea zurückzukehren, weshalb sollte dann Carmela ihm nicht ins Ausland folgen?

»Ich ins Ausland?« rief Carmela erschrocken. »Ich habe noch nie eine Eisenbahn gesehen.«

»Ich werde dich begleiten«, versprach ihr Stella.

»Wird Rocco dir das erlauben?«

»Wenn er brav ist, nehmen wir ihn mit. – Aber ehe wir ans Ausland denken«, fügte Stella hinzu, »müssen wir den Ausgang des Prozesses abwarten; wir müssen versuchen, Martinos Unschuld zu beweisen.«

»Das wird viel Geld kosten«, sagte Carmela. »Dazu braucht man einen guten Rechtsanwalt.«

»Überlassen wir diese Sorge Rocco und Don Nicola, die in solchen Dingen viel Erfahrung zu haben«, antwortete Stella. Die letzten Tränen, die Carmela an jenem Morgen vergoß, waren Tränen der Rührung über die so unverhoffte Freundschaft, die Stella ihr bezeigte. Carmela hielt dies für eine echte Fügung des Himmels; sie war überzeugt, daß es so und nichts anderes sei. Stella suchte das Gespräch, das allzu gefühlvoll geworden war, ins Scherzhafte zu ziehen. Dann trocknete sie der Freundin die Augen und die Wangen, ordnete ihr die Haare und bereitete sie so auf die Ankunft Roccos und Don Nicolas vor, gerade als ob sie ihr Kind wäre. Carmela ließ sie gewähren und betrachtete sie lächelnd mit Augen, aus denen tiefes Vertrauen sprach.

10

Es war noch nicht Mittag. Der Dekorateur stieg die schmale, dunkle Treppe zum Weinkeller hinunter. Wie groß war sein Erstaunen, als er dort zu dieser ungewohnten Stunde den Pfarrer von San Luca, den Ingenieur De Donatis, und Stella mit seiner Tochter, alle ein gefülltes Glas in der Hand, in trautem Verein beisammen fand. Carmela hatte den Gästen zu trinken angeboten. Rocco hatte seinen Becher erhoben und gesagt: »Auf das Wohl Carmelas und Martinos!« – »Auf Martinos baldige Rückkehr!« hatte Don Nicola gesagt und seinen Becher erhoben. Stella hatte es ihm nachgetan und gesagt: »Auf das baldige Zusammentreffen Martinos mit Carmela, hier oder in Paris oder in New York oder anderswo!« – Und nach einer Weile hatte sie hinzugefügt: »Der Ort selbst ist nur von untergeordneter Wichtigkeit!«

»Wieso?« hatte Don Nicola gefragt.

»Weil Carmela an erster Stelle kommt!«

»Stammt Carmela nicht aus Sant' Andrea?«

»Aber sie ist kein Haus!«

»Wie? Carmela könnte verreisen? In einen Eisenbahnzug steigen? Wolltest du das damit sagen?«

»Natürlich! Sie ist doch kein Haus«, hatte Stella wiederholt.

Rocco hatte den Dialog unterbrochen und Carmela um einen neuen Becher Wein gebeten, nicht weil er durstig war, sondern um einen Herzenswunsch aller auszusprechen. Er hatte das Glas erhoben und leise, aber mit feierlicher und von Bewegtheit verschleierter Stimme gesagt: »Auf die künftige Befreiung!«

»Die künftige? In welchem Sinn?« hatte Don Nicola gefragt. »Auf eine dicht bevorstehende?«

»Wann immer sie kommen wird«, sagte Rocco. »In einem Jahr, oder in sechzig, oder in zweitausend.«

In diesem Augenblick war Carmelas Vater erschienen.

»Was gibts?« fragte er. »Feiert ihr ein Fest?«

»Ja«, antwortete Rocco. »Wir feiern.«

»Störe ich? Ist es ein Familienfest?«

»Oh, ganz und gar nicht. Es ist ein Fest für alle!«

»Ein weltliches Fest? Oder ein geistliches?«

»Beides«, erwiderte Rocco. »Das ist eine Unterscheidung, die wir nicht anerkennen.«

Der Dekorateur kramte in seinem Gedächtnis.

»Laßt sehen!« sagte er. »Welches Datum haben wir heute? Ach, entschuldigt, ich werde wirklich alt! Ich habe vergessen, was für ein Fest heute sein könnte.«

»Aber da gibt es gar nichts zu besinnen«, erklärte Rocco. »Es ist kein Datum, das an etwas Vergangenes erinnert. Verstanden? Es ist das Datum von etwas, das erst noch kommen muß!«

»Wann wird es kommen?«

»Wie soll man das mit Sicherheit wissen? Es kann in einem Jahr kommen in sechzig, in zweitausend.«

»Aber weshalb feiert ihr es gerade heute?« fragte er. »Ich verstehe das nicht, entschuldigt bitte! Und weshalb im Hause meiner Tochter?«

»Wegen Martino!« antwortete Stella. »Wann auch immer es kommen mag, es wird ihr Fest sein.«
»Auch in zweitausend Jahren?«
»Natürlich!« sagte Stella.
Carmela lauschte ganz verzaubert. Sie empfand eine nie gekannte Freude, die sie in Erregung versetzte und zugleich bekümmerte. Der Dekorateur schaute seine Tochter an; er hatte Mühe, sie wiederzuerkennen. Weil Carmela ihn mit den Augen darum bat, genehmigte auch er sich einen Becher, und bevor er ihn leerte, erhob er ihn zum Wohl aller.
Don Nicola verabschiedete sich rasch, um nach San Luca zurückzukehren: Man erwartete ihn zu einer Taufe. Kaum war er weggegangen, als auf der Treppe eilige Schritte zu hören waren. Ein Knabe tauchte auf. Er schien verwirrt und winkte Rocco zu sich heran, worauf er ihm einige Worte ins Ohr flüsterte.
»Sag ihm, ich komme gleich!« sagte Rocco.
»Ich begleite dich!« sagte Stella.
Rocco versuchte sie zu überreden, ihn allein gehen zu lassen.
»Willst du nicht hierbleiben? Willst du nicht Carmela Gesellschaft leisten?«
»Ich begleite dich!« wiederholte Stella.
»Ich weiß, worum es sich handelt«, sagte der Dekorateur und faßte Rocco beruhigend am Arm. »Es ist nichts, worüber man sich aufregen oder den Kopf verlieren müßte. Ich bitte dich, höre mich an! Die Carabinieri sind in Lazzaros Haus eingedrungen, um die Trompete zu beschlagnahmen. Sie haben sie nicht gefunden! Das müßte dir genügen. Etwas anderes ist nicht vorgefallen. Der Wachtmeister hat sich schließlich sogar bei Lazzaro entschuldigt. Er habe auf Verlangen der Partei so handeln müssen. Ich versichere dir, etwas anderes ist nicht vorgefallen. Sei vernünftig!«
Rocco und Stella gingen weg und begaben sich zu Lazzaros Haus. Das Gäßchen war leer. Nur ein Arbeiter mit einem Esel war zu sehen. Der Mann schlug auf das Tier ein, das

unbeweglich dastand und nicht von der Stelle wollte. Der Arbeiter prügelte den Esel bis aufs Blut. Es nützte nichts.

»Ich bitte dich, laß ihn in Frieden«, sagte Rocco.

»Wir müssen zur Mühle gehen«, entschuldigte sich der Mann. »Es wird spät!«

»Du magst recht haben«, sagte Rocco. »Aber heute solltest du ihn in Frieden lassen.«

»Heute feiert er sein Fest«, sagte Stella.

»Wer feiert sein Fest?«

»Der Esel!« erklärte ihm Stella.

Während sie sich entfernten, blickte ihnen der Mann mit offenem Munde nach. Die beiden hatten ganz ernsthaft gesprochen.

»Jetzt verstehe ich«, sagte er und wandte sich wieder dem Esel zu. »Deshalb also bist du schon seit heute morgen so störrisch!«

Vom Platz, der verlassen in der Sonne lag, drang die zornige Stimme Massimilianos herüber. Er hatte sich, den langen Hirtenstab in der Hand, mit seinem Hund dem Rathaus gegenüber aufgestellt und schmähte und beschimpfte durch die offenstehenden Fenster im Erdgeschoß irgendwelche unsichtbaren Gegner. Es war gerade, als lege er es darauf an, verhaftet zu werden.

»Würmer und Geschmeiß!« schrie er. »Ihr glaubtet, die Trompete beschlagnahmen zu können? Ha, ha, ha! Nicht einmal dem Hexenmeister ist das in all den Jahren gelungen. Macht euch keine Illusionen, dreckige Schmarotzer, nur weil wir alt sind und von einem Tag auf den andern sterben können! So denken Würmer und Geschmeiß! Sie bilden sich ein, sie hätten das letzte Wort. Ich sage euch: Um die Trompete wieder auszugraben, wird immer jemand da sein!«

»Verschwinde!« schrie eine wütende Stimme aus dem Rathause. »Mach, daß du fortkommst, verfluchter Schafhirt!«

»Einer wird sich immer finden, der seine Seele nicht um eine Handvoll Bohnen und ein Stück Schafkäse verkauft!« hob Massimiliano mit noch lauterer Stimme wieder an.

»Und am Ende, wenn die Würmer glauben, das Spiel gewonnen zu haben, wird der Engel erscheinen und die Trompete aus ihrem Versteck herausnehmen und sie mit aller Kraft blasen und selbst die Toten erwecken! Dann möchte ich sehen, ihr feiges Gesindel, ob es euch gelingt, die Trompete aus den Händen des Engels zu reißen. Ha ha, ha! Dann möchte ich euch sehen!«

»Mach, daß du fortkommst!« wiederholte die wütende Stimme aus dem Innern des Rathauses. »Fordere uns nicht heraus, du stinkender Schafhirt!«

Rocco wollte sehen, wem diese Stimme gehöre. Sein Erscheinen im Rathaus, glaubte er, werde den Leuten als Warnung dienen. Aber Stella befürchtete das Gegenteil.

»Lazzaro könnte uns dringend nötig haben«, sagte sie.

Sie beeilten sich daher, zum Hause Lazzaros zu gelangen. Es war ein armseliges Haus, aber kühl und sauber und erst vor kurzem neu getüncht. Bei ihrem vergeblichen Suchen nach der Trompete hatten die Carabinieri das Unterste zu oberst gekehrt. Sogar das Klafter Brennholz neben der Tür hatten sie auseinandergezerrt.

»Hör zu«, sagte Lazzaro zu Rocco. »Ich habe dich rufen lassen, damit du Massimiliano zum Schweigen bringst. Seine Schimpferei hat keinen Sinn und macht uns lächerlich. Beeile dich! Stella kann inzwischen bei mir bleiben.«

Lazzaro trat ins Haus zurück. Seine Frau hatte dort schon die Schubladen in den Schränken wieder aufgeräumt und war soeben dabei, die Holzscheite neu aufeinanderzuschichten. Stella wollte ihr dabei helfen.

»Es ist gut, daß du gekommen bist«, sagte Lazzaros Frau leise zu ihr. »Heute morgen, gleich nach dem Erwachen, hat er nach dir gefragt. Er hätte dich am liebsten sofort gesehen. Er wollte sich vergewissern, ob es dir gut gehe.«

Vor Freude wurde Stella ganz rot im Gesicht.

»Ich bin so glücklich«, sagte sie, »so bewegt, daß ich es fast nicht glauben kann. Aber vielleicht«, fügte sie leise hinzu, »hatte er mich nötig wegen der Trompete?«

»Nein, nein«, antwortete die Frau. »Er war aus einem andern Grund in Sorge. In der vergangenen Nacht hat er sehr wenig geschlafen. Obwohl er es nicht sagte, sah ich, daß er wieder an starken Schmerzen in den Armen litt. Es waren seine alten Schmerzen, seine alte Krankheit von der ich ihn völlig geheilt glaubte. So haben wir noch lange von der Gefahr gesprochen, die Martino von neuem drohte. Und kaum war er ein wenig eingeschlummert, befiel ihn sogleich ein schrecklicher Alptraum. Er jammerte im Schlaf und sprach zusammenhanglose Worte. ›Armes Kind‹, sagte er. ›Es verliert Blut, es stirbt‹, sagte er. Schließlich habe ich, um ihn nicht länger leiden zu lassen, mich entschlossen, ihn aufzuwecken. Im Halbschlaf, noch unter dem Eindruck des Traumes, hat er, als spräche er zu sich selber, ein paar Worte gemurmelt: ›Es glich Stella‹, hat er gesagt. ›Es war schrecklich! Dieses Mal hatte es das Gesicht und die Stimme Stellas.‹ «

Die Frau schwieg. Lazzaro war wieder auf der Schwelle erschienen. »Komm!« sagte er zu Stella. »Ich bin froh, dich zu sehen!«

Stella folgte ihm in ein Zimmer im Erdgeschoß, dessen Boden aus Steinfliesen bestand. Im Raum befand sich ein großer Kamin, ein Regal mit ein paar Tellern, ein Kupferkessel für das Wasser, eine Holztruhe und, dicht beim Fenster, ein Stuhl. Durch die Fensteröffnung sah man ein langes Rechteck des Gartens. Lazzaro nahm Stella bei der Hand und hieß sie sich neben ihn setzen. Sie hatte die Anmut und zitternde Scheu eines jungen Mädchens, das sich Mühe gibt, einer starken Bewegung Herr zu werden.

»Du bist wirklich schön«, sagte Lazzaro lächelnd zu ihr. »Es gibt nichts Schöneres als ein lebendiges junges Mädchen.«

Sie trug ein neues Kleid, das ihr sehr gut stand: einen Rock und eine Jacke aus dunkelgrünem Samt; der Kragen und die Ärmelaufschläge waren mit Spitzen besetzt.

Stella flüsterte dem alten Lazzaro etwas ins Ohr.

»Wenn du mich brauchst, um die Trompete in Sicherheit zu

bringen«, sagte sie, »dann mußt du nicht denken, ich sei dumm oder ängstlich.«
»Danke«, sagte Lazzaro, »aber nicht einmal ich weiß jetzt mehr, wo sie sich befindet. Ich versichere es dir, es handelt sich nicht um eine List.«
Stella fragte ihn bange:
»Ist sie wirklich unauffindbar?«
Lazzaro nickte.
»Wie glücklich ich bin!« sagte Stella. »Und wann kann sie wieder auftauchen?«
»Wie soll ich das wissen!« sagte Lazzaro. »Das hängt nicht von mir ab. Vielleicht in einem Jahr, vielleicht in zwanzig oder in fünfhundert!«
Lazzaros Frau brachte dem Gast einen Becher Wein, ein Stück Brot und ein Stück Käse. Es war ein sehr harter, magerer Käse mit einem starken Kräutergeschmack.
»Er ist gut«, sagte Stella.
»Er stammt von Massimilianos Schafen«, sagte Lazzaro.
Er wurde nicht müde, sie anzuschauen. Die Gegenwart dieses Mädchens stimmte ihn an jenem Tag weich.
»Wer hätte das gedacht«, sagte er, »als du in Wien geboren wurdest, daß du bei uns landen würdest!«
»Es reut mich gar nicht«, sagte Stella lächelnd. Dann fügte sie hinzu: »Wieviel hat sich in wenigen Monaten auch in deinem, in Roccos, in Massimilianos Leben geändert! Manchmal sprechen Rocco und ich davon, ob all das schließlich einen Sinn habe. Wir sind aber nicht ganz sicher.«
»Hast du nie darüber nachgedacht«, sagte Lazzaro, »daß irgend etwas den Weg der Ameisen unter der Erde lenkt und den Flug der Vögel, wenn sie von einem Erdteil zum andern reisen?«
»Bist du überzeugt, daß etwas sie lenkt?« fragte Stella. »Ich bin nicht ganz sicher.«
»Mir scheint«, sagte Lazzaro, »daß es nicht so wichtig ist, es zu wissen. Jeder, auch der, welcher es nicht weiß, geht doch dorthin, wohin er gehen muß. Wußtest du, daß du

hierherkommen würdest? Und doch bist du gekommen. Vielleicht wissen die Ameisen noch weniger als nichts. Sie haben einen solch kleinen Kopf! Aber sie gehen doch dahin, wo sie hingehen müssen.«

Stella saß nachdenklich da.

»Aber nicht alle kommen ans Ziel«, sagte sie. »Wenn einem nun die Kraft dazu fehlt? Wenn jemand Angst hat? Glaubst du, daß alle ans Ziel kommen?«

»Nicht alle!« sagte Lazzaro. »Einige werden unterwegs von den Hufen der Rosse zerstampft und getötet.«

Lazzaros Frau hatte die Kartoffeln geschält und das Feuer im Herd angezündet.

»Es gibt anderes Wetter«, sagte sie. »Der Wind drückt den Rauch herunter.«